Danke Michi, Jona, Rike und allen, die ihre Zeit in die Entstehung dieses Buches investiert haben. Ohne euch würde der Geschichte um Marie und Vincent vieles fehlen und der Text hätte einige Kommata mehr.

❤

A.D. WiLK

Nur für DiESEN Moment

Roman

adm

Für meine Mama,
von der ich gelernt habe, wie stark Frauen sind.

Prolog

Papa, was machst du da?“

„Rie, wenn du deinen Kopf so über meine Hände beugst, dann mache ich gar nichts mehr.“

„Oh.“ Sie richtete sich auf, trat einen Schritt zurück und grinste ihn schräg an. Dann sah sie wieder auf seine Hände, in denen sich zwei Seile befanden. Er hatte sie ineinander verschlungen und zog nun fest an ihnen, bis sich ein Knoten bildete.

„Das ist ein Weberknoten. Damit kannst du zwei Seile fest miteinander verbinden.“

„Aber warum? An die Seile ist doch nichts drangebunden.“

„Ah!“ Er hob den Zeigefinger der rechten Hand und sah sie erwartungsvoll an.

Sie legte den Kopf schief. „Was?“

Er stand auf und gab ihr eines der Enden der verknoteten Seile. Das andere hielt er fest in der Hand. „Komm mit.“ Gemeinsam gingen sie zurück zum Zelt. An einem jungen Baum, dessen Stamm den Durchmesser einer Laterne hatte, band er das Seil fest. Dann trat er neben sie, ging in die Hocke und wuschelte ihr durch die dunklen Locken. Sie kicherte, schlang die Arme um seinen Hals und küsste ihn auf die Wange. Für einen Moment sah er sie nur an, dann nahm er ihr das Seil aus der Hand und band es um die riesige Wasserflasche, die sie von zuhause mitgebracht hatten.

Noch immer blickte sie ihn ratlos an. „Papa, was tust du denn da?“

„Das Wasser ist zu warm. Deshalb hängen wir die Flasche in den Fluss.“

Ries Augen weiteten sich. „Aber dann schwimmt sie doch weg. Oder sie geht unter.“

„Hab keine Angst, Rie.“ Wieder sah er sie mit diesem intensiven Blick an. Dann drehte er sich in Richtung Fluss und ging die fünf Meter bis zum Ufer. Rie rannte ihm hinterher und blieb neben ihm stehen, als er sich mit seinen türkisblauen Turnschuhen auf einen flachen Felsen stellte und die Flasche ins Wasser gleiten ließ.

Und dann geschahen zwei Dinge auf einmal: Die Flasche wurde von einer Welle erfasst und riss an dem Seil. Und im selben Moment verlor Ries Vater das Gleichgewicht, rutschte auf dem nassen Stein aus und stürzte ins Wasser. Der Fluss war an dieser Stelle nur etwa einen Meter tief, aber sein Grund war übersät von scharfkantigen Steinen.

Und auf einen dieser Steine fiel Ries Vater. Sein Kopf traf eine spitze Kante und das Wasser um ihn herum färbte sich für den Bruchteil einer Sekunde rot, bevor es von der Strömung davongetragen wurde. Sie schrie auf, wollte nach ihm greifen. Aber ihre Arme waren zu kurz, ihr Körper zu schwach. Hilflos sah sie dabei zu, wie die Strömung auch den leblosen Körper davontrug. Als er hinter der Biegung verschwand, die der Fluss an dieser Stelle machte, fand sie endlich ihre Stimme wieder und schrie, so laut sie konnte: „Papa!“

Kapitel 1

TAG 1

Ich saß direkt am Flügel. Eine Freundin meiner Mutter hatte mir einmal gesagt, ich solle diesen Platz buchen. Man hätte dort mehr Beinfreiheit. Ja, und außerdem säße man direkt am Notausgang. Das war lange, bevor ich überhaupt jemals ein Flugzeug betreten hatte. Mich überhaupt getraut hatte, es zu tun. Inzwischen war ich häufig durch piepsende Sicherheitsschleusen gegangen, hatte mich unzählige Male in die Schlange auf das Boarding wartender Menschen gereiht und viel zu oft darüber geärgert, dass ich meine Beine zwar frei bewegen konnte, aber wegen des Flügels keine wirklich gute, manchmal gar keine Sicht auf die Welt unter mir hatte.

Ich folgte trotzdem noch immer der Empfehlung. Denn, so sehr ich es liebte, an anderen Orten zu sein, an Orten, die weiter als eine Bahnfahrt entfernt lagen, saß ich noch immer den gesamten Flug über wie erstarrt in meinen Sitz gepresst und wartete darauf, wieder festen Boden unter meinen Füßen zu haben. Vielleicht wartete ich aber eher auch darauf, dass ich das nie mehr tun können würde.

Ich hätte es gern vermieden. Aber dann hätte ich meinen Traum, als Fotografin durch die Welt zu reisen, nicht leben können. Und außerdem fragte mich meine Freundin Lydia bei jedem unserer Telefonate, ob ich mich meinen Ängsten stellte. Sie hatte drei Semester Psychologie studiert, und obwohl sie sich dagegen entschieden hatte, die Psyche der Menschen beruflich zu ergründen, konfrontierte sie jeden mit dem Halbwissen, das sie in diesen anderthalb Jahren erlangt hatte. In ihrer Frage schwang die Aufforderung, es zu tun, und ich wusste, dass sie recht hatte.

Deswegen saß ich immer wieder in einem Flugzeug. Dieses Mal sogar aus rein privaten Gründen. Ich würde Lydia besuchen. Sie hatte vor einiger Zeit einen Buchladen auf einer kleinen Karibikinsel eröffnet. Der Laden lief gut. Offenbar hatten die Menschen auch in Zeiten von Smartphone und E-Book-Reader das Bedürfnis, im Urlaub ein Buch in die Hand zu nehmen, dessen Seiten man anfassen und umblättern konnte. Ich verstand es nicht. Das letzte richtige Buch, das ich gekauft hatte, war ein Geschenk für meine Mutter gewesen. Es war ein Kochbuch. Ich liebte den Luxus, hunderte Bücher zu haben, ohne mir die Wohnung damit vollzustellen. Es gab natürlich Bücher in meinen Regalen, aber es war eine ausgewählte Sammlung, die sich schon jahrelang in meinem Besitz befand, und die nur sehr selten um ein neues Werk erweitert wurde.

Der Flug hatte unspektakulär begonnen und wir waren schon ein paar Stunden in der Luft. Ich hatte Glück mit meinem Sitznachbarn. Vincent war in meinem Alter und attraktiv. Blonde Strähnen hingen ihm in die Stirn und unter seinem T-Shirt zeichneten sich trainierte Muskeln an der Brust und an den Armen ab. Ich legte keinen großen Wert auf das Äußere eines Mannes. Ein paar gut aussehende Charmeure hatten mir unmissverständlich klar gemacht, wie sinnlos es war, sich von einem schönen Äußeren leiten zu lassen, und dass dieses nicht zwangsläufig zum Glück führte. Vincent hatte kein typisches Modelgesicht. Ihm fehlten die markanten androgynen Wangenknochen, die viele Designer bei der Auswahl der Gesichter für ihre Kampagnen suchten. Trotzdem hatte sein Gesicht etwas Markantes, sein Blick war auch durch die Gläser seiner Brille intensiv und sein Lächeln hatte mich meine Aufregung in den letzten Stunden schon ein paar Mal vergessen lassen. Ich hätte ihn gern fotografiert.

Wir hatten uns bereits am Flughafen vor und während des Boardings unterhalten. Er hatte mich angesprochen. Wir hatten über unser Reiseziel geredet und er hatte mich trotz meiner Nervosität zweimal zum Lachen gebracht. Im Flieger hatte er meinen eigentlichen Sitznachbarn davon überzeugen können, den Platz mit ihm zu tauschen. Als die Flugbegleiterin mit ihrem Getränkewagen durch die Reihen fuhr, hatte er mir einen Kaffee spendiert. Und den tranken wir gerade, während die Dunkelheit vor meinem Fenster jedes Detail verschluckte. Im Innern des Flugzeugs brannten nur hier und da ein paar Leselichter und die Sicherheitsbeleuchtung wies den Flugbegleitern und Passagieren mit einem dringenden Bedürfnis den Weg.

Vincent rührte in seinem Kaffee und erzählte, dass er schon lange davon träumte, in die Karibik zu reisen. Es war ein unspektakuläres Gespräch. Zu mehr war ich sowieso nicht in der Lage, denn, obwohl mein Kaffee koffeinfrei war, stand ich seit dem Start unter der mir so vertrauten Anspannung, die mir die stetige Adrenalinproduktion meiner Ganglien und Nebennieren bescherte. Als ob es etwas nützen würde. Im Falle eines Absturzes würden mir auch die beste körperliche Grundeinstellung und Wachsamkeit nicht helfen. Weder Flucht noch Angriff würden den Aufprall auf den Atlantik verhindern können. Und der würde sich nach einem Fall aus zehn Kilometern Höhe ähnlich hart anfühlen wie der Asphalt auf dem Time Square in New York City.

Also hörte ich Vincent zu, der darüber sprach, dass er seit zwei Jahren ein Bild von diesem einen Strand in seinem Portemonnaie mit sich herumtrug und zu Gunsten seiner Reisekasse genauso lange fast alle Kosten vermied, die über Miete, Nahrung und die Monatskarte für den öffentlichen Nahverkehr hinausgingen. Ich beobachtete ihn fasziniert und konnte mir nicht vorstellen, dass dieser Mann für ein paar Wochen Urlaub darauf verzichtete, ein Leben zu führen.

Als das Flugzeug das erste Mal ruckte und die Leselichter für den Bruchteil einer Sekunde ausgingen, sank mein Herz zwar in die Hose, aber mein Verstand redete mir dieselben beschwichtigenden Worte ein wie immer, wenn wir durch ein Luftloch flogen oder ein Sturm das Flugzeug durchschüttelte. Ich hatte unzählige Momente dieser Art erlebt. Es war sicher vollkommen normal. Aber dann, nach zehn Minuten, kam der zweite Ruck. Er war deutlich stärker und mein Verstand schaffte es diesmal nicht, mein Herz wieder hochzuhieven. Es blieb tief in meinem Bauch liegen und pochte so aufgeregt, dass mir davon schlecht wurde.

Vincent sah meine Panik und versuchte, mich zu beruhigen. Doch es hatte keinen Zweck, denn nach wenigen Minuten ruckte die Maschine erneut. Noch heftiger als die zwei vorhergehenden Male. Diesmal fühlte es sich an, als sänke das Flugzeug um ein paar Meter in die Tiefe. Wieder fiel die Beleuchtung aus und als sie sich wieder einschaltete, sah ich für die Dauer eines Wimpernschlags den panischen Gesichtsausdruck einer Flugbegleiterin. Vincent bemerkte ihn auch. Aber dann wurde ihr bewusst, dass die Beleuchtung ihre Gefühlswelt nun nach außen trug, und sie setzte ihrem Gesicht wieder das professionelle Lächeln auf, das sie während ihrer Ausbildung trainiert hatte. Die meisten Passagiere waren durch die Unruhen geweckt worden und schauten sich, wie wir, mehr oder weniger besorgt um. Natürlich gab es im Passagierraum keine Anzeichen für irgendwelche Probleme. Es brannte nicht und es gab keine beunruhigenden Geräusche, die auf einen Triebwerkschaden hinwiesen. Aber die meisten Menschen deuten eine nicht einwandfrei funktionierende Technik in dieser Höhe als Gefahr. Ich auch.

Die Stimme des Piloten beruhigte zwar die aufgebrachten Gespräche zunächst, er konnte aber niemandem die Angst nehmen. Er sprach von technischen Störungen und davon, dass er bei nächster Gelegenheit eine Notlandung einleiten würde. Wo diese nächste Gelegenheit sein würde, sagte er nicht. Es war auch nicht notwendig, denn wir alle wussten, dass es in unmittelbarer Nähe keine gab. Unter uns war Wasser, egal, in welche Richtung wir weiterflogen.

Ich hatte mich immer gefragt, wie ich wohl mit einer solchen Situation umgehen würde, und war überrascht, dass die Panik mich nicht dazu veranlasste, die Flugbegleiterin anzubetteln, meine Bordkarte nachträglich doch nicht anzuerkennen oder heulend in Vincents Armen zu liegen. Ich tat nichts dergleichen. Stattdessen übernahm eine Ruhe in mir die Kontrolle, die ich von mir selbst nicht kannte. Es war, als hätte ich schon immer auf diesen Moment gewartet und nun, da er gekommen war, war ich in gewisser Weise bereit für was auch immer folgen würde.

Ich sah zur Seite. Vincent wirkte weder bereit noch ruhig. Unsere Rollen hatten sich vertauscht. Ich fand es interessant, dass die Gewissheit den einen Menschen völlig aus der Bahn wirft, während sie den anderen erdet. Vincent hatte Schweißperlen auf der Stirn und sein Blick war starr auf den kleinen, grauen Riegel gerichtet, der die Tischplatte an der Rückseite des Sitzes vor ihm festhielt. Ich versuchte, ihn anzusprechen, aber er schien mich nicht zu hören. Ich probierte es weiter, stellte ihm alle möglichen Fragen und irgendwann schaffte er es, seinen Kopf zu mir zu drehen. In seinen Augen lag nicht mehr das blanke Entsetzen, auch wenn ich die Angst noch immer sehen konnte. Ich strich ihm über die linke Wange, was angesichts unserer kurzen Bekanntschaft vielleicht etwas zu intim war, aber er beantwortete die Berührung mit einem Lächeln, was mich wiederum zum Lächeln brachte.

Als der nächste Ruck die Beleuchtung wieder erlöschen ließ, war er etwas entspannter. Wir redeten nicht, wir warteten. Wir warteten auf eine weitere Ansage des Kapitäns, auf die Panik der anderen Passagiere, auf den Ausfall der gesamten Technik. Wir warteten auf den Absturz. Aber nichts davon geschah. Wir flogen weiter, hin und wieder von einem Ruck geschüttelt. Irgendwann griff Vincent nach meiner Hand und strich sanft mit seinen Fingerspitzen über meine Haut. Er entspannte sich. Und ich genoss seine Berührung, die wie das Streicheln seiner Wange zu intim war, aber trotzdem irgendwie in die Situation passte und sich seltsam vertraut anfühlte.

Ich hatte das unbestimmte Gefühl, dass wir an Flughöhe verloren, aber ich war mir nicht sicher. Letztendlich spielte es auch keine Rolle. Ich war der Situation ausgeliefert und konnte nur abwarten, was geschah. Ohne zu wissen, was am Ende des Wartens sein würde oder nicht mehr sein würde. Ich konnte nicht rennen, niemanden um Hilfe bitten. Ich konnte nichts tun, um mich selbst oder einen der anderen Passagiere zu retten.

Und dann wurde mir etwas bewusst. Vielleicht waren dies die letzten Stunden, vielleicht auch nur Minuten meines Lebens und ich saß in einem dunkelblauen Ledersitz, hatte viel Beinfreiheit, hielt die Hand eines Fremden und wartete darauf, was das Schicksal für mich bereithielt. Dabei glaubte ich nicht einmal an Schicksal, an ein vorgezeichnetes Leben, in dem ich nur eine Rolle übernahm, die jemand anderes für mich geschrieben hatte. Eine schreckliche Vorstellung. Ich entschied selbst darüber, wie mein Leben verlief. Und bevor ich weiter darüber nachdenken konnte, lehnte ich mich zu Vincent und küsste ihn.

Er war überrascht, so sehr wie ich. Aber nur für einen Moment. Dann spürte ich seine Hand auf meiner Wange und den Druck seiner Lippen, die sanft die meinen öffneten und mit ihnen in einem Kuss versanken, der mein Herz wie einen Ball durch meinen Bauch hüpfen ließ. Denn dort hatte es trotz der neu gewonnenen Sicherheit noch immer gelegen. Seine Bartstoppeln kratzten über meine Oberlippe. Sie hatten gerade erst zu wachsen begonnen und waren noch besonders scharfkantig. Aber seine Lippen waren weich und sein Mund warm und er schmeckte nach Kaffee. Es war ein schöner Kuss und es wäre mir fast gelungen, zu vergessen, dass ich den Mann hinter diesen Lippen erst ein paar Stunden kannte und wir möglicherweise nicht viele Gelegenheiten haben würden, dieses Zusammenkommen zu wiederholen.

Ein weiterer Ruck beendete unseren Kuss. Dieses Mal fiel die Beleuchtung für mehr als eine Minute aus. Vincent löste die Armlehne zwischen uns, schob sie nach oben und legte mir den Arm um die Schultern. Ich ließ meinen Kopf gegen seine Brust sinken und verspürte wieder die vertraute Nähe, die so gar nicht in diese Situation passte. Und dann begann er leise zu singen. Es war ein alter Song, den ich schon unzählige Male gehört hatte, aber nie hatte ich ihn so erlebt. Vincent sang ihn in einer ruhigeren Version als im Original. Seine Stimme war warm, tief und gefühlvoll und ließ eine Gänsehaut meine Arme bedecken.

Ich schmiegte mich tiefer in seine Umarmung und gemeinsam warteten wir darauf, dass das Licht wieder anging. Ich dachte über unseren Kuss nach, während seine leise Stimme in mein Ohr drang, spürte noch immer die Berührung seiner Lippen und der Ball in meinem Bauch nahm bei der Erinnerung wieder neuen Schwung auf. Dabei wollte ich keinen Mann in meinem Leben. Hatte noch nie einen gewollt. Zumindest nicht länger als für ein paar Wochen. Denn dann verpuffte die erste blinde Verliebtheit und ich stellte fest, dass der aktuelle Mann nicht in mein Leben passte. Oder ich in seins. Und jemand, der jahrelang für einen Traum darauf verzichtete zu leben, von dem er sich dann doch wieder verabschieden musste, konnte keinen Platz in meinem Leben finden.

Aber andererseits, was wusste ich schon? Ich kannte ihn erst seit ein paar Stunden. Und war es nicht eine ganz nette Abwechslung, wenn ein Mann nicht sein gesamtes Geld für Partys und Autos aus dem Fenster warf, sondern für etwas beiseitelegte, das ihm wichtig war?

Das Licht schaltete sich wieder ein, als sich meine Augen gerade soweit an die Dunkelheit gewöhnt hatten, dass ich die Umrisse des Sitzes vor mir erkennen konnte. Vincent verstummte und die Stimme des Kapitäns verkündete, wir würden die Flughöhe reduzieren. Die nächste Möglichkeit für eine Notlandung wäre in Reichweite. Ich fragte mich, ob er nur versuchte, eine Panik zu verhindern oder ob er wirklich daran glaubte, dass wir hier lebend rauskommen würden. Ich war noch immer seltsam ruhig. Vincents Arm drückte mich fester an sich. Seine Angst wurde wieder stärker. Auch er hatte den Unterton des Kapitäns gehört.

Es dauerte nicht lange, bis die Flugbegleiter durch die Reihen gingen und uns, als reine Vorsichtsmaßnahme, aufforderten, unsere Schwimmwesten unter den Sitzen hervorzuholen und sie anzulegen. Sie baten uns, nicht an der Lasche zu ziehen. Es bestehe keine unmittelbare Gefahr und sollten wir die Westen tatsächlich brauchen, würden sie sich schnell genug aufblasen lassen. Außerhalb des Flugzeuges. Die meisten Passagiere folgten den Anweisungen umgehend und ruhig. Eine Dame mittleren Alters, die zwei Sitzreihen vor uns saß, ignorierte die Anweisung. Ich konnte die Panik nicht nur in ihren Augen deutlich erkennen. Tränen strömten ihr über die Wangen, verteilten Wimperntusche und Kajalstift auf ihrer Haut, wo beides verwischte und dunkle Flecken hinterließ. Sie blickte immer wieder um sich und als sie die Flasche Wasser an die Lippen hob, die ihr Sitznachbar ihr reichte, zitterte ihre Hand so stark, dass das Wasser überschwappte und den gelben Tweed-Stoff ihres Rocks dunkel färbte. Sie war nicht weit davon entfernt, die Fassung vollständig zu verlieren. Eine Flugbegleiterin strich ihr beruhigend über den Arm und sie schaffte es, ihr die Rettungsweste anzulegen.

Die Panik der Frau ließ mich wieder rational denken. Lydia wäre stolz auf mich gewesen. In meinem Kopf ging ich mein Handgepäck durch, das über mir hinter einer Klappe verstaut war. Ein weiterer Nachteil, wenn man an einem Notausgang saß. Es durfte kein Gepäckstück unter den Vordersitz geschoben werden. Ich hatte die Flugbegleiterin überzeugen können, meine Handtasche bei mir behalten zu dürfen, aber mein blauer Rucksack befand sich in der Gepäckablage über mir. Darin waren nicht viele Dinge, die sich im Falle eines Absturzes als hilfreich erweisen würden. Ein Notebook mitsamt Kabeln, meine Kamera mit einem weiteren Objektiv, ein paar Schmerztabletten, ein dünnes Mikrofaserhandtuch, Kosmetik, ein paar Nüsse, ein Stephen King Roman und Kopfhörer, ein Bikini, ein frisches T-Shirt. Schließlich wusste man ja nie, in welches Flugzeug die eigenen Sachen verladen werden würden. Außerdem hatte ich darin Tampons, die ich erst wieder in einem Monat brauchen würde. Vielleicht auch früher. Mein Zyklus war nicht besonders regelmäßig.

Ich löste meinen Gurt und stand auf. Vincent sah mich fragend an und auch der Passagier, der neben uns auf der anderen Seite des Gangs saß, beobachtete mich aufmerksam. Eigentlich tat er das schon den gesamten Flug über. Sofort kam eine rothaarige Flugbegleiterin auf mich zu, schob sich an Vincent vorbei und hob eine Hand, als würde sie mich zurück in meinen Sitz drücken wollen. Aber dann überlegte sie es sich anders und sagte: „Bitte setzen Sie sich wieder." Ihr Blick war streng, vielleicht auch ein bisschen mitfühlend, aber vor allem streng. Und ihr straff nach hinten gebundener Pferdeschwanz schwang, noch immer von der vorherigen Bewegung angetrieben, hin und her.

„Aber ich brauche meinen Rucksack."

„Es tut mir leid. Das geht jetzt nicht."

„Aber …"

Vincent schaltete sich dazwischen: „Es befinden sich Tabletten in diesem Rucksack, die sie alle vier Stunden einnehmen muss."

Die Flugbegleiterin sah nicht sehr beeindruckt aus. Aber sie stellte Vincents Worte nicht infrage. „Gut, dann gebe ich ihnen den Rucksack herunter und sie können die Tabletten herausnehmen.“

Mist. Ich verzog das Gesicht und sie lächelte wissend. „Hören Sie, ich kann verstehen, dass Sie verunsichert sind. Aber bisher gibt es dafür keinen Grund. Und wenn ich Ihnen jetzt erlaube, ihren Rucksack an sich zu nehmen, fragt mich in zwei Minuten der nächste Passagier, ob er nicht vielleicht seine Fernbrille aus dem Handgepäck holen könnte.“ Sie sah sich um und senkte die Stimme. „Bitte haben Sie Verständnis dafür, dass wir weitere Unruhe vermeiden möchten.“

Ich sah ihr direkt in die Augen und schätzte meine Chancen ab, sie umzustimmen. Sie lagen bei Null. Vielleicht sogar darunter. Also gab ich nach, rutschte zurück in meinen Sitz und legte den Gurt wieder an.

Vincent sah mich mitfühlend an. „Was ist denn so Wichtiges in dem Rucksack?“

Ich lehnte den Kopf nach hinten und schloss die Augen. „Nichts.“

Wir schwiegen. Wir schwiegen eine ganze Weile und so langsam kam mir diese ganze Weile sehr lang vor. Länger, als ich erwartet hatte, noch in den Genuss kommen zu dürfen, die Keime des hustenden Passagiers acht Reihen hinter uns, einzuatmen. Das Lüftungssystem verteilte sie seit Stunden im gesamten Passagierraum.

„Müssten wir nicht langsam mal abstürzen?“ Ich öffnete die Augen und sah aus dem Fenster. In das tiefe Schwarz hatte sich inzwischen etwas Helligkeit gemischt. Wir sanken noch immer, aber es wirkte kontrolliert. Das Meer lag weit unter uns und es hatte keinen weiteren Ruck oder Lichtausfall gegeben. Ich sah zu Vincent. Er erwiderte meinen Blick mit hochgezogenen Augenbrauen, die man hinter seiner Brille mit der groben Fassung kaum sehen konnte.

„Was?“, fragte ich.

„Wie kannst du das so sagen?“

Ich atmete tief durch. „Ich hab mich halt darauf eingestellt.“

„Du hast dich darauf eingestellt, dass wir abstürzen?“ Er sagte es zu laut und von den Plätzen um uns herum drangen Geräusche der emotionalen Erschütterung.

Ich sprach leiser. „Ja, das habe ich. Wie sollte ich denn sonst mit so einer Situation umgehen? Und wozu hätte ich sonst meinen Rucksack gebraucht?“

Weitere Zweifel zeichneten sich in seinem Gesicht ab. „Marie, wenn wir abgestürzt wären, hättest du deinen Rucksack ganz sicher nicht mehr gebraucht.“

„Wenn wir eine Notwasserung gemacht hätten. Dann hätte ich ihn mir auf den Rücken geworfen, wir wären die Ersten gewesen, die diesen riesigen Sarg verlassen hätten und wenn wir auf einem Rettungsboot oder auf einer einsamen Insel ein paar Tage hätten ausharren müssen, dann …“

„Was? Dann hättest du zwischendurch die Unterwäsche wechseln können?“ Fast.

„Nein, Vincent. Da ist keine Unterwäsche drin.“ Genervt ließ ich mich in den Sitz zurückfallen.

„Ein Bikini?“ Woher wusste er das?

Ich schwieg.

„Und nenn mich bitte nicht Vincent. Das haben nur meine Lehrer getan und ich habe es gehasst.“

„Warum hast du es denn gehasst? Das ist doch ein wunderschöner Name.“

Er lächelte. „Du findest, ich habe einen wunderschönen Namen?“

Ich wich seinem Blick aus und räusperte mich. „Ähm, ja. Ich bin halt ein großer Kunstfan."

Jetzt war er es, der schwieg.

„Wie möchtest du denn stattdessen genannt werden?"

„Vin. Meine Freunde nennen mich Vin."

Ich drehte den Kopf wieder zu ihm. „Echt jetzt? Wie Vin Diesel?" Ich musterte ihn.

„Nein, einfach wie Vin."

„Das hast du wahrscheinlich schon ein paar Mal gehört oder?"

Er nickte und lächelte selbst.

Ich streckte ihm die Hand entgegen. „Okay, Vin. Dann zähle ich mich jetzt zu deinen Freunden."

Er zögerte einen Moment, bevor er sie ergriff. Seine Hand fühlte sich warm und stark an. Wie sein Kuss. Ich strich das Bild schnell wieder aus meinem Kopf. Und ein Blick in Vins Augen nahm auch dem Ball in meinem Bauch, der bei der Erinnerung an die Berührung unserer Lippen zu hüpfen begonnen hatte, wieder seine Sprungkraft. Er sah mich ernst an. Zu ernst. Aber als er den Mund öffnete, um etwas zu sagen, ertönte ein Kratzen in den Lautsprechern über uns und der Kapitän sprach erneut. Er erzählte etwas davon, dass die technischen Schwierigkeiten behoben seien, er das Flugzeug aber trotzdem bei nächster Gelegenheit landen wolle, um einen Defekt auszuschließen, den ihm seine Instrumente nicht anzeigten.

Vin lehnte sich zurück und atmete tief durch. Ich tat es ihm gleich und versuchte, die Erinnerung an seinen ernsten Blick und an das Gefühl seiner Lippen auf den meinen zu verdrängen. Beides passte nicht zueinander, aber ich wollte nicht darüber nachdenken.

Kapitel 2

TAG 1

Nicht mal ein Feldzug unter Ulysses S. Grant persönlich würde mich noch einmal in dieses Flugzeug treiben können, wenn ich hier irgendwann raus gekommen bin." Ich presste die Hände aufs Gesicht und meine Worte klangen selbst für mich dumpf. Dennoch merkte ich, wie mein Herz ganz langsam zurück in meine Brust schwebte, und ich wandte mich wieder zu Vin.

Auch in sein Gesicht war die Farbe zurückgekehrt und er lächelte. Zaghaft und kaum wahrnehmbar, aber er lächelte. Er nahm die Brille vom Gesicht und wischte sich mit den Fingern über die Augen. Dann sah er mich an.

„Du brauchst eine andere Brille." Warum hatte ich das gesagt?

„Wie bitte?"

„Der Rahmen ist zu breit für dein Gesicht. Deine Augenbrauen verschwinden komplett dahinter und deine Augen können überhaupt nicht richtig wirken. Hast du es mal mit Kontaktlinsen versucht?" Was erzählte ich denn da? Ich mochte es, wie sein Gesicht mit der Brille zusammen wirkte.

„Zu teuer."

„Aber …"

Er unterbrach mich: „Ich mag meine Brille."

„Okay.“

Er setzte sie wieder auf und lehnte sich zurück.

„Aber …“

„Marie. Ich mag sie.“

„Hast du eine Freundin?“ War das der Grund, warum mein Gehirn sich dieses Thema ausgedacht hatte? Gab es meinem Mund deshalb ohne mein Zutun das Kommando, sich zu öffnen und zu schließen? Um Vin Fragen zu seinem Beziehungsstatus zu stellen?

Er richtete sich wieder auf und sah mich an. „Glaubst du, ich hätte dich geküsst, wenn ich eine Freundin hätte?“

Ich überlegte. Dann sagte ich: „Ja, das glaube ich. Außerdem habe ich dich geküsst und wir dachten beide, dass wir bald sterben würden und …“

Er lehnte sich wieder zurück und seufzte. „Ich habe keine Freundin.“

Ein kleiner Stich durchfuhr mich, weil er so genervt reagierte. Aber das Wissen, dass zuhause niemand auf ihn wartete, schwächte ihn ab und ich erwiderte grinsend: „Das liegt bestimmt an der Brille.“

Er wollte noch etwas sagen, aber in diesem Moment drehte das Flugzeug nach links und unter uns erschienen die Lichter einer Insel, deren Landebahn aussah, als wäre sie für Ein-Personen-Jets in Playmobil-Größe gebaut worden und nicht für eine Passagierflugmaschine eines Transatlantikfluges, in der echte Menschen saßen. Der Pilot beendete das Kurvenmanöver und nun steuerten wir mit sinkender Höhe auf winzige Positionslichter zu. Mein Herz rutschte zurück in die Gegend, in der mein Körper normalerweise damit beschäftigt war, mein Mittagsessen zu verdauen. Ich musste für einen Moment die Augen schließen, um die Kontrolle über seine Funktionen zurückzuerlangen.

Dann lag plötzlich ein Paar Lippen auf meinem Mund und ich ließ zu, dass Vin mich sanft küsste. Ließ zu, dass er mit seinem Mund über die Stelle strich, die meinen Lippen ihr herzförmiges Aussehen verlieh. Mein Mund öffnete sich wie von selbst und ich versank noch tiefer in seinem Kuss als beim ersten Mal. Mein Herz hüpfte zurück an seinen Platz, zumindest fast, und eine kleine Armada Schmetterlinge flatterte durch meinen befreiten Bauch.

Ein kräftiger Stoß riss unsere Lippen auseinander. Im nächsten Moment wurde Vins Kopf gegen meinen geschleudert und ein heftiger Schmerz nahm von meiner Stirn aus seinen Weg hin zu meinem Hinterkopf. Vin schien es ähnlich zu gehen, denn er rieb sich mit verzerrtem Gesicht die rechte Augenbraue. Erst jetzt bemerkte ich, dass er die Brille wieder abgenommen hatte.

Plötzlich begannen die Menschen um uns herum zu klatschen und zu jubeln. Die Ereignisse der letzten Minuten hatten meine Wahrnehmungskraft beeinträchtigt und mir war gar nicht aufgefallen, dass das Flugzeug immer langsamer geworden war und nun zum Stehen kam. Der starke Ruck musste vom Aufprall des Fahrwerks auf die Rollbahn ausgelöst worden sein. Ich sah aus dem Fenster. Da waren Palmen und Gebäude und Asphalt und Menschen und Autos. Und ein deutlich größerer Flughafen, als ich ihn aus der Luft erwartet hatte. Wir hatten es geschafft. Etwas Warmes legte sich auf meine Hand. Vin strich sanft über sie und verschränkte unsere Finger miteinander.

Ich blickte zuerst auf unsere Hände und dann in sein Gesicht. Er lächelte sanft und in mir brach die Haltung der letzten Minuten, oder waren es Stunden, zusammen. Ich begann zu zittern und meine Augen füllten sich mit Tränen. Vins Blick verfinsterte sich. Er löste seinen

Gurt und rückte zu mir. Als er mich an sich zog, schluchzte ich bereits heftig und auf seinem T-Shirt bildeten sich innerhalb weniger Sekunden dunkle Flekken. Aber er hielt mich fest und ich wollte nicht, dass er damit wieder aufhörte.

Kapitel 3

TAG 1

Ich werde kein weiteres Mal in dieses Flugzeug steigen."

„Marie!"

„Nein. Dieses Ding wäre beinahe mit uns abgestürzt. Ich mag mein Leben. Gut, es gibt ein paar Dinge, die ich darin ändern würde. Aber ich hätte gern die Gelegenheit, das auch wirklich zu tun."

„Die Mechaniker haben den Fehler gefunden. Es lag an der Elektronik. Sie haben es repariert und …"

„Wie können sie sich da so sicher sein? Die Mechaniker, die sich das Flugzeug vor dem Abflug angesehen haben, hatten auch keine Bedenken, ein paar hundert Leute damit über den Atlantik fliegen zu lassen."

Er reagierte nicht auf meinen Einwand. „Also bleibst du hier?"

Die Mitarbeiter am Flughafen hatten uns gesagt, es würde keinen alternativen Flug geben, der uns an unser Reiseziel bringen würde. Nicht heute und auch nicht morgen und auch nicht nächste Woche. „Ich finde einen anderen Weg."

Seine Augenbrauen hoben sich. Zumindest vermutete ich das, denn seine Brille saß wieder auf seiner Nase und der breite Rahmen verdeckte die dunklen Haarstreifen, die so gar nicht zu den blonden Haaren auf seinem Kopf passten. „Zum Beispiel schwimmen?"

„Sehr witzig. Warum interessiert dich das überhaupt?" Ich wollte ihn nicht so anfahren, aber ich wusste ja selbst nicht, wie ich zu Lydia kommen sollte, ohne mir nasse Füße zu holen und Bekanntschaft mit dem örtlichen Hai-Verband zu machen.

Vin schien sich nicht angegriffen zu fühlen. „Weil wir die letzten zehn Stunden miteinander verbracht haben, fast gemeinsam mit einem Flugzeug abgestürzt wären und weil du mich geküsst hast."

Mein Ärger verflog mit seinen Worten. „Du hast mich auch geküsst."

Jetzt lächelte er. „Also, was hast du vor?"

„Es sind etwa 300 Kilometer, richtig?"

„Richtig."

„Ich verstehe nicht, warum er nicht diese halbe Stunde weiterfliegen konnte." Ich murmelte die Worte nur.

Vin legte seine Hand auf meinen Arm und strich mit dem Daumen über den Knöchel an meinem Handgelenk. Er sagte nichts.

„Ich kann da nicht wieder einsteigen."

„Okay."

„Ich dachte, ich hätte das unter Kontrolle. Es hat sich so angefühlt, als … Aber jetzt, jetzt nicht mehr." Ich sank in die Hocke und legte die Hände vors Gesicht. Vins Hand blieb in der Luft hängen und die Stelle, an der sie noch vor einer Sekunde meine Haut berührt hatte, fühlte sich leer an. Und kalt. Und das obwohl die tropische Luft das Thermometer sicher bereits auf dreißig Grad Celsius hatte ansteigen lassen.

„Okay“, sagte er wieder und hockte sich neben mich.

„Du musst zurück ins Flugzeug.“ Ich sah zur Landebahn. Die Passagiere betraten die Maschine über eine Treppe, die ganz offensichtlich nicht für ein Flugzeug dieser Größe bestimmt war. Unter einem der rechten Triebwerke sprach der Pilot mit einem der Mechaniker, der ein Blatt Papier in der Hand hielt und immer wieder zunächst auf eine Stelle auf dem Blatt und dann auf den Flügel deutete.

„Vin?“

Er antwortete nicht.

Die Frau im gelben Tweed-Kostüm stieg die Treppe zuletzt empor. Selbst aus dieser Entfernung konnte ich die Panik in ihrem Gesicht sehen. Ich hatte den größten Respekt vor ihr. Mein eigener Körper war fest verwurzelt mit der kerosingetränkten Erde unter mir.

„Vin, du musst jetzt gehen.“

Statt sich zu erheben, nahm er seinen Rucksack von den Schultern, ließ sich nach hinten sinken und setzte sich.

„Was tust du?“

„Ich bleibe.“

Ich riss die Augen auf. Auch mein Mund öffnete sich, aber außer ein paar Silben brachte ich nichts heraus.

„Was?“ Er drückte mit dem Daumen mein Kinn nach oben, um meinen Mund wieder zu schließen, und lächelte.

„Du kannst doch nicht einfach hier bleiben! Dein Koffer ist in diesem Flugzeug. Du hast jahrelang für diese Reise gespart. Du …“

„Ich werde schon ankommen. Es sind nur 300 Kilometer. Schon vergessen?“

„Ja, aber …“

„Ich schlage vor, wir …“

Mehr sagte er nicht, denn in diesem Moment kam die rothaarige Flugbegleiterin auf uns zu. Ihren Zopf hatte sie inzwischen gelöst und lange Strähnen fielen ihr über die Schultern. Sie sah müde aus. „Hey, ihr zwei. Wir schließen die Türen in wenigen Minuten. Wollt ihr nicht langsam mal einsteigen?“ Die fehlende Distanz in ihren Worten irritierte mich für einen Moment.

„Wir fliegen nicht mit“, sagte Vin, bevor ich den Mund wieder öffnen konnte.

Leichte Falten legten sich auf ihr Gesicht und sie schüttelte fragend den Kopf. „Ihr kommt nicht mit?“ Für einen Moment zeigte sich in ihrem Blick ein Gefühl, das ich nicht ganz deuten konnte. Vielleicht hätte sie sich gern zu uns gesetzt und dem Flugzeug mit uns gemeinsam dabei zugesehen, wie es in seine ungewisse Zukunft verschwand. Aber dann glätteten sich ihre Gesichtszüge wieder, sie straffte die Schultern und schlug einen geschäftsmäßigeren Ton an: „Also gut, aber was ist mit dem Gepäck? Wir können jetzt unmöglich eure Koffer aus dem Flugzeug heraussuchen.“

„Das wissen wir.“ Diesmal war ich es, die antwortete. „Wir werden so schnell wie möglich nachkommen und unser Gepäck am Flughafen abholen.“ Wir. Hatte ich wir gesagt? Ich hatte die Möglichkeit, dass Vin bei mir blieb, also bereits als Tatsache akzeptiert.

„Ich weiß nicht, ob das so einfach möglich ist.“

„Kommt es denn nicht erstmal zu den Fundsachen, wenn wir es nicht vom Band abholen?“ Vin erhob sich langsam, um auf Augenhöhe mit ihr zu sein. Allerdings überragte er sie um mehr als einen Kopf und blickte nun auf sie hinab.

„Ja, wahrscheinlich.“ Sie musste den Kopf heben, um ihn ansehen zu können, und aus meiner Froschperspektive wirkte es, als färbten sich ihre Wangen rot.

Und dann verabschiedete sie sich, ging auf die Rollbahn, der Miniaturtreppe entgegen und ließ uns zurück. Ohne Plan und ohne Koffer.

Kapitel 4

TAG 1

Am Horizont türmten sich Wolken auf. Weiße Berge, die auf den türkisblauen Wellen zu schwimmen schienen. Auf mich zuzuschwimmen schienen. Ich ließ zum wiederholten Male den weißen Sand durch meine Hände rieseln und versuchte, das Bild vor meinen Augen zu genießen. Es gelang mir nicht. Selbst im Schatten war der Sand zu heiß, die Luft zu dick zum Atmen. Schweiß rann mir über den Rücken, aber ich wagte nicht, mein T-Shirt auszuziehen und damit den vorbeikommenden Menschen einen Blick auf meinen schwarzen Spitzen-BH zu ermöglichen.

Andererseits hatte ich in den letzten dreißig Minuten nicht ein einziges Lebewesen vorbeikommen sehen, das aufrecht gehen und nicht fliegen konnte. Ich ließ mich in den Sand zurückfallen und schloss die Augen. Das sanfte Rauschen der Wellen drang in meine Ohren und erreichte von dort aus meine Nervenbahnen. Nach und nach schwemmte es die Gedanken an die vergangenen Stunden aus meinem Kopf. Zurück blieb mein aufgewühltes Inneres. Während mein Kopf bereits realisiert hatte, dass ich wieder festen Boden unter den Füßen hatte und nicht auf dem Atlantik zerschellt war, zitterte mein Körper noch immer.

„Von da unten kannst du die Aussicht aber schlecht genießen.“

Ich schreckte auf und prallte mit dem Kopf fast gegen die Oberschenkel eines Mannes. Sie steckten in einer kurzen Jeans, die knapp über den Knien endete. Ich starrte auf gebräunte Haut und einen dunklen Haarflaum und eine lange Narbe, die sich vom Knie aus über das rechte Schienbein zog. Das waren nicht Vins Beine. Und es war auch nicht seine Stimme. Langsam hob ich den Blick und sah in dunkelbraune Augen, die mich amüsiert musterten und mir sofort sympathisch waren. Ich sprang im selben Moment auf, in dem der Unbekannte seine Beine beugte, um sich in den Sand zu setzen. Er lachte auf und ich kicherte in einer seltsamen Tonlage.

„Hi, ich bin Mikael. Aber nenn mich Mika.“ Er reichte mir die Hand. Ich ergriff sie und setzte mich wieder in den Sand.

„Und ich bin Marie.“

„Und warum sitzt du hier so allein, Marie?“

Ich musterte ihn. Sein Blick war freundlich und er sah müde aus. So wie ich vermutlich auch.

„Marie!“ Ein paar Meter hinter uns tauchte Vin zwischen ein paar Palmen auf. Er kam näher und sein Blick fixierte den Fremden. Sein Gesicht war leicht gerötet und Schweißperlen lagen auf seiner Stirn und auf der Haut über seiner Oberlippe.

Mika sprang wieder auf und kratzte sich am Hinterkopf. Als Vin bei uns angekommen war, sagte er: „Hallo, ich bin Mika!“ Er hielt ihm die Hand entgegen, doch Vin starrte ihn nur weiter an.

Also stellte ich mich vor Mika und nahm seine Hand. „Hi, ich bin Marie.“ Ich schüttelte den Kopf. „Aber das weißt du ja schon. Ich brauche wohl dringend Schlaf.

Das ist auf jeden Fall Vin. Ich meine Vincent.“ Wir waren jetzt fast auf gleicher Augenhöhe und ich konnte sein Gesicht besser erkennen. Er war etwas kleiner als Vin und nur etwas größer als ich. Irgendwie kam er mir bekannt vor.

„Ich war auch in dem Flugzeug.“

„Du kannst wohl Gedanken lesen.“ Ich legte den Kopf schief und lächelte ihn an. Und dann fiel es mir wieder ein. „Du hast Vin deinen Platz gegeben.“

Er grinste zurück und nickte. Es war ein nettes Grinsen und mein Lächeln wurde sofort breiter.

„Und du hattest zu viel Angst davor, wieder einzusteigen?“ Vin war aus seiner Starre erwacht und trat einen Schritt näher zu uns. Sein Blick fixierte noch immer Mikas Gesicht.

Mein Lächeln erstarb, genau wie Mikas Grinsen. Er wirkte unsicher. „Nein, ich meine, ja, vielleicht. Ich hab mich am Flughafen rumgedrückt und vielleicht habe ich mit Absicht das Boarding verpasst.“ Er zuckte mit den Schultern, sein Blick war fast entschuldigend. „Ich hatte echt eine Scheißangst da oben. Ihr doch auch, oder?“

„Und wie!“ Ich nickte wie eine von diesen Figuren, die sich die Leute hinter die Windschutzscheibe setzen. Dann wandte ich den Blick zu Vin. „Nicht wahr?“

Sein Kopf drehte sich langsam, sehr langsam, weg von Mika und hin zu mir. Als unsere Blicke sich trafen, schien er wieder im Moment anzukommen. Er schüttelte sich leicht und nickte dann. Weniger enthusiastisch als ich, aber doch wahrnehmbar. „Ja, sicher. Das hatten wir wohl alle.“

„Und warum seid ihr nicht zurück in diese Höllenmaschine gestiegen?“ Mika kratzte sich wieder am Hinterkopf.

„Ich konnte es einfach nicht.“ Ich sprach leise und senkte den Blick. Meine Angst vor einem Fremden einzugestehen, war zu viel für mich. Und es überraschte mich, dass Vin schon jetzt kein Fremder mehr für mich war. Ich kannte ihn erst ein paar Stunden, aber vom ersten Moment an hatte ich das Gefühl gehabt, dass uns etwas verband. Aber vielleicht war es auch nur mein Angstzentrum, das auf einen großen, starken Mann reagiert hatte. Es wusste schließlich nicht, dass er sich kein rotes Cape überwerfen konnte, um dem Flugzeug eine weiche Landung zu ermöglichen.

Mika sah mich einen Augenblick lang schweigend an. Sein Blick war warm und weich. Dann lächelte er wieder. „Und was habt ihr jetzt vor? Habt ihr schon einen Plan, wie ihr dieses Paradies wieder verlassen könnt?“

Ich warf einen Blick zu Vin. Die letzte Stunde hatte er damit verbracht, sich bei den Leuten in der Umgebung umzuhören. Er hatte darauf gedrängt, dass ich mich ausruhte, und ich war seiner Aufforderung gefolgt, ohne sie weiter zu hinterfragen. Das passte nicht zu mir, denn Kontrolle war eine der Sachen, die ich gern selbst in der Hand hatte.

Ich versuchte, in Vins Gesicht zu lesen, ob er über eine Möglichkeit gestolpert war, aber sein Blick lieferte mir keinerlei Hinweis. Dann schüttelte er kaum merklich den Kopf und fixierte dabei weiter den anderen Mann. Mika zog die Augenbrauen so weit zusammen, dass sich eine tiefe Falte zwischen ihnen bildete. Aber dann wurden seine Gesichtszüge wieder weicher und er wandte sich an mich: „Am Flughafen habe ich einen Typen getroffen, der mir sein Boot leihen würde.“

„Leihen?“ Ich erwartete, dass er sich korrigierte, aber das tat er nicht.

„Ja, richtig. Er leiht es mir. Sein Bruder würde mich im Hafen erwarten und das Boot wieder zurückbringen."

„Das ist doch verrückt. Warum sollte jemand so etwas tun?" Vin verschränkte die Arme vor der Brust und sah Mika direkt in die Augen.

Mika musste den Kopf leicht in den Nacken legen, um den Blick zu erwidern. Aber auch er verschränkte die Arme. „Das hat natürlich seinen Preis. Er will dafür 500 Dollar."

Vin schnaubte und wandte sich bereits zum Gehen. Dabei löste er die Verschränkung seiner Arme wieder und griff nach den Fingern meiner rechten Hand. Ich blickte erst auf unsere Hände und dann zu ihm. Was sollte das denn? Ich entzog ihm meine Hand.

„Aber wenn wir beide das durch zwei teilen, ist es nicht mehr so viel."

Mika sah mich fragend an. „Warum durch zwei?"

„Vin ist nur wegen mir hier. Ich will nicht, dass er dafür auch noch Geld bezahlen muss. Es reicht schon, dass …"

Vin drehte sich abrupt wieder zu uns. Sein Blick war entschlossen. „So ein Unsinn. Wir teilen durch drei."

Kapitel 5

TAG 2

Nein!“ Vin schüttelte den Kopf.

„Was nein?“ Ich sah zu ihm auf.

„Nein, ich werde nicht in so einen Kahn steigen.“

„Kahn?“

„Ja, das ist ein Kahn.“

Ich sah auf die siebzehn Meter lange Motoryacht, auf deren Seite in geschwungenen blauen Lettern das Wort ‚Antoinette‘ gerade noch erkennbar war, und dann wieder zu Vin. Ich wollte etwas sagen, aber ich wusste nicht was. Wir hatten die Nacht in einer kleinen Pension verbracht und waren noch vor Sonnenaufgang zum Hafen aufgebrochen, um das Boot in Augenschein zu nehmen, das Mika aufgetrieben hatte. Am Tag zuvor war der Fischer damit noch unterwegs gewesen und wir hatten es bisher nicht gesehen.

„Dieses Ding ist mindestens fünfzig Jahre alt.“ Vin blickte auf das Boot. „Und das sieht man auch.“

Ich folgte seinem Blick entlang des abgeblätterten weißen Lacks am Rumpf und den grünen Algenspuren, die stattdessen die Farbgestaltung des Bootes dominierten. Die Holzverkleidung wirkte verwittert und die großen Glasfenster waren so schmutzig, dass man kaum durch sie hindurch und in das Innere der Yacht sehen konnte. Auch das goldene Licht der aufgehenden Sonne brachte die Yacht nicht mehr zum Glänzen. Ich seufzte. „Aber es ist unsere einzige Möglichkeit, von dieser Insel herunterzukommen."

„Wo hat dieser Kerl das Boot überhaupt her?"

„Mika sagt, er hat es bei einem Pokerspiel gewonnen."

„Wann? Vor dreißig Jahren?"

„Vor fünf."

Ich drehte mich um. Mika stand hinter uns, mit verschränkten Armen gegen einen Pfeiler gelehnt, und betrachtete das Boot.

„Der alte Besitzer war der Sohn von irgendeinem reichen Amerikaner. Das Boot gehörte mal seinem Großvater und er hatte dafür so viel übrig wie für den Dreck unter seinen Schuhen."

„Das sieht man." Es war der erste normale Satz, den Vin Mika gegenüber äußerte.

„Kann einer von euch dieses Ding denn fahren?"

Die zwei Männer tauschten einen Blick.

„Ich kann es." Mika kratzte sich am Hinterkopf. Nach den wenigen Stunden, die wir zusammen verbracht hatten, wirkte diese Geste bereits vertraut.

„Ich auch." Ich sah erstaunt zu Vin. Woher wusste er, wie man so ein Riesenboot fuhr?

„Was? Der Vater eines Freundes hat es mir gezeigt." In diesem Moment wurde mir klar, dass ich eigentlich gar nichts über diesen Mann wusste. Und auch nichts über Mika. Zweifel überkamen mich. Sollte ich wirklich mit zwei fremden Männern in ein Boot steigen, um darauf mehrere Tage zu verbringen?

Hinter uns erklangen Schritte und ein Mann trat auf den Steg. Er war etwa so groß wie ich, hatte dunkle Haut und einen riesigen grauhaarigen Schnurrbart. Die braune Mütze auf dem Kopf wirkte mindestens genauso alt wie das Boot, auf dem wir die nächsten Tage verbringen sollten, und hatte dieselbe Farbe wie seine Haut.

„Wie schnell fährt dieses Boot?"

„Acht Knoten." Sein Englisch hatte einen deutlichen Akzent und es dauerte ein paar Sekunden, bis ich die Worte verstand. Aber da ich keine Ahnung von Booten hatte, konnte ich mit dieser Information ohnehin nichts anfangen.

Mika sah meinen fragenden Blick. „Das sind ungefähr fünfzehn Kilometer in der Stunde." Dann schlang er dem alten Mann einen Arm um die Schultern und sagte: „Das ist Kingston. Ihm gehört das Boot."

Ich reichte Kingston die Hand und stellte mich ihm vor. Vin tat es mir gleich.

„Dann brauchen wir zwanzig Stunden?" Also doch nicht mehrere Tage. Ich sah zwischen den Männern hin und her.

„Wenn alles gut geht." Vin warf einen skeptischen Blick auf die Yacht.

Wir würden mindestens eine Nacht gemeinsam auf diesem Ding verbringen. Mein Instinkt schlug mit einem riesigen Vorschlaghammer gegen die hundert Alarmglocken in meinem Kopf. Aber was blieb mir denn anderes übrig? Außerdem wusste ich mich zu verteidigen. Ich hatte den blauen Gürtel im Taekwondo und hatte mich zumindest im Training schon mehrfach gegen mehr als einen Gegner zur Wehr setzen können.

„Du willst das wirklich machen?" Vin sah mich fragend an und mein Kopf nickte. Ich stoppte ihn. „Ja, sicher. Was haben wir denn für eine Wahl?"

Er seufzte. „Wir könnten erstmal hierbleiben. Ein paar Tage warten. Jeden Menschen auf dieser Insel fragen, wie wir hier wegkommen können. Es kann doch nicht so schwer sein, jemanden zu finden, der uns auf die andere Insel bringt."

Mika verdrehte die Augen. „Also, ich will hier weg. Ich habe eine Verabredung, und zwar in drei Tagen. Wenn ihr nicht mitkommt, mache ich das halt alleine." Er wandte sich dem Mann zu und holte sein Portemonnaie aus der Hosentasche.

„Nein!" Ich wollte nicht hierbleiben. „Wir kommen mit." Ich sah zu Vin. „Zumindest ich komme mit."

Vin zögerte, aber dann nickte auch er.

„Woher wissen wir eigentlich, in welche Richtung wir fahren?"

Mika und Vin sahen mich an, als hätte ich sie gebeten, mir zu erklären, wie man eine Flasche Wasser aus dem Supermarkt aufschraubt.

„Guckt nicht so! Ich bin nicht so vertraut mit diesen maritimen Dingen."

Mika seufzte, aber im nächsten Moment lächelte er. „Wir haben ein GPS-Gerät."

Ich sah ihn an, vermutlich verdutzt. „In diesem alten Kahn?" Ich stand direkt neben ihm, hinter dem großen hölzernen Steuerrad und zwei Geräten, die ich nicht kannte, deren Plastik-Displays aber zerkratzt und mit gelblichem Staub überzogen waren. Er deutete auf eines der beiden. „Ich glaube, heutzutage gibt es kaum ein Schiff, das ohne GPS fährt. Das wäre ja, als würdest du ohne Navi autofahren." Das verstand ich. Inzwischen ließ ich mein Handy auch für kurze Strecken die Route mit dem geringsten Verkehr berechnen.

„Okay. Und was sagt uns dieses GPS-Ding für eine Ankunftszeit voraus?“

Wieder erntete ich Blicke, durch die ich mich sehr unwissend fühlte.

„Marie.“ Vin sagte meinen Namen, als würden wir uns seit Jahren kennen. Als hätte er mir schon oft etwas erklärt. Es klang nicht abwertend, sondern einfach so, als würde er sein Wissen ein weiteres Mal mit mir teilen wollen. „Das ist nicht Google Maps. Wir bekommen keine Routenplanung. Es hilft uns nur, auf Kurs zu bleiben.“

„Okay.“ Ich kam mir ein bisschen dumm vor, aber dann lächelte er und das Gefühl verschwand.

„Bist du denn noch nie Boot gefahren, Rie?“ Rie? Er nannte mich Rie? In meinem gesamten Leben hatten nur zwei Menschen mich bei diesem Spitznamen genannt. Meine Mutter und mein Vater. Ich stutzte, öffnete den Mund, brachte aber keinen Ton heraus. Stattdessen schüttelte ich nur den Kopf und trat zurück. Ich ging zwei Schritte über den rissigen Bodenbelag und setzte mich auf eine der Bänke, die rechts und links vom Steuerrad standen. Das Sitzpolster wirkte klamm und ich überlegte, ob ich nicht besser wieder aufstehen sollte.

„Ist alles okay?“ Mika runzelte die Stirn.

Ich nickte und die Falten in seinem Gesicht wurden tiefer. „Sicher?“

„Ja, ähm. Nichts. Es ist nur … Es gibt einfach nicht viele Menschen, die mich so nennen. Nur noch einen, eigentlich.“

Er sah wieder auf die Geräte. „Wie denn?“

„Rie.“

Er schwieg und hielt seinen Blick von mir abgewandt und dann räusperte er sich. „Ich fand einfach, dass es zu dir passt.“

Ich nickte wieder, ohne zu wissen warum.

„Ich hatte mal eine Freundin, die Marie hieß. Wir haben sie alle nur Rie genannt. Es ist für mich einfach normal. Ist es dir lieber, wenn ich dich nicht so nenne?“

„Nein. Nein, ist schon okay.“ Es war an der Zeit, diesem Namen seine Geschichte zu nehmen.

Mika drehte sich noch einmal zu mir, lächelte und sah wieder zurück zum Steuerrad und gemeinsam ließen wir unser Schweigen gegen das Motorengeräusch und das Rauschen des Meeres ankämpfen. Direkt vor meinen Füßen war eine Klappe, unter der sich der Motor befand. In meinen Ohren klangen die Geräusche, die er von sich gab, nicht so, wie sie es sollten. Aber was verstand ich schon von Motoren? Um nicht noch einen dieser Blicke zu ernten, schluckte ich meine Bedenken hinunter und hoffte, dass er durchhalten würde, bis wir unser Ziel erreichten.

„Wie lange werden wir denn nun ungefähr brauchen?“

Die Männer tauschten einen Blick und dann sagte Mika: „Ich schätze anderthalb Tage. Das hängt davon ab, was wir für Wetter haben und wie schnell dieses Ding tatsächlich noch fahren kann. Momentan sieht es nicht so aus, als würde die alte Kiste überhaupt acht Knoten zusammenbringen.“

Ich kaute auf meiner Unterlippe und fragte mich zum wiederholten Male, ob meine Vernunft vielleicht doch in meinem Koffer gereist und mit dem Flugzeug aus meiner Reichweite verschwunden war. Mika setzte sich neben mich. Auch er schien die unangenehme Feuchtigkeit im Polster zu bemerken, denn er drückte leicht mit der Hand auf die Stelle neben sich und blickte dann angewidert auf seine Handfläche.

„Das Ding ist nicht so richtig toll in Schuss, hm?" Das war nicht meine einzige Sorge, aber die andere wollte ich nicht aussprechen.

Er antwortete nicht auf meine Frage und sah mich einen Moment lang von der Seite an. Dann atmete er tief durch und fragte: „Wie schlimm ist es für dich, mit zwei fremden Männern anderthalb Tage allein auf einem Boot zu verbringen?"

Ich sah ihm in die Augen. Sein Blick war warm und offen. Ich war mir sicher, dass er die Frage aus Mitgefühl gestellt hatte, und nicht, um mich von etwas abzulenken. Einem Hinweis vielleicht, dass er Vin auf hoher See von Bord werfen würde und mich …

„Rie?"

Ich atmete ein und ließ die Luft so lange in meiner Lunge, wie ich den Nachhall dieses Namens in meinem Kopf hörte. „Nein, auch wenn das klingt wie der Beginn vom zweiten Akt eines furchtbar schlechten Horrorfilms, aber ich vertraue euch." Und ich hätte nicht erklären können, warum. Mit Vin hatte ich in den vergangenen Stunden so viele verschiedene Emotionen durchgemacht. Ich fühlte mich durch dieses Erlebnis mit ihm verbunden. Und dann war da noch etwas.

Und Mika? Obwohl er mir hätte fremd sein müssen, lag etwas in seinem Blick, das ich nicht deuten konnte. Aber dieses Etwas berührte mich und ich suchte den Blickkontakt immer wieder. Er strich mir über den Arm und bevor er seine Hand wieder hob, drückte er sanft mein Handgelenk und lächelte mich an. „Das kannst du auch." Ja, aber warum? Und dann sagte er noch: „Ich werde auf dich aufpassen."

Ich runzelte die Stirn. Warum sagte er soetwas? Wir kannten uns noch nicht einmal vierundzwanzig Stunden.

Vin räusperte sich und wir blickten zu ihm auf. „Also, stellen wir auf volle Kraft?"

„Volle Kraft voraus, Captain Sparrow." Mika und ich erhoben uns gleichzeitig und traten zu Vin ans Steuer. Vor uns lag nichts als der Horizont, der den blauen Him mel vom dunklen Meer abgrenzte. Die Sonne warf ihre Strahlen auf das Wasser und die Wellen sandten ihr Leuchten in glitzernden Reflexionen zurück. Das Bild der unruhigen Wassermassen hätte mich verängstigen sollen. Aber stattdessen verdrängte der Blick auf diese weite Freiheit die Sorge um unsere sichere Ankunft und das Misstrauen gegenüber Vin und Mika, das sich nicht so recht einstellen wollte.

Die Männer wechselten sich am Steuer ab und ich versuchte, in der kleinen Küche unsere Vorräte zu verstauen. Es war nicht viel. Ein paar Flaschen Wasser, etwas Gemüse, ein bisschen Obst und ein paar Nudel. Kingston hatte uns auch eine Angel gegeben. Ich bezweifelte, dass wir damit etwas aus dem Wasser fischen würden, aber Vin und Mika schienen sich darauf zu freuen, Füße und Angelschnur über Bord baumeln zu lassen.

„Findest du für alles einen Platz?"

Ich schrak zusammen. Mika stand so dicht hinter mir, dass ich seinen Atem spüren konnte. „Ähm, na ja, wie man's nimmt." Ich sah mich in der Küche um. Das Innere des Bootes war in einem besseren Zustand, als man es von außen erwarten würde. Nachdem ich die Edelstahlflächen mit den Putzmitteln, die in der Spüle standen, poliert und die Lampe über dem Herd durch heftiges Rütteln zum Leuchten gebracht hatte, konnte ich mir sogar vorstellen, hier zu kochen. Ich hatte mich allerdings nicht getraut, die Schränke zu öffnen. Es lag ein undefinierbarer Geruch in der Luft und ich hatte keine Lust darauf, seinen Ursprung aufzuspüren.

Mika drückte sich an mir vorbei. Der Küchenbereich war schmal und seine Brust berührte meinen Rücken. „Hast du schon Gläser gefunden?“ Er öffnete ein paar Schranktüren und ich musste den Kopf abwenden, um dem Anblick eines verwesten Tieres oder einer vergammelten Packung Trockenobst zu entgehen.

„Nein, ich hatte keine große Lust, das Innere der Schränke zu erkunden.“

„Warum nicht?“ Er hatte die Gläser gefunden, stellte drei davon auf die Arbeitsfläche der Spüle und öffnete eine der Wasserflaschen.

„Ach, egal. Wie kommen wir voran? Wie schnell fahren wir?“

Mika verzog das Gesicht. Aber er antwortete nicht.

„Nun sag schon.“ Ich nahm die Gläser und stellte sie in die Spüle, ließ Wasser hineinlaufen und wusch sie so gründlich ab, als hätte Mika sie aus dem ersten Becken einer Kläranlage gefischt.

„Wir sind nicht mal halb so schnell, wie wir dachten.“

Meine Augen nahmen wahrscheinlich die Größe von Espressotellern an. „Nein!“

„Doch. Die Maschine ist schwach. Wir vermuten, dass ein anderer Motor verbaut wurde. Vielleicht hat er den guten Motor verkauft und einen billigeren einbauen lassen.“

„Das heißt, wir werden ungefähr zwei Tage brauchen? Oder mehr?“

„Ich fürchte schon, ja.“

Ich ließ mich wenig vorsichtig mit dem Rücken gegen den Kühlschrank fallen. „Na dann fangt mal an zu angeln.“

Die Sonne versank früher im Meer, als ich es erwartet hatte und um sieben Uhr brach die Dunkelheit über uns herein. Wir waren seit zehn Stunden unterwegs und hatten laut Vin noch nicht einmal ein Viertel der Strecke geschafft. Ich selbst konnte die Zahlen auf den Geräten nicht deuten. Es war ein seltsames Gefühl, nicht zu wissen, wo ich mich befand, in welche Richtung ich fahren musste. Falls Vin und Mika von einem Riesen-Oktopus vom Boot entführt würden, hatte ich keine Ahnung, wie ich jemals mein Ziel erreichen sollte. Ich hatte mich diesen beiden fremden Männern komplett ausgeliefert, hatte die Verantwortung und die Kontrolle abgegeben. Das passte nicht zu mir und ich verstand mich selbst nicht.

„Nun seht mal, was ich gefunden habe!“ Mika stieg mit einer Flasche Wein und drei Gläsern in der Hand die Treppe aus dem Wohnbereich des Bootes empor.

„Igitt, du hast doch nicht etwa noch tiefer in diesen Schränken gegraben?“ Ich verzog das Gesicht.

„Und hast du herausgefunden, was da so stinkt?“ Vor etwa drei Stunden hatte Vin angefangen, halbwegs normal mit Mika umzugehen. Ich wusste nicht, was genau zwischen den beiden passiert war, aber nachdem ich aus einem unruhigen Mittagsschlaf aufgewacht war, hatten sie vier Fische gefangen und schafften es, sich normal zu unterhalten.

Mika grinste schief. „Ja.“

Vin sah ihn erwartungsvoll an, aber Mika sprach nicht weiter. Sein Blick wanderte zu mir. „Ich erspare euch die Details. Ich habe diesem armen Wesen eine vernünftige Seebestattung gegeben und es kann jetzt endlich in Frieden ruhen.“

„Oh Gott, ich glaube, ich muss mich übergeben." Der Gedanke an ein totes Lebewesen, das zwischen alten Konservendosen verhungert war und dort monatelang auf einen unglücklichen Finder gewartet hatte, ließ mich würgen.

Vin strich mir über den Rücken. Ein Kribbeln durchfuhr meinen Körper und ich trat einen Schritt von ihm weg. Seit unserem zweiten Kuss berührte er mich, sobald ich mich in seiner Nähe befand. Ich mochte das und genau deshalb wollte ich es nicht zulassen.

„Willst du das machen, bevor oder nachdem wir den Wein getrunken haben?" Mika reichte Vin und mir jeweils ein Glas, stellte sein eigenes auf dem Boden ab und schraubte einen Flaschenöffner in den Korken der Weinflasche.

Ich legte den Kopf schief und grinste ihn gequält an. „Danach." Dann drehte ich mein Weinglas in der Hand und hielt es gegen das Licht.

„Ich habe sie abgewaschen."

Ich ließ das Glas wieder sinken, hörte aber nicht auf, es anzustarren und auf Flecken abzusuchen.

„Rie. Lass das! Ich sagte doch, ich habe es abgewaschen." Mit einem Plopp entkorkte Mika die Flasche, roch mit geschlossenen Augen erst am Korken und dann am Flaschenhals, goss einen Schluck in sein Glas und kostete den Wein. „Der ist gut." Er füllte sein Glas und hielt mir die Flasche mit einem fragenden Blick entgegen.

„Wieso wisst ihr eigentlich so viel übers Bootfahren und übers Angeln?" Wir saßen auf den beiden Bänken, die links und rechts vom Ruder standen. Mika hatte trokkene Wolldecken in den Schränken im Schlafbereich gefunden, die weder vermodert, noch nach etwas anderem rochen, das meinen Brechreiz auslöste. Die Männer saßen mir gegenüber auf der zweiten Bank und ich hatte die Beine hochgelegt und mich in eine rote Decke gekuschelt. Die erste Weinflasche war bereits geleert und Mika hatte eine zweite geöffnet.

„Mein Vater hat mir das alles erklärt." Mika lehnte sich zurück, fand aber keinen Halt, weil die Reling kaum höher war als die Bank selbst.

„Hast du eine sehr enge Beziehung zu deinem Vater, Mika?", fragte ich.

Er zögerte. „Irgendwie schon."

Ich runzelte die Stirn. „Irgendwie schon? Was bedeutet das denn?"

„Ach nichts. Ich rede nicht so gern darüber." Er schwieg.

Vin durchbrach das Schweigen: „Was ist mit dir Marie? Hast du eine enge Beziehung zu deinem Vater?"

Ich schluckte und sagte leise: „Mein Vater ist gestorben, als ich sechs Jahre alt war." Vin senkte den Blick und presste die Lippen aufeinander. Keiner der beiden reagierte mit Worten. Also sprach ich weiter. „Wir waren zelten und er ist in den Fluss gefallen. Er hat sich den Kopf angeschlagen und ich konnte ihn nicht festhalten. Der Fluss hat ihn mit sich gerissen."

Mika hob den Kopf und sah mich an. In seinem Blick lag das, was ich immer in den Augen derer las, denen ich meine Geschichte erzählte. Mitgefühl und Hilflosigkeit. Ich sah weg und er fragte: „Habt ihr euch gut verstanden? Du und dein Vater?"

Ich überlegte. Ich sprach nicht gern über ihn und bereute, überhaupt damit angefangen zu haben.

„Du musst nicht antworten, wenn du nicht willst." Mika leerte sein Glas in einem Zug und füllte es sofort wieder. Er hielt mir fragend die Flasche hin.

Ich schüttelte den Kopf. „Ist schon okay. Ich war noch klein. Ich kann mich kaum an ihn erinnern. Er war selten zuhause.“ Nur der letzte Satz stimmte.

„Warum nicht?“ Vin nahm Mika die Flasche aus der Hand und füllte sein eigenes Glas.

„Er war oft für mehrere Wochen geschäftlich unterwegs. Dann war er wieder für ein paar Wochen da und dann wieder weg. So war es auch an Weihnachten und in den Sommerferien.“

„Wie war denn dein Vater, wenn er da war?“, fragte Mika weiter.

„Lieb. Aufmerksam. Zumindest ist es das, was meine Mutter mir erzählt hat. Ich selbst erinnere mich vor allem an diesen letzten Ausflug.“ Ich schwieg für einen Moment und hoffte, dass einer der beiden endlich das Thema wechseln würde.

Und dann sagte Vin: „Das muss eine sehr schwere Zeit für dich und deine Mutter gewesen sein. Wie bist du damit klargekommen?“

Ich nickte. „Ja, das war es. Meine Mutter hat nie wieder einen Mann gefunden, dem sie wirklich vertraut hat. Auch wenn es nicht die Schuld meines Vaters war, hatte sie doch das Gefühl betrogen worden zu sein. Nicht von ihm. Eher von der Liebe. Vom Leben. Sie hat Angst, sich noch einmal so verletzlich zu zeigen und dann doch nur wieder enttäuscht zu werden.“ Und diese Angst hatte sie an mich weitergegeben.

Mika schwieg und Vin fragte: „Und wie ging es dir? So ohne Vater?“ Er stand auf und warf einen Blick auf das GPS-Gerät.

„Es war okay. Ich kannte es ja nicht anders und meine Mutter hat das wirklich toll gemacht.“ Beim letzten Wort musste ich gähnen. Ich hielt mir die Hand vor den Mund und lachte auf. „Ich sollte vermutlich schlafen gehen. Habt ihr was dagegen, wenn ihr euch das große Bett teilt?“

Vin und Mika wechselten wieder einen Blick und in Mikas Mundwinkeln zuckte es. „Das kriegen wir hin.“

Kapitel 6

TAG 3

Marie, wach auf!“ Eine Hand lag auf meiner Schulter und rüttelte so fest daran, dass ich hin und her geschüttelt wurde. Die Erkenntnis, dass jemand versuchte, mich zu wecken, erreichte mich erst nach ein paar Sekunden. Aber als ich die Tiefschlafphase endlich verließ, brauchte ich nur einen kurzen Augenblick, um vollständig aufzuwachen. Ein Husten drang aus meiner Lunge. Es roch nach heißem geschmolzenem Plastik, glühendem Holz und brennender Wolle. Ich öffnete die Augen und sofort legten sich feine Rauchpartikel auf meine Netzhaut. Ich blinzelte und erkannte Vin hinter einem dichten grauen Nebel. „Was ist passiert?“

Er zog mich zu sich, hustete und bedeutete mir, ihm zu folgen. Doch ich stürzte stattdessen in den Wohnbereich. Hier war der Rauch so dick, dass ich kaum sehen konnte, was vor mir lag. Unter dem kleinen Tisch vor der Treppe fand ich, was ich suchte: einen Rucksack. Er stand auf dem kleinen Tisch vor dem Sofa. Ich riss ihn herunter und dabei fiel ein schwarzes Notizbuch auf den Boden, das unter ihm gelegen haben musste. Ich kümmerte mich nicht darum und kippte den gesamten Inhalt des Rucksacks aus. Tablet, Männerunterwäsche, zwei Bücher. Und dazwischen lag das schwarze Notizbuch.

„Marie, was tust du da? Wir müssen raus hier. Das Ding kann jeden Moment explodieren.“ Vin war schon an der Treppe, aber dann griff er nach seinem eigenen Rucksack und warf Sachen hinein.

Ich beachtete seine Worte nicht. Stattdessen starrte ich auf das Notizbuch. Ein Foto war herausgerutscht und zeigte die Beine eines Mannes. Die Füße steckten in türkisblauen Turnschuhen. Langsam streckte ich meine Hand nach dem Bild aus und zog es zwischen den Seiten hervor. Als ich den Mann auf dem Bild erkannte, ließ ich das Foto fallen, schlug eine Hand vor den Mund und wäre auf den Boden gesackt, wenn nicht plötzlich Vin hinter mir gestanden und mich aufgefangen hätte. Er zog an meiner Hand und ich stand auf. Seine Berührung schaffte es, den Schock ein kleines bisschen aus meinem Körper zu vertreiben. Und als wir die vier Stufen an Deck hochstiegen, waren das Notizbuch und das Foto aus meinen Gedanken verschwunden. Flammen schlugen uns entgegen, umgaben uns und die Luft war so heiß, dass meine Haut sich anfühlte, als würde sie unter der Hitze versengen.

„Springt!“ Mikas Stimme erklang aus weiter Ferne. Ich starrte ihn nur an. Starrte auf die Flammen, die bereits das Ruder, die Bänke und einen großen Teil des vorderen Decks erfasst hatten. Binnen Sekunden hatte er sich selbst einen Rucksack auf den Rücken geworfen und war neben mir.

Er schrie: „Ich hab gesagt, spring!“

„Gibt es kein Rettungsboot?“

„Das brennt.“ Mika zog mich zur Reling, hob mich darüber und warf mich über Bord. Als das Wasser meine Haut berührte, löste ich mich aus meiner Starre und schwamm. Mika tauchte prustend neben mir auf, hinter mir hörte ich ein weiteres Platschen und vermutete, dass

Vin auch ins Wasser gesprungen war, und uns nun folgte. Das Feuer erhellte die Wasseroberfläche und ich zerteilte kleine Fischschwärme mit meinen Händen und Armen. Vermutlich glaubten sie, die Sonne stünde hoch am Himmel. Aber Fische glauben nicht. Sie folgen nur ihrem Instinkt. Helligkeit triggert ihren Instinkt und sie handeln danach, ganz ohne zu denken. Genauso wie ich in diesem Moment. Die Hitze hinter mir und das Knacken der brennenden Holzwände hatten meinen Fluchtinstinkt ausgelöst. Im Flugzeug hätte er mir nichts genutzt, aber hier im offenen Meer rettete er mir das Leben. Ich schwamm, so schnell ich konnte, ohne zu wissen, wohin. Mika blieb dicht bei mir und ich vermutete Vin hinter mir, auch wenn ich ihn nicht hören konnte und es nicht wagte, mich umzudrehen.

Irgendwann hörten wir ein lautes Krachen.

„Was war das?“ Panisch drehte ich mich zu Mika und dann nach hinten, in Richtung Boot.

„Irgendwas ist zusammengebrochen, denke ich.“ Er war genauso außer Atem wie ich, unterbrach seine Schwimmbewegungen aber nicht. „Los, wir müssen weiter.“

Mein Blick war noch immer auf das brennende Boot gerichtet. Irgendetwas war falsch an diesem Bild. Etwas fühlte sich überhaupt nicht richtig an. Ich verlangsamte meine Schwimmzüge und drehte mich immer wieder nach hinten. Als mich die Erkenntnis traf, hörte ich für einen Moment auf, mich zu bewegen, und tauchte unter. So schnell ich konnte, schwamm ich zurück an die Oberfläche, blickte noch einmal in alle Richtungen. Und als ich ihn immer noch nicht entdecken konnte, schrie ich. So laut ich konnte, schrie ich seinen Namen. Aber er antwortete nicht. Mika drehte sich zu mir und suchte dann selbst das Wasser um uns herum nach Vin ab. Als auch er ihn nicht finden konnte, schrie er mit mir zusammen. Aber außer den knisternden Flammen erreichte uns keine Antwort.

Kapitel 7

20 JAHRE ZUVOR

Rie schrie noch immer. Immer wieder schrie sie nach ihm. Aber sonst rührte sie sich nicht. Sie lief nicht einmal am Ufer entlang, um zu beobachten, wo es ihn hintrieb. Aber sie hätte mit der Geschwindigkeit des Flusses auch nicht Schritt halten können. Und dann sank sie auf die Knie und schlug die Hände vors Gesicht. Ihr Körper bebte, tiefe Schluchzer schallten in unregelmäßigen Abständen über den Fluss hinweg und wurden von seinem Rauschen verschluckt.

Irgendwann beruhigte sich das Beben und sie zog langsam die Hände von den Augen. Ihr Blick glitt über den Fluss und dann starrte sie in den Wald. Wahrscheinlich hoffte sie, er hätte sich an einer anderen Stelle aus dem Wasser ziehen können und würde nun auf diesem Weg zu ihr zurückkommen. Doch außer einem Fuchs, der zwischen den Bäumen herumschlich und eine Maus jagte, erschien kein Lebewesen, das größer war als ein Buntspecht.

Die Sonne überschritt den Zenit und Ries tränennasses Gesicht löste sich langsam aus seiner Starre. Sie sah zum Himmel, runzelte die Stirn und stand auf. Dann ging sie zu dem alten Pick-up und kletterte hinein. Es schien, als würde sie etwas suchen, fand es aber nicht und ging dann weiter zum Zelt. Auch das verließ sie nach einigen Minuten wieder mit leeren Händen. Sie rannte zurück zum Fluss und schien zu überlegen, ob sie es wagen sollte, hineinzusteigen und ihrem Vater so zu folgen. Sie besann sich aber und rannte stattdessen ein paar Schritte in den Wald hinein. Aber auch hier blieb sie abrupt stehen und ging dann mit hängenden Schultern zurück zum Zeltplatz.

Ein weiteres Schluchzen schüttelte sie und sie sah sich suchend um, so als überlegte sie, was sie nun tun sollte. Sie sah zwischen dem Fluss und dem Weg, den sie vor wenigen Stunden gekommen waren, hin und her. Dann lief sie noch einmal zum Zelt, steckte den Kopf hinein und als sie wieder im Freien stand, hielt sie einen schwarzen Stoffhasen in der Hand, der aussah, als würde er sie schon ein paar Jahre begleiten. Sie drückte ihn an ihre Brust, vergrub das Gesicht in seinem Fell und wieder durchdrang ein Schluchzen die Stille des Waldes. Aber es wurde schwächer und sie konnte sich nach wenigen Minuten beruhigen.

Als Rie den Kopf wieder hob, lag ein entschlossener Blick in ihren Augen und sie rannte auf den Waldweg zu, ohne sich ein letztes Mal umzusehen. Als sie den Wald erreichte, beschleunigte sie ihr Tempo und zu der Entschlossenheit, die ihr Gesicht noch immer ausstrahlte, mischte sich Angst. Immer wieder sah sie nach links und nach rechts. So, als würde sie sich vergewissern, dass kein Tier zwischen den Bäumen auftauchen und sie angreifen würde. Das Licht drang immer weniger durch das dichte Blätter- und Nadelwerk und die Farben des Waldes verloren ihre Intensität, machten einer düsteren Atmosphäre Platz.

Minuten, die ihr vermutlich wie Stunden vorkamen, rannte sie. Die Haut in ihrem Gesicht färbte sich auf den Wangen rot und auf ihrer Stirn bildete sich ein glänzender Film. Die Locken klebten nass an den Schläfen und ihr Mund stand offen. Ihre Nase konnte es bei diesem Tempo nicht schaffen, so viel Sauerstoff in ihre Lunge und ihre Blutbahnen zu bringen, wie sie brauchte. Ihre Atmung wurde lauter und jedes Mal, wenn sie Luft in die Lungen sog, drang ein pfeifender Ton durch den Wald.

Und dann verhakte sich ihr Fuß in einer Wurzel. Sie stolperte und fiel ungebremst in aufgewühlte Erde. Für einen Moment blieb sie mit ausgestreckten Armen liegen und rührte sich nicht. Dann zog sie die Hände unter den Kopf und ihr Körper wurde ein weiteres Mal von heftigen Schluchzern geschüttelt, aber nach wenigen Sekunden hielt sie unvermittelt inne. Ein Laut drang in die Ruhe des Waldes ein, der dort nicht hingehörte. Es war das Geräusch von Reifen, die über Asphalt rollten. Ein Auto. Rie stützte sich auf Hände und Knie und sprang auf. Ihr Gesicht war von braunen Flecken übersät und eine Schramme zog sich über ihre Stirn.

Die Straße lag nur etwa zwanzig Meter entfernt, aber als sie dort ankam, war kein Auto in Sicht. Rie sah unschlüssig von links nach rechts und schließlich zum Himmel. Es war noch immer hell. Sie besah ihre Hände, auf denen sich ebenfalls braune Flecken abzeichneten, und hockte sich an den Straßenrand. Aber im nächsten Augenblick sprang sie wieder auf und rannte nach links. Der Fahrtrichtung entgegen. Nach ein paar Minuten hatte noch kein Auto ihren Weg gekreuzt und sie verlangsamte ihren Schritt, ganz so, als wäre ihr Körper inzwischen zu schwach, um die Anforderungen, die das Leben in der letzten Stunde an sie gestellt hatte und immer noch stellte, erfüllen zu können.

Je weiter sie ging, umso schleppender wurde ihr Gang und umso tiefer sanken ihre Schultern. Frische Tränen rannen ihr über die Wangen und malten helle Linien in die dunklen Flecken. Sie wischte mit den Händen darüber und verschmierte die Erde weiter. Und dann sah sie auf, riss die Arme nach oben und öffnete und schloss sie in der Luft. Ein weißer Familien-Van näherte sich und verlangsamte das Tempo, fuhr an Rie vorbei und kam ein paar Meter hinter ihr zum Stehen.

Sie ließ die Arme langsam sinken und hob den Kopf zu der Frau, die aus dem Auto gestiegen war und zu ihr gerannt kam. Sie stellte ihr ein paar Fragen. Sehr leise. Rie nickte, schüttelte den Kopf und zeigte schließlich in die Richtung, aus der sie gekommen war. Die Frau zog ein Handy aus der Jackentasche, wählte eine Nummer und hielt sich das Gerät dann ans Ohr. Während sie darauf wartete, dass der Anruf beantwortet wurde, zog sie ihre Jacke aus, legte sie Rie um die Schultern und ging in die Hocke, sodass ihr Gesicht sich auf der gleichen Höhe befand wie Ries.

Nach ein paar Worten beendete sie den Anruf wieder, holte eine Sitzerhöhung aus dem Kofferraum und bedeutete dem Mädchen, sich in das Auto zu setzen. Rie folgte der Aufforderung und stieg auf der Beifahrerseite ein.

Durch die Scheibe konnte er erkennen, wie sie den Kopf gegen die Sitzlehne fallen ließ. Vermutlich schloss sie die Augen. Er hätte es getan.

Kapitel 8

TAG 8

Sonnenstrahlen fielen mir aufs Gesicht. Es waren die ersten des Tages. Die Luft war noch frisch. Von den Blättern tropfte der Regen der vergangenen Stunde und neben mir hörte ich das leise Schnarchen eines Mannes. Sein Arm lag schwer auf meiner Taille und ich fragte mich, wann er sich so nah zu mir gelegt hatte. Ich hielt die Augen geschlossen und genoss für einen Moment seine Berührung. Dann seufzte ich lautlos, hob langsam seinen Arm an und legte ihn hinter mir auf dem Sandboden ab.

Ich stand auf, trat unter dem Palmendach hervor, das es irgendwie schaffte, uns trocken zu halten, und ging über die weißen Sandwellen hin zum Wasser. Die Sonne war bereits ein gutes Stück über den Horizont gestiegen und ihre Strahlen blendeten mich. Ich schloss die Augen, atmete die salzige und feuchte Luft der See ein, und Tränen liefen mir über die Wangen. Wie sollten wir nur jemals hier wegkommen?

„Hey! Guten Morgen." Seine Stimme klang kratzig und verschlafen. Er trat zu mir und ich erschauderte ein wenig, als sich seine Hand sanft auf meinen Rücken legte. Mein Körper versteifte sich. Er schien es zu merken und ließ die Hand wieder sinken. „Hast du geweint?"

Ich wischte mir über das Gesicht und drehte mich zu ihm. „Nein, alles gut. Das war nur die Seeluft." Es wehte kein Wind und natürlich glaubte er mir nicht. Aber er schwieg und sah mich nur einen unendlichen Moment lang an. Die Wunde auf seiner Wange heilte langsam ab. Er würde eine Narbe davon behalten. Die Bartstoppeln um die Schramme herum waren in den letzten Tagen gewachsen und ein dichter dunkler Flaum bedeckte die untere Hälfte seines Gesichts.

„Hast du Hunger?" Der Haarflaum bewegte sich und ich starrte ihn an. Aber antworten konnte ich ihm nicht. Wie sollte ich auch?

„Marie!" Sein Blick war fragend und ich sah die Verzweiflung in seinen Augen. Er hatte keine Ahnung. Er wusste nicht, dass ich es wusste. Aber was wusste ich eigentlich?

„Marie?" Er strich mir mit den Fingern eine Strähne aus dem Gesicht, steckte sie mir hinters Ohr und ich wich unwillkürlich einen Schritt zurück.

„Ähm, ich will schwimmen gehen. Das Wasser sieht toll aus." Bevor er etwas erwidern konnte, zog ich mir das T-Shirt über den Kopf, stieg aus meiner Jeans und rannte zum Wasser, froh darüber, die Unterwäsche auf dem Boot gegen meinen Bikini gewechselt zu haben. Ich würde jetzt nur sehr ungern in schwarzem Spitzen-BH und passendem Höschen vor ihm herumlaufen. Er folgte mir nicht.

Das Meer hatte sich auch in dieser Nacht nicht abgekühlt. Noch war es wärmer als die Luft, was sich aber in wenigen Stunden ändern würde. Ich machte ein paar Schwimmzüge, tauchte mit dem Kopf unter Wasser und öffnete die Augen, um auf den Grund zu schauen. Das Wasser war klar, es brannte im ersten Moment in den

Augen, aber dann konnte ich sie geöffnet halten. Außer Sand gab es jedoch nichts zu sehen. Ich tauchte wieder auf und blickte zum Strand. Er war weg.

Vielleicht tat ich ihm Unrecht. Vielleicht war es überhaupt nicht sein Foto. Aber woher sollte ich das wissen? Und wenn es sein Foto gewesen war, vielleicht war alles nur ein Zufall. Aber wie konnte es dieses Bild überhaupt geben? Jedes Mal, wenn ich daran dachte, legte sich eine Schlinge um meine Brust. Wie konnte das möglich sein? Mein Vater war tot. Ich hatte ihn sterben gesehen. Ich ignorierte die leise Stimme in meinem Kopf, die mir sagte, dass das nicht stimmte. Dass ich nicht gesehen hatte, wie er starb. Ich wollte nicht darüber nachdenken und unterdrückte die Gedanken an das Foto, denn jeder einzelne von ihnen riss mir das Herz aus der Brust.

Als ich wieder aus dem Wasser stieg, hatte er die Früchte, die wir in den vergangenen Tagen gesammelt hatten, bereits aufgeschnitten und in den Kokosnusshälften verteilt, die wir als Geschirr benutzten. Er hatte alles auf dem flachen Felsblock abgelegt, der uns als Tisch diente. Ich ging daran vorbei, nahm mir das Messer, das er geschafft hatte, von Bord zu bringen, und trat zu dem Palmenbaum mit der schiefen Krone, um einen weiteren Strich in die Rinde zu ritzen.

„Fünf." Etwas ungläubig machte ich einen diagonalen Strich durch die vier geraden der letzten Tage.

„Fünf Tage." Er hatte sich vor unseren Tisch gesetzt und begann, die Obststückchen mit den Fingern aus der Schale zu nehmen. Ich seufzte und nahm mir meine eigene Schale. Anstatt mich zu ihm zu setzen, ging ich zurück zum Baum, lehnte mich gegen den Stamm und ließ mich zu Boden in den Sand gleiten.

„Wirst du mir irgendwann sagen, was los ist?“ Seine Augen waren gerötet und tiefe Schatten zogen sich um sie herum. Ich hatte ihn jede der vergangenen Nächte weinen gehört, aber ich war mir sicher, dass er glaubte, es vor mir verbergen zu können.

Ich hob nur die Augenbrauen und steckte mir ein Stück Papaya in den Mund.

„Was?“

Ich schluckte das Obst hinunter. Schluckte noch einmal, um auch den Kloß in meinem Hals loszuwerden, aber er blieb genau an der Stelle, an der er mir seit fünf Tagen die Luft zum Atmen nahm.

„Marie?“

„Er ist verschwunden. Vermutlich ist er tot. Das reicht doch, oder?“

„Du kanntest ihn doch überhaupt nicht.“ Er wich meinem Blick aus und für einen Moment meinte ich zu sehen, wie seine Augen zu glänzen anfingen. Aber dann drehte er den Kopf in Richtung Meer.

„Du doch auch nicht und trotzdem geht es dir auch so.“ Und er hatte ihn am Anfang nahezu gehasst. Aber das sagte ich nicht.

Er wischte sich über die Wange und wandte den Blick wieder mir zu. Für einen unendlichen Moment sah er mich nur an. Er sah mich an, als wollte er etwas sagen, aber sein Mund blieb verschlossen. Und dann sprang er auf und rannte zum Strand. In den letzten fünf Tagen war er Gesprächen dieser Art immer ausgewichen. Ich schloss die Augen und lehnte meinen Kopf gegen den Baumstamm. Ich wollte ja selbst nicht darüber reden. Darüber zu reden bedeutete, mir endlich einzugestehen, dass Mika höchstwahrscheinlich tot war. Dass wir ihn hatten sterben lassen, um eine Chance zu haben, auf diese Insel zu schwimmen. Um eine Chance zu haben zu leben.

Kapitel 9

TAG 8

Marie?“ Seine Stimme klang verzweifelt. Dennoch konnte ich nicht antworten. Ich wollte nicht, dass er mich fand. Ich wollte sein Gesicht nicht sehen. Ich wollte nicht mit ihm sprechen. Ich wollte nicht, dass er mich immer weiter daran erinnerte, dass wir zu dritt hier sein sollten. Dass wir überhaupt nicht hier sein sollten. Und dass es meine Schuld war, dass wir es waren.

„Marie, wo bist du?“ Das Rauschen des Wassers verschluckte seinen Ruf fast. Aber dennoch hörte ich das Drängen in seiner Stimme. Und dann sah ich ihn. Er schob die Brille die verschwitzte Nase hinauf, stemmte die Hände in die Hüften und sah sich suchend um.

Ich saß hinter einem der Felsen am Ufer des kleinen Sees, den wir am ersten Tag entdeckt hatten. Meine Knie schützend vor meinen Körper zum Kinn gezogen.

Er sank in die Hocke, legte den Kopf in die Hände und schaute dann auf zu den Klippen empor, an denen das Wasser hinabstürzte. Ich hatte meinen Vater einmal gefragt, wann das Wasser, das vom Himmel ins Meer fällt, seine Farbe wechseln und so wunderschön blau werden würde. Er hatte mich nur fragend angesehen, gelacht und mich in den Arm genommen. Aber geantwortet hatte er mir nicht. Und auch wenn ich jetzt wusste, dass Wasser immer die gleiche Farbe hat, dass es alle anderen Farben des Sonnenlichts mit sich in die Tiefe nimmt, uns nur das Blau lässt, stellte ich mir die gleiche Frage, als ich diesem Wasserfall dabei zusah, wie er den See füllte.

Vin war wieder aufgestanden und kam nun in meine Richtung. Ich atmete tief durch und erhob mich ebenfalls. Nur weil ich mit der ganzen Situation nicht klarkam, durfte ich ihm nicht noch mehr Sorgen bereiten. Als er mich erblickte, wich die Farbe aus seinem Gesicht. Und dann lächelte er, erleichtert.

„Da bist du ja." Er rannte auf mich zu, aber bevor er mich erreichte, stoppte er sich. „Warst du die ganze Zeit hier?"

Ich nickte nur. Und dann … dann fiel ich nach vorne, gegen seine Brust und die Tränen brachen aus mir heraus. Aus meiner Kehle drang ein tiefes Schluchzen und bevor Vin seine Arme um mich legen konnte, gaben meine Beine nach und ich sank zu Boden. Er sank mit mir, hielt mich, während ich gegen einen Felsen glitt und weinte. Er setzte sich neben mich und ich ließ den Kopf auf seine Schulter fallen. Und wieder erreichte mich das seltsam vertraute Gefühl seiner Nähe. Nach und nach beruhigte es mich und irgendwann versiegte die Quelle meiner Tränen und die Abstände zwischen den Schluchzern wurden größer. Vin streichelte mir über den Rücken und hielt mich so fest, dass es mir schwerfiel, mich aufzurichten. Als er seinen Griff lockerte, setzte ich mich ein Stück von ihm weg, wischte mir übers Gesicht und atmete tief durch.

„Besser?" Auch er hatte geweint.

„Ein bisschen." Ich musste mich räuspern, damit die Stimme, die aus meinem Mund drang, meiner eigenen ähnelte. Ich strich ihm über die Wange und meine Finger blieben am unteren Rand seiner Brille hängen. „Ich hab dich angelogen."

Er runzelte die Stirn und sah mich erwartungsvoll an.

„Ich mag deine Brille." Seine Mundwinkel hoben sich zaghaft und er beobachte die Regungen in meinem Gesicht für einen Moment. Und dann grinste er. „Hast du schon mal nachgesehen, was hinter dem Wasserfall ist?"

Ich brauchte einen Moment, um den Themenwechsel zu verarbeiten. „Ähm, nein. Du etwa?"

„Ja." Er sprang auf, legte die Brille auf den Felsen und zog sich das T-Shirt über den Kopf. „Komm, ich zeig es dir." Er schlüpfte aus den Schuhen und hielt mir die Hand hin.

Ich zögerte.

„Nun komm schon. Es wird dir gefallen." Auf seinen Lippen lag noch immer sein Grinsen und ich spürte, wie sich auch meine Mundwinkel ein paar Millimeter weit hoben. Er machte eine einladende Bewegung mit dem Kopf, ließ meine Hand los und sprang ins Wasser.

Schließlich stieg ich aus meinen Klamotten und ließ mich auch ins Wasser gleiten. Er war bereits in der Mitte des Sees angekommen und sah sich nach mir um. Als ich zu ihm aufgeschlossen hatte, musste er schreien, damit ich ihn verstand. „Hast du schon mal so einen tollen Wasserfall gesehen?" Irgendwie schaffte es die Begeisterung, durch all die Trauer und Verzweiflung zu dringen und in seinen Augen aufzuleuchten. Unwillkürlich musste ich lächeln und schüttelte den Kopf. Und dann schwamm er los, kraulte ein paar Schwimmzüge, drehte sich auf den Rücken und wartete wieder auf mich. Ich schwamm zu ihm, an ihm vorbei und erreichte den

Wasserfall vor ihm. Ich hatte eine Steilwand erwartet, nicht mehr als einen Meter Abstand zwischen den Wassermassen und dem Felsen, von dem sie herabfielen. Stattdessen kletterte ich auf eine ähnliche Felsanordnung, wie jene am anderen Ufer. Vin zog sich neben mir auf die glatt gespülten Steine, wischte sich die nassen Haare aus der Stirn und lächelte mich an. Für einen Moment wurde aus dem Lächeln ein Grinsen, aber es erstarb Sekunden später wieder.

Es war zu laut, um ein Gespräch zu führen, und so saßen wir einfach nur dort, folgten dem Wasser mit den Augen und ich fragte mich, wo es herkam, warum es nicht aufhörte, nie weniger wurde.

„Ich will da hoch!" Meine Worte überraschten mich, aber als ich sie aussprach, packte mich eine Mischung aus Vorfreude, Adrenalin und Tatendrang. Vin sah mich fragend an. Er hatte mich nicht verstanden.

Ich sprang auf, deutete mit dem Finger nach oben und schrie: „Ich will da hoch!"

Vin zog die Augenbrauen zusammen und schüttelte leicht den Kopf. Aber dann schien er es sich anders zu überlegen. Plötzlich stand er neben mir, zog an meiner Hand und gemeinsam stiegen wir zurück ins Wasser. Wir tauchten zusammen unter dem Wasserfall hindurch und schwammen ans seitliche Ufer. Hier war es schwerer, die Felsen zu erklimmen. Sie standen höher aus dem Wasser heraus. Aber Vin schob mich nach oben und danach half ich ihm aus dem See zu steigen.

Von hier aus konnten wir weiterklettern. Ich schürfte mir die Knie auf und rutschte ein paar Mal ab, aber irgendwann stand ich wieder auf meinen Füßen. Vin zog sich neben mir hoch. Er war ein guter Kletterer und ich beobachtete gespannt, wie sich seine Muskeln unter der gebräunten Haut anspannten. Er ließ sich in das weiche

Moos am Ufer des Flusses fallen, der den Wasserfall nährte. Die Szenerie erinnerte mich an meinen Vater, auch wenn dieser Fluss deutlich schmaler war.

Ich setzte mich neben Vin. Das Tosen des Wassers war hier weniger donnernd, aber ich musste dennoch fast schreien, um es zu übertönen. „Der Fluss, in dem mein Vater gestorben ist, hatte eine ähnliche Strömung wie dieser hier.“ Ich wusste nicht, warum ich es sagte. Ich hatte mich selbst davon überzeugt, dass es Mikas Foto war. Ich wollte nicht glauben, dass dieses Bild Vin gehörte. Das Bild von meinem Vater mit den gleichen türkisfarbenen Turnschuhen. Aber mit grauen Strähnen zwischen den dunklen Locken, die viel kürzer waren als bei unserem Ausflug. Ich erinnerte mich daran, wie er auf der Fahrt zum Fluss darüber gesprochen hatte, zum Frisör zu gehen, sobald wir von unserem Ausflug zurückkommen würden. Aber er war nicht zurückgekommen. Und trotzdem hatte er einem Frisör seither einen Besuch abgestattet. Nicht Marcello, zu dem er mich immer mitgenommen hatte und bei dem ich in Kinderbüchern hatte blättern und Kakao trinken dürfen.

Vin schwieg wie schon auf dem Boot, also sagte ich: „Normalerweise stellen die Leute tausend Fragen, wenn ich diese Geschichte erzähle.“

Er atmete tief durch und sagte dann: „Das glaube ich. Aber ich wollte dich nicht drängen. Ich dachte, du erzählst so viel, wie du erzählen möchtest.“

Das war sehr taktvoll und doch verunsicherte es mich, dass er nicht nachfragte. War es womöglich doch sein Bild? Hatte er deshalb keinen Grund, weitere Fragen zu stellen, weil er die Antworten bereits kannte? Ich musste es wissen. Ohne auf seine Worte einzugehen, sagte ich: „Wir haben nie wieder etwas von ihm gehört oder gesehen. Sie haben seine Leiche nicht gefunden.“ Ich sprach schnell. Der Gedanke erschien mir noch immer absurd und ich wollte die Fragen klären, bevor mich der Mut verließ, sie zu stellen. „Vielleicht ist er ja gar nicht gestorben. Meinst du, das ist möglich?"

Er antwortete nicht sofort. Stattdessen legte er mir eine Hand an die Taille und zog mich zu sich. Seine nackte, feuchte Haut auf meiner zu spüren, verursachte ein Schaudern, das sich durch meinen gesamten Körper zog. Und auch auf seiner Brust bildeten sich kleine Erhebungen. Er bekam eine Gänsehaut. Ich lächelte und die Erinnerung an meinen Vater verschwamm. Gemeinsam mit den Bildern der brennenden Antoinette, Mikas Verschwinden und der Angst, nie wieder von dieser Insel herunterzukommen, beschäftigte mich das Foto in dem schwarzen Notizbuch in jeder wachen Minute. Vermutlich auch zwischen diesen Minuten. Und als Vin antwortete, wurde sie wieder klar. „Glaubst du, dass es möglich ist?"

Ich zögerte. Diese Gegenfrage klärte nichts. „Es ist nicht unmöglich. Aber hätte er sich dann nicht bei uns gemeldet?"

„Wahrscheinlich."

„Es sei denn, er hätte das Gedächtnis verloren. Aber dann hätten wir ihn in einem Krankenhaus gefunden."

„Wahrscheinlich."

Konnte er auch etwas anderes sagen? Sollte ich ihn direkt fragen? Aber bevor ich eine Chance dazu hatte, fragte er: „Bist du schon mal vom Zehnmeterturm gesprungen?" Vin streichelte meine Hand, fuhr mit den Fingern meinen Arm empor. Wich er mir aus? Warum?

„Wahrscheinlich klingt das jetzt total schräg, aber … also, ich glaube, ich habe ein Foto von meinem Vater auf der Antoinette gesehen."

„Wo?"

„In einem schwarzen Notizbuch."

„Und wann?"

„Kurz bevor wir das Boot verlassen haben. Als ich den Rucksack ausgekippt habe."

„Da war alles voller Rauch. Du warst in Panik und gerade erst aufgewacht."

Ich war nicht in Panik. „Ja, aber ich bin mir sicher, dass er es war."

„Bist du dir wirklich ganz sicher?"

Ich nickte. Dann schüttelte ich den Kopf. Konnte ich das wirklich sein? Dennoch fragte ich: „Vin, war das dein Foto?"

Ich spürte, wie sich sein Kopf bewegte. „Nein, ich besitze so ein Foto nicht." Es klang ehrlich.

„Dann gehört es Mika?"

„Das kannst du nur ihn fragen."

„Und wenn ich das nicht mehr kann?"

„Dann fragst du jemanden aus seiner Familie, wenn wir hier weg sind."

Ich nickte. Ein Teil von mir wollte weitere Fragen stellen. Aber ein größerer Teil wollte das Gespräch beenden und Vin glauben. Also fragte ich nicht weiter und ließ die letzten Minuten gedanklich Revue passieren. Und plötzlich drang ein einzelnes Wort zu mir durch.

„Zehnmeterturm?"

„Ja. Vom Zehnmeterturm. Bist du da jemals runtergesprungen?" Sein Mund war so nah an meinem Ohr, dass ich seine Lippen spüren konnte, wenn er redete. Ich schloss für einen Moment die Augen und richtete mich dann auf.

„Ähm, ja klar." Das stimmte. Allerdings hatte ich es nur einmal getan. Damals war ich dreizehn und ich war nur deshalb gesprungen, weil hinter mir sieben pubertierende Jungs gewartet hatten, an denen ich mich nicht mit hochrotem Kopf wieder vorbeidrängen wollte. Mein Bikinioberteil war durch die Wucht des Wassers bis zu meinen Ohren gerutscht und ich musste länger untertauchen, als meine Lungen das wollten, um es wieder richtig anzuziehen. Außerdem war ich schief auf die Wasseroberfläche getroffen und hatte noch Stunden später einen geröteten Oberschenkel.

„Dann los!“ Vin sprang auf. Er hielt noch immer meine Hand und zog mich mit sich.

„Was meinst du mit ‚los‘?“ Ich starrte ihn an. Eine dunkle Vorahnung durchfuhr mich, aber ich wollte von ihm hören, was er vorhatte.

„Na, wir springen.“

„Wir springen?“

Er nickte.

„Wohin?“

Er deutete in Richtung Wasserfall. Mein Herz begann zu rasen und meine Gedanken übernahmen dieses Tempo und jagten durch meinen Kopf. Das konnte er nicht ernst meinen. „Das sind aber mehr als zehn Meter.“ Meine Stimme überschlug sich leicht.

„Hast du Angst?“

Ich presste die Lippen aufeinander und nickte stumm.

„Es sind keine zehn Meter. Und der See wirkt tief. Ich springe zuerst.“

Er spannte die Muskeln an, aber ich hielt seine Hand fest, bevor er Anlauf nehmen konnte. „Nein! Du kannst mich doch hier nicht alleine lassen. Was, wenn dir was passiert?“

„Was sollte mir denn passieren?“

Mir fehlten die Worte und mein Mund klappte auf. Ich schloss ihn wieder und sah ihn böse an. „Du meinst, weil du gerade einen Beinahe-Flugzeugabsturz überlebt hast, nicht in den Flammen einer ehemaligen Luxusyacht verbrannt bist und du nicht mit Schwimmweste ertrunken bist, bist du unsterblich?“

Die Spannung wich aus seinem Körper und er trat zu mir zurück. Sein Blick war weich und ich fragte mich, wie viel er ohne Brille erkennen konnte. Ich sah mich um und entdeckte etwa einen Meter unter uns einen Fels, von dem aus ein kleiner Wasserlauf in die Tiefe führte. Ich beobachtete, wie das Wasser schnell zwischen den Steinen in Richtung See floss. Es sah aus wie eine Rutsche. Ich zog Vin hinter mir her und sprang auf den Fels.

„Was hast du vor?“

„Wir rutschen.“

„Wir machen was?“

„Komm, das wird lustig!“ Ich setzte mich in die über die Jahre, möglicherweise Jahrhunderte oder Jahrtausende, in den Stein gespülte Bahn, hielt mich an den Felskanten an den Seiten fest und ließ mich nach unten gleiten. Langsam, damit ich nicht mit hohem Tempo auf unsichtbare Hindernisse stieß oder mir die Haut an Po und Beinen aufscheuerte. Trotzdem durchspülte Adrenalin meinen Körper und ein Lachen entfuhr mir, kurz bevor ich die Augen schloss, mir die Nase zuhielt und ins Wasser eintauchte.

Kapitel 10

TAG 9

Das Wasser war tiefschwarz und ich hörte jemanden schreien, vielleicht war ich es selbst, vielleicht war es jemand anderes. Es war eine Frauenstimme. War ich die einzige Frau hier? Ja. Irgendwie wusste ich das. Aber was schrie ich? Einen Namen. Meine Stimme klang verzweifelt und mein Körper drehte sich in alle Richtungen. Wen suchte ich?

„Wo ist er?“ Ich schrie so laut, dass danach ein kratzender Schmerz meine Stimmbänder einhüllte.

Mika drehte sich schwimmend im Kreis und suchte das Wasser nach Vin ab. Ich folgte seinem Blick, aber alles, was ich sah, war der schwarze Ozean. Ein Teil davon wurde noch immer von der brennenden Antoinette erhellt. Auf den restlichen Wellen schimmerte das Mondlicht und ließ nur Umrisse erahnen.

„Rie, da drüben. Schau!“ Er deutete in die Richtung hinter mir. Ich drehte mich um und sah zuerst nichts. Aber dann erkannte ich die Umrisse von etwas, das aussah wie ein Berg. Wie eine Ansammlung von Bergen. Aber ich dachte nicht an Berge. Ich dachte an Wolken. Sie passten nicht zum restlichen sternenklaren Himmel.

„Was ist das?“

„Eine Insel.“ In seiner Stimme klangen Ehrfurcht und Aufregung mit.

Ich wollte etwas antworten, aber in diesem Moment hörte ich einen weiteren Schrei. Er war leiser und kam vom Boot. Nein, nicht direkt vom Boot. Neben der Antoinette tauchte ein Kopf, tauchten Arme aus dem Wasser auf, und etwas Orangefarbenes reflektierte das Feuer. Vin.

„Wo seid ihr?“, schrie er.

Wir winkten und riefen seinen Namen, aber er schwamm in die entgegengesetzte Richtung.

„Er kann uns nicht sehen.“ Mika wartete nicht auf mich und schwamm zu ihm. Ich folgte ihm und wir riefen weiter seinen Namen. Er war noch etwa zehn Meter von uns entfernt, als ein Knall unsere Rufe und das Rauschen der Wellen übertönte. Er übertönte auch meine Gedanken und jedes einzelne weitere Geräusch, außer dem durchgängigen Piepton, der sich von meinen Ohren aus durch meinen Kopf zog. Das Letzte, was ich sah, war eine große Kugel aus Feuer und schwarzem Rauch, die sich über der Antoinette in die Luft erhob und dann drückte jemand meinen Kopf unter Wasser.

Ich schrie.

„Marie. Marie, wach auf.“ Jemand rüttelte an meiner Schulter. Ich lag auf einem festen Untergrund. Wie war das möglich. Warum war ich nicht nass? Wieder erklang die Stimme: „Marie, wach auf. Du träumst wieder.“

Ich öffnete die Augen einen Spalt weit und blickte in Vins Gesicht. Er wirkte besorgt. Ich sah ihn ein paar Sekunden lang an und strich vorsichtig mit den Fingern über die Narbe an seiner Wange, um die herum sich seine Haut bis hinauf zum Auge und der Schläfe verfärbt hatte. „Tut es noch weh?“

Er schüttelte den Kopf, lehnte sich zurück, atmete tief ein und ließ die Luft langsam wieder durch die Nase entweichen. Ich spürte den Sand auf meiner Haut, aber ich hatte mich inzwischen daran gewöhnt und er störte mich nicht mehr. Zumindest nicht jetzt. Vin zog mich an sich und mein Kopf lag auf seiner Brust. Wir kannten uns erst seit neun Tagen und doch war mir sein Geruch schon vertraut, hatte ich den Takt seines Herzens schon so oft gehört, dass ich glaubte, ihn überall wiedererkennen zu können. Ich ließ mich fallen und wartete darauf, dass er etwas sagte, aber er schwieg.

Es war nur ein Traum gewesen. Derselbe Traum, dessen Bilder auch schon in den vergangenen fünf Nächten meinen Kopf durchgeistert hatten. Und in der Nacht davor. Nur, dass es in dieser ersten Nacht kein Traum gewesen war. In dieser Nacht war die Antoinette explodiert. Der Knall setzte unseren Hörsinn außer Gefecht und brennende Holzteile trafen um uns herum auf der Wasseroberfläche auf. Oder über mir, denn Mika hatte mich unter Wasser gedrückt. Er hatte mich angeschoben, damit ich mich in Sicherheit brachte. Aber ich konnte mich nicht entschließen, davonzuschwimmen, und blieb mit den Beinen paddelnd an der gleichen Stelle. Die Bewegung trieb mich immer wieder nach oben. Mein Atem reichte nicht lange und als ich auftauchte, war er verschwunden.

Ich rief nach Mika und nach Vin, aber ich hörte meine eigene Stimme nur leise, so als käme sie von weit her. Sie konnte den schrillen Ton in meinen Ohren kaum übertönen. Von den beiden Männern fehlte jede Spur. Aber als ich die Trümmer rund um das noch immer brennende Boot mit den Augen absuchte, entdeckte ich ein paar Meter von mir entfernt eine der Schwimmwesten. Sie umhüllte einen leblosen Körper und ich schwamm so schnell ich konnte zu ihm. Es war Vin. Sein Kopf ruhte auf einer zweiten Weste. Ich sagte etwas, doch er reagierte nicht. Das Feuer beleuchtete sein Gesicht. Es schimmerte rot. Ich rüttelte ihn und er bewegte sich leicht.

Ich sah mich um und schrie nach Mika, aber ich konnte ihn nirgendwo entdecken. Und ich hörte nichts. Eine Panik, die jene aus dem Flugzeug in Angst und Schrecken versetzt hätte, streckte ihre eiskalten Finger nach meinem Hals aus. Ich schüttelte heftig mit dem Kopf, um klare Gedanken fassen zu können. Aber es waren nur zwei, die zu mir durchdrangen. Vin lebte. Und wir mussten hier weg. Also drehte ich Vin auf den Rücken und tauchte unter, um mir die zweite Weste überstreifen zu können. Ich schaffte es, ihn mit mir zu ziehen, visierte die Berge an, schlug ihm immer wieder ins Gesicht und irgendwann bewegte er sich.

Inzwischen hatten wir uns so weit vom Boot entfernt, dass ich seine Gesichtszüge nicht mehr erkennen konnte. Bestimmt sprach er, aber ich hörte ihn nicht. Ich wusste nicht, ob es ihm genauso ging, aber da ich nicht sicher war, sagte ich ihm, was ich vorhatte. Gleichzeitig zog ich ihn in Richtung der Insel. Nach ein paar Sekunden machte auch er Schwimmbewegungen. Ich wusste nicht, wie lange wir brauchen würden, bis wir sie erreichten. Ich wusste nicht, ob wir es überhaupt schaffen würden. Mein Körper war einzig darauf eingestellt, alles zu tun, damit er überlebte. Also schwamm ich und Vin tat es mir gleich.

Ich wollte Mika nicht zurücklassen. Aber ich wusste nicht, wo er war. Und wenn er nach uns rief, hätte ich ihn nicht hören können. Von Zeit zu Zeit schrie ich seinen Namen, aber je weiter wir uns von der Antoinette entfernten, desto mehr fehlte mir dafür die Kraft. Als das Wasser wärmer wurde und der Widerstand, den es uns mit der Strömung entgegenstellte, wuchs, hatte ich sie fast vollständig verbraucht. In der Ferne sah ich noch immer das brennende Boot und fragte mich, wann es endlich untergehen würde. Von Mika fehlte jede Spur.

„Glaubst du, er ist tot?" Diese Frage brannte mir auf der Zunge, seit uns der Regen am ersten Morgen geweckt hatte. Aber ich hatte sie nicht gestellt, weil ich die Antwort ohnehin kannte. Und weil ich sie aus Vins Mund nicht hören wollte. Hätte er nicht bei uns sein müssen, wenn er es geschafft hatte? Oder hatte er uns einfach allein gelassen? Hatte ihn die Strömung abgetrieben?

Er antwortete nicht, zog mich nur fester an sich und strich mir über die Schulter.

„Vielleicht ist er nur an einer anderen Stelle …"

„Marie."

„Ich weiß."

„Wir brauchen einen Plan."

Die letzten Tage hatten wir damit verbracht, Essen und Trinkwasser zu suchen. Beides war leicht gewesen. Der See war nur zehn Gehminuten entfernt und führte Frischwasser. An den Bäumen wuchsen Früchte, wie wir sie aus dem heimischen Supermarkt kannten. Aber diese hier schmeckten anders. Jeder Bissen fühlte sich auf meiner Zunge an wie ein Abenteuer, so als würde ich das erste Mal wirklich schmecken, wie dieses Obst, wie Nahrung überhaupt schmecken musste.

Das Obst schnitten wir mit einem Messer, das Vin auf dem Boot in seinen Rucksack geworfen hatte. Außerdem hatte er es geschafft, eine grüne Plastikflasche mit Trinkwasser, eine Rolle Angelschnur, eine Kerze, seine Taucheruhr und ein Feuerzeug, das erst nach zwei Tagen im getrockneten Rucksack wieder funktionierte, einzupacken. Es war mein Rucksack, den er gegriffen hatte und es befanden sich noch weitere Dinge darin, die ich auf dem Boot nicht ausgeräumt hatte: ein dünnes Handtuch, ein Notizbuch und eine kleine Kamera.

„Warum hast du eigentlich eine Kerze mitgenommen?"

„Sie stand auf dem Tisch. Ich hatte nicht viel Zeit, um nachzudenken. Ich hab einfach alles gegriffen, was irgendwie Sinn machte."

„Wie die Angelschnur?" Ich lächelte. Ein wenig.

„Du musst zugeben, sie war bereits sehr nützlich."

Das stimmte. Wir hatten ein paar Palmenblätter damit zusammengebunden und uns auf diese Weise ein Dach gebaut.

„Ich will ihn suchen." Vin sprach meine Gedanken aus.

„Okay."

Es begann zu regnen und ich kuschelte mich enger an Vin, der das Handtuch fester über uns zog. Es bedeckte kaum unsere Oberkörper, aber trotzdem fühlte ich mich geschützter, geborgener dadurch, dass der leichte Stoff mich umhüllte. Vins Hand lag unter dem Tuch auf meinem Arm und seine Finger streichelten sanft über meine Haut. Wieder überlief mich ein Schauder, wie am Tag zuvor am See, und eine Gänsehaut bildete sich unter seiner Berührung. Er legte sein Kinn auf mein Haar, senkte den Kopf und seine Lippen berührten meine Stirn. Der Kuss war so sanft, dass ich unwillkürlich die Augen schloss und vergaß zu atmen.

Etwas war in den Stunden geschehen, seitdem wir die andere Seite des Wasserfalls entdeckt hatten. Aber ich konnte dieses neue Gefühl nicht zulassen. Also schlug ich das Handtuch zur Seite und setzte mich auf. Dabei knallte mein Kopf gegen Vins Kinn und er gab einen dünnen Schmerzlaut von sich.

„Entschuldige."

„Schon okay." Er setzte sich neben mich und schob die Brille auf die Nase. „Was hast du vor?"

„Ich muss etwas tun."

„Es regnet."

„Dann lass uns einen Plan machen."

Er schwieg.

„Wie wahrscheinlich ist es, dass uns hier jemand findet?"

„Wie wahrscheinlich ist es denn, dass uns überhaupt jemand sucht?"

„Vielleicht wundert sich Lydia inzwischen über die verpassten Anrufe von einer unbekannten Nummer." Ich hatte mehrfach versucht, sie anzurufen. Aber sie hatte nicht abgenommen.

„Aber würde sie diese Anrufe zurückverfolgen?"

Ich überlegte. „Nein."

„Hast du sonst jemandem Bescheid gegeben?"

Ich schüttelte den Kopf. „Ich dachte doch, wir seien in weniger als vierundzwanzig Stunden auf der Insel. Meine Mutter hätte sich wahnsinnig aufgeregt und sich unnötige Sorgen gemacht." Ich zögerte. „Wobei, so unnötig wären sie gar nicht gewesen."

„Nein", sagte er und schwieg wieder.

„Und du hast auch niemanden erreicht?"

Er schüttelte den Kopf und fragte: „Aber wusste Lydia, dass du kommst?"

„Nein."

„Nein?"

„Ich wollte sie überraschen. Das hat sie mit mir auch schon gemacht."

„Wusste irgendjemand, dass du sie besuchen wirst?"

„Ja klar. Meine Mutter und ein paar Freunde."

„Dann wird deine Mutter irgendwann bei Lydia anrufen, um zu fragen, ob du gut angekommen bist, oder?"

„Na ja, hm … nicht sofort. Sie kennt mich. Ich vergesse oft, mich zu melden, und sie telefoniert mir schon seit ein paar Jahren nicht mehr hinterher."

Er seufzte. „Okay, aber irgendwann?"

„Ja sicher, irgendwann wird sie sich Sorgen machen."

„Und dann wird Lydia an die verpassten Anrufe denken."

„Und sie werden bei der Airline nachfragen."

„Und die werden den alten Fischer finden."

„War das ein Fischer?"

„Keine Ahnung." Ich blickte aufs Meer, das unter den Regentropfen brodelte.

„Jedenfalls werden sie irgendwann merken, dass wir verschwunden sind, und uns suchen." Vin strich mit den Fingern durch seine Haare und ließ die Hand am Hinterkopf ruhen.

„Ja."

„Hast du sonst mit jemandem über die Reise gesprochen?"

„Mein Trainer weiß es."

„Dein Trainer?"

„Ja, seit ich sechs Jahre alt bin, trainiere ich in einem Taekwondo-Verein. Meine Mutter wollte, dass ich lerne, mich zu verteidigen, nachdem ich … Na ja, auf jeden Fall habe ich mich für die Dauer der Reise abgemeldet. Aber er wird nicht nach mir suchen. Und dann war da so ein Typ in einer Facebook-Gruppe. Er heißt Marcus. Mit ihm habe ich viel über die Insel geschrieben und er hat mir auch den Tipp mit dem Flug gegeben." Die Entscheidung, Lydia zu besuchen, war spontan gefallen und ich hatte so kurzfristig keinen anderen Flug mehr finden können, der mein Konto nicht in rote Zahlen gestürzt hätte. „Und einer Nachbarin habe ich auch Bescheid gegeben, damit sie einen Blick auf meine Wohnung hat, ein paar Mal die Blumen gießt und sich nicht wundert, wenn ich Pakete ein paar Wochen nicht abhole."

Vin fuhr sich mit den Fingern durch die Haare. „Es könnte also eine Weile dauern, bis jemand nach dir sucht."

Ich nickte und wir schwiegen.

Irgendwann durchbrach ich die Stille wieder: „Was ist mit Mika? Mit seiner Verabredung? Mit seinen Eltern?"

Vin zuckte mit den Schultern.

„Und … und wer wird dich vermissen?"

„Meine Tante, nehme ich an."

„Du nimmst es an?"

„Sie wartet nicht auf einen Anruf oder so. Aber vielleicht auf eine Karte, genau wie einige andere Leute. Aber damit rechnen sie wahrscheinlich erst in einem Monat."

Ich zog meine Knie an und umschlang sie mit den Armen. Der Regen prasselte auf unser Palmendach und ein paar Tropfen bahnten sich einen Weg durch die Blätter. Sie fielen auf meine Haut und malten dunkle Punkte in den Sand. Ich strich mit dem Finger um zwei von ihnen herum, zeichnete Kreise, aus denen Augen mit Wimpern wurden. Ich gab dem Gesicht eine Nase, Ohren und einen Mund, malte Augenbrauen und darüber ein paar einzelne Haarsträhnen. Und dann wischte ich mit der flachen Hand über den Sandkopf und schrieb Mikas Namen auf die glatte Fläche.

„Wieso warst du eigentlich nicht bei uns?" Eine weitere Frage, die ich ihm seit Tagen stellen wollte. Eine von vielen.

„Was meinst du?"

„Im Wasser. Warum bist du nicht mit uns gemeinsam gesprungen? Ich dachte, du wärst direkt hinter uns."

„Als ihr ins Wasser gesprungen seid, wollte ich euch folgen. Aber dann habe ich die Schwimmwesten gesehen. Ich bin zurückgegangen, um sie zu holen, und als ich die Reling wieder erreichte, stand alles in Flammen. Ich musste auf der anderen Seite des Bootes ins Wasser springen. Meine Brille war im Rucksack. Und ihr wart schon zu weit weg, als ich es endlich geschafft hatte, um das Boot zu schwimmen und es war zu dunkel und …"

„Und du hast uns nicht mehr gesehen?"

„Nein."

„Aber dann hast du mich schreien gehört."

„Genau."

Ich streckte die Beine aus. Am Horizont lockerten die Wolken wieder auf. Es würde bald aufhören zu regnen. „Also, was machen wir jetzt?"

„Das kommt darauf an, was wir wollen."

„Mika finden. Und natürlich weg von hier. Denkst du, wir könnten unser eigenes Floß bauen?"

Vin überlegte. „So wie Chuck Noland?"

Ich presste die Lippen aufeinander und wartete, bis mein Gehirn ein Bild von Tom Hanks mit Vollbart und einem kleinen, blutverschmierten Handball ausspuckte. Ein Lächeln erreichte meine Lippen. „Das geht nicht, oder?"

„Nein, aber wir könnten ein Signalfeuer aufbauen."

Ich sah zweifelnd nach draußen. „Ja. Aber das müssen wir trocken halten."

Vin deutete mit dem Finger nach oben. „Vielleicht durch sowas hier."

Ich nickte, obwohl ich mir nicht vorstellen konnte, dass das klappen würde. „Oder wir schreiben ein S.O.S. in den Sand. Für den Fall, dass Flugzeuge über die Insel fliegen."

„Auch das würde der Regen sofort wegspülen. Und außerdem würden wir Stunden brauchen, um Buchstaben zu schreiben, die groß genug und tief genug in den Sand gegraben wären, damit man sie von dort oben sieht." Er zeigte in Richtung Himmel. „Und es gibt etwas Wichtigeres zu tun."

„Du hast recht. Wie finden wir ihn?" Ich sah Vin direkt an. Ich wollte seine Reaktion auf diese wenigen Worte, auf diesen Wunsch, sehen. Für einen Moment spiegelte sich mein Schmerz in seinen Augen wider. Er presste die Lippen aufeinander und seine Gesichtszüge verhärteten sich. Ob er sich schuldig fühlte? Glaubte er, dass wir nicht getrennt worden wären, hätte er nicht die Schwimmwesten geholt, bevor er uns nachgesprungen war? Wie gern würde ich ihm diese Schuldgefühle nehmen. Aber ich trug sie selbst in mir. Wir hätten länger nach ihm suchen müssen.

Vin fand seine Fassung wieder und räusperte sich. „Okay, dann suchen wir die Strände der Insel ab, die wir bisher nicht erreichen konnten. Lass uns Wegweiser basteln und sie so positionieren, dass wir systematisch vorgehen können."

Ich nickte. „Ja, das ist eine gute Idee. Und wir sollten uns auch darauf einstellen, noch ein paar Tage hier zu verbringen. Also müssen wir die Insel ohnehin erkunden. Wir brauchen einen guten Ort für das Feuer und wir sollten überlegen, wie wir uns eine bessere Behausung bauen können und wie wir einen Fisch an deine Angelschnur bekommen."

Vin nickte, aber er antwortete nicht mehr. Ich lehnte den Kopf an seine Schulter und als er es nicht länger schaffte, die Tränen zurückzuhalten, nahm ich seine Hand und streichelte sie, bis er sich beruhigen konnte.

Und so begannen von nun an unsere Tage auf der Insel. Wir beobachteten die Wolken dabei, wie sie die Feuchtigkeit der Nacht in Form von Tropfen zur Erde fallen ließen, dann weiterzogen und dem blauen endlosen Himmel Platz machten. Wir nahmen uns einen Moment, um zu trauern. Um das zu trauern, was wir verloren hatten. Und dann planten wir unseren Tag. Das Signalfeuer hatten wir schnell errichtet. Wir vereinbarten ein paar Regeln, wie das Vergraben von allem, was unseren Körper durch die verschiedenen Öffnungen verließ, und dass wir uns für alles andere nur gemeinsam vom Strand entfernen würden. Und wir warteten. Auf ein Schiff. Auf eine Idee, wie wir die Insel auf andere Art verlassen konnten. Und, so wenig wir auch daran glaubten, warteten wir auf ein Zeichen von Mika.

Wir hatten es noch nicht geschafft, die Insel zu umrunden. Sie schien riesig zu sein. Bisher hatten wir zwei weitere Strandabschnitte entdeckt, die man aber nur durch den Wald erreichen konnte. Dazwischen standen hohe Felsen, die wir ohne Ausrüstung nicht erklimmen konnten. Außer Vögeln, Schlangen und Mücken und jeder Menge weiterer Insekten hatten wir noch keine Tiere gesehen. Vin schwor zwar, dass es auch Wildschweine geben würde, aber ich bezweifelte das. Wahrscheinlich hatte er zu viel William Golding gelesen. Ich schauderte jedes Mal, wenn ich an die Geschichte der gestrandeten Jungen dachte. Würden wir uns auch eines Tages bekriegen?

Aber mein Gefühl war ein anderes. Jeden Tag, den wir gemeinsam damit verbrachten, umgefallene Bäume zum Strand zu ziehen und vertrocknete Palmenblätter zu Körben zu verflechten, mochte ich Vin mehr. Er schaffte es sogar, mich immer wieder zum Lachen zu bringen. Und wegen ihm und trotz allem anderen fing ich an, die Zeit im weißen Sand, auf der Rutsche im See und beim Erkunden der Insel zu genießen.

Wir bauten einen Kescher und Vin fand spitze Steine, die er versuchte, an einen langen Ast zu binden, um einen Speer zu fertigen. Es klappte nicht. Entweder der Stein löste sich oder der Stock brach, wenn er versuchte, die Waffe zu benutzen. Aber er versuchte es immer wieder und nach ein paar Tagen begann ich, mich zu ihm zu setzen, wenn er eine neue Technik ausprobierte, ein anderes Holz oder den Stein statt mit der Angelschnur mit frischen Palmenblättern an den Ast band. Ich beobachtete, wie er konzentriert das Holz an einem Ende des Stocks spaltete, den Stein dazwischen legte und dann umwickelte. Er fluchte nicht, wenn er es nicht schaffte. Er überlegte sich einfach eine andere Möglichkeit.

„Warum spitzt du den Stock nicht einfach mit dem Messer an?“

Er sah mich an wie ein erschöpfter Schwimmer, den ich fragte, warum er sich im hüfttiefen Wasser nicht einfach hinstellte. Und dann grinste er, holte sein Messer und formte an dem Ende, das er noch nicht gespalten hatte, eine Spitze.

„Komm, ich will ihn ausprobieren.“ Er reichte mir die Hand und ein Kribbeln durchfuhr mich, wie jedes Mal, wenn er mich berührte. Ich stand auf und auch dann ließ er meine Hand nicht los. Aber ich löste die Finger aus seinen und rannte vor ihm zum Wasser. Er folgte mir ein paar Sekunden später.

Wir hatten in den letzten Tagen ein paar Stellen entdeckt, an denen sich einige Fische sammelten. Mit dem Kescher konnten wir immer mal einen fangen. Aber meistens sprang der Fisch sofort wieder aus dem Korb, weil wir ihn nicht verschließen konnten. Dann flochten wir einen Deckel, aber die Fische zappelten so stark, dass sich die Blätter voneinander lösten und der Korb kaputt ging. Aber mit dem Speer war es auch nicht leichter. Egal, wie genau Vin zielte, er traf einfach nicht.

„Ach, nun komm schon, ich will endlich mal etwas anderes essen als Papayas und Kokosnüsse." Er sah auf seine Füße, die im flachen Wasser im Sand versanken. Um uns herum schwärmten mindestens zehn silbrig glänzende Fische, jeder von ihnen so lang wie ein Unterarm.

„Lass mich mal."

Vin hob eine Augenbraue und sah mich zweifelnd an.

„Hey!" Ich schubste ihn leicht und schnappte mir den Speer. Ich hatte mir einmal ein Buch bei dem Sohn einer Freundin ausgeliehen, in dem ein Junge allein in der Wildnis landet, nachdem sein Flugzeug abstürzt und der Pilot stirbt. Ich hatte schon mehrfach an das Buch gedacht, aber mich bisher an nichts erinnert, das uns den Alltag hier hätte erleichtern können. Jetzt fiel mir ein, wie Brian, so hieß der Junge, genau die gleichen Probleme dabei hatte, einen Fisch mit dem Speer zu fangen, wie Vin. Ich lächelte, stieß den Speer ins Wasser und traf den Sand. Vin lachte neben mir auf, aber ich war mir sicher, dass ich es schaffen würde. Ich beobachtete die Fische, hielt den Speer dicht über der Wasseroberfläche und als einer von ihnen an die Stelle schwamm, an der ich ihn haben wollte, stieß ich wieder zu. Gemeinsam mit der Speerspitze landete er auf dem Sandboden und ein dünner roter Streifen durchzog von der Stelle aus das Wasser, an der ich ihn mit dem Speer durchbohrt hatte. Seine Schwanzflosse zappelte wild.

Vin sah mich ungläubig an. Und ich ließ den Speer los. Er fiel mit einem leisen Platschen ins Wasser, wirbelte etwas Sand auf und blieb liegen. Gemeinsam mit dem Fisch, dem ich soeben sein Leben genommen hatte. Ich schlug die Hand vor den Mund und Tränen stiegen mir in die Augen. Vin hob den Speer aus dem Wasser. Der Fisch hing fest an der Spitze. Die Flosse hing lasch herunter und er bewegte sich nicht mehr. Ich drehte meinen Kopf langsam zu Vin. Er hatte die Augen aufgerissen und sah abwechselnd und irritiert von mir zu dem Tier. Ich wusste nicht einmal, was für einen Fisch ich da gerade getötet hatte. Sollte ich nicht zumindest das wissen?

„Ich habe ein Tier getötet.“ Die Worte klangen dumpf durch meine Hand und Vin schob meine Finger sanft nach unten, damit er mich verstehen konnte. Ich sagte es noch einmal: „Ich habe ein Tier getötet.“ Inzwischen rollten die Tränen über meine Wangen und ich war außerstande, sie wegzuwischen. Vin tat es für mich. Er ließ den Speer ins Wasser fallen und stellte sich direkt vor mich. Er umschloss mein Gesicht mit den Händen und strich mit beiden Daumen über meine Wangen. Seine Finger verharrten für einen Moment auf ihnen und dann schob er die Hände sanft zu meinem Hinterkopf und vergrub die Fingerspitzen in meinen Haaren. Sein Blick durchdrang mich, war intensiv und fragend und ich erkannte Sehnsucht und Verlangen darin.

Ich vergaß zu atmen, vergaß, was ich dafür tun musste, damit Luft in meine Lungen und wieder hinaus strömen konnte. Ich spürte meinen Herzschlag an der Stelle meines Halses, die sein Handgelenk berührte, so heftig, dass ich mir sicher war, auch er würde das rasende Klopfen fühlen. Aber ich wollte das nicht. Es erschien mir nicht richtig, mich diesen Gefühlen hinzugeben, so kurz nachdem ein anderer Mensch gestorben war. Statt uns, vielleicht sogar wegen uns gestorben war. Wahrscheinlich gestorben war.

„Vin." Meine Stimme war kaum ein Flüstern. Eher ein Hauchen, und mehr als diese eine Silbe hätte ich auch nicht herausbringen können.

Sein Kopf näherte sich meinem, aber ich griff mit einer Kraft, die mich überraschte, seine Unterarme, zog seine Hände weg von meinem Hals und schob ihn mit derselben Bewegung ein Stück von mir.

„Marie." Er atmete tief durch und wollte einen Schritt auf mich zu gehen. Aber ich bückte mich und hob den Speer aus dem Wasser.

„Wir sollten den armen Kerl entweder beerdigen oder übers Feuer hängen." Meine Stimme überschlug sich leicht, aber zumindest hatte ich meine normale Lautstärke wiedergefunden. Ich machte mich auf den Weg zum Strand und rief Vin über die Schulter zu: „Es wäre doch schade, wenn er umsonst gestorben wäre." Der Schock darüber, dass ich ein Tier mitten in seinem normalen Alltag aus dem Leben gerissen hatte, hatte sich mit Vins Berührung in Luft aufgelöst. Und ganz langsam und nachdem ich es geschafft hatte, meinen Puls und mein Verlangen zu beruhigen, machte sich so etwas wie Stolz in meiner Brust breit. Ich hatte tatsächlich einen Fisch gefangen. Ich würde es nie wieder tun. Aber davon abgesehen hatte ich einen Fisch gefangen. Nur mit einem Speer. Ohne Netz. Ohne Köder.

Ein Lächeln breitete sich auf meinem Gesicht aus. Ich sah noch einmal über die Schulter zu Vin zurück, der langsam aufholte. Als er meinen Gesichtsausdruck sah, runzelte er zuerst die Stirn, lächelte dann aber selbst und rief: „Was ist los?“

Ich wedelte mit dem Speer und lachte. „Ich hab einen Fisch gefangen.“

Er rannte zu mir, schlang einen Arm um meine Schultern und wir lachten zusammen, während ich das Gefühl ignorierte, das seine Berührung wieder auslöste.

Kapitel 11

20 JAHRE ZUVOR

Durch den Schleier vor seinen Augen konnte er den Weg kaum erkennen. So musste es Rie ergangen sein. Und so wie sie die Wurzel nicht gesehen hatte, übersah er den Baum, den ein vergangener Sturm umgeweht hatte. Er stolperte und fiel der Länge nach über den Stamm. Dabei verhakte sich seine Hose an einem der abgebrochenen Äste. Er wollte das Bein wegziehen, unterschätzte aber, wie fest der Stoff zwischen den Holzsplittern hing. Außerdem übersah er den zweiten Aststummel und als der Stoff endlich riss und er sein Bein befreit hatte und es mit Schwung zu sich heranziehen wollte, blieb er wieder hängen. Seine Haut riss wie der Stoff seiner Hose und er schrie auf, als das Holz in sein Fleisch schnitt. Blut quoll aus der Wunde und er starrte ungläubig darauf. Was sollte er tun?

Vorsichtig zog er das Bein zu sich heran, riss sich das Tuch vom Kopf und wickelte es um seinen Unterschenkel. Es war zu klein, um die Wunde zu bedecken, und sog sich innerhalb von Sekunden voll Blut. Er richtete sich auf und schaffte es, auf beiden Beinen zu stehen. Dann ging er ein paar Schritte und auch das funktionierte. Er sah sich um. Der Wald war deutlich dunkler als bei Ries Abfahrt. Er hätte ihr nicht so lange folgen dürfen. Aber er wollte sichergehen, dass sie es sicher aus dem Wald herausschaffte. Er würde den Weg finden. Schließlich musste er nur dem Fluss folgen.

Die Wunde war tief und brannte bei jedem Schritt. Aber nach und nach gewöhnte er sich an den Schmerz und schaffte es, ihn zu ignorieren. Als er endlich das andere Lager erreichte, war die Sonne bereits hinter den Bäumen verschwunden und ein Feuer brannte auf dem Platz vor dem Zelt.

Kapitel 12

TAG 12

Waren wir hier nicht schon vor ein paar Tagen?"

Vin sah sich um. „Nein. Hier ist keine Markierung."

„Stimmt." Ich stemmte die Hände in die Hüften und blieb schwer atmend stehen. Wir waren bei Sonnenaufgang aufgebrochen, um die Insel ein weiteres Mal abzusuchen. Weil wir die Nacht nicht im Wald verbringen wollten, kamen wir nie besonders weit, und es erschien mir utopisch anzunehmen, dass wir es jemals schaffen würden, die gesamte Insel zu erkunden. Vin nahm eine der Muschelketten, die wir mit Hilfe von Palmenblättern gefertigt hatten, aus seinem Rucksack und hängte sie auf Augenhöhe an einen Ast. Genau so, wie wir es in den letzten Tagen an unzähligen Stellen getan hatten.

„Gehen wir weiter." Er bedeutete mir, vor ihm auf den Felsen zu steigen. Es war bereits Mittag und die Sonne brannte auf meine Haare, meine Haut, sog die Flüssigkeit aus meinem Körper und ich wusste, ich würde unser Tempo nicht mehr lange durchhalten. Wir versuchten, in der ersten Hälfte des Tages so schnell wie möglich voranzukommen, um eine größere Strecke zurücklegen zu können. Aber es war sinnlos. Die Insel bestand fast nur aus Felsen und es war einfach zu anstrengend, bei dieser Hitze die Gesteinsriesen auf- und abzuwandern. Ohne Ausrüstung und ohne zu wissen, was uns hinter dem nächsten Stück Wald erwarten würde. Manchmal war es ein kleiner See, manchmal ein Steilhang und manchmal führte uns der Weg an eine Felswand, die wir unmöglich erklimmen konnten.

Nicht ein einziges Mal war es uns bisher gelungen, einen Weg zu verfolgen, ohne zwischendurch umkehren und einen Umweg gehen zu müssen. Aber heute hatten wir Glück. Wir waren den Hindernissen der vergangenen Tage ausgewichen und bisher auf kein neues getroffen. Wir waren weiter gekommen als bisher und mittlerweile schreckte ich nicht mehr bei jedem Geräusch zusammen, das ein fallendes Blatt im Unterholz auslöste.

Ich folgte Vins Aufforderung und kletterte auf den kleinen Felsen und auf den nächsten. Als ich den dritten erreichte, schnappte ich nach Luft. So hoch waren wir bisher nicht gekommen.

„Scheiße!", rief ich aus und als Vin sich neben mir aufrichtete, entfuhr ihm ein ähnlicher Ausruf.

„Das darf doch nicht wahr sein." Ich sank zu Boden und zog die Knie zu mir heran. Vin setzte sich zu mir. Die Beine breit aufgestellt, die Oberarme auf die Knie gestützt und die Hände vor dem Mund verschränkt, schüttelte er den Kopf.

Wir waren davon ausgegangen, dass die Insel groß war, und dass es schwer sein würde, sie zu erkunden. Und ein kleiner Teil von mir hatte befürchtet, dass es nicht machbar sein würde. Aber als wir jetzt auf diesem höchsten Punkt des Teiles der Insel angekommen waren, von dem wir bislang geglaubt hatten, es sei der Hauptteil, verließ mich der letzte Funken Mut, Mika jemals zu finden. Vor uns erstreckte sich eine Felslandschaft, die mindestens das fünffache Ausmaß von dem Teil der Insel hatte, den wir bereits erkundet hatten. Wir würden Wochen brauchen, um die Gesteinsmassen zu durchwandern, und vermutlich würden wir es trotzdem nicht schaffen, alle Ufer abzusuchen. Die Felsen wirkten von hier aus kahl. Es schien kein Wald dazwischenzuliegen und auch keine Seen. Wir konnten nicht sicher sein, dort frisches Wasser zu finden, und wir hatten nicht ausreichend Behälter, um es mit uns zu nehmen.

Und dann war da das Feuer. Ein mulmiges Gefühl bildete sich in meinem Magen, wenn ich daran dachte, dass wir es nicht schaffen würden, zu dem kleinen Berg zu gelangen, auf dem wir Äste und verwelkte Blätter unter einem stabilen Palmendach aufgetürmt hatten, um vorbeifahrende Schiffe auf uns aufmerksam zu machen. Und vielleicht würden wir sie nicht einmal sehen, weil wir tief im Wald versuchten, mit Hilfe einer Räuberleiter einen Felsbrocken zu erklimmen, von dem wir nicht wussten, ob er ein Tor zum anderen Teil der Insel darstellte, oder nur ein weiterer riesiger Stein war, den uns jemand in den Weg gelegt hatte.

Ich löste meine Knie aus der Umarmung und stützte mich auf meine Arme, um über die Felskante zu sehen. Es war kein Steilhang. Kleine Büsche wuchsen aus der dunklen Erde, die vor ein paar Stunden vermutlich vollgesogen war mit dem Regen des Morgens. Jetzt wirkte sie trocken und nicht, als würde sie zum fünfzehn Meter unter uns liegenden Strand rutschen, wenn wir versuchten, auf ihr hinabzuklettern. Vielleicht war Mika ja genau hier gelandet. Vielleicht lag er ja im Schatten der Palmen und dachte darüber nach, wie er uns finden konnte. Oder vielleicht hatte er nur sein Lager dort unten aufgeschlagen und war selbst im Wald unterwegs, um uns zu suchen.

Vin hatte sich neben mich gekniet und schien die Beschaffenheit des Bodens ebenfalls zu untersuchen. „Ich werde nicht aufgeben!“ Er sprang auf.

Eine Sekunde später stand ich neben ihm. „Ich auch nicht!"

„Ich werde so weit gehen, wie es möglich ist", sprach er weiter.

„Weiter wird er ja auch nicht gekommen sein."

„Nein." Er zögerte. „Wobei, wenn er auf der anderen Seite der Insel …"

„Sieht es für dich so aus, als würde dort ein Uferbereich existieren, auf dem auch nur der Hintern einer Barbie Platz hätte?"

Vin verzog den Mund. „Machst du jetzt echt Witze?"

„Nein, mache ich nicht. Ich meine das todernst." Ich atmete tief ein und aus, um meine Stimme zu beruhigen. „Wenn er dort drüben angekommen ist, dann hatte er vermutlich keine Chance, die Insel zu betreten. Wahrscheinlich haben ihn die Wellen gegen die Felswände … Wahrscheinlich hat er das nicht überlebt."

„Du hast recht. Aber vielleicht ist er auch locker zu dem kleinen Strand da unten gekrault und liegt jetzt unter einer Palme und schlürft Kokosmilch."

Ja, das würde zu ihm passen. Im nächsten Moment legte Vin sich auf den Bauch und schob sich rückwärts über die Felskante. Es gab ausreichend Gesteinsbrocken, die fest in der Erde verankert waren und Halt für unsere Hände und unsere Füße boten. Ich sah ihm einen Moment lang zu und folgte ihm dann mit ein paar Metern Abstand. Je näher wir der kleinen Bucht kamen, desto mehr verlor der Abhang an Steigung. Die letzten fünf Höhenmeter konnten wir aufrecht gehen und ich registrierte den feinen weißen Sand, der mich ähnlich blendete, wie der an unserem Strand. Ich sah die sanften Wellen, die weiß schäumend ans Ufer heranrollten. Ich hörte, wie der Wind die Blätter der Palmen durcheinander wehte. Aber von Mika gab es keine Spur.

Als wir den Strand erreichten, bog Vin nach rechts in Richtung Wald ab. Ich folgte ihm. Nur wenige Meter hinter der Baumgrenze wurde die Luft kühler, feuchter, es roch modrig und meine Turnschuhe waren nach wenigen Schritten von einer dicken Schlammschicht überzogen.

„Mika!“ Vins Schrei durchschnitt die Stille und ich lauschte angespannt auf eine Antwort. Aber außer dem Geräusch flatternder Flügel, ausgelöst von ein paar Vögeln, die aufgeschreckt ihren Ruheplatz verließen, blieb es still.

Wir drangen tiefer in den Wald vor. Immer wieder riefen wir Mikas Namen und jedes Mal warteten wir ehrfürchtig, ob er antworten würde, ob irgendein Geräusch erklingen würde, das von ihm stammen konnte. Aber wir hörten nichts. Irgendwann verlor ich das Zeitgefühl und ich fragte mich, wie tief dieser Wald sein konnte.

„Hörst du das?“ Vin blieb stehen und griff nach meiner Hand.

Ich ignorierte das Kribbeln und lauschte. „Nein. Was meinst du?“

Er legte mir den Finger auf meinen Mund und sofort wurden meine Lippen weicher. Sie öffneten sich leicht und fast hätte ich seine Hand geküsst. Aber dann hörte ich, was er meinte.

„Wasser!“ Es war Stunden her, seit wir den letzten Tropfen aus Vins Plastikflasche getrunken hatten und als das Rauschen in mein Ohr drang, vergaß ich seine Finger auf meinen Lippen, löste mich von ihm und ging in die Richtung, in der ich das Geräusch vermutete. Nach wenigen Minuten erkannte ich durch die dichten Blätter einen See, der deutlich kleiner war, als jener, den wir kannten. Als wir ihn erreichten, entleerte Vin seine Lungen mit einem schnellen Atemzug und schlug mit der Faust gegen einen der Bäume, die am Ufer standen.

Vor uns erhob sich eine mindestens zwanzig Meter hohe Felswand, von deren oberster Kante aus ein dünner Wasserfall in den See stürzte. Es gab keine Möglichkeit, die Wand zu erklimmen. Wir hatten das Ende des Waldes erreicht. Mika war nicht hier.

„Ich hab mich immer schon gefragt, wo ein Wasserfall auf einer Insel sein Wasser eigentlich herbekommt."

Vin seufzte. Er hatte vermutlich keine Lust zu reden. Aber er antwortete mir trotzdem: „Das hast du doch gesehen. Das Wasser stammt aus einem Fluss oder einem See."

„Ja, ich weiß. Aber wie kommt es da hin? In den Bergen gibt es eine Quelle oder es ist das Schmelzwasser. Aber hier?"

„Na ja, irgendwie ist es Regenwasser, aber zusätzlich ist ein Speicher notwendig. Der Fluss halt. Oder eine Art See."

„Also regnet es jede Nacht so viel, dass der Wasserfall ausreichend Nahrung bekommt."

„Hm."

„Hm?"

„Ich habe von diesen Dingen doch auch keine Ahnung, Marie."

„Das klang aber gerade ganz anders." Ich sah ihn von der Seite an. Er hatte die Brille abgenommen und auf seiner Stirn und unter seinen Augen glänzten winzige Schweißperlen. Er hatte es schon vor einigen Minuten aufgegeben, sie mit der Hand wegzuwischen. Jetzt atmete er tief durch, erwiderte meinen Blick und grinste mich an.

„Es ist viel zu heiß, um über solche komplizierten Dinge nachzudenken.“

„Stimmt.“ Ich stand auf, zog mir das Shirt über den Kopf und meine Jeans, deren Beine ich vor ein paar Tagen abgeschnitten hatte, über die Hüften. Meine Schuhe hatte ich schon vor einer Weile neben Vins Rucksack gestellt. Wir hatten gelernt, unsere Sachen beisammenzuhalten.

„Was tust du?“

Ich stand im Bikini vor ihm. Wieder dankte ich im Stillen meiner Mutter, die mich schon vor Jahren davon überzeugt hatte, Badesachen statt Slip und BH ins Handgepäck zu packen.

„Ich gehe schwimmen. Kommst du mit?“ Ich hockte mich ans Ufer und sah in die blaue Tiefe. Das Wasser war so klar, dass ich Steine und Pflanzen erkennen konnte, die mehrere Meter unter der Wasseroberfläche lagen und wuchsen. Hin und wieder zeigte sich eine Schwanzflosse zwischen den Blättern. Ich konnte nicht einschätzen, wie tief der See war, aber ich war mir sicher, dass ich ein paar Schwimmzüge brauchen würde, um mir die Fischlein genauer anzusehen. Ich stand wieder auf, um ins Wasser zu springen. Aber ich war zu schnell. Die Hitze der vergangenen Stunden und die schlechte Flüssigkeitsversorgung hatten meinen Kreislauf an seine Grenze gebracht und mein Körper kam mit der schnellen Bewegung nicht zurecht. Mir wurde schwarz vor Augen und ich hatte Schwierigkeiten, das Gleichgewicht zu halten.

Ich hörte Vins Stimme wie durch plüschige Ohrenschützer, verstand aber nicht, was er sagte. Und dann packten mich seine Arme und ich bin sicher, dass er mich davor bewahrte, ins Wasser zu stürzen. Er legte mich langsam auf den Boden, hob meine Beine an und lehnte sie gegen einen Baumstamm. All das fühlte ich nur, denn jeder Versuch, die Augen zu öffnen, brachte meinen Kreislauf noch mehr durcheinander. Also ließ ich sie geschlossen und versuchte zu erahnen, was um mich herum geschah.

„Marie?"

„Hmhm."

„Kannst du die Augen öffnen?"

„Nein."

„Okay. Kannst du mir erklären, wie es dir geht?"

„Die kleinen Männchen in meinem Kopf, die mir sonst dabei helfen, vergessene Gedanken wiederzufinden, fahren gerade eine Runde Achterbahn. Mit vier Loopings. Und acht Schrauben."

„Okay, ich verstehe." Ich hörte ein Lächeln in seiner Stimme und öffnete die Augen, um es zu sehen. Das war ein Fehler, aber ich bereute ihn nicht. Dieses Lächeln hatte mich schon am Flughafen fasziniert. Und jetzt, wo ich ihn besser kannte und wusste, dass oft ich es war, für die er seine Lippen auf diese Weise formte, weckte es die kleinen Schmetterlinge direkt unter meinem Bauchnabel auf. Die, die ich seit fast zwei Wochen versuchte, dazu zu zwingen, ihr Training für den allgemeinen Tag des Flatterns an einem anderen Ort zu veranstalten.

Ich konnte nicht einschätzen, wie lange es dauerte, bis ich wieder imstande war, die Augen zu öffnen, ohne schwarze Flecken zu sehen. Aber als ich es schließlich schaffte, mich aufzusetzen, wirkten die Farben des Waldes weniger satt und es war kühler geworden.

„Ich denke, wir sollten zurück zum Strand gehen." Vin reichte mir die Flasche und ich trank sie beim ersten Ansetzen aus. Er füllte sie wieder und trank ebenfalls den gesamten Liter. Nachdem er sie noch einmal gefüllt hatte, verstaute er sie im Rucksack und schwang ihn sich auf den Rücken. Dann reichte er mir die Hand, damit ich mich daran hochziehen konnte.

„Meinst du, wir schaffen es heute zurück?" Ich zog mir mein T-Shirt über den Kopf.

„Nein, wir sollten uns in Strandnähe eine halbwegs geschützte Stelle suchen. Vielleicht schaffen wir es noch, ein Palmendach zu bauen." Er musterte mich. „Kannst du laufen?"

Ich spürte in mich. Meine Beine fühlten sich weich an und in meinem Kopf fuhren die kleinen Männchen nun mit einem Kinderkarussell, aber ich konnte mich oben halten.

„Ich denke, das kriege ich hin." Ich schlüpfte in meine Shorts. Die Schuhe nahm ich in die Hand.

Er hielt mir seinen Arm hin, damit ich mich unterhaken konnte. Und dann sah er zweifelnd auf meine Füße. „Bist du sicher, dass du barfuß durch den Wald gehen willst?"

Er hatte recht. Ein spitzer Ast konnte hier auf der Insel den Tod bedeuten. Trotzdem wir schon seit fast zwei Wochen hier waren, handelte mein Verstand noch immer so, als könnte ich im Notfall in die nächste Apotheke gehen, um eine Wunde zu desinfizieren. Ich ließ meine Sneaker auf den Boden fallen, streifte die Socken über und zog die Schuhe an. Ich würde die matschigen Strümpfe im Meer waschen. Nach der Wanderung vom Vormittag war das sowieso notwendig. Vins Arm ignorierend ging ich voraus durch den Wald.

Als wir den Strand erreichten, verschwand die Sonne hinter den Felsen westlich von uns. Die Bucht lag nun fast im Schatten, aber das Wasser leuchtete türkisblau.

Ich setzte mich ans Ufer und beobachtete die Wellen, die sanft zu mir heranrollten. Ich zog die Schuhe aus und ließ das Wasser über meine Füße fließen. Es war viel zu warm für eine Erfrischung.

„Hast du Hunger?“ Vin drückte mir eine Banane in die Hand. Dabei berührten sich unsere Finger und ich wollte meine Hand wieder wegziehen, aber er hielt sie fest.

„Marie, was soll das?“ Mit der freien Hand hob er mein Kinn, damit ich ihn ansehen musste.

Ich wollte aufstehen, aber er drückte mich an der Schulter zurück in den Sand.

Ich seufzte.

„Marie?“

„Was meinst du?“

Jetzt war er es, der seufzte. „Warum weichst du mir aus?“

„Ich weiche dir nicht …“ Wem wollte ich hier eigentlich etwas vormachen? Natürlich wich ich ihm aus. Es fühlte sich einfach nicht richtig an.

Wieder hob er mein Kinn und ich blickte in seine braunen Augen, die so sehr im Kontrast zu seinen hellen Haaren standen und wieder durch die Brille verdeckt wurden. Ohne darüber nachzudenken, was ich tat, nahm ich sie ihm von der Nase, strich mit dem Daumen über seine rechte Augenbraue und ließ die Hand auf seiner Wange liegen. Aber als er lächelte, erkannte ich, was ich tat und ließ die Hand sinken. „Entschuldige.“

„Nein! Warum? Wofür entschuldigst du dich? Warum lässt du das nicht zu?“

„Weil es sich nicht richtig anfühlt. Weil es nicht richtig ist.“ Ich sprang auf. Diesmal so plötzlich, dass Vin es nicht hatte kommen sehen. Aber er stand Sekunden später neben mir und baute sich dann so vor mir auf, dass ich den Blick hätte heben müssen, um ihn anzusehen. Aber ich tat es nicht. Stattdessen starrte ich auf unsere Füße, deren Zehen nur wenige Zentimeter voneinander entfernt waren. Nackt. Und nass. Und übersät mit kleinen Sandkörnern, die in der Summe weiß wirkten, aber von denen doch eigentlich jedes für sich eine andere Farbe hatte.

„Ich verstehe das aber nicht. Warum ist das nicht richtig?"

Ich schnaubte und sah nun doch auf. „Wir können doch nicht einfach … wir können doch nicht so tun, als wäre nichts passiert."

Er sah mich irritiert an und brauchte einen Moment, um eine Antwort zu formulieren. „Marie. Wir sitzen hier an einem Strand, einen halben Tagesmarsch von unserem Signalfeuer entfernt, um jemanden zu suchen, der wahrscheinlich seit zehn Tagen von diesen Wellen über den Meeresgrund getrieben wird." Er deutete mit dem Finger auf den Ozean.

„9 Tage", unterbrach ich ihn.

„Was?" Verständnislos sah er mich an.

„Vor zehn Tagen sind wir mit dem Boot losgefahren. Das Feuer ist in der Nacht ausgebrochen. Mika ist also vor neun Tagen verschwunden."

„Möchtest du vielleicht auch noch die Stunden ausrechnen? Dann kannst du noch ein bisschen mehr Zeit schinden."

Ich schüttelte den Kopf und biss mir auf die Unterlippe.

Vin atmete tief durch. „Ich versuche genau wie du, Mika zu finden. Glaub mir, genau in diesem Moment würde ich alles dafür geben, dass er wieder auftaucht, dass er über diesen verdammten Fels geklettert kommt, ein Liedchen pfeifend und ein Bündel Fische über dem

Arm." Sein Finger schwenkte zu den Felsen, hinter denen ein paar letzte Sonnenstrahlen hervorlugten. „Wenn es etwas brächte, würde ich meinen linken Fuß dafür geben." Seine Stimme wurde mit jedem Satz lauter und auf seinem Gesicht bildeten sich Falten. „Aber es bringt ihn nicht zurück, wenn wir aufhören, zu leben."

Ich nickte langsam. Natürlich wusste ich das.

„Also, warum gibst du uns keine Chance? Du spürst das doch auch, oder?" Er senkte die Stimme und den Arm und griff nach meiner Hand. Seine Finger strichen über ihre Innenseite und hinterließen empfindliche Spuren auf meiner Haut, die sich bis in meine Handgelenke und entlang meiner Unterarme zogen. Ich starrte auf diese zaghafte und doch so intensive Berührung, unfähig, ihm meine Hand zu entziehen.

Er senkte seinen Kopf, bis seine Stirn auf meinem Haar ruhte. Erst dann sprach er weiter: „Das ist dein Leben. Unser Leben. Dieser eine Moment. Dieser Moment ist alles, was wir haben." Seine Stimme war jetzt so sanft, wie die kleinen Wellen, die bis an unsere Füße rollten, aber nur den kleinen Zeh erreichten. Ich spürte seinen Atem auf meiner Haut. „Wir wissen nicht, ob wir den nächsten Moment erleben werden." Es war seltsam, diese Worte von jemandem zu hören, der die letzten Jahre damit verbracht hatte, nicht zu leben, um sich einen vierwöchigen Traum aus Palmen und Sand zu erfüllen. Aber was wusste ich schon. Mikas Verschwinden hatte ihn möglicherweise verändert. Vielleicht sah er jetzt all die verpassten Chancen. Vielleicht wollte er jetzt endlich leben. Jetzt, bevor er von einem Wimpernschlag zum nächsten keine Gelegenheit mehr dazu hatte.

Eine Träne rollte meine Wange hinab und fiel auf meinen Fuß, wo sie ein paar der hellen Sandkörner wegspülte. Die nächste verfehlte Vins Zeh um wenige

Zentimeter und fiel in den Sand zwischen uns. Ich hätte ihm gern gesagt, dass es nicht nur um Mika ging. Ein winziger Teil von mir war noch immer nicht überzeugt davon, dass das Foto in dem schwarzen Notizbuch nicht von Vin stammte. Besaß er nicht selbst so ein Notizbuch? Hatte er darin nicht geschrieben, als ich ihn am Flughafen getroffen hatte? Aber dieses Notizbuch lag in unserem Lager zwischen Kerze, Angelschnur und der kleinen Kamera, die noch immer nicht wieder funktionierte. Wir nutzten die inzwischen getrockneten Seiten, um das kleine Feuer zu entfachen, auf dem wir kochten. Aber nur dann, wenn wir keine trockenen Blätter und Zweige in der Natur finden konnten.

„Marie?" Seine Stimme klang heiser und ich konnte hören, dass er die Hoffnung verlor.

Ich hob den Kopf etwas. Sein Blick durchdrang mich und er unterbrach das Streicheln an meiner Hand, um sie zärtlich zu drücken. Ich erwiderte den Druck, strich mit meinem Daumen über die Knöchel seines kleinen Fingers. Die Haut war rau von der salzigen Meeresluft und an mehreren Stellen hatte sich Schorf über kleineren Wunden gebildet, die beim Flechten der Körbe und dem Schnitzen der Speere entstanden waren. Ich mochte seine Hände. Und, auch wenn ich seit Tagen versuchte, mir etwas anderes einzureden, wurde mir in diesem Moment bewusst, dass ich nicht nur seine Hände mochte, sondern ihn. Er war gutherzig, einfühlsam, stark und kreativ. Sein Lächeln erreichte mein Herz. Er hörte mir zu und tat alles dafür, einen Fremden zu finden. Vielleicht hatte ich da draußen im Wasser sein Leben gerettet. Aber jetzt gerade rettete er meines. Wenn auch auf eine andere Art.

Ich hob die freie Hand und strich über seine Wange, die von einer dichten Haarschicht überzogen war. „Der Bart lässt dich so viel männlicher wirken.“

Er lachte nicht. Er lächelte nicht einmal. Sein Blick war wieder voller Verlangen. So wie vor ein paar Tagen, als ich dem Fisch sein kurzes Leben genommen hatte. Er legte sein Gesicht fester in meine Hand, drehte den Kopf leicht und küsste die kleine Falte an meinem Handgelenk. Dort, wo man den Puls spürt. Und ich war mir sicher, dass er fühlte, wie mein Herz das Blut mit Hochgeschwindigkeit durch meinen Körper pumpte. Seine Lippen verweilten an dieser Stelle und ich betrachtete sein Gesicht, spürte seinen ungleichmäßigen Atem auf meiner Haut und das weiche Kratzen der Bartstoppeln, die längst keine mehr waren.

Und dann bewegte sich mein Kopf langsam zu seinem. Er hob den Blick, bewegte sich aber nicht. Kurz bevor sich unsere Lippen trafen, hielt ich inne. Sein Blick war fragend, ungläubig, aber vor allem hoffnungsvoll. Und dann schloss ich die Lücke zwischen uns und küsste seinen Mundwinkel, in den sich das kleine Lächeln verirrte, bevor er den Kopf zu mir drehte und meinen Kuss erwiderte.

Kapitel 13

TAG 13

Etwas strich mir über den Arm. Es dauerte einen Moment, eigentlich eher drei, bis ich realisierte, dass es die Finger einer fremden Hand waren. Und nach und nach erreichte mich die Erkenntnis, dass diese Finger nicht fremd waren. Dass sie mir in den wenigen vergangenen Wochen so vertraut geworden waren, als würde ich sie seit Jahren kennen. Und mehr noch in den vergangenen Stunden.

„Hey!“ Ich kuschelte mich an Vin, der seinen Arm fest um mich schloss. „Singst du wieder für mich?“

Er lachte leise, und dann sang er wieder das gleiche Lied wie im Flugzeug und endlich fiel mir ein, wer dieses Lied geschrieben und zuerst gesungen hatte. Es war ein alter Charlie Chaplin Song. Smile. Ich schloss die Augen und ließ seine Stimme meinen Körper mit der gleichen Wärme erfüllen wie im Flugzeug. Inzwischen war mir diese Wärme vertraut. Als er die letzte Zeile sang, drehte ich mich zu ihm. Er stützte sich auf den linken Ellenbogen und lächelte mich an. Dieses Lächeln war so warm und so weich und so liebevoll. Ich wollte es nicht nur sehen, ich wollte es mit meinen Lippen fühlen. Also küsste ich ihn. Im nächsten Moment zog ich mich zurück und hielt mir die Hand vor den Mund. Morgendliches Küssen mochte ich nicht. Und auch wenn Vin leider weder Kaugummis noch Zahnpasta im Rucksack stecken hatte, wollte ich mir zumindest den Mund ausspülen, bevor …

„Möchtest du etwas trinken?“ Er griff hinter sich und zog die Flasche hervor. Sie war nur noch zu einem Viertel gefüllt. Ich lächelte unsicher, nickte und ergriff sie.

Als ich die Hälfte getrunken hatte, gab ich sie Vin und er leerte sie bis auf einen letzten Schluck.

Er schüttelte die Flasche vor seinem Gesicht. „Wir müssen wohl nochmal zum See, bevor wir zurückgehen.“ Und dann prasselten dicke Regentropfen auf das Palmendach, das wir gestern in der Dämmerung gebaut hatten. Es war ein Provisorium und hielt nicht dicht. Aber es reichte, um uns vor einer unfreiwilligen Dusche zu bewahren. Ich beobachtete für einen Moment, wie die Tropfen auf den Sand um uns und auf die ruhige See fielen, die sich sanft in die Bucht rollte. Dann nahm ich ihm die Flasche aus der Hand, krabbelte ein Stück durch den Sand und grub ein Loch, das tief genug war, um sie zu halten. Große Tropfen fielen mir auf die Haare, die Arme und den Rücken, durchnässten mein Shirt.

Als ich mich umdrehte, hatte Vin sich gegen eine der Palmen gelehnt, die unser Dach hielt. Er hatte die Beine ausgestreckt und hielt mir lächelnd die Arme entgegen. „Komm her!“

Ich krabbelte zurück zu ihm und lehnte mich mit dem Rücken gegen seine Brust. Seine Arme umfassten meine Taille und ich ließ mich in seine Umarmung fallen, auch wenn ich noch immer nicht wusste, ob es das Richtige war, was wir taten. Aber es fühlte sich gut an. Ich ließ mich von seinen Armen wärmen und durch mein T-Shirt spürte ich das Klopfen seines Herzens an meinem Rücken. Direkt hinter meinem. Er war aufgeregt. Und irgendwie besänftigte das meine eigene Unruhe. Wie im Flugzeug. Aber jetzt war es anders. Seine Aufregung war kein Ausdruck von Panik. Zumindest hoffte ich das.

Wir hatten in der vergangenen Nacht nicht miteinander geschlafen. Es hatte gereicht, seine Lippen auf meinem Mund zu spüren, an meinem Hals und auf meiner Schulter. Seine feste Umarmung und seine starken Hände gaben mir genau das, was ich in diesem Moment brauchte. Was ich seit Mikas Verschwinden gebraucht hatte. Und auch schon in den Tagen davor. Und vielleicht auch schon Jahre länger. Aber ich hatte es mir nicht nehmen wollen. Nicht nehmen können. Ich dachte, ich müsste allein klar kommen. Ich dachte, es wäre besser so, aber natürlich war es das nicht. Ich brauchte diese menschliche Nähe. Ich hätte mir gern eingeredet, dass es egal gewesen wäre, von wem sie kam. Aber das war es nicht. Ich brauchte Vins Nähe, weil er dabei gewesen war. Weil er genauso in Mikas Schuld stand wie ich. Weil er verstand, warum wir weiter nach Mika suchen mussten.

Aber vor allem war es Vins Nähe, die ich brauchte, weil die kleinen Schmetterlinge Loopings durch meinen Körper flogen, sobald wir uns berührten. Egal ob er mir die Hand reichte, um mich auf einen Felsen zu ziehen oder mir versehentlich auf den kleinen Zeh trat, wenn wir den Strand entlangliefen. Und als unsere Lippen sich berührt hatten, war aus dem kleinen Schmetterlingsschwarm ein Bataillon geworden.

„Woran denkst du?“ Seine Stimme flüsterte in mein Ohr. Ich konnte nicht sagen, wie lange wir so gesessen hatten. Das Prasseln des Regens war verschwunden und am Horizont brachen die Wolken auf und enthüllten das tiefe Blau des Himmels.

„Warum haben wir nicht miteinander geschlafen?“

Er sog die Luft ein, aber dann lachte er leise auf.

Ich fragte: „Was ist so lustig?"

„Gar nichts."

Ich drehte mich zu ihm, aber bevor ich weiter nachfragen konnte, drückte er seinen Mund auf meinen und öffnete ihn, indem er seine Oberlippe unter die meine schob. Der Kuss war weich und zart, und erst nach und nach öffneten sich seine Lippen vollständig. Und als sie es taten, und sein warmer Atem meine Haut streifte, fasste ich seinen Nacken und zog seinen Kopf dichter zu mir, küsste ihn fordernder. Und die gesamte Zeit über sahen wir einander in die Augen. Ich konnte sehen, wie Verlangen in seinen Blick trat, und spürte es im selben Moment in mir aufsteigen.

Er legte die Hände an meine Hüften und zog mich auf sich. Ich umschlang seinen Rücken mit meinen Beinen und presste mein Becken gegen seines. Sein Blick sandte einen Schauer über meine Haut, hinunter zu meinem Bauch und der Stelle, die gegen seine Erregung drückte. Ich spürte ihn bis in die Zehenspitzen und sog die Luft scharf ein, damit sie eine Chance hatte, meine Lungen zu erreichen. Vin lächelte und biss sanft in meine Unterlippe.

Und dann fühlte ich seine Hände auf meiner Haut, unter meinem Shirt. Sie schoben es über meinen Rücken und meinen Kopf. Sein Mund strich über mein Kinn, meinen Hals hinab zu der kleinen Beuge, die ihn mit meiner Schulter verband. Dort saugte er viel zu sanft für einige Sekunden und wanderte weiter zu der Stelle zwischen meinen Brüsten, die sie voneinander trennte. Seine Hände strichen über meine Schultern und Arme bis hin zu meinen Handgelenken und dann berührten sie meine Taille und bewegten sich aufwärts, kamen unterhalb meiner Brüste zum Liegen. Vins Daumen strichen über die Wölbung und als seine Hände unter mein Bikinioberteil fuhren, drückte er mich sanft in Richtung Boden, löste eine Hand von meiner Brust und legte sie auf meinen Rücken, um mich zu stützen, während ich die Verschränkung meiner Beine löste und mich nach hinten in den Sand sinken ließ.

Meine Bauchmuskeln zogen sich zusammen, als er mit den Lippen über die Haut um meinen Nabel fuhr. Aber als sie meinen Hosenbund erreichten, griff ich nach seinen Handgelenken und zog seine Hände über meinen Kopf und ihn näher an mich. Ich griff den Saum seines T-Shirts, zog es ihm aus und saugte den Moment auf, in dem seine Haut endlich meine berührte.

Er strich mir eine Locke aus dem Gesicht und stupste mit seiner Nasenspitze meine an. Er streifte mit ihr über meinen Nasenrücken und küsste sanft meine Stirn. Ich ließ die Schmetterlinge meinen gesamten Körper erobern und wollte seine Küsse erwidern, aber plötzlich stießen seine Hände neben meinem Kopf in den Sand und er sprang auf. Für einen Augenblick blieb ich reglos liegen, zu geschockt, um in irgendeiner anderen Form darauf zu reagieren. Und dann hörte ich ihn schreien: „Hier! Hier sind wir!"

Ich drehte mich auf den Bauch, um sehen zu können, was er sah, und war einen Moment später auf den Beinen, rannte ihm nach ins Meer, wedelte mit den Armen und schrie selbst: „Wir sind hier!"

Aber das Schiff war zu weit entfernt, die kleine Bucht aus dieser Entfernung vermutlich nicht einmal sichtbar. Ich rannte zurück zu unseren Sachen, griff in den Rucksack und holte das Feuerzeug und das Notizbuch heraus, bereit, den gesamten Wald abzubrennen, aber der

Regen hatte jeden einzelnen Zweig mit Feuchtigkeit getränkt. Außer unseren Sachen gab es nichts, das sich entzünden lassen würde.

Also stieg ich den Hang hinauf, den wir am Tag zuvor hinuntergeklettert waren. Aber ich rutschte auf der matschigen Erde aus und außer ein paar Schrammen und schmutzigen Beinen brachte der Versuch nichts.

Ich warf die Sachen in den Sand und rannte zurück zu Vin, der sich inzwischen so weit vom Ufer entfernt hatte, wie es möglich war, ohne schwimmen zu müssen. Er schrie noch immer. Ich kraulte zu ihm und stellte mich an seine Seite. Wir brüllten uns die Stimmbänder wund. Immer wieder und immer öfter versagte meine Stimme bei dem Versuch, die Bootsinsassen auf uns aufmerksam zu machen. Es war ein kleines Boot. Deutlich kleiner als die Yacht, die uns in diese Situation gebracht hatte. Aber es lag in etwa der gleichen Entfernung zur Insel, wie die Antoinette vor zwei Wochen. Trotzdem war es zu weit, um die Strecke zu schwimmen, und ich dachte an die Stunden, die wir vor zehn Tagen dort draußen verbracht hatten. Ich wollte nicht noch einmal ungeschützt im offenen Meer sein.

„Verdammt!“ Vin ließ die Faust auf die Wasseroberfläche schnellen, doch diese dämpfte seinen Schlag und es platschten nur ein paar Spritzer Wasser um sie herum.

Ich war wie gelähmt. Das Boot fuhr weiter und verschwand irgendwann aus unserem Sichtfeld. Trotzdem rührten wir uns nicht. Wir hatten es verpasst. Die erste Gelegenheit, von dieser Insel runterzukommen, war an uns vorbeigefahren, ohne auch nur Notiz davon zu nehmen, dass wir hier waren. Ich fühlte Tränen meine Wangen hinabfließen, hob die Hände aus dem Wasser und wischte mir übers Gesicht. Ich ersetzte salzige Tränen durch salziges Meerwasser und es änderte nichts. Meine Haut war nass und ich fühlte mich kein bisschen besser.

Das erste Gefühl, das ich zuließ, war Wut. Wir hätten die Nacht nicht hier verbringen dürfen. Einer von uns hätte beim Signalfeuer bleiben müssen. Ich hätte mich nicht auf Vin einlassen sollen. Dann wäre das nicht passiert. Aber dann wurde mir klar, dass ich mir etwas vormachte. Wahrscheinlich hätten wir das Feuer auch an unserem Strand nicht entzünden können. Auf der Anhöhe funktionierte unser Palmendach nicht zuverlässig, schaffte es nicht jeden Morgen, den Regen abzuhalten. Es standen keine Bäume darüber und der Wind wehte die Tropfen zwischen die Zweige. Es wäre nicht möglich gewesen, das Feuer zu entzünden.

Also ließ ich resigniert die Schultern sinken und wollte mich auf den Rückweg zum Ufer machen. Aber Vin hielt meine Hand fest. Sie war inzwischen schrumpelig und die Berührung fühlte sich merkwürdig an. Dennoch ließ ich es zu. Er zog mich an sich und nahm mich in den Arm. „Es wird ein anderes kommen."

„Bist du dir da sicher?" Meine Stimme klang dumpf. Ich hatte den Glauben verloren. Den Glauben daran, Mika lebend zu finden und daran, dass wir die Insel jemals wieder verlassen würden.

Aber Vin zögerte nicht. „Ja, das bin ich. Ich werde dafür sorgen, dass du von dieser Insel herunterkommst. Zurück nach Hause."

Kapitel 14

TAG 13

Der Hang blieb auch in der nächsten Stunde matschig und wir konnten die Bucht nicht verlassen. Ich wusste, dass wir das Schiff von unserem Strand aus auch nicht hätten aufhalten können. Ich wusste, dass wir und die Insel wahrscheinlich längst aus seinem Sichtfeld verschwunden sein würde, wenn wir dort ankämen. Und trotzdem wollte ich nichts anderes, als den bewachsenen Felsen hinaufklettern und durch den Wald rennen, mich in den heißen Sand stellen und mit brennenden Palmenblättern wedeln. Aber es würde dunkel sein, bevor ich dort ankam. Ich würde den matschigen Hang erst in ein paar Stunden erklimmen können. Bevor ich überhaupt den See erreicht hatte, würde die Sonne im Meer versunken sein und ich würde den Weg nicht finden. Ich würde manche Felsen nicht einmal allein überwinden können.

„Sag mal, wie sollen wir denn jemals wieder hier wegkommen?“ Ich spielte mit meinen Fingern im Sand.

„Wir müssen vor dem Regen los.“

„Du hast schon darüber nachgedacht.“ Es war keine Frage. Wir saßen im Sand unter unserem Palmendach. Die Sonne hatte die Felsen, hinter denen unser Strand lag, überwunden und heizte den Sand, unsere Köpfe und die Atmosphäre auf.

„Ja.“ Vin schaute den Hang hinauf, senkte dann den Blick wieder und kratzte getrockneten Schlamm von seinen Händen. Auch er hatte versucht, dem schlammigen Untergrund zu trotzen und nach oben zu klettern, in der sinnlosen Hoffnung, das Feuer doch noch entzünden zu können.

„Und wenn wir warten, bis der Hang getrocknet ist, und wir ihn dann hochklettern und oben auf den nächsten Morgen warten?“, fragte ich.

„Daran habe ich noch gar nicht gedacht. Aber es macht keinen Unterschied. Wir können genauso gut die Nacht halbwegs geschützt unter den Palmen verbringen.“

Ich nickte.

„Egal, wir können es nicht ändern.“ Er sprang auf und reichte mir die Hand.

„Was hast du vor?“

„Wir werden hier nicht rumsitzen und darauf warten, dass der Tag vergeht.“

Ich hob die Augenbrauen. Aber dann besann ich mich, schüttelte leicht den Kopf, und stand ebenfalls auf. „Okay. Was machen wir? Holen wir zuerst Wasser oder suchen wir etwas zu essen?“

„Wir gehen zum See und holen Wasser. Und dann suchen wir einen Weg, wie wir um diesen Felsen herum kommen. Unterwegs finden wir sicher etwas zu essen.“ Er schwieg und sah mich lächelnd an. „Und wir finden jede Menge Zeit für das hier.“ Er hielt noch immer meine Hand und zog mich zu sich.

„Hey, ich dachte, wir gehen zum See.“ Ich flüsterte.

Sein Kopf sank zu meinem hinab. „Ja, das machen wir gleich.“ Und dann küsste er mich. Und dieser Kuss war der erste, der sich richtig anfühlte. Wirklich richtig. Der erste Kuss, den ich einfach genießen konnte. Ich dachte nicht an Mika, ich dachte nicht an das Schiff oder das Feuer. Vin hatte recht. Auch diese Momente gehörten zu unserem Leben. Sie waren unser Leben. Sie waren es, was das Leben ausmachte. Und wer wusste schon, wie viele uns davon noch blieben.

„Das war anders.“ Er löste seine Lippen von meinen und lächelte mich an. Seine Finger strichen über meine Wange und umfassten eine Locke, spielten mit ihr.

„Ja, das war es.“ Ich erwiderte sein Lächeln und die Schmetterlinge machten sich auf, meinen Kopf zu besiedeln. Meine Knie wurden weich und ich krallte mich sanft an Vins Oberarm fest, um das Gleichgewicht zu halten.

„Ist alles okay?“ Hinter der schwarzen Brillenfassung zog er die Augenbrauen zusammen.

„Ja.“ Mein Lächeln wurde breiter. „Ja, das ist es.“

Er legte den Kopf schief. „Bist du sicher?“

„Ja, das bin ich. Ich sollte nur langsam mal was essen.“

„Na, dann los.“ Aber anstatt sich auf den Weg zu machen, umfasste er mit beiden Händen meinen Kopf und küsste mich wieder.

„Davon …“ Ich löste meine Lippen für einen Moment von seinen, aber er zog mich sofort wieder an sich. Ich grinste und sprach trotzdem weiter: „Davon kann ich mich aber kein bisschen besser auf den Beinen halten.“

Er drehte den Kopf etwas zur Seite und küsste meine Wange. „Ich weiß.“ Sein Atem strich über mein Gesicht und erreichte mein Ohr, von wo aus er eine Gänsehaut auslöste, die meinen Hals hinab hin zu meinen Armen wanderte.

„Ist dir kalt?“

Ein weiterer Schauder überlief mich und ich löste mich lächelnd von ihm. „Nein.“ Ich küsste ihn ein letztes Mal und bückte mich dann nach meinen Schuhen. Die Socken waren über Nacht getrocknet und ich streifte sie widerwillig über. Es war zu warm für Socken. Und für Schuhe. „Wir sollten los.“

Vin schwang seinen Rucksack auf den Rücken, nahm den Holzspeer in die rechte Hand und fasste mit der linken nach meiner. Ich verschränkte meine Finger mit seinen und war überrascht, wie selbstverständlich ich es tat und wie vertraut sich diese Geste anfühlte. Ich schüttelte leicht den Kopf, verwundert.

„Was ist?“

Ich sah zu ihm auf. „Vor nicht einmal 24 Stunden war das hier undenkbar für mich.“ Ich deutete auf unsere Hände.

Vin küsste mich sanft und lächelte. „Ich bin sehr froh, dass sich das geändert hat.“

Wir schlugen einen anderen Weg zum See ein als am Vortag und fanden Bananenbäume und kinderfaustgroße dunkelgrüne, fast schwarze Früchte, die aussahen wie Avocados, aber viel kleiner waren. Im Inneren sahen sie aus wie die Früchte aus dem Supermarkt und sie schmeckten, als hätte man den Geschmack von zweihundert Supermarkt-Avocados in dieser einen Frucht konzentriert. Am See füllten wir unsere Flasche, tranken, soviel wir konnten, und schwammen durch das klare Wasser. Ich brauchte acht Schwimmzüge, um den Grund zu erreichen, und fand kleine Krebse und leuchtende Wasserpflanzen. Vin versuchte mit dem Speer, die Fische zu jagen, aber er vergaß dabei, die Luft nur nach und nach aus seinen Lungen strömen zu lassen und bei jedem Versuch ging ihm der Atem aus und er musste zurück an die Wasseroberfläche schwimmen.

„Wir werden auch von Früchten satt." Ich grinste ihn an, als wir nach dem achten Versuch gemeinsam wieder auftauchten.

Er sog die Luft ein und dann funkelte er mich an, aber in seinem Mundwinkel lag sein Lächeln. „Ich hätte einen gefangen, aber ich kann …"

„Ja, ja, du kannst unter Wasser nicht so gut sehen."

„Hey!" Er stupste mir gegen die Schulter. „Das ist die Wahrheit."

Ich lachte und schwamm zum Ufer. Er folgte mir und wir erreichten die Felsen gleichzeitig. Als wir uns aus dem Wasser gezogen hatten, warf er den Speer zu unseren Sachen, schlang seinen Arm um meine Taille und zog mich an sich. Seine Haut war kalt und feucht. Wie meine. Ich war ihm so nah, dass ich spürte, wie sein Herz unregelmäßig und schnell schlug und wie sich seine Brust hob und senkte.

„So schnell sind wir doch gar nicht geschwommen." Meine Stimme klang heiser. Ich legte meine Hand auf seine Brust, um seinen Herzschlag noch intensiver zu spüren. Durch die kalte Haut drang nach und nach die Wärme seines Körpers.

„Das kommt ja auch nicht vom Schwimmen." Sein Mund fuhr meinen Hals hinab, während er sprach.

„Nein?"

„Nein."

„Wovon kommt es denn?"

Ich spürte sein Lächeln, als er seine Lippen über meine Schulter bewegte und mit den Fingern den Träger meines Bikinioberteils zur Seite schob, bis er meinen Arm hinunterrutschte. Seine Hand strich über meine

Schulter auf meinen Rücken und er fuhr unter den dünnen Streifen Stoff, der den Bikini dort zusammenhielt, und drückte mich näher an sich.

„Von dir", sagte er und die Rauheit in seiner Stimme löste ein noch intensiveres Kribbeln in mir aus. Sein Mund kehrte zurück zu meinem Hals, aber ich legte meine Finger auf seine Wange und schob seinen Kopf zu meinem. Seine Augen waren nur halb geöffnet, aber sein Blick war voller Sehnsucht. Er fuhr mit seinen Lippen über meine Wange, küsste meine Stirn, meine geschlossenen Augen und wanderte neben meiner Nase zurück zu meinem Mund. Ich öffnete die Lippen und sein Kuss erfüllte meinen Körper, vertrieb auch den letzten Gedanken aus meinem Kopf. Ich erwiderte seinen Kuss und strich mit den Fingerspitzen an seiner Wirbelsäule entlang, bis ich den Bund seines Slips erreichte. Ich fuhr den Stoffstreifen nach und legte meine Hände auf seinen Po. Ein Stöhnen drang aus seinem Mund und ich drückte seine Hüften gegen mein Becken. Und da war ich es, die aufstöhnte. Wieder spürte ich sein Lächeln und biss ihn sanft in die Unterlippe, so wie er es vor ein paar Stunden bei mir getan hatte.

„Hey." Ich spürte das Wort mehr, als dass ich es hörte.

Seine Finger öffneten den Verschluss meines Bikinis und ohne unseren Kuss zu unterbrechen, streifte er mir die Träger über die Arme. Ich löste die Hände von seinem Po und ließ das Oberteil zu Boden fallen. Er umfasste meine Brüste und ich stöhnte auf.

„Marie!"

„Ja?"

„Willst du das wirklich?"

Es dauerte ein paar Sekunden, bis seine Frage mich erreichte und ich schüttelte verwirrt mit dem Kopf. Sofort unterbrach er den Kuss, aber ich schlang meine Arme um seinen Nacken, vergrub die Finger in seinen Haaren und zog ihn wieder zu mir.

„Wonach sieht das hier denn für dich aus?“

Ich spürte, wie er lächelte, und dann glitten seine Hände zu meinen Hüften, unter mein Bikinihöschen. Ich erfasste im selben Moment den Stoff seines Slips. Beides lag innerhalb von Sekunden auf dem Boden. Er nahm meine Hand und führte mich zu einer Stelle am See, wo weder Steine noch Unterholz den Boden bedeckten, und sank dort zu Boden, noch immer meine Hand haltend. Ich folgte ihm, stemmte die Unterarme in die kühle Erde neben seinem Kopf und die Knie neben seinen Bauch, ohne meinen Körper auf seinen hinabsinken zu lassen. Ich küsste jeden einzelnen Zentimeter seines Gesichts. Seine Hände streichelten über meinen Rücken, meinen Bauch, meine Brüste.

„Marie!“

„Hm? Was ist?“ Ich hob meinen Kopf, um ihn ansehen zu können. Er lächelte. Ich strich mit dem Finger über seinen Mundwinkel und er küsste ihn.

Anstatt zu antworten, führte er seine Hände an meine Hüften und drückte sie nach unten. Sein Lächeln verschwand, als er in mich drang, sanft, und doch setzte mein Atem für einen Moment aus. Er löste eine Hand von meinem Po, um sie in meinen Locken zu vergraben und meinen Kopf zu sich zu ziehen. Sein Kuss war noch immer zart und für eine Weile war es die einzige Bewegung, die unsere Körper ausführten. Und dann, ganz langsam, begann ich meine Hüften zu bewegen. Er stöhnte auf, umfasste meinen Po wieder mit beiden Händen und drückte mich fester an sich, sich tiefer in mich. Nach und nach fanden wir unseren Rhythmus, der mit jeder Bewegung ein Stück der Zurückhaltung verlor, die diese neue Erfahrung begleitete. Trotzdem ließen wir uns Zeit, spürten den Körper des anderen bei diesem ersten Mal so intensiv, als müssten wir ein Leben lang von dieser Erinnerung zehren. Immer wieder hielt Vin meine Hüften fest, um sich selbst zurückzuhalten und den Moment zu verlängern, ihn noch mehr zu intensivieren. Immer wieder küsste er mich, sah mich an mit diesem Blick, der mein Herz drängte, noch schneller zu schlagen. Lächelte mich mit seinem Lächeln an, das die Schmetterlinge wilder durch meinen Körper flattern ließ. Und als er es nicht länger zurückhalten konnte und sich unter mir aufbäumte, drang ein Ziehen durch meinen Bauch und ich kam kurz nach ihm.

Mein Oberkörper sank auf den seinen und Vin bedeckte meinen Hals und meine Schulter mit Küssen, die sich so zart anfühlten, als hätte einer der Schmetterlinge einen Weg aus meinem Bauch hinaus gefunden und würde mich jetzt mit seinen Flügeln streicheln. Dabei strich Vin mir sanft über den Rücken, zeichnete meine Wirbelsäule nach und malte Kreise um die einzelnen Wirbel. Ich schloss die Augen, ließ mich in die Wolke fallen, in die er mich bettete und spürte, wie die Müdigkeit mich übermannte. Und gerade als ich den Zustand zwischen Schlafen und Wachen verließ und die Formen und Lichter des Sees verschwammen, um anderen Bildern Platz zu machen, die aus einer Zeit stammten, die Jahre zurückzuliegen schien, schreckte ich auf.

„Was war das?“ Vin drückte mich nach oben und setzte sich auf.

Ich brauchte einen Moment, um meine Schlaftrunkenheit abzuschütteln, und antwortete dann mit kratziger Stimme: „Ich … ich weiß nicht. Ich hab es nicht richtig gehört.“ Ich stand auf und griff nach meinem Bikini.

„Es war ein Knall.“ Vin sprang auf, zog Slip und Shorts an, griff nach den restlichen Sachen und nach meiner Hand.

Diesmal nahmen wir uns nicht die Zeit, um in die Schuhe zu steigen, und gemeinsam rannten wir durch den Wald. Ich spürte die spitzen Kanten abgebrochener Zweige unter meinen Fußsohlen kaum, so schnell trugen sie mich über das Unterholz. Als wir schließlich den Strand erreichten, gab es keine Spur, die uns das Geräusch hätte erklären können. Vin sah in den Himmel und ich folgte seinem Blick.

„Was war das?“

„Ich weiß es nicht.“ Er warf den Rucksack in den Sand, sank daneben in die Hocke, legte die Hände in den Nacken und ließ den Kopf nach vorne sinken.

Ich setzte mich vor ihn und umfasste sein Gesicht. „Was glaubst du denn, was es war?“

Er sah mich nicht an, sprang wieder auf und trat gegen seinen Rucksack. „Verdammt!“ Er flog einige Meter weit und prallte in den Sand.

Ich wartete auf eine weitere Antwort, aber er starrte nur aufs Meer. Also stellte ich mich zu ihm, legte die Arme um seine Taille und ließ ihn seine Gedanken denken. Ich hatte mich daran gewöhnt. Wir sprachen noch immer nicht über alles. Er schlang einen Arm um meine Schultern und zog mich an sich. Aber der Kuss, den er mir auf die Stirn drückte, kam von jemandem, der mit seinen Gedanken an einem anderen Ort oder bei einem anderen Menschen war.

Kapitel 15

TAG 15

Wir blieben zwei weitere Tage und zwei weitere Nächte in der Bucht. Der Hang trocknete nicht über Nacht, weil es am Abend stark regnete. Und unser Palmendach konnte das Wasser nicht abschirmen. Aber der Regen störte uns nicht. Wir hatten Schutz unter den Bäumen gesucht und waren engumschlungen eingeschlafen.

Und nachdem die Sonne am nächsten Morgen über den matschigen Hang geklettert war, hatten wir uns geliebt und danach versucht, auf den Westteil der Insel zu gelangen. Wir waren vom Strand aus entlang der steilen Felswand gelaufen, nur um festzustellen, dass sie uns bis zum See führte und es keinen Weg durch sie hindurch, an ihr vorbei oder über sie hinweg gab. Vin hatte vorgeschlagen, die Bucht zu verlassen und um den Fels herumzuschwimmen. Wir mussten nur etwas weiter als bis zu jenem Punkt, an dem wir so verzweifelt nach dem Boot geschrien hatten. Aber als sich uns der Blick auf das freigab, was hinter dem steinernen Berg lag, sank mein Herz wie ein schwerer Stein in meinen Bauch und drohte, mich auf den Meeresgrund zu ziehen. Die Felswand zog sich bis zu der Stelle der Insel, an der diese einen Knick machte, und wir keinen Einblick mehr auf das hatten, was dahinter lag.

Wir hatten das kleine Wäldchen inzwischen so oft durchquert, dass wir Mika oder Spuren von ihm unmöglich hätten übersehen können. Und es war höchst unwahrscheinlich, dass er eine Möglichkeit gefunden hatte, die karibische Eiger-Nordwand zu erklimmen. Hier konnte er nicht gestrandet sein. Es war unwahrscheinlich, dass auch er die Insel nach uns absuchte, ohne dabei auf unsere Wegweiser zu stoßen oder unser Lager oder uns zu finden. Wobei die Wegweiser natürlich auch von jemand anderem hätten stammen können.

„Es ist hoffnungslos, oder?"

Vin und ich liefen die letzten Meter zum Ufer. Die Sonne verschwand hinter der Felswand, von der wir nun wussten, dass sie nichts verbarg. Er hielt meine Hand und ich genoss das Gefühl seiner Finger, die zärtlich über die Linien auf meiner Handfläche strichen. Selbst in diesem ernüchternden Moment genoss ich seine Berührung, spürte ich das Kribbeln, das in meinem Bauch zu einem Ziehen wurde.

Er fragte: „Was?" Dabei kannte er die Antwort genau.

Ich sagte nur: „Mika."

Er schwieg, bis wir den Strand erreicht hatten und uns in den trockenen Sand setzten. Er war noch warm von den letzten Sonnenstrahlen, die ihn erreicht hatten. Auf meiner nassen Haut bildete sich sofort ein dünner weißer Film aus Millionen von Sandkörnern. Ich versuchte, ihn mit der Hand wegzuwischen, aber alles, was ich damit erreichte, war meine Haut durch ein kratzendes Peeling von alten Hautschüppchen zu befreien. Die Menge an Sand veränderte sich nicht, er wurde nur ausgetauscht.

Vin legte seine Finger auf meine Hand, damit ich mit der Wischerei aufhörte, drehte dann den Kopf zu mir und wartete, bis ich mich ebenfalls zu ihm wandte und seinen Blick erwiderte.

„Die Hoffnung gebe ich erst dann auf, wenn wir ihn gefunden haben."

Es lag so viel Bestimmtheit und Sicherheit in seiner Stimme. Eine Bestimmtheit, die keine andere Möglichkeit zuließ, als Mika zu finden.

„Vin?"

„Hm?"

„Fühlst du dich schuldig? Glaubst du, es ist deine Schuld, dass Mika nicht hier bei uns ist?"

Er wandte sich von mir ab, legte die Arme auf die Knie und bettete den Kopf darauf. Aber er beantwortete meine Frage nicht. Ich legte meine Hand auf seinen Rücken und streichelte ihn sanft, umfasste seine Taille und schmiegte meinen Kopf an seinen Oberarm.

„Denn das ist es nicht. Was hätten wir tun können?" Ich kannte die Antwort. Wenn Vin nicht verletzt gewesen wäre, hätten wir nach ihm gesucht. Aber wie hoch wären unsere Chancen gewesen, ihn zu finden? „Wir hätten nichts tun können. Wir hätten es sonst selbst nicht hierher geschafft."

Er sagte nichts. Ich legte meine Hand auf sein linkes Schienbein und strich durch den hellen Haarflaum. Die Sonne hatte seine Haut gebräunt und die blonden Haare noch heller gebleicht. „Aber wir hätten es wagen sollen." Ich atmete tief durch. „So weit konnte er nicht gekommen sein. Vielleicht war er nur ein paar Meter von uns entfernt. Dann wären wir zu dritt zur Insel geschwommen." Ich redete zu viel. Aber es machte mich nervös, dass Vin nicht antwortete. Also sprudelten die Worte aus mir heraus, ohne dass ich sie vorher stoppte, oder auch nur über sie nachdachte. „Dann hätten wir das Schiff rechtzeitig gesehen. Wir wären schon längst wieder …“

„Marie.“ Er klang müde. Weniger müde als erschöpft. Es war ein langer Tag gewesen. Es waren lange zwei Wochen gewesen. Der Alltag, den ich vor diesen fünfzehn Tagen gelebt hatte, schien Jahre entfernt zu liegen. Jahre und Welten. Der Gedanke an meine Drei-Zimmer-Wohnung mit dem Südbalkon und dem Altbau-Parkett beengte mich. Dabei hatte ich mich dort immer so wohl gefühlt und jeder, der mich besucht hatte, war erstaunt gewesen über so viel Platz. Jetzt erschienen mir die 120 Quadratmeter so klein wie eine Raucherzelle auf einem US-amerikanischen Flughafen. Mein Körper hatte sich an die Weite gewöhnt. Und mein Geist auch.

Ich wartete darauf, dass Vin noch etwas sagte, aber er blieb still. In diesem Moment hörte ich ein Brummen. Es kam direkt von der Stelle, an der wir saßen. Es dauerte ein paar Sekunden, bis ich realisierte, dass es Vins Magen war, der uns daran erinnerte, dass wir seit Stunden nichts gegessen hatten. Und da begann mein Kopf zu wackeln. Er wackelte, weil Vins Oberarm ebenfalls wackelte. Zuerst dachte ich, er würde weinen, aber dann warf er den Kopf in den Nacken und ein lautes und kehliges Lachen entfuhr seinem Mund.

Ich starrte ihn für einen Moment lang an, aber als er den Kopf zu mir wandte und ich das Glitzern in seinen Augen erkannte, lachte ich mit ihm. Wir ließen uns nach hinten in den Sand fallen und lachten, bis auch die letzte Anspannung von uns abgefallen war. Es gab so viele Gründe gegen dieses Lachen. Aber würden wir nicht deutlich mehr Gründe finden, es so laut und so lange wie möglich anhalten zu lassen, wenn wir darüber nachdachten? Wir waren am Leben. Wir hatten es geschafft.

Wir hatten einander gefunden. Wir hatten Nahrung, frisches Wasser. Wir lebten nicht im neunzehnten Jahrhundert. Früher oder später würde man uns finden. Und bis dahin hätten wir es deutlich schlechter treffen können.

Als die gelachten Tränen auf unseren Wangen getrocknet waren, rollte Vin sich auf mich. Wir schliefen miteinander, bis die Dunkelheit dem Strand die Konturen nahm und der Wald hinter uns eine Finsternis wurde, vor der ich mich nicht mehr fürchtete. Ich wusste jetzt, dass dort nichts war, vor dem ich mich hätte ängstigen müssen. Die Dinge, die mich ängstigten, waren in meinem Kopf und Vin hatte es geschafft, sie dort in einen Raum zu sperren, dessen Schlüssel ich nicht benutzen wollte.

Wir gingen zu unserem kleinen Lager und aßen die Früchte, die wir am Vormittag gesammelt hatten. Wir tranken das Wasser aus der Flasche und ich grub sie wieder in den Sand, damit der morgendliche Regen sie füllen konnte. Und dann legte ich mich zu Vin. So als hätten wir das schon immer getan.

Und als ich hörte, wie Vins Atem gleichmäßiger und sein Arm, der mich von hinten umschlang, schwerer wurde, ließ ich die Tränen zu, die ich vorhin gern geweint hätte. Es waren nur wenige. Ich hatte die Hoffnung, Mika zu finden, schon vor ein paar Tagen aufgegeben. Die riesigen Felsen, die einem Suchenden keinen Schutz boten, sich stattdessen jeglicher Hoffnung unverrückbar in den Weg stellten, hatten meine eigene Hoffnungslosigkeit einfach nur in Gewissheit verwandelt.

Nun kramte ich doch den Schlüssel heraus und weinte um Mika. Aber ich weinte auch um meinen Vater. Ich war mir inzwischen nicht mehr sicher, dass wirklich er der Mann auf dem Foto gewesen war. Immerhin hatte ich nur einen kurzen Blick erhaschen können und vielleicht war ich ja doch ein wenig in Panik gewesen. Vin hatte mich aus dem Schlaf gerissen. Wahrscheinlich hatte die Erinnerung mich eingeholt. Das Feuer und die Angst, darin zu sterben oder im Karibischen Meer zu ertrinken, mussten den Teil meines Gehirns, der die Bilder vor unseren Augen filtert und verarbeitet, in den des sechsjährigen Mädchens verwandelt haben. Das Mädchen, das seinem Vater dabei zusieht, wie er ihm erst durch die Haare wuschelt und wenige Minuten später mit einer blutenden Kopfwunde davongetrieben wird.

Es war unmöglich, dass er noch lebte. Ich hatte ihn sterben sehen. Und auch Mika hatten die Fluten davon gespült. Auch ihn hatten wir allein gelassen. Ich hatte zuerst meinen Vater und dann Mika allein gelassen. Vielleicht hätte ich beiden helfen können. Vielleicht hätte ich ihre beiden Leben retten können. Aber ich hatte nichts getan. Ich hatte zu viel Angst gehabt und nur mein eigenes Leben retten wollen. Und bei diesen Gedanken wurden aus den wenigen Tränen viele und ein Schluchzen entrann mir. Ich schlug die Hand vor den Mund, um Vin nicht zu wecken, doch es war zu spät.

„Hey, was ist los?“ Er klang verschlafen. Und das schon nach den wenigen Minuten, die der Schlaf ihn hatte ausruhen lassen. Ich bekam ein schlechtes Gewissen. Sein Körper war sicher genauso erschöpft wie meiner und ich wollte ihm nicht die Möglichkeit nehmen, wieder zu Kräften zu kommen.

„Schon okay.“ Ich hatte noch immer die Hand vor dem Mund und meine Stimme klang dumpf.

Vin nahm den Arm von meiner Taille, strich meinen Unterarm entlang und verschränkte seine Finger mit meinen, um sie von meinem Mund zu lösen. Und dann flüsterte er so dicht neben meinem Ohr, dass sein Atem meine Wange streifte: „Was ist los?“

Ich wollte meine vorherige Antwort wiederholen, aber ich wusste nicht mehr warum. Ich wollte meine Gefühle mit ihm teilen und auch ein paar meiner Gedanken. Also begann ich zu sprechen. Ich erzählte ihm von meinem Vater. Von unserem Ausflug und noch einmal von seinem Tod. Wie ich danach stundenlang im Wald herumgeirrt war, bis ich irgendwann ein Auto gehört hatte, zur Straße gerannt war und eine Frau mich auf ihren Beifahrersitz gesetzt hatte. Ich erzählte ihm, dass mir nie jemand Vorwürfe gemacht hatte, weil ich nicht versucht hatte, ihn zu retten. Niemand außer mir selbst.

„Aber ich hätte etwas tun können.“

„Marie, das ist Unsinn.“

„Warum ist das Unsinn?“

„Du warst sechs Jahre alt.“ Woher wusste er das?

„Woher weißt du das?“

Er zögerte. Nur einen Moment. „Du hast es erzählt. Auf dem Boot.“ Ach ja, richtig.

„Stimmt. Aber das ist doch egal. Ich konnte damals schon schwimmen. Ich hätte auch in den Fluss steigen können. Ich hätte neben ihm her schwimmen und seinen Kopf über Wasser halten können, bis er das Bewusstsein wiedererlangt. Man hört doch immer wieder, dass man in solchen Situationen stärker ist.“ Ich zögerte. „Und ich hätte bei Mika bleiben können. Wir hätten bei ihm bleiben können.“

Er sagte nichts. Aber es gab auch nichts zu sagen. Wir konnten nicht rückgängig machen, was passiert war. Diese Momente, in denen ich die falschen Entscheidungen getroffen hatte, würden für immer bei mir bleiben, mich nie wieder loslassen. Und die Gedankenschleife, die seit zwanzig Jahren die Erinnerungen an meinen blutenden und bewusstlosen Vater durch meinen Kopf transportierte, hatte nicht nur das Bild von Mika und dem tiefschwarzen Ozean hinzugewonnen. Auch die verschwommene Erinnerung an das Foto eines Mannes mit türkisfarbenen Turnschuhen und einem Gesicht, das aussah wie das meines Vaters, hätte er weitere zehn oder fünfzehn Jahre gelebt, drehte nun seine Runden in meinem Kopf. Wer die Person auf dem Bild tatsächlich war, würde ich nie erfahren, denn das Foto war zusammen mit dem brennenden Schiff untergegangen. Und es war entweder mit ihm verbrannt oder würde sich mit der Zeit in seine Einzelteile auflösen. Vielleicht hatte es das sogar schon getan. Und der Besitzer des Bildes lag vermutlich ganz in der Nähe dieser Einzelteile.

Vin erzählte ich von alledem nichts. Ich wollte den Funken Hoffnung nicht hergeben, dass mein Vater irgendwo ans Ufer gespült worden und Monate später in einem Krankenhaus aufgewacht war, ohne sich an uns zu erinnern. Ich wünschte mir so sehr, dass er lebte. So sehr, dass ich die Tatsache ignorierte, dass meine Mutter fast ein Jahr lang jedes Krankenhaus im Umkreis von 500 Kilometern angerufen hatte, um seine Beschreibung durchzugeben und um einen Rückruf zu bitten, falls er doch noch auftauchte.

Die Tränen waren versiegt und Resignation trat an die Stelle von Wut und Trauer. Doch wenige Sekunden später holte mich Vins Streicheln zurück ins Leben. Ich war ihm so dankbar, dass er das Thema nicht weiter vertiefte, keine Fragen stellte und einfach nur da war. Ich drehte mich zu ihm und wir küssten uns. Ich vergaß zu atmen und ließ mich in seine Berührungen fallen. Spürte das Kribbeln, das seine Fingerspitzen auf meiner Haut auslösten und das Klopfen meines Herzens, das auf seine Nähe reagierte.

Wir schliefen wieder miteinander, und das erste Mal fragte ich mich, ob es vernünftig war, ungeschützten Sex mit einem Mann zu haben, den ich gerade einmal zwei Wochen kannte. Der Gedanke an Kondome wirkte so fremd wie das Bild meiner drei Zimmer im Dachgeschoss. Und ich wollte das hier zu sehr. Ich wollte diese Gefühlswellen spüren, die Vins Berührungen in mir auslösten. Ich wollte die Gedanken an Mika, an meinen Vater und die Möglichkeit, meine Mutter nie wieder zu sehen, mit etwas übertönen, das laut genug dafür war. Also ließ ich der schwachen Stimme aus meinem Vernunftszentrum nur ein bisschen Raum und bat Vin, nicht in mir zu kommen. Die restlichen Worte, die sie mir zuflüsterte, ignorierte ich und ließ mich zurückfallen in die Lebendigkeit, die aus jeder von Vins Fasern strömte.

Ich hätte dieser kleinen Stimme vielleicht noch mehr Gehör schenken sollen, denn sie fragte mich auch, ob die Geschichte von dem jungen Mann, der seine besten Jahre damit verbringt, auf eine vierwöchige Reise zu sparen, zu dem lebenshungrigen Vin passte, den ich hier erlebte.

„Werden wir es im Hellen zurück schaffen?“ Wir lagen auf einem Felsen am See. Es war Nachmittag und wir hatten den Tag damit verbracht, Früchte zu sammeln, uns zu lieben und Gespräche zu vermeiden, die für die lockere, aber fragile Stimmung zu schwer waren.

„Ich denke schon. Wir sollten gegen Mittag zurück sein."

„Findest du den Weg?"

Vin sah mich an, als hätte ich ihn gefragt, ob er einen Stein ins Wasser werfen könnte. Einen kleinen Stein. Vielleicht hatte sein Ego doch einen höheren Stellenwert für ihn, als ich es bisher vermutet hatte. Vielleicht lag seine Reaktion aber auch nur darin begründet, dass er die letzte Stunde erfolglos damit verbracht hatte, die Fische am Grund des Sees zu jagen.

„Okay, gut. Du findest ihn. Ich werde ihn nämlich nicht finden."

Er drehte sich zu mir, noch immer nass vom letzten Versuch, uns eine Mahlzeit zu erjagen. Seine Finger strichen über meine Wange und er küsste mich.

„Willst du mir jetzt weismachen, dass du ohne mich verloren wärest, damit ich mich wegen diesen dummen Fischen besser fühle."

Eigentlich waren die Fische alles andere als dumm. Immerhin hatte sich keiner von ihnen fangen lassen. Aber das sagte ich ihm nicht. „Nein, glaub mir, mein Orientierungssinn hätte es mir verboten, auch nur einen Fuß in den Wald hinter unserem Strand zu setzen." Unserem Strand. Ich sagte ‚unserem Strand'. Wie hatte ich diese Insel bereits so sehr als eine Art Zuhause akzeptieren können? Lag es an Vin? War es ein Schutzmechanismus meines Gehirns, das sonst durchdrehen würde?

Vin lachte und zog mich an sich. „Lass uns zum Strand zurückgehen. Es wird bald dunkel und wir müssen vor dem Regen aufstehen."

„Wie stellst du dir das eigentlich vor?"

„Was meinst du?" Er hatte sich aufgesetzt und zog die Shorts über die Beine.

„Wie sollen wir rechtzeitig aufwachen?“ Schließlich weckte uns sonst immer der Regen.

Er tippte sich an die Schläfe und hob dann den Finger in die Luft. „Eine sehr gute Frage.“

Ich lachte und setzte mich auch auf.

„Was ist?“

„Du siehst aus wie Emmett Brown, nachdem ihn jemand gefragt hat, wie ein Fluxkompensator funktioniert.“ Ich strich über die Narbe an seiner Wange, die kaum noch erkennbar war unter dem dichter werdenden Bart.

Er zog die Augenbrauen zusammen und sein Finger sank zurück auf den Stein. Dann erhellte sich sein Blick und er sagte: „Mit dem Fluxkompensator kann man Abfall in 1,21 Gigawatt umwandeln, Marty.“ Er grinste mich an.

Ich stupste ihn gegen die Schulter und machte ein entschuldigendes Gesicht. „Nein, du Schlaumeier.“

Sein Blick verfinsterte sich und er sah mich fragend an.

„Für den Fluxkompensator braucht man Plutonium. Was du meinst, ist der Fusionsgenerator.“ Ich grinste ihn schräg an und griff nach meiner Hose.

Er lachte. „Verdammt, du hast recht.“

„Woher wusstest du das mit den 1,23 Gigawatt?“

„1,21. Ich glaube, wir haben da mal in der Schule drüber gesprochen.“

„Okay, da wir keine Zeitmaschine haben, die uns zurück zu dem Moment bringt, in dem wir die Antoinette betreten haben, brauchen wir immer noch einen Plan, wie wir morgen früh rechtzeitig aufwachen.“ Ich stand auf, um meine Shorts über die Hüften zu ziehen, und trat direkt vor Vin, der mich sofort an sich zog, um meinen Bauch zu küssen.

„Hey!“ Ich schob ihn sanft von mir, auch wenn die Berührung seiner Lippen mich eher dazu verleitete, ihn näher an mich zu ziehen.

Er seufzte und stand ebenfalls auf. „Wir teilen uns die Nacht auf. Nach einer Stunde wecken wir den anderen.“

Das klang nach einem guten Plan und ich konnte nur hoffen, dass ich es schaffen würde, mich so lange wach zu halten. Vins Taucheruhr hatte keine Alarmfunktion.

Wir schafften es. Und als die Sonne über den Felsen gestiegen war, hatten wir bereits die ersten Wegmarkierungen hinter uns gelassen und näherten uns unserem ursprünglichen Lager. Wir sprachen kaum. Ich dachte darüber nach, wie wir jetzt weitermachen sollten. Wir hatten die Insel erkundet. Mika war nicht da. Dennoch wollte ich nicht akzeptieren, dass er nicht hier war. Auch Vin war ungewöhnlich ruhig und als wir beim Signalfeuer ankamen, das wir auf einer Anhöhe errichtet hatten, hielt er plötzlich mein Handgelenk fest und bedeutete mir, stehenzubleiben. Ich dachte, er hätte ein Schiff gesehen und suchte den Horizont nach weißen Segeln ab, aber außer den Schaumkronen, die die heranrollenden Wellen mit sich trugen, war das Meer eine einzige blaue Masse.

Vin folgte meinem Blick und schüttelte den Kopf.

Ich runzelte die Stirn. „Was ist los?“

Er atmete tief ein und erst nach ein paar Sekunden langsam wieder aus. Aber er sagte nichts.

„Vin?“ Mein Magen zog sich zusammen und mein Herzschlag, der nach dem Anstieg gerade im Begriff gewesen war, sich zu normalisieren, beschleunigte sich wieder.

„Marie …“ Er räusperte sich. „Marie, ich muss dir etwas sagen.“ Der Ton in seiner Stimme war seltsam. Ernst, und ich konnte deutlich hören, dass er mit sich rang. Es vielleicht schon lange getan hatte. Ich spürte meinen Herzschlag in der Kehle und fasste mir an den Hals. In diesem Moment war ich mir sicher, dass er Mikas Leiche gesehen hatte. Er wusste, dass er tot war. Ich sank auf die Knie und legte die Hände vors Gesicht. Vin hockte sich zu mir, aber er berührte mich nicht. Ich löste die Finger wieder von meinen Augen und sah ihn an.

„Er ist tot, oder? Du hast ihn gesehen. Wo? Wie lange weißt du es schon? Warum hast du mir nichts gesagt?“ Die Fragen sprudelten aus mir heraus. Vin versuchte nicht, mich zu unterbrechen. Er starrte auf das Meer, das sich weit vor uns erstreckte und presste die Lippen fest aufeinander. Ich hätte ihn gern geschüttelt, fürchtete mich aber im selben Moment vor seinen Worten.

Und trotz meiner Angst fragte ich noch einmal: „Was ist los, Vin? Was musst du mir sagen?“

Andere Möglichkeiten gingen mir durch den Kopf. Vielleicht ging es überhaupt nicht um Mika. Hatte Vin doch eine Freundin? War er vielleicht sogar verheiratet? Aber er trug keinen Ring und an seinem Ringfinger befand sich auch keine hellere Hautpartie, die verraten hätte, dass er einen goldenen Ehering nur für diese Reise in seinem Koffer versteckt hatte.

Ich war so in Gedanken versunken, dass ich nicht mitbekam, wie Vin den Kopf drehte und nun nicht länger das Meer, sondern mich anstarrte. Er öffnete den Mund, und was er dann sagte, löste endlich den Nebel, der in den letzten zwei Wochen um die Gründe für sein Verhalten und seinen Schmerz gelegen hatte.

Er schloss die Augen, atmete tief durch und als er sie wieder öffnete, sagte er: „Ich kenne Mika, seit ich zwei Jahre alt bin."

Kapitel 16

TAG 16

Mein Herzschlag, der gerade noch kurz davor gewesen war, meinen Hals zu zerreißen, setzte aus. Meine Lungen vergaßen, sich zusammenzuziehen, um die Luft zu inhalieren und in meinem Kopf hallten Vins Worte wieder und wieder. Mika und er kannten sich, seit sie Kinder waren. Erst nach und nach und sehr langsam strömten die Fragen in meine Gedanken. Wie war das möglich? Wie hatte ich das nicht mitbekommen können? Waren die zwei sich nicht wie Fremde begegnet? Bilder schossen in meinen Kopf. Vin, der Mika feindselig ansah. Und Mika, der sich davon nicht beeindrucken ließ, nicht darauf einging. Ich erinnerte mich daran, wie gut sie auf dem Boot zusammengearbeitet hatten. Und plötzlich machte es Sinn, dass Vin nicht hatte aufgeben wollen, Mika zu suchen.

„Marie?" Seine Stimme durchriss meine Gedanken. Mein Kopf war ihm noch immer zugewandt, aber erst jetzt formte sich sein Bild wieder klar vor meinen Augen.

„Aber, aber …" Der naive, gutgläubige und optimistische Bereich meines Gehirns übernahm das Sprachzentrum, und obwohl ich tief in mir wusste, dass auch dieser letzte Strohhalm ein kurzer war, fragte ich: „Dann hast du ihn zufällig im Flugzeug wiedergefunden?"

Er schloss die Augen, öffnete sie wieder und schüttelte den Kopf. „Wir sind zusammen aufgewachsen."

Ich schwieg mit geöffneten Lippen und er sprach weiter: „Wir sind zusammen zur Schule gefahren, haben unser halbes Leben mit seinem Vater auf dem Boot verbracht und uns während dem Studium eine Wohnung geteilt."

Ich fühlte, wie das Leben zurück in meine Adern schoss und die Wut sich in mir ausbreitete. Ich sah Vins Tränen, die er jeden Tag um einen Fremden weinte, der gar kein Fremder war. Ich hörte die Stille, in der er mir seine Trauer nicht erklärte. Ich erinnerte mich an den Flug, während dem er in Erwartung eines Absturzes lieber eine Fremde geküsst hatte, als die letzten Minuten mit seinem Freund zu verbringen. Die vielen Gespräche mit und über Mika schossen mir durch den Kopf. Keines davon war ehrlich gewesen. Seit der Minute, in der wir uns auf dem Flughafen getroffen hatten, hatte er mich angelogen. Beide hatten mich angelogen. Womöglich war das ihre Masche. Wahrscheinlich hatten sie schon ein dutzendmal auf diese Weise Frauen hinters Licht geführt. Ich hatte ihm mein Leben anvertraut. Das erste Mal seit Jahrzehnten hatte ich mich einem Menschen in dieser Intensität geöffnet. Hatte ihm mein Vertrauen geschenkt. Und er hatte dieses Vertrauen benutzt. Hatte es missbraucht. Nie wieder würde ich ihm auch nur ein einziges Wort glauben können.

„Wir wohnen immer noch zusammen und …"

„Und dann habt ihr euch gedacht, ihr fliegt zusammen in den Urlaub und verarscht die Erstbeste, die euch in die Hände fällt?" Ich sprang auf.

Vin erhob sich ebenfalls. Langsam. Er stellte sich vor mich und nahm meine Handgelenke.

Ich riss meine Arme von ihm los und funkelte ihn an. „Fass mich nicht an."

Bedauern trat in seinen Blick. Wahrscheinlich bereute er, dass er mir die Wahrheit gesagt hatte. Immerhin war unsere kleine Liaison nun vorbei. Das erkannte er wohl.

„Marie …"

Ich ließ ihn nicht weitersprechen. „Nein, ich will, dass du schweigst." Die Wahrheit hätte ich gern erfahren, aber seine Ausreden wollte ich nicht hören. Ich wollte keine weiteren Lügen in meinen Kopf hineinlassen. In diesem Moment dachte ich, dass auch alles andere gelogen sein könnte. Vielleicht hatte Vin nicht einmal Sport studiert, sondern war einfach nur ein verdammt guter Schauspieler. Vielleicht lag Mika sogar irgendwo an einem anderen Strand und lachte darüber, wie lange Vin es geschafft hatte, mich zu belügen.

„Marie, bitte lass es mich erklären."

„Erklären? Du hattest zwei Wochen Zeit, es mir zu erklären."

„Vor einer Woche hätte es dich genauso verletzt." Das stimmte.

„Du hast mich nicht verletzt." Meine trotzige Stimme hatte ihm sicher verraten, dass ich log, aber das war mir egal. Ich wollte nur noch weg von hier. Weg von ihm. Weg von den Gefühlen, die in mir tobten. Die sein Anblick in mir auslöste. Also rannte ich den Hang hinunter, schnitt mir die Schienbeine an Dornen auf und stolperte über unzählige Steine. Aber ich hielt mich auf den Beinen und als ich den Strand endlich erreichte, riss ich mir das T-Shirt über den Kopf, zog die Schuhe und meine Shorts aus und rannte weiter ins Wasser. Ich schwamm, so schnell ich konnte, ohne darüber nachzudenken, wohin. Ich würde unmöglich hunderte Kilometer weit schwimmen können, aber diese Gedanken erreichten mein Bewusstsein nicht. Ich wollte nur weg. Weg von Vin. Weg von der Insel. Und weg von Mika, wo auch immer er war.

Irgendwann wurde es schwerer, gegen die Wellen und die Strömung anzuschwimmen. Ich wusste nicht, ob es daran lag, dass meine Kraft nachließ, oder ob der Widerstand, den mir das Wasser entgegensetzte, stärker wurde. Und als mein Kopf zwischen zwei Schwimmbewegungen oberhalb der Wasseroberfläche auftauchte, hörte ich Vins Stimme hinter mir. Er schrie etwas, aber ich verstand ihn nicht und das Bewusstsein, dass er direkt hinter mir war, gab mir neuen Antrieb. Aber er war schneller, und je näher er kam, desto weniger gelang es mir, mich seinen Rufen zu verschließen, und irgendwann drang das Wort zu mir durch, das ich hier am allerwenigsten hören wollte: Hai.

Ich stoppte meine Schwimmbewegungen und drehte mich zu ihm. Er gestikulierte wild und deutete nach links. Panik lag in seinen Augen. Ich wandte den Kopf in die Richtung, in die sein Arm zeigte und erstarrte. Etwa zehn Meter von mir entfernt sah ich eine dreieckige Rückenflosse. Ich blickte zurück zu Vin, der jetzt fast neben mir war. Er schlug die Richtung ein, die von dem Hai wegführte und ich folgte ihm, kopflos. Mein Körper hatte auf Autopilot umgeschaltet und folgte seinen Instinkten. Ich musste mich nicht fragen, ob ich mit dem Fisch, der mir mit einem Biss den Arm abreißen konnte, kämpfen wollte oder mit Vin flüchtete. Vin war definitiv die bessere Option, auch wenn mir noch vor wenigen Minuten kein Grund eingefallen wäre, der mich davon überzeugt hätte, ihm zu folgen.

Wenige Meter von uns entfernt ragten Felsen aus dem Wasser, die von Wellen umspült wurden. Vin wartete dort auf mich und half mir, mich auf den kleineren der beiden zu ziehen. Als ich oben war, reichte ich ihm die Hand und Sekunden später stand er neben mir. Und dann sanken wir beide in die Hocke und versuchten schwer atmend, unsere Herzen zu beruhigen.

„Hat er uns bemerkt?“ Ich sah in die Richtung, in der ich die Rückenflosse gesehen hatte, aber sie war nicht zu entdecken.

„Ich weiß es nicht.“ Vin stand wieder auf und drehte sich im Kreis.

„Scheiße.“ Ich ballte die Hand zu einer Faust und schlug damit auf den Stein. Natürlich war das ein Fehler. Schmerz zog sich von meinem kleinen Finger aus durch den Rest meiner Hand, aber ich biss die Zähne zusammen und rieb mir schweigend über die schmerzenden Stellen. Vin griff nach meinem Handgelenk, um sich die Wunde anzusehen, aber ich entriss es ihm auch dieses Mal.

„Marie …“, setzte er an, doch ich hob die Hand und er schwieg.

Eine Weile verharrten wir so. Er stehend und ich in der Hocke. Meine Augen suchten das Wasser nach der Rückenflosse ab, aber sie tauchte nicht wieder auf. Was sollten wir jetzt tun? Und dann korrigierte ich meine eigenen Gedanken. Was sollte ich jetzt tun? Es gab kein wir mehr. Er hatte mich angelogen. Über zwei Wochen lang hatte er gelogen. Tränen stiegen meinen Hals empor und ich schluckte mehrfach, um sie nicht zu weinen.

„Wir sollten überlegen, was wir jetzt tun.“ Seine Stimme durchbrach unser Schweigen.

Ich sagte nichts, also sprach er weiter: „Siehst du die Felsen dort drüben?“ Sein Finger deutete in Richtung Süden. Ich folgte ihm mit meinem Blick und nickte. Sein Finger zog weiter in Richtung Westen. Dort ragten weitere Felsen aus dem Wasser empor. Es würde möglich sein, von einer Steingruppe zur nächsten zu schwimmen. Vielleicht würden wir es sogar schaffen, bevor der Hai uns bemerkte. Oder hätte er das nicht längst getan haben müssen? Ich stand auf, suchte noch einmal die Wellen ab und sprang ins Wasser. Ich zählte die Schwimmzüge, um meine Gedanken zu fokussieren. Als mein linker Arm das zwanzigste Mal ins Wasser tauchen wollte, traf er stattdessen den Stein und ich zog mich aus dem Wasser. Vin folgte mir zwei Sekunden später.

Ich machte mich bereit, die nächste Etappe anzugehen, aber Vin griff wieder mein Handgelenk und hielt mich fest. Ich schüttelte ihn ab.

„Was soll das?" Ich sah ihn nicht an.

„Warte."

„Ich will nicht warten. Ich will so schnell wie möglich weg von dir."

„Lass deinen Puls erst wieder runter kommen. Wenn dieses Vieh wieder auftaucht, wirst du deine volle Kraft brauchen."

Er hatte recht.

„Marie …"

„Nur, weil wir ein paar Minuten mehr zusammen verbringen müssen, heißt das nicht, dass ich mir plötzlich deine leeren Entschuldigungen anhören will."

„Aber …"

Es war unmöglich, dass sich mein Herzschlag auf diese Weise beruhigte, also spannte ich meine Bauchmuskeln an, hob die Arme in die Luft und sprang kopfüber ins Wasser. 18 Schwimmzüge. Dieser Felsen war deutlich dichter am Strand. Das Wasser war flach. Konnte ein Hai in so flachem Wasser schwimmen? Hörte man so etwas nicht immer in den Nachrichten? Vin erreichte den Felsen und ich ließ den Blick über das Wasser gleiten. Keine Flosse. Ich sprang zurück ins Meer und schwamm bis zum Strand. 32 Schwimmzüge.

Vin trat kurz nach mir aus dem Wasser und folgte mir zu unserem alten Lager. Er hatte den Rucksack davor in den Sand geworfen. Seine Klamotten lagen um ihn herum verstreut. Ich schmiss ihm jedes einzelne Teil mit aller Kraft entgegen, die ich aufbringen konnte. Während T-Shirt und Shorts nicht weit kamen, trafen ihn die Schuhe mit voller Wucht. Sein schmerzverzerrtes Gesicht zu sehen, war weniger befriedigend, als ich gehofft hatte.

„Marie …“

„Ich will, dass du hier verschwindest. Such dir eine andere Stelle. Geh zurück in die Bucht. Ich will dich hier nicht mehr sehen.“ Ich warf den Rucksack nach ihm und er fing ihn mühelos auf, rührte sich aber nicht.

„Geh!“ Ich brüllte ihn an und versuchte gleichzeitig, die Tränen zurückzuhalten, die schon wieder meinen Hals hinaufkletterten.

Er bewegte sich noch immer nicht. Ich vermied es, ihn anzusehen. Ich wollte nicht wissen, ob sein Blick entschuldigend, voll Reue oder ratlos war.

„Verschwinde!“

„Nein! Ich werde dich hier nicht allein lassen.“

Ich schnaubte. „Es gibt hier absolut nichts, wovor ich Angst haben müsste, außer vor diesem Ungeheuer da draußen. Und vor dir.“

Ich sah, wie seine Schultern zusammensackten. „Es gibt keinen Grund, dich vor mir zu fürchten.“

„Ach nein? Du erzählst mir gerade, dass du mich angelogen hast, seit wir uns kennen. Ich habe keinen Grund, dir irgendetwas zu glauben. Scheiße, ich habe mit dir geschlafen.“ Mein Herz rutschte nach unten und landete mit einem lauten Knall in meinem Bauch. „Ich habe ohne ein verdammtes Gummi mit dir geschlafen. Was, wenn ich schwanger bin? Von einem Lügner."

„Marie, ich bin kein Lügner. Du kannst mir noch immer vertrauen. Alles andere, was ich dir gesagt habe, ist wahr."

Ich lachte auf. Es sollte zynisch klingen, aber so viel Kraft hatte ich nicht mehr.

„Ich meine es ernst."

„Ich auch. Verschwinde!"

„Ich konnte es dir nicht sagen. Das war nicht meine Aufgabe."

Ich stutzte in meiner Rage. Was sollte das denn heißen? Ich verschränkte die Arme vor der Brust und fixierte ihn. „Wessen Aufgabe wäre es denn bitte gewesen?"

Er schwieg, rang wieder mit sich. Aber als er den Mund öffnete, war es nicht seine Stimme, die antwortete.

„Meine."

Vin und ich rissen die Köpfe herum und starrten in Richtung Wald, aus dem die erste andere Stimme gekommen war, die wir außer unseren eigenen seit zwei Wochen gehört hatten.

Kapitel 17

TAG 16

Da stand er. Sein Gesicht war von einem Bart überzogen, ähnlich wie bei Vin. Nur waren die einzelnen Härchen deutlich dunkler. Er trug nur eine Shorts und am rechten Bein eine seltsam anmutende Konstruktion aus Stöcken, Stofffetzen und Palmenblättern. In der rechten Hand hielt er einen langen Stock, bei dem er das obere Ende zu einer Spitze geschnitzt hatte. Ein Speer. So wie wir einen hatten. Wir. Es gab kein ‚Wir' mehr. Hatte es nie gegeben. Ich schlang meine Arme fester um mich und starrte Mika an.

Auch Mika und Vin regten sich nicht. Vin schaute unsicher zwischen Mika und mir hin und her. Wahrscheinlich war er unschlüssig, ob er seinen Freund umarmen sollte oder nicht. Der Gedanke, dass sie mir all das nur vorgespielt hatten, war aus meinem Fragezentrum verschwunden. Die Überraschung in Vins Augen konnte unmöglich gespielt sein und die Erleichterung hinter dem dünnen Tränenschleier war auch für mich greifbar.

„Was ist mit deinem Bein?" Die Worte purzelten aus meinem Mund, ohne dass ich sie hätte aufhalten können. War mir die Stille zu laut geworden?

„Es ist gebrochen."

Meine Augen wurden größer. Ich konnte es regelrecht spüren. Er lief seit zwei Wochen mit einem gebrochenen Bein auf dieser Insel herum? Oder vielmehr …

„Und du kannst damit laufen?"

„Erst seit ein paar Tagen."

Wieder schwiegen wir. Eines der kleinen Männchen in meinem Kopf schrie danach, mich so weit wie möglich von den beiden zu entfernen. Ich hatte keinen Grund, auch nur einem von ihnen zu vertrauen. Und ich hatte keine Lust, mir die Geschichte anzuhören, die sie zusammen mit Münchhausen ausgeklügelt hatten. Was sollte ich noch glauben? Wie sollte ich einschätzen können, welche Worte davon wahr waren und welche sie mir als Lügen auftischten, um … Ja, warum eigentlich?

„Wie ist das passiert?" Vins Stimme durchbrach meine Gedanken und ich schaute zu ihm. Er hatte selbst die Arme verschränkt und sah unsicher zu mir, als er meinen Blick bemerkte. Aber dann wandte er den Kopf wieder zu Mika. Mika. Er lebte. Trotz allem fiel ein Teil der Anspannung von mir ab, die mich seit zwei Wochen begleitete, und ein Funken Erleichterung erreichte mich. Aber nur für einen kurzen Moment. Dann übernahmen Misstrauen und Enttäuschung wieder das Ruder.

„Die See hat mich weiter westlich gegen die Felsen geschleudert. Ich hatte Glück, dass es mein Bein war, das den Schlag abgefangen hat und nicht mein Kopf."

„Wie hast du es denn an Land geschafft?"

Ich runzelte die Stirn. Vin sprach nicht mit Mika, als wären sie Freunde. Er klang misstrauisch.

„Der Fels war nahe am Ufer. Was ist los, Mann? Glaubst du mir nicht?"

Vin hob das Kinn und nach und nach zeichneten sich verschiedene Regungen in seiner Mimik ab. Von Misstrauen über Unglauben und Wut bis hin zu Erleichterung, Freude und einer Zärtlichkeit, die ich bei ihm noch nicht gesehen hatte. Sie war anders als alles, was in den Blicken an mich in den vergangenen Tagen gelegen hatte. Ich erinnerte mich an unsere erste Begegnung mit Mika und den feindseligen Blick, mit dem er ihn damals fixiert hatte. Die vielen Puzzleteile ergaben einfach kein Ganzes.

Schließlich schluckte Vin, ein Lächeln breitete sich auf seinem Gesicht aus und er machte ein paar Schritte auf Mika zu. Als er nur noch eine Armlänge von ihm entfernt war, legte er seine rechte Hand auf Mikas Schulter und zog ihn an sich. Er flüsterte etwas, das klang wie „Natürlich glaube ich dir“ und Mikas Arme legten sich um Vins nackten und noch immer feuchten Rücken.

Ich stand ratlos daneben und wusste nicht, was ich jetzt tun sollte. Ich wollte keine Minute länger hierbleiben. Aber meine Füße schienen in den wenigen Minuten Wurzeln zwischen den Sandkörnern geschlagen zu haben, und ich konnte mich nicht bewegen. Als ich es endlich schaffte, einen Schritt zu machen, lösten die beiden ihre Umarmung und sahen zu mir.

„Ich will nicht bei euch bleiben. Entweder ihr geht, oder ich tue es.“

„Rie, wir können das erklären.“ Mika humpelte auf mich zu, aber ich streckte den Arm aus und hielt ihm meine Handfläche entgegen. Er stoppte anderthalb Meter von mir entfernt.

„Ich will eure Erklärungen nicht hören. Ihr habt mich von Anfang an belogen. Mehr muss ich über euch nicht wissen. Verschwindet. Ich will euch nicht sehen bis wir auf der Route von einem Inter-Insel-Express liegen.“ Witze waren nicht meine Stärke und noch schlechter war ich darin, das richtige Timing für sie zu finden.

Vin und Mika tauschten einen Blick.

„Ich kann ganz gut auf mich selbst aufpassen. Ich kann schwimmen und ich kann einen Fisch aufspießen.“ Beim Gedanken daran, das wieder selbst tun zu müssen, stieg Magensäure meinen Hals empor. Ich schluckte sie wieder hinunter und reckte das Kinn.

Vin atmete tief ein und ließ die Luft langsam wieder durch seine Nasenflügel entweichen. Sein Blick ruhte auf mir. Abschätzend und zweifelnd. Aber dann änderte sich der Ausdruck in seinen Augen und er lächelte. Ich erwiderte sein Lächeln nicht. Auch wenn es mir fast körperlich wehtat, dass ich auf sein Lächeln nie wieder anders reagieren können würde als mit Misstrauen. Er hatte alles zerstört. Seit wir auf der Insel waren, hatte ich das Gefühl, dass Mikas Verschwinden ihn außergewöhnlich stark belastete. Es hatte unzählige Gelegenheiten gegeben, in denen er mir von ihrer Freundschaft hätte erzählen können. Aber er hatte geschwiegen. Der Gedanke daran zog sich meinen Hals hinunter in meinen Bauch und zerrte dort weiter an der Stelle, die durch Vins Offenbarung einen Riss bekommen hatte.

Ich fürchtete, er würde zu einer neuen Erklärung ausholen, aber stattdessen setzte er sich auf den Boden zu seinem Rucksack und sah zu Mika. „Zeig mal, was du in deinem Rucksack hast, Mi.“ Mi? Wie er diese seltsame Kurzform von Mikas Namen aussprach, klang so selbstverständlich. Es strahlte eine Intimität aus, die mich außen vor ließ und ich spürte noch stärker, dass ich hier nicht hingehörte. Dass die beiden eine Einheit waren und ich nur das dritte Rad am Fahrrad.

Sie breiteten die Inhalte ihrer Rucksäcke auf dem Boden aus und sortierten die Sachen. Ich wollte ihnen nicht länger dabei zusehen und ging ein paar Schritte zum

Ufer. Ich konnte mir denken, was sie dort taten. Und ich hatte recht. Nach ein paar Minuten kam Mika zu mir und hielt mir meinen Rucksack hin.

„Da sind die Kerze, ein Feuerzeug, mein Messer, Vins Handtuch, die Angelschnur, eure Wasserflasche und ein paar andere Sachen drin." Er zögerte und sah mich an, als gäbe es unzählige Dinge, die er mir gern sagen würde. Und ich wollte sie auch hören, aber ich hatte zu große Angst davor, die Lügen nicht von der Wahrheit unterscheiden zu können.

„Wir wollen dich hier nicht allein lassen."

Ich nahm ihm meinen Rucksack aus der Hand und schwieg.

„Wir bleiben in der Nähe, hundert Meter von hier entfernt." Er zeigte nach Osten. „Wenn du schreist, hören wir dich und sind sofort bei dir."

„Das wird nicht nötig sein." Und trotzdem verlangte ich nicht von ihm, dass sie einen anderen Platz aufsuchten. Einen, der weiter entfernt lag.

„Okay. Aber, nur für den Fall." Er reichte mir eine Pistole, aber ich nahm sie nicht, sondern behielt meine freie Hand an der Hüfte und starrte darauf.

„Das ist eine Leuchtschuss-Pistole."

Wie viel Zeit hatte er gehabt, um eine Tasche zu packen? Ich legte meine Finger auf das Metall und nahm sie ihm aus der Hand. Und dann runzelte ich die Stirn.

Mika bemerkte es. „Was ist?"

„Warum hast du sie nicht benutzt?"

„Das habe ich."

„Nein, das hätten wir doch sehen müssen." Vin war zu uns getreten und betrachtete die Pistole.

„Ihr habt es nicht gesehen?"

„Nein …“ Aber im gleichen Moment, in dem Vin zischend die Luft einsog, fiel es mir ein. Nein, wir hatten es nicht gesehen. Aber wir hatten es gehört.

„Da waren wir im Wald. Vor zwei Tagen. Warum hast du so lange gewartet?“

„Sie war kaputt. Ich habe ewig gebraucht, um sie zu reparieren. Dabei habe ich einen Teil der Munition geschrottet und ich habe so lange gewartet, einen weiteren Schuss abzufeuern, bis ich ganz sicher war, dass sie funktionieren würde.“

Ich starrte ihn an. „Du hast das Ding selbst repariert?“

„Ich hatte eine Menge Zeit.“

Ich schüttelte den Kopf. Ich wollte davon nichts hören. „War das dann alles?“

„Bitte, lass es mich erklären.“ Mika startete einen letzten Versuch.

„Dann könnt ihr ja jetzt gehen.“

Vin schulterte Mikas Rucksack, warf mir einen letzten Blick zu, dem ich auswich, und lief dann am Ufer entlang in Richtung Osten.

Mika rührte sich nicht und sah mich forschend an. „Rie, bist du wirklich …“

Ich funkelte ihn an. „Geht jetzt!“

Vin war stehen geblieben und sah zu uns zurück. Die beiden wechselten einen Blick. Dann nickte Mika langsam und schloss zu Vin auf.

Kapitel 18

TAG 16

Die Sonne verschwand kurz nach Mika und Vin hinter den Bäumen und den Felsen. Es wurde dunkel und ich zündete mein Feuer an. Wieso hatte Mika eigentlich kein Feuer gemacht, um uns ein Signal zu geben? Hatten wir auch das nicht gesehen? Und wo war überhaupt sein Lager gewesen? Und wie hatte er es geschafft, sich am Leben zu halten? Wobei das nicht so schwer gewesen sein dürfte. Sicher hatte er die gleichen Früchte gefunden wie wir und das Regenwasser mit seiner Flasche aufgefangen. Und warum dachte ich überhaupt darüber nach? Ich wollte die beiden noch genau einmal wiedersehen. Und zwar, wenn ein Schiff oder ein Hubschrauber diesen Strand erreichte und uns zurück in die Zivilisation brachte.

Aber wie sollte uns überhaupt jemand finden? Was würde ich tun, wenn ein Schiff am Horizont auftauchte? Ich dachte an die schwarze Pistole, die ich im Rucksack verstaut hatte. Hoffentlich würde sie funktionieren. Und was, wenn ein Flugzeug über uns hinweg flog? Manchmal sahen wir Kondensstreifen von Passagiermaschinen. Aber sie flogen zu hoch, zumindest glaubten wir das. Würden die Piloten es sehen, wenn wir eine Leuchtkugel abfeuerten? Wenn ich eine Leuchtkugel abfeuerte? Flugzeuge, die nach uns suchten, würden tiefer fliegen, das

Wasser absuchen, vielleicht auch direkt über den Inseln kreisen, um nach Leben zu suchen, das nicht zwischen die Felsen und Palmen passte.

Aber es hatte keine Suchtrupps gegeben. Weder in der Luft, noch auf dem Wasser. Zumindest hatten wir keine gesehen. Ich fragte mich, ob uns inzwischen jemand vermisste. Meine Mutter würde sich vielleicht wundern, dass ich bisher kein Lebenszeichen gegeben hatte. Aber so ungewöhnlich war das nicht und wenn es hier in der Region keinen Flugzeugabsturz gegeben hatte, würde sie warten. Sie würde warten, bis ich mich meldete oder bis ich nicht zu dem Abendessen erschien, für das wir uns in zwei Wochen verabredet hatten. Wenn sie wüsste, welch Reisebericht ich abliefern würde, würden wir uns wohl nicht bei dem schicken Italiener in ihrer Straße treffen, sondern in einem der Irish Pubs, in denen es so laut war, dass ihre lauten Reaktionen auf meine Erzählungen zwischen den anderen Geräuschen verschwanden.

Es suchte also vermutlich niemand nach uns. Zumindest nicht nach Vin und mir. Aber was war mit Mika? Wer war er überhaupt? Und warum zum Teufel hatten sie mir nicht gesagt, dass sie sich kannten? Hatten sie tatsächlich nur mit mir gespielt? Oder hatte es etwas mit meinem Vater zu tun? Ich zweifelte immer mehr daran, dass unsere Begegnung ein Zufall gewesen war. Was wussten sie?

Die Fragen kreisten durch die Bahnen in meinem Gehirn und jedes Mal, wenn eine von ihnen eine Synapse passierte, bereute ich es, mir die Erklärungen der beiden nicht wenigstens angehört zu haben. Sie konnten schließlich nicht für alles eine Lüge erfinden. Oder doch? Wie viel von all dem konnten sie geplant haben? Ich dachte daran, wie ich Mika kennengelernt hatte. Und wie

Vin Minuten später zwischen den Bäumen aufgetaucht war. Wie groß war die Chance, dass sie mich zufällig fast gleichzeitig erreichten?

Ich stand auf und lief zum Wasser. Meinen Körper konnte es nicht kühlen, aber das sanfte Rauschen beruhigte meine Gedanken. Zumindest ein wenig. Ich versuchte, sie auf etwas anderes zu lenken und überlegte, wo ich das Trinkwasser für den nächsten Tag herbekommen sollte. Wir hatten nicht darüber gesprochen, wer wann zum See gehen durfte. Also würde ich am Morgen das Regenwasser auffangen und den Tag bei meinem Lager verbringen. Vielleicht würde ich ein paar Fische fangen. Bei dem Gedanken zog sich mein Magen zusammen und ich bezweifelte, dass ich dazu in der Lage sein würde.

Ich ging zurück zu meinem Lager, leerte die Wasserflasche mit wenigen Schlucken und buddelte ein Loch, in das ich sie so eingraben konnte, dass nur noch ein Drittel des Plastiks herausschaute. Würde der Regen sie füllen? In der Bucht hatte es funktioniert, aber war der Regen hier nicht schwächer? Ich sah mich um und entdeckte ein paar Palmenblätter, die ich zu einem Trichter flocht. Ich schob ihn in den Flaschenhals und hoffte, dass er die Regentropfen ins Flascheninnere geleiten würde.

Dann legte ich mich auf das Handtuch neben das kleine Feuer, das in Kürze ausgehen würde, wenn ich kein Holz nachlegte. Ich beobachtete die Flammen. Sollte ich nicht Angst vor den beiden haben? Ich spürte in mich hinein. Nein, ich hatte keine Angst. Ich fühlte mich sicher.

Irgendwann ermüdeten die um einander kreisenden Gedanken mein Gehirn schließlich so sehr, dass es das Signal an meine Augen sandte, sich zu schließen. Meine

Beine und meine Arme wurden schwer und die Anstrengungen der letzten Tage übermannten mich. Innerhalb von Sekunden war ich eingeschlafen.

Als ich am nächsten Morgen erwachte, fielen feine Regentropfen auf meine Haut. Ich hielt die Augen geschlossen, um sie vor den Eindrücken der Wirklichkeit zu schützen. Die Realität nicht in meine Gedanken dringen zu lassen. Aber nach ein paar Sekunden war alles wieder da. Mika und sein gebrochenes Bein, Vins Geständnis und das Bild von dem Mann mit den türkisfarbenen Turnschuhen. Ich würde mir ein paar Aufgaben suchen müssen, um diesen Bildern aus dem Weg zu gehen. Ein weiterer Regentropfen fiel mir auf die Nase und ich hatte eine Idee. Ich würde versuchen, das Palmendach zu verdichten. Außerdem würde ich Blätter sammeln und sie zu Wänden für meine Hütte flechten. Warum hatten wir das bisher nicht getan? Richtig, wir hatten unsere Zeit damit verbracht, Mika zu suchen, der nur ein oder zwei Kilometer von uns entfernt im Sand saß und Speere schnitzte. Nun, diese Aufgabe war erledigt. Für einen Moment lächelte ich darüber, dass Mika selbst darauf gekommen war, den Ast anzuspitzen, anstatt widerspenstige Steine mit Palmenblättern zu befestigen. Aber das zarte Lächeln verflog so schnell wie der Moment.

Ich wollte mich hier nicht heimisch einrichten, aber ich musste mich beschäftigen. Ich dachte an dieses eine Buch von dieser Französin, deren Protagonistin sich ein Exil in der Wildnis baut. Sie hatte den gesamten Tag etwas zu tun. Zwar würde ich mir keine Seilbahn zu meinem Gemüsebeet bauen können und hoffentlich auch keinen stehlenden Mönch auf einem Felsvorsprung treffen, aber ich würde es schon schaffen, meine Gedanken auf verschiedene Arbeiten zu fokussieren und nicht auf die zwei Männer, die irgendwo auf der anderen Seite des Waldes besprachen, wie sie mich von ihrer Unschuld überzeugen konnten.

Wie schwierig das sein würde, zeigte sich schon einen Augenblick später, als ich mich aufrichtete und meinen Blick über die Umgebung schweifen ließ. Am Ast eines kleinen Baumes hingen zwei silbrig glänzende Fische. Was sollte das denn? Wut stieg in mir auf. Ich hatte ihnen doch gesagt, sie sollten verschwinden. Ich ignorierte den Gedanken, dass Vin wusste, dass ich keine Fische mehr töten wollte. Er würde sich durch diese Geste nicht zurück in mein Herz schleichen.

Ich schnaubte und stand auf. Ich brauchte Bewegung, rannte zum Wasser und joggte in Richtung Westen am Ufer entlang. Zwischendurch sprintete ich ein paar hundert Meter und verfiel dann wieder in ein ruhigeres Traben. Als ich wieder auf der Höhe meines Lagers angekommen war, machte ich ein paar Dehnübungen und übte ein paar Taekwondo-Tritte. Ohne Partner machte es nur halb so viel Spaß und noch weniger Sinn, aber ich mochte die Bewegungen und wenn ich nach einem gesprungenen Tritt ausrutschte, fiel ich weich in den Sand.

Als die Hitze sich über den Strand ausbreitete und meine Bewegungen schwerfälliger wurden, zog ich Shirt und Shorts aus und ging ins Wasser. Ich würde mich nie an diese Wärme gewöhnen, aber es kam einer Dusche am nächsten. Ich schwamm etwa zwanzig Meter weit und kehrte dann um, um die Möglichkeit, der dreieckigen Flosse ein weiteres Mal zu begegnen, auszuschließen.

Als ich wieder am Ufer ankam, griff ich meine Sachen und tauchte sie ins Wasser. Ich wusch sie, so gut es ging und der eingetrocknete Matsch aus der Bucht, der sich in den Fasern meiner Jeans festgesetzt hatte, färbte das klare Wasser braun.

Zurück am Lager hängte ich die Sachen über denselben Ast, an dem die Fische baumelten und entzündete das Feuer. Die toten Tiere hängte ich an einen Stock, der über der Feuerstelle auf zwei Astgabeln gestützt lag. Sie sollten nicht umsonst gestorben sein.

Während der Fisch über den Flammen garte, inspizierte ich mein Dach. Ich versuchte, mich an Filme zu erinnern, in denen sich Menschen auf Inseln Häuser und Ähnliches gebaut hatten. Cast away? Chuck Noland hatte doch in einer Höhle gewohnt, oder? Und wie hieß dieser alte Film, bei dem der zweite Teil genau dieselbe Handlung hatte wie der erste? Der Titel fiel mir nicht ein. Aber meine Erinnerung spülte Bilder von einem Holzhaus in meine Gedanken, dessen Dach ganz ähnlich gedeckt war, wie Vin und ich es getan hatten. Vin. Ich schloss für einen Moment die Augen und schluckte das bittere Gefühl hinunter, das der Gedanke an ihn auslöste. Auch der Schlaf hatte mich nicht davon überzeugen können, dass ich überreagierte.

Und dann fiel es mir wieder ein. ‚Die blaue Lagune'. So hieß der Film. Sie hatten mehrere Schichten Palmenblätter ineinandergesteckt. Ob unsere Konstruktion das aushalten würde? Ich begutachtete die vier Astgabeln, die wir in den Sand eingegraben hatten und die darauf liegenden dünneren Äste. Ich würde alles besser fixieren müssen, wenn ich mehr Gewicht darauf legen wollte. Es war ein Wunder, dass es überhaupt bis jetzt gehalten hatte.

In diesem Moment hätte ich mir gern mein Telefon gegriffen, eine Liste angelegt und all die Dinge notiert, die ich später im Wald suchen müsste. Aber mein Telefon lag am Grund des Karibischen Meeres und so versuchte ich, die Dinge an Orten in meinem Gehirn abzulegen, an denen ich sie wiederfinden würde. Ich brauchte drei weitere Astgabeln, lange, möglichst biegsame Zweige und sowohl getrocknete als auch frische Palmenblätter. Außerdem war mein Vorrat an Früchten aufgebraucht und ich hatte kein frisches Wasser mehr. Vin und Mika verbrachten sicher nicht den gesamten Tag am See und ich nahm mir vor, nachzusehen, ob die Luft rein war, und abzuwarten, falls sie es nicht war. Ich hatte keine andere Wahl, denn die wenigen Schlucke Wasser, die die Flasche noch hergab, reichten nicht bis zum Abend.

Ich hatte also einen Plan und ich freute mich darauf, mich beschäftigen zu können. Wenn ich alles schaffte, würde ich an diesem Abend einen deutlich gemütlicheren Schlafplatz haben. Ich würde nicht von nassen Spritzern im Gesicht geweckt werden und ich hätte zumindest so etwas Ähnliches wie ein Zuhause, zu dem ich nach einem körperlich anstrengenden Tag zurückkehren konnte.

Stunden später saß ich an meinem Feuer. Ich hatte kein Dach mehr über dem Kopf und die wenigen Zweige, die ich hatte finden können, lagen aufgestapelt neben den Palmenblättern und den Astgabeln, die bei dem Versuch, sie zu fixieren, umgefallen waren. Ich hatte es nicht geschafft, sie wieder so einzugraben, dass sie aufrecht standen und weitere Zweige würden halten können.

Schon als ich am Nachmittag endlich alle Materialien zusammengesucht hatte, hätte mir klar sein müssen, dass es unmöglich war, die Hütte vor Einbruch der Dunkelheit fertigzubauen. Ich hätte bis zum nächsten Tag warten sollen. Aber ich war noch nie gut darin gewesen, den Aufwand solcher Aktivitäten realistisch einzuschätzen und die Aussicht, die nächsten Stunden mit Nichtstun zu verbringen und meinen Gedanken hilflos ausgeliefert zu sein, versetzte mich in Panik. Also hatte ich erst versucht, die Zweige mit Hilfe von einzelnen Palmenblättern an die Astgabeln zu binden. Dabei hatte ich mir zwei kleinere Schnittwunden zugezogen und gelernt, dass die Blätter rissen, wenn man zu stark an ihnen zog.

Die Astgabeln, die ich gefunden hatte, waren kürzer als jene, die wir zuvor verwendet hatten und ich konnte sie nur wenige Zentimeter tief in den Sand eingraben, damit alle in der gleichen Höhe abschlossen. Meine Vermutung, dass sie die Konstruktion auch auf diese Weise zusätzlich stützen würden, erwies sich als falsch. Bei dem Versuch, weitere Palmenblätter zwischen die vorhandenen bereits vertrockneten zu stecken, stolperte ich und fiel gegen eine der neuen Astgabeln. Wie bei einem Dominospiel fiel sie um und riss die anderen mit sich. Ein Teil landete im Feuer und die getrockneten, verwelkten Blätter, die ich tagsüber gesammelt hatte, brannten innerhalb weniger Sekunden. Funken stoben auf die Überreste meines Schlafplatzes und auch dort entzündeten sich mehrere trockene Blätter. Ich schöpfte Hände voll Sand, warf sie auf die Flammen und schaffte es so, den Brand zu löschen, aber danach fehlten mir die Kraft und auch der Mut, um alles wieder aufzubauen.

Und nun saß ich hier, blickte in die Flammen und verdrängte die Vorstellung von einem tropischen Starkregen, dem ich in wenigen Stunden ungeschützt ausgeliefert sein würde. Das Feuer erhellte den Sand in einem Radius von mehreren Metern, aber dahinter verschluckte die Dunkelheit alle Details der Umgebung. Ich sah weder Wellen noch Bäume. Und auch der Sand wirkte wie ein schwarzes Nichts, auf dem jeder und niemand wandeln konnte.

Was Vin und Mika wohl gerade taten? Am See hatte ich sie nicht gesehen. Inzwischen fragte ich mich, ob sie überhaupt ein gemeinsames Lager aufgeschlagen hatten. Immer wieder tauchte Vins Gesicht in meiner Erinnerung auf. Es hatte so viel Wut in seinem Blick gelegen, als wir Mika kennenlernten. Als ich Mika kennenlernte. Was war nur zwischen ihnen vorgefallen? Würden sie mir die Wahrheit sagen, wenn ich sie danach fragte? Hätte ich ihnen eine Chance geben sollen? Konnte Vins Verhalten wirklich komplett gespielt gewesen sein? Wenn ich es mit Stalkern zu tun hätte, hätten sie mir dann nicht schon längst etwas angetan?

Die Fragen reihten sich aneinander wie die Kugeln einer Perlenkette, aber in meinem Kopf gab es keinen gemeinsamen Faden, auf den ich sie alle hätte fädeln können. Keinen Verschluss, um sie miteinander zu verbinden. Wie viele Abende würde ich noch damit zubringen, zu grübeln und nach Antworten zu suchen? Mich zu fragen, ob Vin tatsächlich jemals beim Büchereinsortieren geholfen hatte, um sich diese Reise zu finanzieren, und wem das schwarze Notizbuch mit dem Foto von dem Mann mit den türkisblauen Turnschuhen gehörte? Ich sah zu der Palme, in die ich noch immer täglich einen Strich ritzte. Es waren siebzehn. In sechszehn Tagen erwartete mich meine Mutter zurück.

Plötzlich spannte sich meine Muskulatur an und ein Blitz durchzuckte meinen Körper von meiner Stirn aus hinab zu meinem Bauchnabel. Warum hatte ich daran nicht schon früher gedacht? Es gab noch jemanden, der uns vermissen musste. Kingston. Gut, vermutlich würde er nicht uns, sondern sein Boot vermissen, aber zumindest würde er nach uns suchen. Sein Bruder hätte ihm das Boot längst zurückbringen müssen. Ob das Schiff, das wir vor ein paar Tagen gesehen hatten, nach uns Ausschau gehalten hatte? Würde ein Suchtrupp die Inseln ansteuern? Oder hatten sie diesen Meeresabschnitt als ‚erfolglos durchsucht' abgehakt?

Ich war froh über den Gedankenwechsel, auch wenn die Bilder in meinem Kopf dadurch nicht positiver wurden. Es war leichter, die winzigen Hoffnungsschimmer zu analysieren, als über die vorhandenen oder nicht vorhandenen Bande zwischen Vin und mir und Vin und Mika nachzudenken.

Ich beschloss, den kommenden Tag damit zu verbringen, weitere Signale zu setzen, um Schiffe und Flugzeuge auf uns aufmerksam zu machen. Ich hatte die Leuchtpistole, aber die wäre nur dann eine Hilfe, wenn ich sie abfeuern konnte, sobald ich ein vorbeifahrendes Schiff sah. Als ich heute Material für meinen Schlafplatz gesucht hatte und zum See gewandert war, hatte ich sie nicht mitgenommen. Ich hatte den Rucksack so leicht wie möglich packen wollen und hatte nicht darüber nachgedacht, dass sie auch im Wald ein Signal geben konnte. Was, wenn ein Flugzeug tief über die Insel hinwegflog?

Dann war da das Signalfeuer, das jeden Morgen vom Regen durchweicht wurde und frühestens dann wieder brennen würde, wenn die Sonne mittags hoch am Himmel stand. Das Feuer brauchte einen besseren Schutz. Oder ich musste täglich trockenes Holz aufschichten und es am Abend wieder an einen geschützten Ort bringen.

Um Flugzeuge auf uns aufmerksam zu machen, könnte ich ein Signal aus Steinen in den Sand legen. Allerdings hatte ich bisher keine Steine entdeckt, die sich dafür eigneten und die ich selbst transportieren konnte. Aber ich konnte auf Äste zurückgreifen.

Während mein Kopf plante, entspannte sich mein Körper endlich. Ich legte mich unter eine Palme in den Sand, schlang das Handtuch um meine Schultern und die Lider fielen mir über die Augen, während die kleinen Flammen des Feuers vor ihnen verschwammen. Meine Gedankenwelt wurde zu einem Wirrwarr aus realen Bildern, geplanten Bauten, Erinnerungen und Vermutungen. Ich sah Vin. Mein Leben in der Zivilisation. Und meinen Vater.

Kapitel 19

TAG 18

Ich hörte den Regen, bevor ich ihn spürte. Er prasselte auf die Blätter im Wald hinter mir, erzeugte dumpfe Geräusche, wenn er auf den Sand traf, und brachte Unruhe in die sanften Wellen des Meeres.

Ich griff nach den Palmenblättern mit den kleinsten Brandflecken und versuchte, mich in sie zu wickeln, sie über meinen Kopf zu legen und so zu verhindern, dass ich bis auf die Knochen durchweichte. Es klappte nicht. Binnen Sekunden waren mein T-Shirt, meine Shorts und meine Haare so nass, als hätte jemand den Rasensprenger auf mich, statt auf seine Rosenbüsche gehalten.

Ich stand auf und wollte mich zwischen die Bäume flüchten, als ich aus dem Augenwinkel eine Bewegung wahrnahm. Nasse, blonde Haarsträhnen klebten auf seiner Stirn und der Regen rann Vins Gesicht hinab. Er hatte einen Ast über die Schulter gelegt, aber als er näher kam, erkannte ich, dass der Ast ein Speer war, um dessen Ende ein paar Jeansfetzen gewickelt waren. Es war noch immer der gleiche, den wir gemeinsam …

„Guten Morgen!“ Es war noch keine zwei Tage her, seit ich seine Stimme gehört hatte, aber sie klang bereits fremd. Sie gehörte zu einem anderen Menschen. Einem Menschen, den ich nicht kannte, von dem ich nichts wusste. Sie gehörte zu einem Fremden. Anstatt zu antworten, drehte ich mich um, und ging in den Wald. Ich hörte, wie er den Speer in die Astgabeln am Feuer hängte, die meinen gescheiterten Versuch im Häusle bauen überlebt hatten. Würde er mir folgen?

„Marie, warte." Es klang, als wäre er stehen geblieben. Ohne mich umzusehen, ging ich weiter in den Wald. Immer weniger Regentropfen erreichten meine Haut, aber ich war bereits durchnässt und obwohl die Luft warm war, zog sich eine Gänsehaut über meinen Körper. Ich wagte nicht, stehenzubleiben, und ging weiter, bis ich den See erreicht hatte. Erst dort drehte ich mich um, doch Vin entdeckte ich nicht. Er war mir nicht gefolgt.

Ich setzte mich ans Ufer und beobachtete, wie der Regen immer weniger Blasen auf der Wasseroberfläche hinterließ, bis schließlich nur noch vereinzelt Tropfen ins Wasser fielen und es zum Schwingen brachten. Momente später brach die Sonne durch die Wolken. Ein Regenbogen bildete sich über dem See. Und als er verschwand, wurde es heller und die Natur erwachte. Vögel sangen ihr Morgenlied und ich beobachtete zwei von ihnen dabei, wie sie einander jagten, dicht an den Wasserfall flogen, aber nicht von ihm erfasst wurden. Als die Sonnenstrahlen den See erreichten, öffneten die Blumen ihre Blüten und unter das satte Grün der Pflanzen mischten sich pinke, blaue, gelbe und türkisgrüne Leuchtpunkte.

Ich vergaß den Grund für meine Flucht, Vin und meine durchnässte Kleidung. Die Natur dabei zu beobachten, wie sie einen neuen Tag begann, war so wunderschön, dass für diesen einen Moment sogar die vielen Fragen verstummten, die noch immer als herrenlose Perlen durch meinen Kopf rollten.

Ich ging näher zum Ufer, schöpfte mit den Händen Wasser und schüttete es mir ins Gesicht. Dann trank ich und als mein Durst gestillt war, zog ich T-Shirt und Hose aus, legte beides zum Trocknen auf einen der Felsen und ließ mich in den See gleiten. Meine Schuhe standen noch immer beim Lager, zusammen mit all meinen anderen Sachen. Mein Vorhaben, den Strand nicht mehr ohne die Leuchtpistole zu verlassen, hatte ich in dem Moment vergessen, als Vin den nassen Sand mit seinen Füßen aufgewühlt und helle Flecken in die dunkle Fläche getreten hatte.

Ich tauchte zu den Fischen und versuchte, einen mit der Hand zu greifen. Natürlich funktionierte das nicht, aber ich genoss das Spiel, lockte sie zwischen den Pflanzen hervor und verfolgte sie, bis sie sich ein neues Versteck gesucht hatten. Nie wieder würde ich einen von ihnen töten können.

Irgendwann schwamm ich hinter den Wasserfall und zog mich auf die Felsen. Ich ließ das Tosen meine Gedanken betäuben, die die Stille in meinem Kopf wieder verdrängten. Der Anblick der flüchtenden Fische hatte die Erinnerung an Vins atemlose Versuche, sie mit dem Speer zu fangen, zurückgebracht. Meine Männchen in meinem Kopf spielten die Bilder von diesem Tag wie einen Film in meinem Kopf ab. Und es gab keine Pausetaste und keine Möglichkeit, das Kino zu verlassen oder die Augen zu schließen. Wieder und wieder sah ich die Momente, in denen wir gelacht hatten, in denen seine Finger über meine Haut strichen und er mich angesehen hatte, als wäre es eigentlich gar nicht so schlimm, auf einer einsamen Insel gestrandet zu sein. Zumindest nicht, solange ich dabei war.

Hatte er mir auch das vorgemacht? Ich zog die Knie zur Brust und umschlang sie mit den Armen. Und dann, zum ersten Mal seit Mika auf seinen Speer gestützt aus dem Wald gehumpelt gekommen war, weinte ich. Laute Schluchzer drangen aus meiner Kehle, aber ich konnte sie nicht hören, weil das Rauschen des Wasserfalls jedes andere Geräusch verschlang. Ich legte die Stirn auf die Knie und heiße Tränen flossen über meine kalte Haut, rannen meine Beine hinab auf den nackten Stein. Mein Körper steigerte sich hinein in den Schmerz und in das Weinen, das ihm endlich ein Ventil gab.

Aber irgendwann reichte es mir nicht mehr, zusammengekauert dazusitzen und zu schluchzen, als wäre ich das kleine sechsjährige Mädchen, das sich nicht zu helfen wusste. Also stand ich auf, breitete die Arme aus und schrie. Zuerst war es nur ein Kratzen, das meinem Mund kaum hörbar entwich und meine Stimme nach einer Sekunde brechen ließ. Aber dann holte ich tief Luft und legte all meine Kraft in diesen nächsten Moment. Der Schrei prallte an den Felsen hinter und unter mir ab und ich war sicher, dass man ihn auch hinter dem Vorhang des herabstürzenden Wassers hören konnte. Ich schrie, bis meine Lungen keine Luft mehr hergaben, atmete wieder tief ein und schrie noch einmal.

Meine Tränen trockneten, als mir die Kraft und Energie bewusst wurde, die mein Körper noch immer in sich trug. Die mein Geist noch immer freizugeben fähig war. Ich war kein hilfloses Opfer. Ich würde die Zeit bis zu unserer Rettung nicht damit verbringen, Typen aus dem Weg zu gehen, die mich hintergangen hatten. Ich würde sie nicht darüber bestimmen lassen, an welchen Orten ich mich aufhielt. Ich würde nicht meine Gefühle oder meine Gedanken oder meine Aktivitäten nach ihnen ausrichten. Sie hatten mich belogen, also würden sie sich nach mir richten müssen. Und das würde ich ihnen sagen, wenn ich einen von ihnen das nächste Mal traf.

Der letzte Schrei hallte noch nach, als ich zurück ins Wasser stieg und unter dem Wasserfall hindurch bis zum Ufer tauchte. Ich stemmte mich aus dem See, schöpfte mit den Händen noch einmal so viel Wasser, wie ich trinken konnte, legte mir meine leidlich getrockneten Sachen über den Arm und ging auf den kleinen Pfad zu, den unsere Schritte in den letzten zwei Wochen zwischen den Bäumen getreten hatten. Aber dann entschied ich mich dagegen. Hier hatte ich gestern bereits nach Zweigen gesucht. Ich würde weitere brauchen, um einen neuen Versuch zu starten, mir einen Regen- und Windschutz zu bauen. Also bog ich in Richtung Westen ab und kämpfte mich durch das unberührte Dickicht. Ich dachte darüber nach, mir Markierungen zu setzen, um den Weg zurückzufinden, aber der Wasserfall schien laut genug zu sein. Ich würde ihn hören und dorthin zurückfinden.

Ich fand nicht nur biegsame Zweige, sondern auch Avocados, die wir bisher nur im Wald hinter der Bucht entdeckt hatten. Die Erinnerung an Vins Finger verdrängend, die sich mit meinen verschränkten, legte ich mein T-Shirt auf den Boden, um die Früchte zu sammeln. Nachdem ich das Shirt wie Huck Finn zu einem Beutel geknotet und ihn mir über einen Stock gehängt hatte, griff ich die Zweige und versuchte, mich zu orientieren. Eigentlich war der Wald nicht besonders groß, aber die Hitze und die wenige Flüssigkeit, die mein Körper an diesem Tag bisher verarbeiten konnte, vernebelten meine Wahrnehmung. Das Wasser aus dem See hatte nicht gereicht. Ich hatte mich zu oft im Kreis gedreht, um Stöcke und Blätter aufzuheben und Früchte zu pflücken, und hier sah jeder Quadratmeter aus wie der nächste. Ich sank in die Hocke, schloss die Augen und versuchte das Meer zu hören. Oder den Wasserfall des Sees, aber meine Ohren erreichte nur der Gesang der Vögel, und vereinzelt das Rascheln eines Blattes, das zu Boden fiel.

Ich hob eine weitere Avocado vom Boden. Sie würde mir zumindest etwas Flüssigkeit geben. Als ich die dritte Frucht gegessen hatte, hockte ich mich noch einmal zwischen die Bäume und lauschte. Und nach ein paar Minuten drang das Rauschen von Wasser an mein Ohr. Ich schaffte es, die Richtung zu bestimmen, nahm das Bündel Zweige unter einen Arm, legte den Stock mit meinem Avocadobeutel über die andere Schulter und ging los.

Es dauerte eine Weile, aber irgendwann hatte ich den See erreicht. Die Sonne erhellte die Szenerie nicht mehr. Stattdessen lagen die Felsen im Schatten und die Vögel hatten ihren Gesang beendet. Ich legte meine Sachen ab und trank wieder so viel ich konnte. Und dann ging ich den Pfad entlang zurück zum Strand.

Als ich wieder Sand unter meinen Füßen spürte, dämmerte es bereits. Wie viel Zeit hatte ich im Wald verbracht? Ich seufzte. Heute würde ich es nicht mehr schaffen, mein Dach zu reparieren. Ich war zu müde und das Licht würde nicht reichen. Ich trat zwischen den Bäumen hervor und ging auf mein Lager zu. Aber im nächsten Augenblick prallte ich gegen eine Mauer. Zumindest fühlte es sich so an, denn die Überraschung hinderte mich daran, weiterzugehen.

Ich war bei meinem Lager. Aber was ich sah, war ein anderes Bild als jenes, welches ich vom Morgen in Erinnerung hatte. Die Feuerstelle war noch da und meine Sachen lagen ordentlich daneben. Aber der Stapel mit den vertrockneten und frischen Palmenblättern, den Astgabeln und den Zweigen war verschwunden. Stattdessen stand dort ein kleiner Unterschlupf. Fast genauso, wie ich ihn mir vorgestellt hatte. Zusammen mit den Zweigen bildeten geflochtene Palmenblattmatten die Wände. Das Dach wurde durch mehrere Äste gestützt, die auf deutlich mehr Astgabeln lagen, als ich am Vortag gesammelt hatte. Ich trat näher, um zu sehen, wie sie die Palmenblätter befestigt hatten. Ein Teil schien mit der Angelschnur fixiert worden zu sein. Die anderen Blätter waren dazwischen gesteckt. An jeder Stelle lagen mindestens drei oder vier Schichten übereinander und sie würden den Regen besser abhalten als die alte Konstruktion.

Ich hielt noch immer die Zweige unter dem Arm und das Bündel über der Schulter und legte nun beides ab. Mein Blick fiel auf die Feuerstelle. Sie war gesäubert und frisches Holz lag aufgestapelt zwischen den Steinen. Und daneben lagen auf dem großen Blatt einer Pflanze, die ich nicht kannte, die Fische. Gebraten. Ich tippte mit dem Finger auf einen von ihnen. Er fühlte sich warm an. Mein Magen meldete sich in dem Moment, in dem ihr Geruch meine Nase erreichte, und ich löste das Fleisch von Haut und Gräten und verschlang es in wenigen Minuten.

Mein Körper ließ mir keine Zeit, darüber nachzudenken, dass es besser gewesen wäre, Vin die Fische vor die Füße zu werfen. Ich hatte den gesamten Tag über nichts anderes gegessen als Früchte. Und deshalb hörte ich auf meinen Magen und nahm die Gabe an. Als ich auch den zweiten Fisch gegessen hatte, entzündete ich das Feuer und sah mir meine neue Schlafstätte von innen an. Sie war gemütlich. Aber warum hatten sie das getan? Konnte ihr schlechtes Gewissen so groß sein? Und konnte ich das annehmen? Welches Signal würde ich ihnen damit geben?

Aber mein müder Körper zwang mich, diese Gedanken hinter eine Tür in meinem Kopf zu sperren, die ich erst am nächsten Tag wieder öffnen würde. Für den Moment war ich einfach glücklich, den Morgen nicht im Regen verbringen zu müssen. Ich befreite die Avocados aus meinem T-Shirt und zog es über. Dann kuschelte ich mich unter das Dach, legte mir trotz der tropischen Wärme und der heißen Luft, die das Feuer verbreitete, das Handtuch über die Schultern, bettete meinen Kopf auf meinen Rucksack und schlief innerhalb weniger Sekunden ein.

Kapitel 20

TAG 19

Wieder weckte mich das Prasseln des Regens, aber meine Haut trafen nur ein paar Tropfen, die auf den Steinen der Feuerstelle abprallten und zu mir spritzten. Ich setzte mich auf, zog Mikas Rucksack näher unter das Dach und die Knie zur Brust. Ich lauschte. Immer lauter traf der Regen auf die harte Oberfläche der Palmenblätter, während vor meinen Augen gleichzeitig ein Vorhang aus langen Wasserfäden vom Wind hin und her geweht wurde.

Ich griff nach meiner Wasserflasche, trank die letzten Schlucke und grub sie etwas abseits der Feuerstelle in den Sand. Ich tat es fast automatisch und als ich das realisierte, überlegte ich einen Moment, ob ich darüber lachen sollte. Ich tat es nicht. Ich wollte keine Routinen entwickeln, keine Rituale, die mich mit dieser Insel verbanden. Ich wollte zurück nach Hause. Weg von Vin und weg von Mika. Zumindest versuchte ich, mir das einzureden. Denn egal, wie fest ich mir die Ohren zugehalten hatte, als sie mir ihr Verhalten zu erklären versucht hatten, wollte ich natürlich wissen, was all das zu bedeuten hatte. Aber wie konnte ich ihnen glauben?

Das Prasseln wurde leiser und die dunklen Wolken machten helleren Platz. Als der Himmel aufbrach und die Sonne das Meer und den Strand in goldenes Licht tauchte, verließ ich meinen Unterschlupf und rannte den Strand in Richtung Westen entlang. Ich erreichte sein felsiges Ende nach etwa zehn Minuten, drehte um und beschleunigte mein Tempo auf dem Rückweg. Ich dehnte mich und als ich die Taekwondo-Tritte vom Vortag übte, realisierte ich, dass sich auch das zu einer Routine entwickeln würde, wenn wir noch länger hierbleiben müssten. Ich redete mir ein, dass es eine Routine war, die mich mit meinem zivilisierten Leben verband, zog meine Sachen aus und lief zum Meer.

Ich wusch in den Wellen die neuen Matschflecken aus den Shorts und den Avocado-Duft aus meinem T-Shirt und hängte beides über den Stock am Feuer. Dann lief ich zurück zum Wasser und schwamm bis zu der Grenze, hinter der ich dem Hai zutraute, in Wartestellung auf sein Frühstück zu lauern. Ich tauchte durch die Wellen, und allein der Gedanke an ein weiteres tête-à-tête mit dem riesigen Fisch und seinen vier Zahnreihen brachte mein Herz zum Rasen und weckte meinen Körper endgültig auf.

Aber als ich wieder an den Strand trat und das dünne Handtuch aus dem Sand hob, kam mir der Gedanke, das Versteck des Hais aufzuspüren, weniger abwegig vor, denn neben der Feuerstelle saß Mika. Er hatte meine Sachen zur Seite geschoben und wieder zwei Fische über den Stock gehängt. Ich atmete tief durch und wartete. Aber er machte keine Anstalten, aufzustehen oder zu verschwinden. Er sah mich einfach nur an.

„Was willst du hier?“ Ich bereute die Frage. Immerhin hatten sie mir gestern ein Zuhause gebaut. „Und danke“, setze ich deshalb noch etwas leiser und etwas kleinlauter hinzu.

Er blickte zu mir auf und klopfte neben sich auf den Sand. „Setzt du dich zu mir?“ Seine Stimme war sanft. Und unsicher. Warum war er unsicher?

Ich blieb stehen.

„Bitte?“ Sein Blick war flehend.

Aber ich folgte seinem Flehen nicht. „Warum macht ihr das?“

„Was meinst du?“ Er hob eine Augenbraue, fuhr sich mit der Hand durch die Haare und kratzte sich am Hinterkopf. Sie brauchten eine Bürste. Meine Locken konnte ich mit den Fingern kämmen, aber Mikas Haare waren krauser und begannen zu verfilzen. Für einen Moment verspürte ich den Impuls, ihm die Strähnen auseinanderzuziehen. Ich packte meine Hand mit der anderen und verschränkte die Finger.

„Na, das hier.“ Ich deutete mit dem Kopf in Richtung der Fische und dann zu meinem Schlafplatz.

Er lachte leise auf.

„Was ist so lustig?“

„Fragst du mich ernsthaft, warum wir das machen?“

Ich schwieg und schüttelte den Kopf.

„Wir werden alles dafür tun, damit du diese Insel wieder verlassen kannst, Rie.“

Ich schluckte. Seine Stimme klang so aufrichtig. Und in seinem Blick lag Bedauern.

„Und wenn das bedeutet, dass wir dich vor dem Verhungern bewahren und dafür sorgen, dass du nicht von den Regenfluten zu unserem grauen Freund Bruce gespült wirst, dann versorgen wir dich mit Nahrung und bauen dir ein Schloss.“ Er runzelte die Stirn und sah zu meinem Unterschlupf. „Okay, vielleicht auch nur ein Cottage.“

Ich presste die Lippen aufeinander und verhinderte ein Lächeln. Bruce. ‚Findet Nemo' war mein Lieblingsfilm, als ich vier war. Mein Lächeln erstarb, als ein anderes Bild die Erinnerung an Nemo, der die Kloschlüssel hinuntergespült wurde, verdrängte. Mein Vater und ich saßen auf der Couch. Ich lag an seine Brust gekuschelt und neben seinem Bauch stand eine riesige Schale Popcorn. Zumindest empfand ich sie damals als riesig.

Der Film hatte gerade erst begonnen und man musste noch nicht in die Schale hineingreifen, um das Popcorn zu erwischen, weil noch immer ein Haufen oben auf lag. Der Hecht hatte gerade das Nest geplündert und Nemos Geschwister und seine Mutter getötet, und Nemos Vater entdeckte das eine Ei, das er übersehen hatte. In diesem Moment drückte mein Vater mich ganz fest an sich. In diesem Moment konnte ich wie damals den Druck seiner Hand auf meinem Oberarm spüren. Er drückte mich an sich und sagte: „Ich werde immer auf dich achtgeben. Kein Hecht dieser Welt wird dich mir wegnehmen, Rie."

Ich schluckte. Ich hatte die Szene vollkommen vergessen. Aber das war auch egal. Mein Vater hatte sein Versprechen gebrochen. Und vielleicht hatte er es sogar ganz bewusst gebrochen. Inzwischen war ich sicher, dass er der Mann auf dem Bild war und hinter all dem etwas Größeres steckte. Etwas, das ich bisher nicht hatte greifen wollen. Ich hatte mich an Gedanken geklammert, die ihn weiterhin in unschuldiges Licht tauchten. Ich löste mich mehr und mehr von diesen Illusionen und der Drang danach, endlich die Wahrheit zu erfahren, wurde mit jedem Sandkorn, das sich zwischen meine Haare und unter meine Fingernägel verirrte, größer. Aber noch konnte ich ihn unterdrücken.

„Rie?"

Ich musste mehrfach blinzeln, um wieder in der Gegenwart anzukommen. Aber der Satz meines Vaters hallte in meinem Kopf nach. ‚Kein Hecht dieser Welt wird dich mir wegnehmen, Rie.'

„Warum nennst du mich Rie?"

Er schwieg. Ich erwartete, dass er mir dieselbe Erklärung auftischte wie auf dem Boot, aber er sagte nichts. Vielleicht wäre jetzt der richtige Moment gewesen, Mika nach dem Foto aus dem schwarzen Notizbuch zu fragen. Mein Mund öffnete sich auch, aber als ich ansetzte und etwas sagen wollte, löste sich einige Meter von uns entfernt eine Kokosnuss von einer Palme und fiel in den Sand. Der dumpfe Knall unterbrach den Moment und gab mir einen Vorwand, dieses Gespräch weiter hinauszuzögern.

Ich war nicht bereit für die Antwort auf meine Fragen. Inzwischen glaubte ich nicht mehr, dass Mika mich anlügen würde. Hatte er das überhaupt je getan? Vielleicht hatte er warten wollen. Vielleicht hatte er neben mir im Flugzeug sitzen wollen, um mir alles zu erzählen. Warum hatte Vin den Platz mit ihm getauscht? War es letztendlich doch Vin, der eine Verbindung zu meinem Vater hatte und Mika derjenige, der mir davon erzählen wollte?

Neue Fragen. Und es wäre ein Leichtes gewesen, sie Mika zu stellen. Aber ich wollte die Antworten nicht hören. Ich wollte nicht wissen, warum mein Vater mich verlassen hatte. Warum er ein sechsjähriges Mädchen allein im Wald an einem reißenden Fluss ließ. Seine Tochter, der er Minuten vorher noch erklärt hatte, wie ein Weberknoten funktionierte. Und eine Stunde zuvor mit ihr darüber sprach, wie sie sich in dem Wald orientieren können würde und wo der Weg zur Straße begann. Ich hatte dieses Gespräch nie für wichtig befunden. Aber wenn mein Vater nicht tot war, hatte er mir diese Informationen dann mit der Absicht gegeben, mich kurze Zeit später allein zurückzulassen? Die Angst vor den Antworten auf diese Fragen lähmte meine Zunge, und anstatt sie zu stellen, konzentrierte ich mich auf den Felsbrocken, der mein Herz daran hinderte, genug Blut durch meinen Körper zu pumpen, damit er so funktionierte, wie ich es in diesem Moment gebraucht hätte, um gerade zu stehen und klare Gedanken fassen zu können.

Mika sah noch immer zu mir auf. Seine Stirn lag in Falten.

„Geh!“ Meine Stimme war nicht mehr als ein Kratzen, aber er verstand mich, nickte und erhob sich. Jetzt stand er direkt vor mir. Er hob eine Hand und berührte fast meine Schulter, aber dann überlegte er es sich anders und ließ den Arm wieder sinken. Sein Blick war warm und ich erkannte die Sehnsucht in seinen Augen. Kein romantisches Verlangen. Es war eine andere Sehnsucht. Und für einen weiteren Augenblick war ich bereit, seine Antworten zu hören. Aber dann verflog der Moment und ich wandte mich von ihm ab, ging zu der Kokosnuss und hob sie auf. Ich drückte sie an mich und hielt sie mir vor die Brust, als könnte sie mich schützen. Erst einige Minuten später drehte ich mich wieder zu meinem Lager um. Mika war verschwunden.

Kapitel 21

TAG 19

Ich starrte noch eine Weile zu der Stelle, an der Mika gestanden und einen neuen Versuch gestartet hatte, mit mir zu reden. Ein paar Mal bewegten sich meine Füße durch den weißen Sand und wollten ihm nachgehen, aber ich hinderte sie daran. Ich war noch nicht bereit für diese Schritte. Stattdessen nahm ich meine Sachen von der Stange über dem Feuer, zündete ein paar Seiten des Notizbuches an und legte sie unter das frische Holz, das Mika aufgestapelt hatte. Sie mussten es irgendwie vor dem Regen geschützt haben. Während die Fische über dem Feuer brieten, schlug ich mit dem Messer und einem Stein ein Loch in die Kokosnuss und trank das Wasser. Vin hatte mir gezeigt, wie ich auch das Fruchtfleisch herausbekam. Aber darum würde ich mich später kümmern.

Ich war dankbar, mich ausruhen zu können. Die vergangenen Tage spürte ich noch immer in den Knochen und jeder einzelne Muskel in meinem Körper erinnerte mich daran, dass ich normalerweise keine Äste quer durch Wälder schleppte. Meine Liste und mein Vorhaben, weitere Signale an Suchtrupps zu senden, hatte ich jedoch nicht vergessen. Ich entschied mich, ein SOS aus stabilen Ästen zu legen, die nicht beim ersten Windstoß wegfliegen würden. Aber wieder einmal unterschätzte ich sowohl den zeitlichen als auch den Kraftaufwand, der damit verbunden war. Erst am späten Nachmittag waren die fünf Schritte langen Buchstaben fertig gelegt und ich ließ mich erschöpft in den Sand fallen.

Dort lag ich, bis meine trockene Zunge mich daran erinnerte, dass ich noch eine Aufgabe vor mir hatte, die ich gern bei Tageslicht erledigen würde. Meine Wasserflasche war schon seit mindestens einer Stunde leer. Um nicht im Dunkeln zurück durch den Wald laufen zu müssen, machte ich mich deshalb sofort wieder auf den Weg zum See.

Schon von weitem hörte ich die Stimmen. Ich wandte mich bereits ab, um zurück zum Strand zu gehen, erinnerte mich dann aber an mein Versprechen an mich selbst. Ich würde die beiden weder über mein Leben noch über meinen Aufenthaltsort bestimmen lassen. Also ging ich weiter und gab mir dabei keine besondere Mühe, leise zu sein. Aber sie waren vertieft in ihr Gespräch und hörten mich nicht kommen. Ihre Stimmen wurden mit jedem meiner Schritte klarer und als ich schließlich verstehen konnte, worüber sie sprachen, blieb ich stehen. Noch immer verborgen zwischen den Bäumen und den Sträuchern, die um sie herum wuchsen.

„Du weißt genau, warum ich das nicht gemacht habe."

„Ach komm schon, Vi. So wie du reagiert hast, als ich dir von meinem Plan erzählt habe. Du hattest Angst, oder?" Mikas Stimme klang freundlich. Ein anderes Wort wäre mir auch nicht eingefallen, wenn ich mir mehr Zeit dafür genommen hätte, über ein passendes Adjektiv nachzudenken. Mein Herz raste, aber ich verlangsamte meinen Atem, um sie besser verstehen zu können. Sie saßen einander gegenüber auf zwei Felsen. Vins Haut war nass und seine Haare tropften ein wenig. So als wäre er gerade erst aus dem See gestiegen. Mein Mund war trocken und ich sehnte mich nach einem winzigen Schluck Wasser. Aber mehr noch wollte ich wissen, worüber die zwei sprachen. Würde ich endlich meine Antworten bekommen?

„Ja, kann sein.“ Vins Stimme war ruhig. Resigniert.

„Ich hätte es verstanden, wenn du es ihr gesagt hättest.“

„Es war nicht meine Aufgabe, Mi. Das weißt du genau.“ Es lag so viel Vertrautheit in der Art, wie Vin die Kurzfassung von Mikas Namen aussprach. Ein Band zog sich um meinen Bauch und zum ersten Mal wurde mir wirklich bewusst, wie es für ihn gewesen sein musste, nicht zu wissen, ob Mika noch am Leben war oder nicht. Die Spuren seiner Trauer, die er nicht gänzlich geschafft hatte, vor mir zu verstecken, waren sicher nur ein kleiner Teil dessen gewesen, was ihn über die letzten Wochen hinweg in jeder wachen Sekunde begleitet und bewegt hatte. Und auch in seinen Träumen.

„Nein, aber …“ Mika zögerte.

„Was aber?“ In Vins Stimme lag Ungeduld.

„Du magst sie doch.“ Mein Herz setzte einen Schlag aus und ich wartete gemeinsam mit Mika auf Vins Antwort.

Aber er ging nicht darauf ein. Stattdessen sagte er: „Es war schlimm genug, so zu tun, als würde ich dich nicht kennen, als würde ich nicht um dich trauern. Und es war schon zu viel für sie, als sie erfuhr, dass wir früher die Schippen in der Sandkiste geteilt haben.“ Mein Ego drängte mich, zwischen den Bäumen hervorzustürmen und klarzustellen, dass das ganz und gar nicht zu viel für mich gewesen war. Aber natürlich hatte er recht. Ich hatte mit dieser Information nicht umgehen können.

Konnte es immer noch nicht. Würde ich mit dem Rest der Wahrheit besser klarkommen? Überhaupt damit klarkommen?

„Du hattest nie eine Schippe dabei." Ich hörte das Grinsen in Mikas Stimme und wie es verschwand, als er weitersprach: „Ich hätte ihr von Anfang an die Wahrheit sagen sollen."

„Du warst neun, Mann." Neun? Wann war er neun? Was hatte das Kind Mika mit mir zu tun? Wie alt war er jetzt? Ich versuchte, mich daran zu erinnern, ob er das jemals erwähnt hatte. Aber ich konnte es nicht. Wie alt war Vin? Sie kannten sich, seit sie zwei Jahre alt waren. Wenn Vin also jetzt drei Jahre älter als ich war, dann … Mikas Stimme unterbrach meine Berechnung.

„Ja, genau. Ich war neun. Ich war kein kleiner Junge mehr. Ich hätte ihr helfen müssen. Ich hätte ihr sagen müssen, was wirklich passiert war." Was wirklich passiert war? Wobei hätte er mir helfen müssen? Die Männchen in meinem Kopf wechselten verwirrt und immer wieder die Richtung. Sie konnten die gehörten Worte nicht in die richtigen Schubfächer einordnen und jedes weitere vergrößerte das Chaos und verschleierte meinen Blick auf das, was Vin und Mika sagten. Aber vielleicht wollte ich auch einfach nicht hören, was hinter ihren Worten stand.

„Du hast ihr geholfen."

„Nichts habe ich getan."

„Du hast gewartet."

Mika schnaubte, als würde er sich selbst verachten.

Ein schwerer Klumpen lag in meiner Brust. Schwer und beengend. Erst nach einer Weile wurde mir bewusst, dass es mein Herz war, das mir die Luft zum Atmen nahm. Ich wollte mir die Ohren zuhalten und gleichzeitig wollte ich Mika schütteln und ihn zwingen, weiterzusprechen und mir endlich zu sagen, was hier los war. Aber meine Füße blieben fest verwurzelt zwischen flachen Sträuchern und heruntergefallenen Blättern stehen. Der Rest meines Körpers war ebenso unfähig, sich zu bewegen, sonst hätte ich vielleicht die Handflächen auf meine Ohren gedrückt und die folgenden Worte nicht gehört.

„Ich hätte sie beschützen müssen. Stattdessen habe ich sie mein halbes Leben lang für etwas gehasst, für das sie nichts konnte. Dabei war sie es, die ihn verloren hatte.“ Mein Kopf wurde leer und baute eine Mauer auf, die die Fragen, die bei Mikas Worten aufkamen, nicht zu Gedanken werden ließ.

„Du warst ein Kind.“

„Vi, was soll der Scheiß? Ich war kein verfluchtes Kleinkind mehr. Und in den Jahren danach … Ich hätte diesen Mist niemals mitmachen dürfen. Ich hätte es ihr sagen müssen. Ich hätte auf dich hören sollen. Verfluchte Scheiße, ich hätte für meine kleine Schwester da sein müssen. Ich hätte ihr sagen müssen, dass unser Vater lebt.“

Der Klumpen in meiner Brust zersprang in so viele Stücke, dass man damit den Sand an unserem Strand hätte austauschen können. Und dann rutschten die vielen Einzelteile in meinen Bauch, hinterließen ein Gefühl der Leere in meiner Brust und drückten so stark gegen meinen Magen, dass ich glaubte, mich übergeben zu müssen. Vor meinen Augen und zwischen meinen Gedanken bildete sich dichter Nebel und ich musste mich an dem dünnen Baumstamm vor mir festhalten, um meine Beine daran zu hindern, unter mir wegzubrechen.

Der Nebel war so undurchdringlich, dass ich Vins Antwort nicht verstand. Irgendwann legte sich eine Hand auf meinen Unterarm und ich starrte in zwei braune Augen. Endlich erkannte ich, warum sie mir so vertraut waren. Sechs Jahre lang hatte ich in diese Augen gesehen. Es waren die Augen meines Vaters. Mein Kopf bewegte sich langsam, als ich zwischen Mikas Augen und seiner Hand hin und her sah.

„Rie." Seine Stimme kam aus weiter Ferne und erreichte mich kaum. Ich schaute ihn nur mit leerem Blick an und schüttelte den Kopf. Deshalb nannte er mich Rie.

Mika trat einen weiteren Schritt auf mich zu. Er machte Anstalten, mich zu umarmen, und ich wollte ihn wegstoßen, aber meine Arme gehorchten mir nicht. Der eine hing kraftlos an mir herunter. Der andere lehnte an dem kleinen Baum und verhinderte, dass ich umfiel wie eine Pappfigur, der jemand einen Schubs gegeben hatte.

Aber er wollte mich nicht umarmen. Er griff meine Hände und half mir, mich zu setzen und an das kleine Bäumchen zu lehnen, das es irgendwie schaffte, auch in dieser Position mein Gewicht zu halten.

Vin kam zu uns und reichte mir eine Wasserflasche. Ich konnte mich noch immer nicht bewegen und erst, als er mir die Öffnung an die Lippen hielt, trank ich. Ich trank den gesamten Inhalt, zog die Knie zur Brust und schlang meine Arme um sie. Mein Kopf fiel nach vorn und landete hart auf meinen Beinen. Aber ich registrierte den Schmerz nicht, den der Aufprall sicher ausgelöst hatte. Ich war vollkommen leer. Ich dachte nichts. Ich fühlte nichts. Ich war außerstande irgendetwas anderes wahrzunehmen als meinen Herzschlag, der an jeder

Stelle meines Körpers zu spüren war und in meinem Kopf die Gedanken in seinem Takt gegen die Bewusstseinsgrenze presste.

Eine Hand streichelte mir über den Rücken, aber ich war zu schwach, um sie wegzuschieben. Ich hatte keine Ahnung, wie viel Zeit ich in dieser Position verbrachte. Ich spürte, dass sie bei mir waren. Die gesamte Zeit über versuchten sie, mich aus meiner Starre zu lösen. Sie sagten Worte, die ich nicht verstand. Sie streichelten mir über die Hand und legten mir ein Tuch über meine Schultern. Ich registrierte es, aber nichts von alledem drang zu mir durch.

Kapitel 22

TAG 20

Rie! Rie, komm schon! Rie, du schaffst das! Jaa!“ Ein lautes Lachen lag in Mikas Worten, als er endlich losließ. Ich fühlte den Wind zwischen den Haaren, auf meiner Haut und den Stolz darüber, es tatsächlich allein geschafft zu haben.

Er rannte neben mir her und grinste mich an. „Ich wusste, dass du es kannst.“ Das Lachen erreichte seine Augen. Sie leuchteten und mein konzentriertes Gesicht und die Stirn, die sich in Falten gelegt hätte, wenn sie das schon gekonnt hätte, entspannten sich und langsam schoben sich auch meine Mundwinkel nach oben, meine Lippen lagen nicht länger gepresst aufeinander und ich lachte. Immer wieder sah ich zu Mika, der neben mir her hüpfte, als hätte er selbst gerade das Fahrradfahren gelernt.

Und als wir der Hauptstraße zu nahe kamen, griff er den Lenker und stoppte das Fahrrad, damit ich absteigen und zurück zu unserem Haus fahren konnte. Ich ließ das Rad zu Boden fallen und umarmte ihn so stürmisch, wie nur kleine Schwestern es tun. Und er erwiderte die Umarmung und grinste mich dabei auf diese Art an, die nur große Brüder kennen. Dann hob er das

Fahrrad vom Boden und hielt wieder meinen Sattel fest, während ich aufstieg, Schwung nahm und das zweite Mal in meinem Leben ganz allein Fahrrad fuhr.

Ich öffnete die Augen, hob meinen Kopf und sah in das gleiche Gesicht. Aber das Lachen war verschwunden und seine Gesichtszüge versteckten sich hinter einem dichten Haarflaum. Ich setzte mich auf und betrachtete Mika. Die kleinen Locken, die in meinem Traum auf und ab gehüpft waren, waren an mehreren Stellen zu dünnen Strähnen verfilzt. Diesmal streckte ich die Hand aus und strich ihm eine davon aus der Stirn. Sie fiel sofort zurück und ich ließ die Hand wieder sinken und schlang die Arme um meinen Oberkörper. Mika lächelte. Unsicher und warm und traurig.

„Ich hab dich gesehen."

Er runzelte die Stirn.

„Du hast am Waldrand gestanden und dabei zugesehen, wie diese Frau mit mir weggefahren ist."

Er nickte und sein Gesicht verzog sich. Aber er sagte nichts.

„Und du warst im Krankenhaus. Dein Bein." Ich senkte den Blick und besah die Narbe auf seinem rechten Schienbein. Meine Hand löste sich aus der Umklammerung, in der sie noch immer meine Beine hielt, und strich darüber.

Als ich wieder aufsah, liefen Tränen über seine Wangen. Hätten es getan, wenn sie nicht in den Barthaaren hängen geblieben wären. Ich wollte sie auch wegstreichen, aber ich tat es nicht.

Wir schwiegen, bis ich den Schmerz in seinen Augen nicht mehr aushielt. Ich hätte nicht sagen können, woher ich die Kraft für meine Worte nahm, aber als ich sie aussprach, wusste ich, dass ich sie genau so meinte. Ich meinte sie, auch ohne die gesamte Geschichte von ihm gehört zu haben. Ich hatte sie bereits in seinen Augen gelesen.

„Es ist okay, Mika."

Er schüttelte den Kopf und biss sich auf die Unterlippe. Seine Mimik verriet, dass er gegen weitere Tränen kämpfte. Ich streckte die Hand wieder aus und fasste seine, die neben ihm im Sand lag. Ich wusste nicht, wie lange ich geschlafen hatte. Irgendwie hatten Mika und Vin es geschafft, mich aus meiner Starre zu lösen, und durch den dunklen Wald zu meinem Lager zu führen. Ich hatte mich nicht gegen ihre Anwesenheit gewehrt. Hatte sie nicht weggeschickt. Ich hatte mich von ihnen in den Sand setzen lassen und die Früchte gegessen, die sie mir reichten. Irgendwann hatte ich mich vor dem Feuer zusammengerollt und war eingeschlafen. Aber nur für ein paar Stunden und als ich wieder aufwachte, lag mein Handtuch über meinem Körper und Mika saß neben mir. Vin war verschwunden.

Mika hatte mich angesehen und selbst in dem wenigen Licht, das vom Feuer aus auf sein Gesicht strahlte, sah ich, dass er geweint hatte. Seine Augen waren rot und seine Gesichtszüge wirkten so traurig, dass ich nicht anders konnte, als mich zu ihm zu setzen. Ich hatte seinen Kopf auf meine Schulter gezogen und meinen Arm um seinen Rücken gelegt. Er schluchzte. Und als ich auch den anderen Arm um seinen Körper legte, durchzog mich seine Wärme und erreichte mein Herz. Ich weinte mit ihm und Mika sagte immer wieder: „Ich hätte dich niemals allein lassen dürfen. Es tut mir leid". Und ich glaubte ihm.

„Wie lange weißt du denn schon von mir?" Das war die erste Perle, die sich endlich auf den Faden auffädeln lassen würde.

„Seit dem Moment, in dem er … ein paar Minuten, bevor er …“ Ich nickte und er lächelte, erleichtert darüber, es nicht aussprechen zu müssen.

„Wir waren zelten und dann musste er plötzlich zu einem wichtigen Termin. Das war normal für mich, aber ich wollte endlich wissen, was er da genau machte. Meine Mutter reagierte immer seltsamer, wenn er wegmusste. Also bin ich in den Kofferraum von seinem Kombi geklettert und hab mich unter den Decken versteckt, die dort herumlagen. Er bemerkte mich nicht und fuhr zu dem Fluss, genau an die Stelle, an der ihr später zelten wart.“

Mein Mund stand offen, als in meinem Kopf die Bilder von meinem, von unserem Vater, auftauchten, wie er ein anderes Auto zu der Stelle fuhr, an der er mir kurze Zeit später seinen Tod vorspielen würde. Und von dem kleinen Jungen mit den braunen Augen, der die Nase gegen die Scheibe des Kombis presste und hoffte, nicht entdeckt zu werden.

„Er ist dort rumgelaufen, ist immer wieder die gleiche Distanz zwischen dem Fluss und der Stelle, wo ein paar Stunden später euer Zelt stand, abgelaufen. Keine Ahnung, was genau er da tat.“ Er machte eine Pause. „Auf jeden Fall ist er dann weiter zu einem einsamen Parkplatz gefahren, der nur ein paar Minuten entfernt lag. Dort stand ein anderes Auto.“

„Ein dunkelgrüner Pick-up.“

Wieder nickte er. „Ich hatte keine Zeit, unbemerkt in das andere Auto zu steigen. Also ist er ohne mich losgefahren.“

Die genaue Planung, die Berechnung, mit der mein Vater vorgegangen war, ließ mich schaudern. Und doch passte es zu ihm. Er hatte immer alles bis ins kleinste Detail kalkuliert. Jeder unserer Ausflüge und unser gesamter Tagesablauf waren minutiös geplant. Und erst jetzt erkannte ich, warum. Über sechs Jahre lang hatte er zwei Leben koordinieren müssen. Vermutlich sogar länger.

Mika schwieg für einen Moment, abwartend, ob ich etwas sagen würde. Als ich es nicht tat, redete er weiter. „Ich wusste nicht, was ich machen sollte. Zum Glück konnte man sein Auto auch von innen öffnen, wenn es von außen verschlossen worden war. Damals ging das noch. Ich bin über die Rückenlehne der Sitze in den Fond geklettert und hab die Tür aufgemacht. Wir waren mindestens zehn Minuten gefahren und ich hatte keine Ahnung, wie oft er abgebogen war. Aber ich dachte, wenn ich den Fluss finden würde, würde ich auch zu meiner Mutter zurückkommen."

„Aber, hat es nicht eine Weile gedauert, bis er zurückkam? Warum bist du nicht sofort zum Fluss gelaufen?"

„Ich habe ewig gebraucht, um die Stelle, wo wir zuvor in den Wald gefahren waren, zu finden. Ich habe mich ein paar Mal verlaufen. Mein Körper und mein Kopf haben nicht funktioniert. Alles war angespannt und ich war ratlos. Ich wollte zu meiner Mutter, ihr alles erzählen. Aber ich konnte den Weg nicht finden. Dreimal bin ich wieder beim Kombi gelandet und beim letzten Mal einfach dort geblieben. Ich dachte, dass er ja irgendwann zurückkommen müsste oder jemand anders auf dem Parkplatz halten würde. Nach zwei Stunden kam der grüne Pick-up endlich wieder, aber er hielt nicht auf dem Parkplatz, sondern fuhr einen kleinen Weg in den Wald hinein, den ich übersehen hatte, weil er ein paar hundert Meter vom Parkplatz entfernt lag. Ich rannte ihm nach, sobald ich sicher war, dass er mich nicht im

Rückspiegel sehen würde. Als ich den Weg erreicht hatte, war es leicht, den Fluss zu finden. Er führte direkt dort hin."

„Ja." Ich erinnerte mich an das Gefühl, von einem unebenen Boden durchgeschüttelt zu werden, und daran, die Augen hin und wieder schließen zu müssen, um sie vor blendenden Sonnenstrahlen zu schützen, die durch die Blätter drangen.

„Als ich ankam, habt ihr gerade den Pick-up entladen. Ich stand versteckt hinter den Bäumen und hab euch beim Zeltaufbauen beobachtet. Ich war panisch. Ich dachte, mein Vater wäre ein Pädophiler, der dir etwas antun würde. Einer von den Typen, vor denen er selbst mich immer gewarnt hatte." Er schüttelte den Kopf. „Ich wäre fast zu euch gerannt."

„Warum hast du es nicht getan?"

Er schluckte und sah mir fest in die Augen. „Genau in dem Moment, in dem ich mein Versteck verlassen wollte, hast du ihn gerufen."

„Und ich habe ihn ‚Papa' genannt."

Mika nickte und ich erkannte den Schmerz in seinen Augen, der ihn damals überrollt haben musste und den er noch immer mit sich herumtrug.

Schweigen breitete sich zwischen uns aus. Ich stellte mir den neunjährigen Jungen vor, der im Gebüsch hockte und glaubte, sein Vater wäre ein Schwerverbrecher, nur um dann zu erfahren, dass er nicht andere Menschen körperlich verletzte, sondern in der Zeit, die er nicht mit ihm verbrachte, der Vater eines anderen Mädchens war. Ein Erwachsener hätte in dieser Situation vielleicht den Schluss gezogen, dass er vor sieben Jahren einen One-Night-Stand gehabt hatte und hin und wieder mit dem Ergebnis davon Zeit verbrachte, ohne seiner Familie davon zu erzählen. Er hätte sich gefragt, ob die Mutter vielleicht sogar darüber Bescheid wusste, und man nur ihn nicht eingeweiht hatte. Aber ein Kind, das nach dem Sommer die vierte Klasse besuchen würde, hatte von so etwas keine Ahnung. Mika hatte nur den Betrug gesehen. Nur gesehen, dass sein Vater die Zeit, die ihm zustand, die er ihm versprochen hatte, mit einem anderen Kind verbrachte.

„Ich konnte nicht verstehen, worüber ihr gesprochen habt. Ich hab euch zugesehen, wie ihr eure Sachen in das Zelt geräumt habt, und dann hat er das Seil und die Flasche rausgekramt. Genauso hatte er unser Wasser auch gekühlt."

Ich starrte ihn an. Aber dann löste sich die Starre. Natürlich hatte er das. Er hatte die gleichen Dinge mit seinen zwei Familien getan. Das war ja auch viel einfacher.

„Und dann ist er in den Fluss gefallen. Ich fand es seltsam, dass er nicht einfach aufgestanden ist." Er zögerte.

Als mir sein Schweigen zu lange dauerte, fragte ich: „Warum?"

Mika senkte den Kopf, atmete tief ein und ließ die Luft dann langsam durch den Mund entweichen. Kleine Sandwehen stoben auf und ein Krater bildete sich an der Stelle, an der sein Atem den Sand getroffen hatte. Er sah nicht wieder auf, aber schließlich antwortete er: „Er hatte genau die gleiche Show bei uns abgezogen." Er hatte es geübt.

Es erschien mir unwirklich, dass mich dieses Detail trotz all dem, was ich in den letzten Stunden erfahren hatte, schockierte. Aber als seine Worte mich erreichten, setzte mein Herz aus und meine Brust hörte auf, sich zu heben und zu senken.

„Rie.“ Mika rückte näher zu mir, legte seinen Arm um meine Schultern und zog mich an sich. „Es tut mir leid. Ich hätte das nicht einfach so sagen dürfen.“

Ich löste mich von ihm. „Nein.“ Meine Stimme war nicht mehr als ein heiseres Flüstern und ich räusperte mich. „Nein. Ich muss das hören. Bitte erzähl weiter.“

Er strich sich mit den Händen übers Gesicht, fuhr sich dann mit ihnen über den Hals und die Schultern und sah mich ernst an. „Also gut. Erst war ich genauso schockiert wie du. Von meinem Standpunkt aus konnte ich den Fluss aber besser beobachten.“ Der Flusslauf machte nach ein paar dutzend Metern eine Biegung und ich hatte meinen Vater bald aus den Augen verloren. Mika sprach weiter, seine Stimme wurde unsicher. „Ich folgte seinem Körper mit den Augen und plötzlich bewegte er sich, schaute sich nach dir um. Und ich glaube, er hat gewartet, bis er sicher war, dass du ihn nicht mehr sehen konntest, bevor er ans Ufer geschwommen ist.“

Ich hätte ihn gern gefragt, wie er dabei ausgesehen hatte. Welche Mimik seine Gesichtszüge gezeichnet hatten. War er erleichtert gewesen? Oder spiegelten sich Skrupel in den dünnen Falten auf seiner Stirn. Aber ich konnte es nicht. In mir tobte ein Sturm, der so ruhig war, dass jede weitere Kränkung oder Demütigung mich zu Fall gebracht hätten. Ich konnte nicht mehr hören. Nicht jetzt.

Mika schien das zu spüren, legte wieder den Arm um meine Schultern und drückte mit der Hand meinen Kopf auf die seine. Ich fühlte mich leer. Mein eigener Vater hatte mir nicht nur den Papa genommen, der in den Jahren nach dem Zeltausflug nicht an meiner Seite gewesen war. Er hatte mir auch den Vater genommen, der mich in den ersten sechs Jahren meines Lebens begleitet hatte. Den Superhelden meiner Kindheit. Den Mann, den ich in all den anderen Männern seit jeher suchte und nie hatte finden können. Wie auch? Er hatte nie existiert. Er war nie ehrlich zu mir gewesen. Er hatte mir meinen Bruder vorenthalten. Er hatte mich zu einem Zeltausflug mitgenommen in dem Wissen, mich dort allein zurückzulassen. Er hatte geplant, mir seinen Tod vorzuspielen, um mit einer anderen Familie glücklich zu werden.

Mein Kopf begann sich von links nach rechts zu bewegen und ein Geräusch stieg meine Kehle hinauf. Ich erkannte es erst, als es über meine Lippen meinen Mund verließ. Es war ein Lachen. Ein lautes, kratziges und hysterisches Lachen, das ich nicht kontrollieren konnte. Ich schlug die Hände vors Gesicht, verschloss meinen Mund mit ihnen. Was war in mich gefahren? Und dann strömten die Tränen über meine Wangen. Ich verlor wieder die Kontrolle. Mika zog mir die Hände vom Gesicht, fasste meine Schultern und zog mich an sich. Ich weinte so heftig, dass ich die Welt um mich herum vergaß, das Bewusstsein erst für sie und dann auch für mich selbst verlor. Wieder schlief ich ein. Mein Kopf und mein Körper schalteten einen Schutzmechanismus ein, der mich vor dem Schmerz bewahren sollte. Natürlich funktionierte das nicht. Ich trug ihn mit in meine Träume.

Als ich das nächste Mal aufwachte, lagen Mika und ich unter meinem Dach. Mein Kopf ruhte auf seiner Brust und ich hörte, wie sein Herz gleichmäßig und ruhig schlug. Er schlief. Mein Bruder schlief. Mein Bruder. Hinter all dem Schmerz war dies der silberne Lichtstreifen, der meine Gedanken hoffnungsvoll grün färbte und mich weiter an etwas Gutes glauben ließ. Ich hatte jetzt einen Bruder. Und egal, was es noch zu wissen geben würde, hieran würde sich nichts ändern. Ich hatte einen Bruder, der mich im Arm hielt und mich beschützen wollte. Es bereits getan hatte.

Mikas Herzschlag beschleunigte sich und seine Atmung wurde unruhig, als der Regen auf die Palmenblätter prasselte. Er wachte ebenfalls auf und zog mich fester an sich. Wie Kinder lagen wir nebeneinander. So wie wir es als Kinder getan hätten.

„Ich hab mir immer einen großen Bruder gewünscht." Lydia hatte einen großen Bruder und ich hatte sie immer um ihn beneidet. Selbst dann, als wir in die Pubertät kamen und er sich benahm wie der letzte Idiot.

Mika sagte nichts.

„Entschuldige."

„Nein. Ich hätte dieser Bruder für dich sein können. Stattdessen habe ich mich in den Gedanken verrannt, dass du mir meinen Vater in den Jahren davor weggenommen hattest. Ich habe die Schulaufführungen gesehen, die er verpasst hatte, um bei dir zu sein. Meine Mutter, die so oft abends allein vor dem Fernseher gesessen hatte, während er bei einer anderen Familie war, vielleicht das gleiche Fernsehprogramm gesehen hat. Wie sie darauf gewartet hat, dass er anrief, was er oft nicht tat." Er setzte sich auf und ich rutschte unsanft von seiner Brust in den Sand. „Ich hatte nur Angst, dass er wieder weg sein könnte. Dass er sich dann doch für dich entscheidet."

„Woher wusstest du eigentlich, dass er eine andere Familie hatte?"

Er zögerte. „Ich hab es in der Zeitung gelesen."

„Und deine Mutter hat davon nichts mitbekommen?"

Er schüttelte langsam den Kopf. „Keine Ahnung. Ich hätte ihn niemals decken dürfen."

„Mika. Du warst neun Jahre alt. Was hättest du denn tun können?"

„Viel. Ich hätte es jemandem erzählen können. Stattdessen habe ich geschwiegen."

„Du warst froh, ihn wiederzuhaben."

„Scheiße, Rie. Warum hast du dafür nur so viel Verständnis? Du solltest mich anschreien, mich wegschicken, mich hassen. Warum bist du so ruhig?" Darüber hatte ich nachgedacht.

Ich setzte mich ebenfalls auf und sah ihn mit hochgezogenen Augenbrauen an. „Ich bin doch nicht ruhig. Ich hatte letzte Nacht dreimal einen Nervenzusammenbruch."

Er strich sich die verfilzten Locken aus der Stirn. Sie fielen sofort zurück. „Ja, aber das war wegen ihm." Er konnte das Wort Vater genauso wenig aussprechen wie ich.

„Ja, genau. Du kannst nichts für all das. Du warst nur ein Junge."

Er schüttelte den Kopf.

„Hör jetzt auf damit!" Meine Stimme wurde lauter.

Er zog das Knie des gesunden Beins an, legte einen Unterarm darauf und bettete seine Stirn auf ihm. Dann hob er langsam den Kopf. „Willst du auch den Rest der Geschichte hören?"

Ich überlegte und spürte in mich hinein. Aber ich war noch nicht bereit dafür und schüttelte den Kopf. „Nicht jetzt. Der nächste Zusammenbruch könnte sonst einen Arzt erfordern."

Mika lächelte. Es war jenes Lächeln, das der Junge in meinem Traum gelächelt hatte. Es war so warm und so ehrlich, dass ich nicht anders konnte, als es zu erwidern.

„Erzähl mir etwas Schönes."

„Etwas Schönes?" Er runzelte die Stirn.

„Ja, etwas Schönes. Meine Mutter und ich haben ein Spiel seit … Jedes Mal, wenn uns die Welt schlecht oder traurig erscheint, suchen wir nach Dingen, die wir schön finden. Das kann ein buntes Blatt sein, das zwischen den Maschen eines Zaunes steckt und das von den Strahlen der Sonne zum Leuchten gebracht wird. Oder das Lächeln, das ein Fremder erwidert. Oder eine Ampel, die gerade auf ‚Grün' schaltet."

Mika lächelte. „Das ist ein schönes Spiel."

Ich nickte. „Also, was findest du schön?"

„Du wirst mich für verrückt halten."

„Möglich." Ich zögerte. „Aber unwahrscheinlich. Also?"

Er atmete tief durch. „Ich finde es schön, dass wir zusammen auf dieser Insel sind."

Ich sah ihn ungläubig an und wartete auf das Grinsen, das seine Worte als Scherz enttarnen würde. Aber sein Blick war aufrichtig.

„Du meinst das ernst."

„Ja sicher meine ich das ernst."

„Warum?"

Er lächelte wieder. „Ich bin froh, dass ich endlich mit dir sprechen und dir die Wahrheit sagen konnte."

„Ja, aber das hättest du auch in einem Straßencafé bei einem Cappuccino machen können. Oder besser noch bei einer Flasche Wodka auf einer Wiese im Park."

Er lachte. Und es berührte mein Herz.

„Wir werden hier wegkommen. Und in ein paar Jahren erzähle ich meinen Nichten und Neffen von unserem Abenteuer. Ich werde der coolste Onkel der Welt sein und sie werden an meinen Lippen kleben."

„Du bist verrückt.“ Ein Grinsen breitete sich auf meinen Lippen aus und ein warmes Gefühl in meiner Brust. Und dann umarmte ich ihn. Es war die erste Umarmung, die nicht dazu diente, mich zu beruhigen. Es war das erste Mal, dass ich meinen Bruder umarmte, weil ich spürte, dass es eine Verbindung zwischen uns gab, die bedeutender und stabiler war als alles Negative, das unsere Geschichte ausmachte. Sie bisher ausgemacht hatte.

„Ich wusste, dass du das denken würdest.“ Seine Stimme war leise, während er mich an sich drückte.

„Und was ist mit deinen Kindern?“

„Na denen erzählst du unsere Geschichte.“

„Und ich werde die coolste Tante der Welt sein.“ Eine Gänsehaut überlief meinen Körper und gleichzeitig breitete sich eine Wärme in mir aus, die ich bis dahin noch nie gespürt hatte. Vielleicht würde ich irgendwann Nichten und Neffen haben. Vielleicht würde ich irgendwann doch selbst Kinder haben.

Mika löste sich wieder von mir und atmete tief durch. „Ich schätze, Vi wird gleich mit einer Ladung Fische hier auftauchen.“ Vin. Ich hatte seit Stunden nicht an ihn gedacht. Jetzt gerade wusste ich nicht, ob ich überhaupt noch einen Grund hatte, sauer auf ihn zu sein. Mein Gehirn war zu müde und zu aufgewühlt, um sich mit dieser Frage auseinanderzusetzen.

„War er das? Mit den Fischen?“

„Ja, das war er. Und das hier auch.“ Er deutete mit dem Kopf nach oben.

Ich runzelte die Stirn. „Ich dachte, das wart ihr gemeinsam.“

Mika deutete auf sein Bein. „Ich hab nur daneben gesessen und schlaue Anweisungen gegeben.“ Er grinste.

Ich grinste zurück. Aber dann verlor ich das Grinsen in den Gedanken an Vin.

„Wirst du ihm verzeihen?"

Ich seufzte. „Er hat mich so lange angelogen."

„Er hat geschwiegen, nicht gelogen. Und er hat es für mich getan."

„Macht es das besser?"

„Hatte er denn eine Wahl?"

Ich überlegte. Ich dachte an all die Momente, in denen wir über Mika gesprochen hatten. In denen wir über meinen Vater gesprochen hatten. An den Schmerz, den er nicht hatte verbergen können. Und die Zeit davor. Ich hätte Mika gern gefragt, warum Vin anfangs so aggressiv auf ihn reagiert hatte. Aber ich tat es nicht. Ich brauchte eine Pause von all den Dramen.

„Rie. Jede Wahrheit, die er dir erzählt hätte, hätte eine Lüge nach sich gezogen. Er hätte dir nicht alles sagen können."

„Warum nicht?"

„Er wollte, dass ich das tue."

Mein Herz sank ein paar Zentimeter tiefer. „Und wenn er es getan hätte, hätte er den Gedanken akzeptiert, dass du …" Ich sprach den Satz nicht zu Ende.

Mika nickte.

„Na gut. Vielleicht war es nicht seine Entscheidung, mir das zu sagen. Aber er hatte die Wahl, ob er etwas mit mir anfängt oder nicht."

Mika seufzte und öffnete den Mund, um etwas zu erwidern, aber sein Blick glitt in die Ferne zum Strand, der hinter mir lag. Der Regen war in ein leichtes Tröpfeln übergegangen und am Horizont zeigte sich das mir inzwischen so vertraute Bild der aufbrechenden Wolken. Und von Vin, der mit einem Speer über der Schulter und tropfenden Haaren auf uns zukam.

Kapitel 23

20 JAHRE ZUVOR

Mika!“ Seine Mutter rannte ihm entgegen und sein Vater folgte ihr. Dessen Gesichtsausdruck war nicht weniger besorgt als ihrer, aber in seinen Augen flackerten auch Misstrauen und Panik. Auf der Wunde an seiner Stirn klebte ein Pflaster. Mika ließ sich von seiner Mutter in die Arme schließen und legte den Kopf auf ihre Brust. Er schloss die Augen, aber seine Lider konnten die Tränen nicht aufhalten. Sie bahnten sich ihren Weg zwischen den Wimpern hindurch und liefen seine schmutzigen Wangen hinunter. Genau wie bei Rie. Seine Mutter hockte sich vor ihn und nahm sein Gesicht zwischen ihre Hände. Er wagte es nicht, die Augen wieder zu öffnen.

„Verdammt, was ist mit deinem Bein passiert.“ Die Stimme seines Vaters und dessen hektische Bewegungen unterbrachen die Umarmung, die er in diesem Moment so sehr gebraucht hatte. Seine Mutter löste sich von ihm, sank auf die Knie und suchte erst sein linkes Bein nach einer Verletzung ab. Aber dort war sogar die Hose intakt. Ihr Blick glitt zu seinem rechten Knie, der aufgeschlitzten und Blut getränkten Hose, dem schmutzigen Kopftuch, an dem das Blut sich mit Erde und anderem Schmutz vermischt hatte. Sie schlug die Hand vor den Mund.

„Krankenhaus." Das war alles, was sie herausbrachte. Mika schüttelte energisch den Kopf. Er wollte nicht ins Krankenhaus. Er wollte hierbleiben, in den Armen seiner Mutter und vergessen, was er heute erfahren hatte. Er wollte Rie vergessen. Die Angst in ihrem Gesicht. Das laute Schluchzen. Und ihre Schreie.

„Mama hat recht. Das sieht übel aus." Sein Vater kniete sich neben seine Mutter und löste das Tuch von Mikas Bein. Er machte es behutsam, aber der Stoff klebte an der offenen Wunde und Mika schrie auf, als sich der Schnitt neu öffnete.

„Wir brauchen frisches Wasser."

Mikas Mutter sprang auf und ging zum Zelt.

Sein Vater rief ihr hinterher: „Und saubere Tücher."

Nach wenigen Sekunden kam sie mit einer Wasserflasche und ein paar steril verpackten Mullbinden und -tüchern zurück und sein Vater säuberte die Wunde.

„Was ist passiert?" Die Worte verließen ihren Mund als Kratzen und sie schaffte es kaum, die Hysterie in ihrer Stimme zu verbergen.

„Ich bin gestolpert und an einem abgebrochenen Ast hängen geblieben."

„Was hast du denn überhaupt allein im Wald gemacht?"

Mika senkte den Blick. Seine Mutter mochte denken, dass er zu Boden sah, aber er fixierte seinen Vater, der vorsichtig den Schmutz aus der Wunde spülte. Sie hatte wieder begonnen zu bluten.

„Mika?"

Er schwieg. Was sollte er auch antworten?

„Mika, ich habe gesehen, wie du in Papas Kofferraum geklettert bist. Also, warum ist er ohne dich zurückgekommen?" Ihre Stimme war sanft, aber es lagen auch Zweifel und Misstrauen darin.

Mikas Kopf schnellte nach oben. Aus dem Augenwinkel nahm er wahr, dass der Kopf seines Vaters dasselbe tat. Er senkte seinen Blick wieder, um seinem Vater in die Augen sehen zu können, aber der sah zur Seite.

„Ich denke, wir sollten jetzt erstmal ins Krankenhaus fahren. Ich lösche das Feuer, steigt ihr ins Auto."

Mika wollte etwas sagen. Er wollte es sagen. Er wollte seiner Mutter erzählen, was er vor wenigen Stunden gesehen hatte. Aber sein Mund blieb verschlossen. Stattdessen bohrten die Gedanken an das Gesehene unzählige Tunnel in seinem Kopf, durch die sie immer wieder kriechen und Bilder an sein inneres Auge senden konnten, die er am liebsten nie gesehen hätte.

Kapitel 24

TAG 20

Vin hängte vier Fische über die Stange an der Feuerstelle und stellte seinen Rucksack neben Mika, der ihn fragend ansah.

„Holz“, beantwortete Vin die unausgesprochene Frage. Ich sah zu ihm auf, aber er wich meinem Blick aus. Nasse Strähnen klebten an seiner Stirn und durch die Regentropfen auf seinen Brillengläsern sah ich die dunklen Schatten, die sich unter seinen roten Augen abzeichneten. Er deutete auf die Fische. „Ich dachte, ihr habt sicher Besseres zu tun, als euch Frühstück zu besorgen.“

Schweigen. Weder Mika, noch ich wussten, was wir dazu sagen sollten. Vin stand unschlüssig neben uns. Vermutlich überlegte er, ob er wieder gehen sollte. Und als er sich bereits wieder zum Strand wandte, hörte ich mich selbst sagen: „Das sind nur vier.“

Er schnellte zurück und sah mich überrascht an. Ich wusste nicht, ob wegen meiner Worte oder der Tatsache, dass ich ihn überhaupt angesprochen hatte. Er schüttelte den Kopf und runzelte die Stirn. „Zwei für jeden von euch.“

Ich zögerte, räusperte mich und fragte dann: „Und wo sind deine?“

Seine Augen weiteten sich und sein Mund öffnete sich ein Stück. Aber er sagte nichts.

Mika stand schwerfällig auf. Vin reichte ihm die Hand. Die Geste wirkte unbewusst, so selbstverständlich stützte er seinen Freund. Sein Blick war weiterhin auf mich gerichtet.

„Ich geh mal für kleine Mikas." Er griff seinen Speer und humpelte in den Wald. Es hatte aufgehört zu regnen.

Vin blieb reglos stehen, seine Stirn lag in Falten.

Jemand führte meine Hand und klopfte damit auf der Stelle in den Sand, an der vor wenigen Sekunden noch Mika gesessen hatte. Er war warm. Mein Mund öffnete und schloss sich, um zu sagen: „Setz dich."

Vin hob eine Augenbraue und nahm die Brille von der Nase. Er wischte die Tropfen mit seinem nassen T-Shirt ab, sah dabei aber mich an und verschmierte die Feuchtigkeit eher, als dass er sie entfernte. In seinem Blick lag so viel Schmerz und gleichzeitig sah ich Hoffnung. In diesem Moment entschied ich, dass ich ihm eine Chance geben würde. Ich wusste nicht, ob ich ihm je wieder vertrauen könnte. Alles, was wir hatten, basierte schließlich auf einer Lüge, auf mehr als einer Lüge. Aber ich wollte ihm zumindest die Gelegenheit geben, mir zu erklären, warum er mir nicht die Wahrheit gesagt hatte.

Ich nahm ihm die Brille aus der Hand, polierte sie mit meinem eigenen, trockenen Shirt und reichte sie ihm zurück.

„Danke."

Ich nickte und lächelte ihn an und es fiel mir leichter, als ich es erwartet hatte. „Komm schon. Setz dich."

Er setzte die Brille wieder auf, lächelte ein unsicheres Lächeln und ließ sich zu mir. in den Sand nieder

„Marie …" Seine Stimme brach in der zweiten Silbe.

„Stopp!" Ich hob die Hand und ließ sie sofort wieder sinken, als mir die Heftigkeit dieser Geste bewusst wurde.

Er sah mich fragend an.

„Ich kann jetzt gerade wirklich nicht noch mehr Drama ertragen. In der letzten Nacht … egal. Mein Kopf und mein Herz und der Rest meines Körpers vertragen nicht noch mehr von all dem. Bitte, ich brauche eine Pause." Ich würde ihm später die Gelegenheit geben, mir alles zu erklären.

Vin hob die Augenbrauen, nickte dann aber. „Okay."

Wir blickten beide aufs Meer und schwiegen.

„Danke." Ich wandte den Blick zu ihm und er erwiderte ihn.

„Wofür?"

Ich deutete auf meinen Unterschlupf. Er lächelte und mein Herz öffnete sich etwas. Und dann grinste er. Und damit strahlte er eine Erleichterung aus, die auch mich zum Lächeln brachte.

„Was?"

„Du hättest dich sehen sollen." Ich runzelte die Stirn.

„Was? Was meinst du?"

„Wie du da gelegen hast."

Ich brauchte einen Moment, um zu verstehen, was er meinte. „Sehr witzig." Ich boxte ihm gegen den Oberarm und erschrak. Am meisten erschrak ich darüber, wie sehr ich es noch immer genoss, seine Haut auf der meinen zu spüren. Wie sehr dieser kurze Körperkontakt eine Leere füllte, von der ich dachte, sie hätte einen anderen Ursprung. Und wie vertraut es mir bereits war, auf diese Weise mit ihm herumzublödeln. Und wie sich der Drang, dies zu tun, durch all das Misstrauen und den Schmerz hindurch wagte. Seine Haut war feucht und kühl und ich hätte gern darüber gestreichelt, um sie zu wärmen. Stattdessen boxte ich ihn noch einmal. Sanft dieses Mal.

„Hey." Er grinste wieder, doch das Grinsen erstarb einen Moment später. „Marie, es tut mir leid."

Ich atmete tief durch und seufzte.

„Verzeih mir." Sein Blick war flehend und er setzte hinzu: „Irgendwann."

„Das wird sie." Mikas Stimme durchbrach mein Schweigen. „Und jetzt nehmen wir uns eine Pause von diesem ganzen Mist und vergrößern die Hütte. Außerdem müssen wir Ries SOS-Holz-Kunstwerk reparieren." Er deutete zum Strand und ich sah, was er meinte. Der Regen hatte einen Teil meiner Äste verrutschen lassen.

„Mika, ich weiß nicht, ob ...", setzte Vin an und ich wandte ihm den Blick wieder zu.

„Ob sie möchte, dass wir ein gemeinsames Lager haben?"

Vin nickte und Mika sah mich fragend an.

Ich überlegte. Wollte ich das? Am liebsten hätte ich den Kopf in den Sand gesteckt, wäre bis zu der Stelle getaucht, an der mir der Hai zu nahe kommen könnte oder in den Wald gerannt. Über die Felsen. Bis zur Bucht. Stattdessen nickte ich. In Gedanken sah ich Vins Lebenshunger, hörte seine Worte, die mich daran erinnerten, dass wir vielleicht nur noch diesen einen Augenblick hatten. Und ich entschied mich für diesen einen Moment. Ich entschied mich für die Chance, meinen Bruder kennenzulernen und das Abenteuer, von dem er einmal meinen Kindern erzählen wollte, zu erleben und zu genießen.

Den restlichen Vormittag verbrachten Vin und ich damit, die Äste im Sand neu auszurichten und durch schwerere zu ersetzen. Zu zweit brauchten wir für diese Aufgabe nur etwa eine Stunde. Danach gingen Mika und ich gemeinsam zum See, um unsere Wasservorräte aufzufüllen und Früchte zu sammeln. Vin wollte sich um die Erweiterung der Hütte kümmern. Wir sprachen viel. Über die Insel, über die Orte, an denen wir lebten. Über unsere Berufe, über Dinge, die wir gern taten. Aber nicht über unsere Familien. Ich war dankbar, dass er keinen weiteren Versuch startete, unsere Geschichte zu Ende zu erzählen. Ich musste noch mehr Kraft sammeln, mehr Endorphine durch meinen Körper strömen lassen, bevor ich einen weiteren Blick in dieses tiefe schwarze Loch werfen und erneut hineinfallen konnte.

„Wirst du über das hier schreiben?" Ich zupfte an einem Blatt und riss es in kleine Stücke.

Mika verlagerte sein gebrochenes Bein vom Boden auf den Stamm eines umgefallenen Avocadobaumes. „Du meinst, auf meinem Blog?"

Ich nickte.

„Nein, das geht nicht."

„Warum nicht?"

Er grinste. „Wir haben keine Fotos."

„Sehr witzig." Ich schlug ihm sanft auf den Arm.

„Hey, ich verdiene immerhin einen Großteil meines Geldes mit Fotos."

Ich sah ihn ungläubig an. „Wirklich?"

Er nickte. „Aber nicht so wie du. Ich stehe auf der anderen Seite der Kamera."

„Du modelst?"

„Nur hin und wieder."

„Das klang aber gerade ganz anders."

„Ach komm, du weißt doch selbst, wie viel so ein einzelner Job einem Model einbringen kann."

„Ja, leider weiß ich das."

„Dabei haben wir am wenigsten zu tun."

„Findest du? Ich bin immer wieder froh, wenn ich mich hinter der Kamera verstecken kann, keinen seltsamen Anweisungen folgen muss, und mir keine sechs Hände in den Haaren und am Hintern rumfummeln."

Er lachte und ich grinste ihn an.

„Und wie bist du darauf gekommen, einen Blog zu starten?"

Er legte den Kopf schief. „Das macht doch jeder. Du hast schließlich auch einen."

„So meinte ich das doch nicht."

Er überlegte. Und dann sagte er: „Wegen Vi."

Mein Herz überschlug sich kurz beim Klang seines Namens. „Wegen Vin?"

„Ja. Seit ein paar Jahren spricht er davon, diesen einen Strand zu sehen. Er hat sein komplettes Leben danach ausgerichtet, genug Geld zu sparen, um ein paar Wochen dort verbringen zu können."

Das stimmte also. Ich presste die Lippen aufeinander.

„Du hast es ihm nicht geglaubt?"

Ich schüttelte langsam den Kopf und nickte dann. „Doch, anfangs schon. Aber dann konnte ich mir nicht mehr vorstellen, dass … Er wirkte so gar nicht wie jemand, der das Leben nicht genießt."

Mika schwieg und als mir sein Schweigen zu lange dauerte, fragte ich: „Was ist?"

„Er genießt das Leben."

„Ja, aber …"

„Ihm war das einfach wichtig. Es war sein Traum. Manchmal muss man Opfer bringen, um seine Träume zu verwirklichen.“ Er zeichnete Muster in den Waldboden und sah nicht zu mir auf.

„So war das ja gar nicht gemeint. Es scheint nur so gar nicht zu ihm zu passen.“

Mika hob den Blick und sah mich einen unendlichen Moment lang an, ohne etwas zu sagen.

„Ich weiß, ich kenne ihn ja gar nicht.“

„Ja, das stimmt.“ Seine Stimme war ruhig und sanft. „Aber du hast das schon ganz richtig erkannt.“

Ich runzelte die Stirn. „Habe ich das?“

„Ja, das hast du.“ Er zögerte. „Ich sollte dir das wahrscheinlich nicht erzählen.“

„Aber?“

„Aber ... Es ist kein stupider Alltagstraum, den er mit dreizehn aus einem Reiseprospekt mitgenommen hat.“

Ich wartete schweigend darauf, dass er weitersprach.

Mika atmete tief durch. „Du solltest ihn das selbst fragen.“

Wut stieg in mir auf. „Jetzt mach nicht den gleichen Scheiß wie er.“

Er seufzte. „Das ist wirklich nicht meine Aufgabe. Frag ihn selbst.“

„Nein, ich will ihn nicht selbst fragen. Und ich habe keine Lust auf noch ein Geheimnis. Bitte sag es mir.“

Er seufzte wieder. Tiefer. „Okay, aber nur, weil ich weiß, dass er es dir sonst auch selbst sagen würde.“ Er räusperte sich. „Also, er will dort nicht den ultimativen Urlaub verbringen, sondern die Asche seiner Mutter verstreuen.“

Mein Mund öffnete sich ein paar Millimeter und ich starrte Mika an.

„Es war immer ihr Traum, in die Karibik zu reisen, und in ihrer Küche hing über zwei Jahrzehnte lang ein Bild von diesem einen Strand. Sie hat Vi allein aufgezogen und hatte kein Geld, um solche Reisen auch nur in Betracht zu ziehen. Sie wollte ihm den Schulabschluss und das Studium ermöglichen und als er dann endlich anfing, Geld zu verdienen, hat er das meiste davon zur Seite gepackt, um ihr diese Reise zu schenken. Ständig war er auf der Suche nach den schönsten Hotels, fragte sich in Internetgruppen durch und dann …"

„Was dann?"

„Dann wurde sie krank und alles ging wahnsinnig schnell. Drei Wochen, nachdem wir von dem Krebs erfahren hatten, starb sie und Vi versprach ihr, dass er sie zu ihrem Strand bringen würde und für sie erleben würde, was sie nun nicht mehr konnte."

Ich versuchte, den Stein in meinem Hals hinunterzuschlucken, doch er drückte zu fest gegen meine Kehle. Mikas Gesicht verschwamm vor meinen Augen. Ich dachte an meine Mutter und wie dankbar ich war, dass es sie noch immer in meinem Leben gab. Und endlich verstand ich Vin.

„Er dachte, dass du ihn für verrückt halten würdest."

Ich schüttelte den Kopf. „Nein."

„Das habe ich ihm auch gesagt."

„Das ist wunderschön."

„Tja, aber jetzt liegt ihre Asche in einem Koffer allein an einem Flughafen. Und wir können nur hoffen, dass noch niemand unsere Gepäckstücke geöffnet hat."

Ich fragte mich nicht zum ersten Mal, ob die Flughafenmitarbeiter nach den Besitzern verwaister Koffer suchen würden. Aber andererseits gab es täglich unzählige herren- und frauenlose Koffer. Wahrscheinlich hatte man sie ins Fundbüro gebracht und ließ sie dort auf ihre

Besitzer warten. Andererseits konnte man sie uns schließlich genau zuordnen. Was wohl mit ihnen geschehen war? Und dann sprang mir eine weitere Frage in den Kopf und ich runzelte die Stirn.

„Ist das erlaubt? Darf man die Asche einfach so in einem Flugzeug mitnehmen? Oder überhaupt … Wie funktioniert das?“

Er schwieg und ein spitzbübisches Grinsen stahl sich in sein Gesicht.

„Mika?“

„Ich habe keine Ahnung. Wir sind in der Nacht nach der Beerdigung zurück zum Friedhof und …“

„Ihr habt die Urne wieder ausgegraben.“

Er nickte lächelnd und ich schüttelte den Kopf. „Ihr seid verrückt.“

„Also hatte Vi doch recht. Du hältst ihn für verrückt.“

Ich überlegte. „Nein, eigentlich finde ich das noch viel schöner. Ihr habt sie vor diesem traurigen Ort gerettet.“

„Ja, um sie auf einem Flughafen die ewige Ruhe finden zu lassen.“

Ich schüttelte wieder den Kopf. „Nein, für ein letztes Abenteuer.“

Wir schwiegen für ein paar Minuten und irgendwann erhob sich Mika. Ich wollte ihm helfen, aber als ich auf den Beinen war, stand er bereits.

„Wir sollten zurück.“ Erst mit seinen Worten registrierte ich, dass die Dämmerung bereits eingesetzt hatte. Ich nickte, griff den Rucksack mit den Früchten und ging voran, um eventuelle Stolperfallen zu beseitigen.

Als wir zurück beim Lager ankamen, blieb ich so abrupt stehen, dass Mika in mich hineinlief.

„Hey!“ Was auch immer er danach hatte sagen wollen, ging in seinem Schweigen unter und er starrte wie ich auf die Stelle, an der noch vor wenigen Stunden mein spärlicher Unterschlupf gestanden hatte.

„Wie hast du das denn geschafft?“ Ich ging auf Vin zu, der auf die Unterarme gestützt im Sand vor unserer Hütte neben einer aufgebrochenen Kokosnuss lag. Er hatte die Fläche meiner Schlafstätte vervierfacht. Die Wände waren durch Äste verstärkt und dazwischen hatte er Palmenblätter gestopft. Niemals hätte ich gedacht, dass so eine Konstruktion halten würde, aber das Häuschen stand.

„Ihr wart ja den ganzen Tag weg.“ Er ergriff die Wasserflasche, die Mika ihm reichte. Seine Hände waren gezeichnet von blutigen Schrammen. Ohne darüber nachzudenken, setzte ich mich neben ihn und nahm eine von ihnen in meine.

„Das sieht übel aus.“

„Ist schon okay.“ Seine Hand versteifte sich zusammen mit dem Rest seines Körpers und ich zog meine Finger zurück.

„Nein, wir müssen da was drauf machen.“ Ich ließ meinen Blick über unsere Sachen schweifen und ging in Gedanken die durch, die ich nicht sehen konnte. Dann deutete ich auf eine Kokosnuss. „Kannst du mir mal ein bisschen von dem weißen Zeug rausholen, Mika?“

„Du meinst das Fruchtfleisch?“, fragte er.

„Ja, genau.“

„Warum?“

„Na, Kokosöl hilft doch, oder? Wirkt das nicht antibakteriell und schützt und sowas alles?“

„Ich habe keine Ahnung.“

Mika humpelte zu uns und nahm mir die halbe Kokosnuss aus der Hand. Er löste etwas von ihrem Fleisch und zerdrückte es mit einem Stein, bis ein Brei entstand. Ich rieb die Wunden an Vins Händen damit ein und versuchte, das warme Gefühl zu ignorieren, das dabei meinen Körper durchzog.

„Danke." Er hielt meine Hände einen Moment länger fest, als es notwendig gewesen wäre, nachdem ich fertig war, und ich ließ es zu.

Aber dann riss ich mich von ihm los, stand auf und deutete auf die Hütte. „Wir danken dir! Wie hast du das geschafft?"

Er zuckte nur mit den Schultern und deutete auf sechs Fische, die über dem Feuer hingen. „Essen wir?"

Kapitel 25

TAG 24

Die Tage zogen dahin und ich gewöhnte mich daran, mit Vin und Mika unter einem Dach zu schlafen. Wir bauten unsere Routinen auf, gruben morgens die Wasserflaschen in den Sand, aßen die Fische, die Vin fing, und verstärkten die Wände und das Dach der Hütte mit frischen Palmenblättern. Wir sammelten Holz und legten es zum Trocknen in die Sonne, bevor wir die Zweige in die Hütte schafften, um es am nächsten Tag nutzen zu können und das Feuer zu nähren.

Ich beobachtete Vin und Mika dabei, wie sie Pläne für den Bau eines Floßes in den Sand zeichneten und sie immer wieder wegwischten, weil sie keinen Weg fanden, die Baumstämme miteinander zu verbinden. Sie waren so vertraut miteinander. Die Art, wie Vin Mika Halt bot, wenn er den stützenden Speer nicht greifen konnte. Wie Mika Vin die Wasserflasche reichte, wenn er selbst gerade daraus getrunken hatte. Wie sie miteinander lachten, wenn einer von ihnen einen Kommentar machte, den ich nicht verstand. Mehr und mehr nagte ein Gefühl an mir, wenn ich ihnen zusah, und irgendwann erkannte ich, dass es Eifersucht war. Ich wollte das auch. Ich wollte diese Vertrautheit sowohl mit Mika, meinem Bruder, als auch mit Vin spüren.

Mit Mika fiel es mir leicht, täglich viele Schritte in diese Richtung zu gehen. Jedes Lachen von ihm steckte mich an und ich liebte es, ihm zuzuhören. Manchmal schloss ich dann die Augen und stellte mir vor, wie es gewesen wäre, wenn er mir Geschichten erzählt hätte, als wir noch Kinder waren. Abends vor dem Einschlafen oder während langer Autofahrten. Ich versuchte, mir eine Welt vorzustellen, in der unser Vater meine Mutter und mich auf eine andere Art verlassen hätte. In der ich mit sechs Jahren nicht den Vater verloren, sondern einen Bruder bekommen hätte. Ich hätte meinem Vater verzeihen können. Und selbst wenn nicht, hätte ich doch Mika gehabt.

„Du solltest Bücher schreiben." Wir saßen zu dritt am Strand und beobachteten, wie der Horizont sich langsam violett färbte, als die Sonne auf der anderen Seite der Insel im Meer versank.

Mika schüttelte nur den Kopf. Aber Vin nickte zustimmend, was Mika mit einem Stirnrunzeln und einem weiteren Kopfschütteln beantwortete.

„Was ist? Ich sage dir das schon seit Jahren."

Verwundert blickte ich zu Vin. „Ehrlich?"

Er erwiderte meinen Blick ein paar Sekunden zu lang, bevor er antwortete, und ein Stich zog sich sanft durch meinen Bauch hinauf zu meinem Hals.

„Na klar. Er erzählt mir schon unser Leben lang Geschichten." Der nächste Stich. Dieser war nicht mehr sanft.

Ich verzog das Gesicht und nickte. Traurig. Ein Arm schlang sich um meine Schultern und Mika zog mich an sich. Der Stich verlor seine Härte.

„Es gibt noch viele Geschichten, die ich dir erzählen möchte, kleine Schwester." Kleine Schwester.

„Ich mag es, wenn du mich so nennst."

Er drückte mich fester an sich und flüsterte: „Na, das bist du doch."

Wir hatten gemeinsam entschieden, die vergangenen Jahre nicht dadurch zu verlängern, dass wir ständig nur sahen, was wir verpasst hatten. Seine Worte erinnerten mich daran, dass wir in die Zukunft und die Bedeutung eines jeden Moments sehen wollten, den wir miteinander verbrachten. Ich hatte Mika bisher nicht gebeten, seine Erzählung über unseren Vater zu beenden. Oder ihn gefragt, was er und Vin in meinem Flugzeug zu suchen hatten. Ein Zufall war das sicher nicht gewesen. Und so langsam baute ich die emotionale Stärke auf, um bald um weitere Antworten bitten zu können, und die kleinen Fragenperlen stießen wieder häufiger gegeneinander und erinnerten mich daran, dass es einige Details gab, über die ich mehr wissen wollte. Mehr wissen musste.

„Dann erzähl mir doch endlich, wie es sein kann, dass wir dich dort draußen verloren haben." Ich schmiegte mich in Mikas Umarmung und schloss die Augen. Aber dann öffnete ich sie wieder und löste mich, um ihn anzusehen. „Oder hast du das etwa mit Absicht getan?"

Mika verzog das Gesicht und zog mich wieder an sich. Dann räusperte er sich. „So viel gibt es da gar nicht zu berichten. Ich bin untergetaucht und habe dich angeschoben. Ich dachte, wir schwimmen in dieselbe Richtung, und bin so lange unter Wasser geblieben, wie ich konnte. Als ich wieder auftauchte, war da dieses laute Piepen in meinen Ohren. Ich hab eure Namen geschrien, immer wieder, aber ihr habt nicht geantwortet. Zumindest habe ich nichts gehört. Ich konnte nichts erkennen. Überall lag Zeug im Wasser. Zuerst habe ich das Wasser um mich herum nach dir abgesucht, Rie. Minutenlang bin ich immer wieder untergetaucht und habe nichts als Dunkelheit erkannt. Irgendwann bin ich zurück zum Boot geschwommen, aber auch dort war niemand. Ich bin einmal um das Boot herumgeschwommen und nachdem ich euch nicht finden konnte, habe ich die Insel angesteuert."

Ich hielt den Atem an und fragte: „Aber … wie ist das möglich? Hättest du uns nicht sehen müssen?"

„In der ersten Minute nach dem Auftauchen habe ich nichts gesehen. Zumindest nicht viel. Alles war verschwommen."

Ich nickte. „Und dann? Warum warst du nicht kurze Zeit nach uns am Strand?"

„Ich hatte keine Ahnung, welchen Weg ihr eingeschlagen habt, wo euch die Strömung hintrieb. Ich traf weiter östlich auf die Insel. Dort waren Felsen und die Wellen drückten mich dagegen. Ich hab versucht, mich mit Armen und Beinen zu schützen. Das Wasser übertönte jedes einzelne Geräusch, aber das Knacken von dem brechenden Knochen in meinem Bein konnte ich hören."

Ich schluckte. „Und wie bist du aus dem Wasser gekommen?"

„Ich weiß es nicht. Der Strand lag nur ein paar Meter entfernt und irgendwie hat mich das Wasser dorthin gespült."

„Und dann?"

„Ich bin in den Wald gekrochen, als es anfing zu regnen, und da habe ich gelegen, Papayas gegessen und Regenwasser getrunken." Wie zum Beweis hob er seine Wasserflasche.

„Warum haben wir dich denn nicht gefunden?" Ich stützte mich auf die Unterarme und sah zu Mika.

Vin antwortete: „Wir sind nicht so weit gegangen." Richtig, er kannte die Stelle, an der Mika sein Lager aufgeschlagen hatte. „Wir haben den Strand nur oberflächlich abgesucht. Wir waren dort am ersten Tag. Zu der Zeit konnte ich keine klaren Gedanken fassen. Ich glaubte, dass wir ihn sehen würden, wenn er dort angespült worden wäre. Zu dieser Zeit habe ich nicht daran gedacht, dass er womöglich versteckt im Wald liegen könnte. Außerdem haben wir nach dir gerufen." Er sah zu Mika. „Hast du uns nicht gehört?"

„Die ersten Tage lag ich im Delirium, Mann. Ich hab nichts gehört außer dem kleinen Kerl in meinem Ohr, der sich die Stimme von Axl Rose geliehen hatte, um meine Schmerzen hinauszuschreien."

Ich presste die Lippen aufeinander und sagte dann: „Ich dachte, du seist an einem komplett anderen Ufer angespült worden." Ich schluckte die Erinnerung an die Verzweiflung hinunter, ihn auch in der Bucht nicht gefunden zu haben.

„Ach kommt schon. Ihr dachtet, die Haie hätten mich zu einer nächtlichen Fressrunde geschleppt."

Vin und ich verzogen das Gesicht.

„Das ist nicht lustig." Vins Stimme klang, als kämpfte er mit der gleichen Erinnerung wie ich.

Mika schlug ihm mit der Außenkante seiner Faust gegen die Schulter. „Na sicher ist es das. Und weißt du auch, warum?"

Vins Blick verfinsterte sich. Dann seufzte er und schubste Mika, so dass er in den Sand fiel und halb auf mir landete. „Du bist ein Idiot, Mi."

Mika lachte, rollte sich wieder zum Sitzen und wollte Vin selbst schubsen. Aber er schaffte es nicht, sein Bein so zu verlagern, wie es dafür nötig gewesen wäre, und sah hilfesuchend zu mir. „Rie, komm schon. Das ist ein unfairer Kampf."

Ich zögerte, aber schließlich stand ich auf und sprang ohne Vorwarnung auf Vin. Der hatte den Angriff nicht kommen sehen und zusammen fielen wir in den Sand. Er war stärker als ich und drehte sich in einer schnellen Bewegung auf mich, griff nach meinen Handgelenken und drückte sie neben meinem Kopf in den Sand. So sanft, dass ich mich leicht von ihm hätte lösen können. Aber ich tat es nicht. Seine Knie drückten neben meinen Hüften in den Sand und ich wünschte mir, er würde sein Becken sinken lassen und seinen Körper auf meinem ablegen.

Aber Vin sah mich nur an. Sein Gesicht war nicht mehr als eine Hand breit von meinem entfernt. Ich spürte seinen warmen Atem und sah die Sehnsucht in seinen Augen. Ein Lächeln schob sich auf meine Lippen. Er erwiderte es überrascht und sein Gesicht kam meinem ein paar Zentimeter näher. Nach fast einer Woche fühlte ich das erste Mal wieder die Schmetterlinge mit den Flügeln von innen gegen meinen Bauch schlagen und ich sehnte mich danach, seinen Mund auf meinem zu spüren. Aber statt ihn zu küssen, verbreiterte ich mein Lächeln zu einem Grinsen und nutzte seine Unaufmerksamkeit, um ihn von mir zu stoßen.

Er fiel mit dem Rücken in den Sand und ich setzte mich rittlings auf seinen Bauch. Ich konnte hören, wie er scharf die Luft einsog, als meine Hände nun seine Handgelenke in den Sand drückten. Dann stahl sich ein Lächeln in seinen Mundwinkel und ich verlor die Konzentration. Er hatte den gleichen Trick angewendet wie ich und wieder rollten wir durch den Sand. Aber bevor er meine Handgelenke greifen konnte, begann ich, ihn zu kitzeln. Er lachte laut und krümmte sich unter der Attacke. Aber er schaffte es erst nach ein paar Sekunden, meine Arme zu fassen, sie mit einer Hand zu fixieren und dann mich zu kitzeln. Ich schrie und sah in sein lachendes Gesicht. Tränen liefen über meine Wangen und ich spürte, wie sich Sand auf den nassen Hautstellen sammelte.

„Hör auf", schrie ich jauchzend und schluchzend zugleich. Ich holte tief Luft. „Bitte!"

Vins Finger stoppten in der Bewegung, doch er ließ seine Hand auf meinen Rippen liegen und sah mir in die Augen. Sein Mund grinste noch immer, aber sein Blick war ernst. Die Schmetterlinge kämpften sich ihren Weg zu meiner Brust und stupsten mein Herz an, das sofort höher schlug, ihm entgegen.

Dann lächelte er warm und ließ meine Hände frei. Sein Kopf drehte zur Seite und sofort räusperte er sich und löste sich vollends von mir. Ich folgte seinem Blick und sah zwei hochgezogene Augenbrauen und ein verschmitztes Grinsen.

„Was ist?" Ich rappelte mich verunsichert auf.

„Nichts." Mika entspannte seine Gesichtszüge. „Gar nichts."

„Du wolltest doch, dass ich dir helfe."

„Hmhm." Er schüttelte kaum merklich den Kopf und sah in den Sand.

Schweigend saßen wir nebeneinander, während die Dunkelheit uns mehr und mehr umhüllte und am Himmel die ersten Sterne erschienen. Irgendwann hörte ich ein leises Lachen von Mika. Vin stimmte ein und ich ließ mich von ihnen mitreißen.

Und dann schwiegen wir wieder, bis ich die Stille durchbrach: „Warum nennst du Mika eigentlich Mi? Ich meine klar, das ist eine Abkürzung, aber ist Mika das nicht auch schon?“ Ich sah fragend zu Vin, der meinen Blick erwiderte.

Er räusperte sich. „Meine Mutter hat ihn immer so genannt.“

Er sprach nicht weiter und Mika übernahm für ihn. „Ich habe mein ganzes Leben lang immer den halben Tag bei Vin verbracht. Und er die andere Hälfte bei mir. Gabriela war es irgendwann leid, immer nach Vin und Mika zu rufen.“ Er zog das gesunde Bein zu sich und stützte den Kopf auf sein Knie. Über seine Augen legte sich ein trauriger Schleier und er atmete tief durch, bevor er weitersprach. „Deshalb hat sie uns irgendwann nur noch ViMi gerufen. Aber ehrlich gesagt, glaube ich, dass sie es einfach witzig fand, uns so zu nennen.“

Vin lachte leise auf. Ich lächelte und griff nach seiner Hand. Er drückte sie fest und ich hörte, wie er hart schluckte. Dann sprang er plötzlich auf und meine Hand fiel in den Sand.

„Wir müssen etwas essen. Ich mache mal Feuer.“ Er wandte sich zum Gehen und kam wieder zurück, um Mika die Hand zu reichen. Der ergriff sie und stand auf. Dann reichte Vin mir seine Hand und ich zog mich daran nach oben. Gemeinsam gingen wir zu unserem Lager. Mika gestützt auf seinen Speer. Und Vin neben mir, meine Hand haltend. Er hatte sie nicht wieder losgelassen.

Kapitel 26

20 JAHRE ZUVOR

„Kommst du nicht mit, Henrik?“ Mikas Mutter löste ihren Gurt und sah zu seinem Vater, der keine Anstalten machte, sich abzuschnallen und aus dem Auto zu steigen.

„Nein, ich werde zum Fluss zurückkehren, um unsere Sachen zusammenzuräumen.“ Er deutete auf Mikas Bein. „Mit dieser Verletzung werden nach Hause fahren.“ Er strich ihr über die Wange und sie nickte.

„Du hast recht. Aber was ist mit deiner Wunde?“ Sie deutete auf seinen Kopf.

„Die ist nicht so schlimm.“

„Okay.“ Sie legte die Hand an den Türgriff, aber er fasste ihre Schulter, bevor sie aussteigen konnte.

„Alicia?“

Sie wandte sich wieder zu ihm. „Ja?“

„Jetzt wird alles gut.“ Mika sah, wie seine Mutter schluckte, wieder nickte und sich schnell, zu schnell, abwandte, um die Tür zu öffnen. Sein Vater wandte sich zu ihm, musterte für ein paar Sekunden sein Gesicht und sagte: „Pass auf deine Mutter auf, Mi.“ Mi. Es klang wie Rie. Aber er nickte, langsam, und musterte seinerseits seinen Vater. Die Worte hallten in seinem Kopf wider: ‚Jetzt wird alles gut‘. Seine Mutter war sicher zu aufgeregt, um das kleine Wort ‚jetzt‘ richtig zu deuten. Aber Mika verstand die Botschaft dahinter.

Die Tür neben seinem Sitz öffnete sich und seine Mutter reichte ihm die Hand, um ihm beim Aussteigen zu helfen. Bisher hatten die Erinnerungen an Rie dafür gesorgt, dass er die Verletzung an seinem Bein kaum spürte. Aber als er den ersten Schritt auf den grauen Beton der Einfahrt zum Krankenhaus setzte, unterbrach der Schmerz jeden anderen Gedanken. Tränen traten in seine Augen und er klammerte sich an seine Mutter, die ihn schließlich unter den Achseln packte und wie ein kleines Kind anhob.

„Alicia, nein!“ Sein Vater hatte das Fenster geöffnet, stieg aber nicht aus dem Auto, um ihr zu helfen.

Mika war müde, genoss die Nähe seiner Mutter zu sehr, und schlang die Beine so um ihren Rücken, dass der verletzte Unterschenkel nicht vom anderen gedrückt wurde. Er ließ sich von ihr zur Notaufnahme tragen. Sein Vater rief ihnen noch einmal nach, sie solle ihn runterlassen, aber seine Mutter lief zum Eingang des Krankenhauses, ohne sich umzusehen.

Es war ein kleines Krankenhaus und in der Notaufnahme warteten nur wenige Menschen. Innerhalb weniger Minuten kam ein Arzt zu ihnen und führte sie in ein Behandlungszimmer, um Mikas Bein zu untersuchen. Er bekam von der Behandlung nur die Schmerzen mit, von denen ihm schwindelig wurde. Die gesamte Zeit über dachte er an das kleine Mädchen, das auf einem Plastikstuhl in der Notaufnahme saß. Sie hatte nicht mehr geweint. Jemand hatte ihr den Schmutz aus dem Gesicht gewischt, aber die Kleidung war noch immer so braun wie der matschige Boden im Wald. So wie Mikas. Ihr Kopf hatte an der Brust einer Krankenschwester gelehnt und als seine Mutter ihn auf einen Stuhl setzte, um ihn anzumelden, hatten ihre Blicke sich gekreuzt. Für ein paar Sekunden hatte er ihren leeren Augen standhalten können, aber dann hatte er sich abgewandt. Und jetzt war er froh, dass der Arzt seine Wunde erneut öffnen musste, um den Schmutz herauszuholen. Er war froh über die Tetanusspritze, obwohl er normalerweise vortäuschte, Fieber zu haben oder sich nicht gut zu fühlen, wenn eine Impfung anstand. Aber jetzt war er dankbar für jeden Schmerz, der Ries Bild aus seinem Kopf verdrängte.

Kapitel 27

TAG 27

Vins Finger streichelten die Haut über meinen Rippen. Sie verwandelte sich augenblicklich in eine Gänsehaut und ich schauderte. Die Küsse, die er seinen Fingern folgen ließ, lösten ein weiteres Schaudern aus und mir entfuhr ein Stöhnen. Ich spürte, wie sich sein Mund zu einem Lächeln verzog, und hörte sein leises Lachen, das einen Stoß seiner warmen Atemluft über meine Haut sandte. Ich wollte seinen Kopf zu meinem ziehen, um ihn zu küssen, aber seine Lippen fuhren weiter über meine Haut, hinunter zu meinem Bauchnabel und von dort aus zum Bund meiner Shorts. Als er seine Finger zu ihrem Knopf gleiten ließ und sie sich langsam darunter schoben, um ihn zu öffnen, traf mich ein großer Regentropfen mitten auf die Nasenspitze und ich riss die Augen auf.

Ein Traum. Schon wieder. Seit unserer Kitzelattacke im Sand unter dem aufkommenden Sternenhimmel träumte ich jede Nacht von Vins Händen, seinen Küssen und … Ich hätte mir gern eingeredet, dass mein Verlangen rein körperlich war, aber ich vermisste nicht nur diese Nähe.

Ich drehte mich auf die Seite. Vin und Mika lagen in der anderen Hälfte der Hütte, die Köpfe mir zugewandt. Sie schliefen und im zarten ersten Licht des verregneten Morgens konnte ich ihre Gesichter studieren. Wie so oft in den vergangenen Tagen. Beiden war ein dichter Bart gewachsen und sie sahen den Männern, die ich vor vier Wochen kennengelernt hatte, und die damals eher jungenhaft auf mich wirkten, nur entfernt ähnlich. Trotzdem waren mir ihre Gesichter vertrauter als jene, die ich in meinen Erinnerungen an eine andere Welt trug. Mikas Lider zuckten und Sekunden später öffnete er die Augen. Er orientierte sich und ich sah den Moment, in dem er realisierte, dass keine seiner Erinnerungen an brennende Boote, ein gebrochenes Bein und eine kleine Schwester ein Traum gewesen war.

Dann sah er mich und ein Lächeln erhellte sein Gesicht. Ich lächelte zurück. Ich hatte nicht einmal versucht, ihm die Schuld für das zu geben, was geschehen war. Weder für sein Schweigen als Kind noch dafür, dass er mich angelogen hatte, als wir uns kennenlernten. Das fühlte sich richtig an. Aber was, wenn es das nicht war? Was, wenn mein Bild von allem zu verzerrt war und mit der Wahrheit eigentlich nichts mehr zu tun hatte? Ich kannte nur einen winzig kleinen Teil der Geschichte und inzwischen brannten die Fragen in mir und wollten gestellt werden. Wollten beantwortet werden.

Mika erhob sich vorsichtig und bedeutete mir, mit ihm nach draußen zu gehen, und ich folgte ihm. Es regnete noch immer, aber ich war dankbar für das laute Rauschen und das Prasseln, das die vielen Tropfen um uns herum erzeugten. Wir tranken die frisch gefüllten Wasserflaschen leer, gruben sie wieder in den Sand und waren innerhalb von Sekunden bis auf die Haut durchnässt.

„Gehen wir ein Stück."

Ich sah ihn an und fragte mich, ob seine Haut ihre Sinne verloren hätte. „Mika, es regnet."

Er grinste. „Wir sind doch eh schon nass."

Sein Grinsen steckte meins an und ich zuckte mit den Schultern. Er hatte recht. Und die Regentropfen setzten sich warm auf unsere Haut.

„Außerdem hört es bald wieder auf. Nun komm schon.“ Er griff seinen Speer und humpelte zum Strand.

Ich folgte ihm mit etwas Abstand und fragte mich, was er vorhatte. Eine Weile gingen wir schweigend nebeneinander her. Ich spürte die Wasserperlen in meinem Kopf wild gegeneinander kugeln und sich darum streiten, welche zuerst aufgefädelt werden durfte.

Aber als ich den Mund öffnete, um die erste Frage zu stellen, kam mir Mika zuvor: „Du willst bestimmt wissen, warum wir in deinem Flugzeug saßen, oder?“

Ich brauchte einen Moment, um ihm zu antworten. Er hatte exakt das Thema angesprochen, zu dem ich die erste Antwort wollte. „Ähm, ja.“ Ich räusperte mich. „Ja, natürlich will ich das.“

Mika atmete tief und langsam ein und ließ die Luft dann laut und schnell wieder aus seinem Mund entweichen. „Ich wusste, dass du in diesem Flugzeug sitzen würdest. Deshalb habe ich den Flug gebucht und Vi das Ticket bezahlt.“

Nach außen hin reagierte ich nicht auf seine Worte. Innerlich hatte er damit ein Feuer entfacht. Hitze stieg aus meinem Bauch in meine Brust, meinen Kopf und nahm Besitz von meinem gesamten Körper. Ich wartete auf die Dampfwolken, die das in den gasförmigen Zustand wechselnde Wasser auslösen würde. Aber als sich kein Nebel um mich herum bildete, ließ ich meine Gedanken auf seine Worte reagieren. Natürlich hatte ich nicht daran geglaubt, dass unsere Begegnung ein Zufall gewesen war. Aber es zu hören, Gewissheit darüber zu erlangen und der vagen Vermutung dabei zuzusehen, wie sie eine Form bekam, war etwas anderes.

„Woher?“

Er sah zu Boden, während wir langsam weiterliefen. „Ich bin Marcus.“

Er sprach den Namen englisch aus, sagte das ‚u‘ wie ein ‚e‘, weshalb ich ihn nicht sofort verstand.

„Du bist wer?“ Aber dann erschienen die Buchstaben vor meinen Augen. Blaue Buchstaben umgeben von anderen Worten. Worte, in denen mir ein Typ aus dem Internet Tipps zu Flügen und Hotels in die und in der Karibik gab. Mir Ausflugsziele nannte, und dem ich erklärte, warum ich immer am Flügel saß und auf der Seite, die nach Osten zeigte, wenn die Sonne aufging, und am Abend auf der Westseite. Mein Kopf bewegte sich von links nach rechts und ein „Nein“ entfuhr meinen Lippen.

Mika schwieg.

„Du hast mich …“ Mir fiel kein passendes Wort ein. Ich sah zu ihm. Er presste die Lippen aufeinander und nickte mit gesenktem Kopf. Mein Herzschlag beschleunigte sich und ich konnte nicht klar denken.

„Ja, ich hab dir hinterherspioniert.“ Das passte nicht. Das Wort war zu harmlos für das, was er getan hatte.

Ich wollte fragen, warum, aber ich durfte meine Energie nicht für überflüssige Worte verbrauchen.

„Ich habe es jahrelang vermieden, nach dir zu suchen. Ich kannte ja sowieso nur deinen Vornamen. Zumindest dachte ich nicht, dass er den gleichen Nachnamen benutzt hatte. Und in dem Zeitungsartikel, den ich mit neun Jahren gelesen hatte, hatten sie ihn nicht genannt. Erst als ich vor etwa einem Jahr nach Flussunfällen gesucht habe, bei denen ein Vater ertrunken ist und seine sechsjährige Tochter allein … na ja, da bin ich ziemlich schnell fündig geworden.“

„Und warum hast du überhaupt angefangen, nach mir zu suchen?" Meine Stimme klang schwach. Ich atmete tief durch und ballte die Fäuste, um Stärke zu sammeln. Ich konnte mich nicht daran erinnern, wann Marcus und ich den ersten Kontakt hatten. Er hatte mir ein paar Mal in einer Facebook-Gruppe geantwortet, in der ich nach Tipps für meine Reise zu Lydia gesucht hatte. Damit hatte ich vor sechs Monaten begonnen. Monate bevor ich wusste, wann ich fliegen würde. Aber wann war der Kontakt mit Marcus so intensiv geworden?

„… Vis Mutter."

„Was?" Meine Gedanken hatten Mikas Worte übertönt.

„Ich habe nach Gabrielas Tod angefangen, nach dir zu suchen."

„Warum?"

Er blieb stehen und sah aufs Meer. Kleine Perlen verfingen sich auf den verfilzten Strähnen seiner Locken und reflektierten den heller werdenden Himmel. Dann wandte er den Kopf zu mir. „Mir ist klar geworden, dass ich ein Idiot war. Mehr als das. Ein … ach, dafür gibt es kein Wort." Sein Blick wurde ernst und er schüttelte den Kopf. Dann lachte er leise auf. „Zwei Jahrzehnte lang habe ich damit verbracht, dich für etwas zu hassen, für das du am allerwenigsten konntest." Er betonte das ‚du' besonders. „Worunter du am meisten gelitten hast. Ich habe nur die neun Jahre gesehen, in denen er erst gar nicht bei mir war und dann nur sporadisch." Sein Blick wanderte zurück zum Meer.

Ich schluckte. „Und dann?"

„Dann wurde mir klar, dass du viel mehr bist als der Mensch, dem er für diese kurze Zeit den Vorzug gegeben hat. Mir wurde klar, dass du die einzige Schwester bist, die ich je haben würde. Zumindest, so viel ich wusste." Wieder lachte er auf. „Und, dass ich schon viel zu viel Zeit damit verschwendet hatte, nicht dein Bruder zu sein, sondern irgendein Arsch, der sein eigenes Ego vor die Wahrheit stellt."

Ich schluckte wieder und wartete, dass Mika weitersprach.

„Also habe ich nach dir gesucht. Und als ich dich gefunden hatte, war ich zu feige, dir zu sagen, wer ich bin. Stattdessen habe ich jede deiner Aktionen bei Instagram und auf deinem Blog verfolgt, bin den Facebook-Gruppen beigetreten, in denen du Mitglied warst und habe die Videos angesehen, die du geteilt hast." Er zögerte. „Ein einziges Mal war ich sogar auf einer Veranstaltung, für die du zugesagt hattest."

Ich riss die Augen auf und formte mit dem Mund ein ‚Was', aber der Bewegung folgte kein Laut, und das Wort blieb eine Andeutung.

Mika nickte. „Aber du warst nicht da. Zumindest habe ich dich nicht gesehen."

„Wann war das?"

„Vor zwei Monaten. Irgendeine Ausstellung. Der Typ hieß Sergej, glaube ich."

Ich erinnerte mich. Ich hatte mich Monate zuvor dafür mit meiner Freundin Lucy verabredet, aber sie erholte sich zu der Zeit noch immer von einem schweren Unfall. Ich hatte jenes Wochenende stattdessen bei ihr und ihrer Familie am Meer verbracht.

„Und dann hast du einfach denselben Flug gebucht?"

Er nickte wieder.

„Und was hatte Vin damit zu tun?"

„Ich brauchte irgendeinen Vorwand. Mehr für mich selbst. Also habe ich ihm angeboten, ihm die fehlenden Reisekosten zu schenken." Er stieß die Luft scharf durch die Nase aus und lächelte. „Sein Stolz hätte ihn fast davon abgehalten, das Geld anzunehmen. Er wollte es mir nach der Reise zurückgeben." Er lachte auf und schüttelte den Kopf. „Und dann fand er heraus, dass ich ihn nur benutzt habe, und er hat es sich anders überlegt."

„Er wusste nichts davon?"

„Nein, ich habe es ihm erst am Flughafen erzählt. Als ich mich immer wieder suchend nach dir umgesehen und mich schließlich am Check-in direkt hinter dich gestellt habe, ist er misstrauisch geworden und ich habe ihm die Wahrheit gesagt. Er war sauer, weil ich ihn nicht eingeweiht hatte. Zurecht. Ich hätte es ihm sagen müssen. Aber vor allem war er sauer, weil ich nicht einfach … Ich wollte halt erst wissen, was du für ein Mensch bist, bevor ich dir sage, wer ich bin. Aus seiner Sicht war das falsch." Er fuhr sich mit den Händen über die Stirn und schob die Haare zurück. Kleine Wasserperlen spritzten zur Seite, als die Strähnen nach hinten schlugen. „Er meinte, ich würde mich nur weiter verstecken und hätte kein Recht dazu, dir immer noch nichts zu erzählen." Er atmete tief durch. „Und als ich mir einen Kaffee geholt habe, hat er dich angesprochen, und ich war wie gelähmt und hab so getan, als würde ich ihn nicht kennen. Er wollte mich dazu bringen, dir die Wahrheit zu sagen, aber ich konnte es nicht. Nicht am Flughafen zwischen all den Menschen. Mit deiner Flugangst."

Es hatte aufgehört zu regnen, und Mika setzte sich in den nassen Sand. Ich stützte ihn dabei und kniete mich zu ihm.

„Und ich dachte, das wäre euer Plan gewesen."

„Nein. Er hat sofort gemerkt, dass ich mich nicht einmischen würde, und hat …" Er zögerte.

„Was?"

„Ach nichts. Hier geht es nicht um Vi. Er hat nichts falsch gemacht."

Ich überlegte. Was konnte er meinen? Ich ging die Szene am Flughafen noch einmal durch. Vin war nett gewesen. Und es war nicht das erste Mal, dass mich ein netter Typ ansprach, deswegen hatte ich mir nichts dabei gedacht. Auch nicht, als er meinen eigentlichen Sitznachbarn, Mika, wie mich ein blitzartiges Zucken in meinem Bauch erinnerte, bat, Plätze zu tauschen. Und dann wurde das Zucken zu einem drückenden Gefühl und ich biss mir auf die Unterlippe. Er hatte mich auch da benutzt. Er hatte mich benutzt, um seinem Freund eins auszuwischen, nachdem der ihn angelogen hatte. Nicht einmal, als wir davon überzeugt waren, sterben zu müssen, hatte er seine Wut auf Mika überwinden können. Stattdessen hatte er mir Panik vorgespielt.

„Rie? Alles okay?"

„Nein."

„Sagst du mir, warum du dir deine Unterlippe blutig beißt?"

Erst jetzt bemerkte ich den metallischen Geschmack, leckte mir über die frische Wunde und schüttelte den Kopf.

„Bitte! Ich weiß, ich habe viel falsch gemacht. Aber ich bereue jedes Detail davon. Bitte glaub mir das."

Ich blickte zu ihm. „Das tue ich."

Auf seiner Stirn bildeten sich Falten. „Dann hat dich dein Hunger dazu gebracht, dich …"

„Was? Nein!" Ich seufzte und wechselte in den Schneidersitz. „Er hat die ganze Zeit nur mit mir gespielt. Er hat mich verarscht. Nicht mal, als wir im Begriff waren, abzustürzen, hat er sich an eure Freundschaft erinnert. Und als wir hier waren. Ich habe ihm die Ohren vollgeheult, von Henrik erzählt und sogar von dem Foto aus deinem Notizbuch. Er hat mich trotzdem weiter in dem Glauben gelassen, ich würde mir all das nur einbilden. Wahrscheinlich, weil er wusste, dass nichts zwischen uns laufen würde, wenn er mir die Wahrheit sagte."

Hinter uns fiel etwas in den Sand und Mikas und mein Kopf schnellten herum. Dort stand Vin mit einem Speer in der Hand. Neben ihm lag einer der geflochtenen Körbe.

„Ich hole Frühstück." Er hob den Korb wieder auf und ging auf Mikas Seite entlang zum Wasser. Dieser versuchte aufzustehen, schaffte es aber nicht allein und rief ihm nach: „Vi. Mann, warte. Du weißt, dass das nicht stimmt." Er stützte sich auf meine Schulter, stand auf und griff seinen Speer. Bevor er ging, warf er mir einen Blick zu, den ich bisher nicht von ihm kannte. Er war enttäuscht und in mir begann etwas zu nagen.

Ich blieb sitzen, sah zu, wie er ihm hinterher humpelte, und konzentrierte mich auf das Gefühl, das die Schlinge auslöste, die sich um meine Brust zog. In den letzten Tagen hatte ich es geschafft, wieder frei zu atmen. Diese Zeit war vorbei. Ich starrte auf den Horizont und wartete darauf, dass er vor meinen Augen verschwamm. Aber die Tränen kamen nicht. Stattdessen wurde mein Blick schärfer und fixierte etwas, das mein Unterbewusstsein längst gesehen hatte. Nur langsam verarbeiteten meine Augen das Bild und sandten es an mein Gehirn. Und dann, ganz langsam erreichte mich die Erkenntnis, dass dieses Bild, das ich schon hunderte, vielleicht tausende Male gesehen hatte, hier etwas Besonderes war. Etwas, das ich in den letzten dreieinhalb Wochen nur ein einziges Mal gesehen hatte. Etwas, worauf wir seit fünfundzwanzig Tagen warteten. Ich öffnete den Mund, hob gleichzeitig meinen Arm, um aufs Meer zu zeigen, und sprang auf.

„Ein Schiff!“ Ich schrie, so laut ich konnte, und meine Stimme brach beim zweiten Wort. Aber ich war sicher, dass Mika und Vin mich hörten. Ich wartete nicht auf ihre Reaktion, drehte mich um und rannte zur Hütte. Sekunden später hörte ich schwere und schnelle Schritte, die hinter mir auf Sand trafen. Vin überholte mich und erreichte meinen Rucksack vor mir. Er riss den Reißverschluss auf, holte mit einem Griff die Signalpistole heraus und hielt sie in die Luft. Er feuerte sie ohne zu Zögern ab. Ich starrte auf Vins Hände, die das schwarze Metall umfassten, ballte meine eigenen Hände zu Fäusten und schloss meine Daumen darin ein. Presste sie, wie ein kleines Kind, so fest ich konnte. Und hinter meinen geschlossenen Lippen formte ich stumm die Bitte, dass sie funktionieren würde.

Und dann gab es einen Knall und Funken sprühten aus dem Lauf der Pistole. Sekunden später erschien unter den hellen Wolken ein rotes Licht, das am Himmel stehen blieb und dann verschwand.

„Meinst du, sie haben es gesehen?“ Mein Atem ging schnell und ich starrte auf das Boot.

„Ich weiß nicht.“ Auch Vin bekam nicht genug Luft.

„Machen wir noch ein Feuer?“

„Ja.“ Er betrat die Hütte, um das trockene Holz zu holen, als über dem Horizont ein weiteres rotes Licht aufleuchtete. Ich griff nach Vins Arm, bekam aber nur sein T-Shirt zu fassen. Ich zog ihn daran zurück nach draußen und er hob den Kopf in die Richtung, die ich ihm zeigte. Er sah das Antwortsignal des Bootes, kurz bevor es verglühte.

„Was machen wir jetzt?“ Ich sah zu ihm. Seine Brust hob und senkte sich noch immer schnell. Er stellte sich wieder neben mich, nahm die Brille ab und wischte sich übers Gesicht. Dann wandte er den Kopf zu mir und sein Blick erreichte nicht nur meine Augen. Ich spürte ihn in meinem Bauch, in dem die Schmetterlinge gegen den schweren Stein kämpften, der ihre Flügel festhielt. Er durchdrang meine Brust, in der mein Herz nun noch schneller schlug, und versuchte, die Schlinge zu lösen. Er öffnete den Mund, um etwas zu sagen, tat es aber nicht und blinzelte mehrfach, wie um aus seiner Gedankenwelt in die Gegenwart zurückzufinden. Ich wich seinem Blick aus und versuchte, den Druck in meinem Hals hinunterzuschlucken. Aber ich schaffte es nicht. Erst Mikas Stimme löste meine Starre.

„Wir packen unser Zeug zusammen und warten, dass unser Taxi uns einsammelt." Er erreichte das Lager und griff seinen Rucksack. „Wenn eure Freunde Mitbringsel erwarten, ist jetzt der richtige Zeitpunkt, um ein paar leere Kokosnussschalen und Muscheln zu sammeln.

Ich starrte ihn an. „Wie kannst du nur so ruhig bleiben?"

Er zuckte mit den Schultern. „Ich war mir ziemlich sicher, dass sie uns irgendwann finden würden. Und irgendwie ist das doch ein ganz guter Zeitpunkt, oder?" Er sah von mir zu Vin, schüttelte dann den Kopf und räumte humpelnd die Sachen, die in der Hütte und um die Feuerstelle herum verteilt lagen, zusammen.

Ich drehte mich im Kreis und sah mich um. Als mein Blick Vins kreuzte, schloss ich die Augen und öffnete sie erst wieder, als ich mir sicher war, dass nun der Wald vor ihnen auftauchen würde. Die Insel würde mir fehlen. Ich hätte gern den See noch einmal gesehen, wäre unter dem Wasserfall hindurch getaucht und hätte mich auf die nassen Felsen gesetzt, um meine Gedanken vom tosenden Rauschen übertönen zu lassen.

Es würde nicht ein einziges Foto von unserer Zeit hier geben. Die vergangenen Wochen würden nur in meiner Erinnerung existieren. Und in der von Mika. Und in Vins. Ich sah zurück zum Meer. Das Boot war jetzt besser zu erkennen. Es kam näher. Und in diesem Moment brach die Sonne durch die Wolken und erhellte den Sand und die sanften Wellen. Die Insel erstrahlte ein letztes Mal. Für uns. Und ich sog jedes Detail dieses Bildes in mich auf. Jeden einzelnen Tag hatte ich darum gebetet, dass sie uns finden würden. Ich hatte nur weg gewollt. Aber jetzt fühlte sich der Gedanke zu gehen an, als würden wir eine Geschichte vorzeitig beenden. Einen Film vor dem letzten Drittel ausschalten.

Aber dann fiel mein Blick wieder auf Vin. Wie hätte es hier mit uns weitergehen sollen? Fernab von selbstgeschnitzten Speeren und Palmenblattdächern würde es leichter sein, die Gefühle, die seine Berührungen in mir auslösten, zu verdrängen. An einem anderen Ort, an dem ich nicht täglich seine erwartungsvollen und zugleich hoffnungslosen Blicke sehen müsste, würde ich über ihn hinwegkommen. Egal, ob ich noch vor wenigen Stunden geglaubt hatte, ihm verzeihen zu können, weil seine Gegenwart die Lügen verdeckt hatte. Jetzt würde ich nur noch nach vorne sehen. Wahrscheinlich würde ich ohnehin bald erkennen, dass diese intensiven Gefühle, die mir so neu waren, in einer alltäglichen Umgebung schnell abflachen und keine Chance haben würden, sich zu etwas Langfristigem zu entwickeln. Außerdem würde fernab der Insel ein anderer Mann meine Emotionen bestimmen.

Kapitel 28

TAG 27

Es war seltsam, andere Stimmen zu hören. Sie klangen unwirklich, waren zu laut und wurden zu schnell benutzt. Ich versuchte, mich auf die Wellen zu konzentrieren, die unter dem Boot hervorströmten. Aber immer noch drangen ihre Worte zu mir durch. Irgendwann hörte ich einen der beiden Männer sagen, sie hätten drei Erwachsene gefunden, auf die irgendeine Beschreibung passen würde. Sie hatten also tatsächlich nach uns gesucht. Ich fragte mich, wer den Auslöser dafür gegeben hatte. Meine Mutter? Lydia? Die Fluggesellschaft? Oder war er es gewesen?

Ich verlor das Zeitgefühl und irgendwann hörten die Männer auf, über uns zu reden. Sie hatten uns Kaffee in Metallbechern gegeben, aber ich konnte das Zeug nicht trinken. Dabei liebte ich Kaffee und hätte noch vor einem Monat nicht erwartet, dass ich mehr als drei Wochen ohne ihn auskommen würde, ohne einen Mord zu begehen oder mir die Nägel von den Fingerspitzen zu kauen. Und jetzt schmeckte er, als hätte jemand ein Stück rostiges Metall in einen Topf mit Wasser gelegt, ein paar verfaulte Kirschen und sandige Steine dazu gepackt und das Ganze zwei Jahre lang bei zu hoher Hitze köcheln lassen. Ohne das Gebräu umzurühren. Ich schüttete den Inhalt meines Bechers über die Reling ins Wasser, als die zwei Männer sich gerade über das Smartphone des einen lehnten, und sich über irgendein Video amüsierten. Zumindest glaubte ich, dass es das war, was sie taten. Sollten sie sich nicht auf das Führen des Bootes konzentrieren?

Ich beobachtete, wie die braune Flüssigkeit in der Luft große Tropfen bildete, die sofort vom Wind zerrissen wurden und zwischen den Wellen verschwanden oder gegen das Boot geschleudert wurden. Und dann fiel ein weiterer dunkelbrauner Schwall in die weißen Schaumberge. Ich drehte den Kopf zur Seite und sah Vins Profil, den Blick starr aufs Wasser gerichtet. Langsam wandte er ihn zu mir. Er öffnete den Mund, um etwas zu sagen, aber ich schüttelte den Kopf. Schmerz trat in seine Augen und ich biss mir auf die Unterlippe, deren Haut noch nicht wieder verheilt war. Sofort schmeckte ich frisches Blut auf der Zunge. Ich wäre dem Moment gern entflohen, aber ich konnte meinen Blick nicht von ihm lösen. Und dann spürte ich zwei seiner Finger, die sanft über die Haut an der Außenkante meiner linken Hand streichelten. Die Berührung war zart und fast wie eine Frage. Ich ließ sie unbeantwortet und spürte dem Kribbeln nach, das innerhalb weniger Sekunden meinen Bauch erreichte und dort auf den Felsbrocken traf, den ich von der Insel mitgenommen hatte.

„Scheiße!“ Mikas Stimme zerriss den Moment. Ich wandte mich zu ihm und folgte seinem Blick. Als ich sah, was er sah, formte mein Mund dasselbe Wort, aber ich war nicht fähig, ihm einen Ton zu verleihen.

Ich entzog Vin meine Hand und stellte mich zu Mika, der auf den kleinen Hafen starrte, den das Boot ansteuerte.

Vin trat zu uns. „Ist das …?“

„Ja, das ist sie.“

„Scheiße“, sagte nun auch er.

„Ja.“ Ich schloss die Augen und öffnete sie wieder, als könnte ich auf diese Weise das Bild vor ihnen ändern. Es klappte nicht. Auch nachdem ich sie das dritte Mal geschlossen und wieder geöffnet hatte, standen auf dem hölzernen Steg noch immer meine Mutter und neben ihr ein Mann, der vor zwanzig Jahren eine Flasche Wasser in einen Fluss hängen wollte. Warum hatten wir daran nicht gedacht? Vermutlich, weil wir mit anderen Dingen beschäftigt waren. Vielleicht, weil wir glaubten, dass nicht beide so schnell nach uns suchen würden. Oder, weil wir einfach nicht darüber nachdenken wollten, wie meine Mutter sich fühlen würde, wenn sie auf der Suche nach ihrer Tochter deren verstorbenen Vater fand. Aufrecht und ohne Wasser in der Lunge. Zumindest war mir nicht in den Sinn gekommen, dass meine Mutter auf diese Weise erfahren würde, dass der Mann, dem sie ein Jahrzehnt lang hinterhergetrauert hatte, diese Trauer gar nicht wert gewesen war.

Eine Hand griff nach meiner und ich erkannte an der glatten Hautoberfläche und dem ausbleibenden Kribbeln, dass es Mikas war.

„Ich werde ihr alles erklären.“

Ich hätte ihm gern gesagt, dass das nicht seine Aufgabe war. Dass er keine Verantwortung für all das trug, aber mein Gehirn konnte sich nur auf eine Aufgabe konzentrieren. Es lenkte alle Energie zu meinen Augen, die den Mann fixierten, der mich vor zwanzig Jahren allein in einem Wald an einem reißenden Fluss zurückließ, weil er sich für seine andere Familie entschieden hatte. Meine Netzhaut brannte, weil meine Lider keinen Impuls bekamen, sich zu schließen. Er hatte die Hände in den Hosentaschen vergraben und seine Schultern fielen leicht nach vorn. Sein Blick ruhte auf mir. Er sah mir direkt in die Augen, doch ich konnte keine Emotion in seinem Gesicht ablesen. Ob meines genauso starr war?

Ein Ruck weckte mich aus meiner Lähmung, als das Boot gegen den Poller stieß und im selben Moment einer der Bootsmänner über die Reling auf den Steg sprang, um es festzubinden. Ich blinzelte die Trockenheit weg und nahm nun auch den Rest meines Körpers wieder wahr. Die Gänsehaut auf meinen Armen. Die Feuchtigkeit auf der Innenfläche meiner Hände. Meine Knie, die so weich waren, dass ich sicher war, keinen Schritt gehen zu können, ohne über meine Füße zu stolpern. Und mein Herz. Mein Herz, das so heftig schlug, dass ich sehen konnte, wie sich meine Brust unter seinem Druck schnell hob und senkte.

„Lass mich nicht los." Meine Stimme klang monoton, war nur ein Flüstern, aber Mika verstand mich.

„Du mich auch nicht."

Ich schüttelte den Kopf. Ich würde ihn nie wieder loslassen.

Vin ging als erstes über das schmale Brett, das der zweite Bootsmann über die Lücke zwischen Boot und Anlegestelle gelegt hatte. Sobald er den Steg betreten hatte, drehte er sich wieder zu uns und streckte die Hand aus, um mir an Land zu helfen. Ich ergriff sie, auch wenn ich unter anderen Umständen jede seiner Berührungen vermieden hätte. Ohne seine Hilfe wäre ich wahrscheinlich ins Wasser gefallen. Ich wagte es nicht, zu meiner Mutter und dem Mann neben ihr zu sehen, und blieb bei Vin stehen. Mika folgte mir dicht, noch immer meine Hand haltend.

Und dann spürte ich eine weitere Hand. Klein, weich und eiskalt.

„Rie." Meine Mutter berührte meine Schulter und zog mich an sich. Als sie mich mit beiden Armen umschloss, spürte ich, wie Mika seine Hand aus meiner lösen wollte, und ich drückte sie fester. Er hatte es versprochen. Er erwiderte den Druck und ich zog sie mit meiner auf den Rücken meiner Mutter.

Sie strich mir über die Schulterblätter und flüsterte mir etwas ins Ohr, aber ich verstand sie nicht. Zu laut war das Rauschen meines Blutes. Zu dominant der Strom meiner Gedanken, die ich einzeln nicht greifen konnte. Die Anzahl der Perlen hatte sich verhundertfacht und es würde wohl nie einen Faden geben, der sie alle verbinden konnte.

Ich weiß nicht, wie lange wir dort standen, aber irgendwann löste sich meine Mutter von mir. Sie blickte mir ins Gesicht und glitt dann mit ihren Augen meinen Körper hinab, als suchte sie nach Verletzungen. Sie stoppte bei meiner rechten Hand. Und Mikas linker. Dann sah sie wieder auf, aber nicht zu mir, sondern zu ihm. Ihr Blick verriet, dass sie wusste, wer er war. Dass sie seine Geschichte kannte. Und ich wusste, sie würde ihn nicht verurteilen. Ich war mir sicher, sie würde verstehen, dass er nur ein Kind gewesen war. Dass er nicht anders hatte handeln können.

Und ich hatte recht. Einen Moment später schloss sie die Arme um Mikas Nacken und zog nun ihn an sich. Seine Hand glitt aus meiner und dann, ganz langsam, auf den Rücken meiner Mutter. Die rechte folgte und er drückte sie an sich. Ich hörte sie schluchzen und blickte auf zu Mikas Gesicht. Er hatte die Augen geschlossen und seine Mimik war verzerrt. Er hielt Tränen zurück. Aber er schaffte es nicht. Sein Körper begann, zu beben.

Er hob den Kopf leicht, den er an ihrer Schulter vergraben hatte, und presste zwischen zwei Atemstößen hervor: „Es tut mir so leid."

Meine Mutter antwortete nicht. Aber ich sah, dass sie ihn fester an sich zog. Auch ihr Körper bebte. Irgendwann lösten sie sich voneinander und meine Mutter legte Mika die Hände auf die Schultern. „Es gibt so vieles, das ich dir sagen möchte. Aber nicht hier und nicht jetzt." Sie wischte sich über die Wangen und Mikas Hand strich ebenfalls über die nasse Haut unter seinen Augen. Er nickte. Und dann spürte ich seine Fingerspitzen an meiner Hand. Ich griff nach ihnen und der Boden unter meinen Füßen wurde wieder fester.

Ein Räuspern erklang hinter meinem Rücken und ich erkannte es sofort. Die Bilder einer Teeparty, die ich für meinen Stoffhasen Coby und seine Freunde aus der Barbie-Familie und den Schlumpffiguren, die ich damals sammelte, gab, traten in meine Erinnerung und ich hörte noch einmal, wie er diese Party mit dem gleichen Räuspern unterbrach. Coby hieß eigentlich Kurt Cobain. Mein Vater hatte ihn so genannt. Ich würde ihm einen neuen Namen geben müssen. Vielleicht würde ich ihn Dave nennen.

Ich ignorierte das Geräusch, das noch immer vertraut klang, trotz der Fremdheit, die die Zeit ihm verliehen hatte. Ich konnte ihm nicht jetzt begegnen. Nicht so. Unvorbereitet. Mit den vergangenen Wochen hinter mir. Mit Vin neben mir. Vor meiner Mutter. Mein Gehirn war noch immer damit beschäftigt, die Information, dass er lebte, in sämtliche Datensätze einzupflegen. Es hatte keine Zeit, sich passende Reaktionen auf seine Anwesenheit zu überlegen.

Also ging ich an ihm vorbei. Als ich auf seiner Höhe war, sagte er meinen Namen. Leise. Die anderen hörten ihn wahrscheinlich nicht. Und ich tat so, als ginge es mir genauso. Aber dann sagte er wieder: „Rie!" Lauter diesmal. Ich versuchte, mich daran zu erinnern, was man tun konnte, um eine Panikattacke durchzustehen. Durchatmen? Zahlenreihen rechnen? Die Namen der Elemente im Periodensystem aufsagen? Das konnte ich nicht. Also rechnete ich. Eins plus zwei ist drei plus vier ist sieben plus acht ist fünfzehn plus …

„Rie!" Ich öffnete die Augen. Meine Beine hatten mich nicht weitergetragen und ich stand noch immer vor ihm. Mikas Finger waren mir entglitten.

Ich versuchte es mit durchatmen. Und dann zwang ich mich, ihn anzusehen. Ich wollte ihm sagen, dass er mich in Ruhe lassen sollte. Dass ich nicht mit ihm reden würde. Dass er für mich noch immer tot war und es auch immer bleiben würde. Aber sein Blick war weich. Es lag so viel Reue in ihm. Und Trauer. Und Angst. Er erinnerte mich an den Mann, der sechs Jahre lang meine Welt gewesen war. Er erinnerte mich daran, wie weh es getan hatte, ihn zu verlieren. Und als ich spürte, dass dieser Schmerz noch immer in mir ruhte und nun wie eine Welle über mich hinweg zu rollen drohte, ballte ich meine rechte Hand zur Faust, presste den Daumen auf die restlichen Finger, hob automatisch die linke vor die Brust, trat mit dem rechten Bein zurück und holte aus. Ich traf seinen linken Wangenknochen und meine Hand durchfuhr im selben Moment ein scharfer Schmerz. Sein Kopf schleuderte nach hinten und der Widerstand gab nach.

Und auch die Welle stoppte und mein Atem floss wieder gleichmäßiger. Ich wartete nicht auf seine Reaktion. Eine schmale Hand griff meinen Arm und zog mich mit sich. Meine Mutter sagte etwas zu mir, aber ich verstand sie nicht. Ich brauchte eine Pause von der Welt und als sie mich in das wartende Auto gedrückt hatte und ich angeschnallt in den zerrissenen Ledersitzen saß, lehnte ich den Kopf gegen die Rückenlehne, schloss die Augen und ließ die Bilder der karibischen Sonne, die dem Leben in einem tropischen See einen Guten-Morgen-Kuss gab, vor mir aufblenden.

Kapitel 29

20 JAHRE ZUVOR

Das ist aber unheimlich."

„Hm?" Mika sah auf. Seine Mutter war hinter ihn an den Schreibtisch getreten und hatte ihm die Hand auf die Schulter gelegt. Sie betrachtete die Zeichnung und strich mit den Fingern über Ries Körper, der auf dem Waldboden lag. Um sie herum standen düstere Bäume. Mika riss die Zeichnung unter ihren Fingern weg und drehte sie um. Seine Mutter fuhr erschrocken zurück.

„Die ist noch nicht fertig." Er presste beide Hände auf das Papier und hoffte, dass sie wieder gehen würde. Er wollte sie nicht schon wieder anlügen. Aber sie hockte sich neben ihn, auch wenn sie auf diese Weise kleiner war als er. Ihre Hand strich über die Haut an seinem Arm und die feinen Haare dort stellten sich auf.

„Was ist los, mein Schatz?" Ihre Stimme war so zärtlich, dass ihm Tränen in die Augen stiegen. Er wollte das nicht und zog seinen Arm zurück.

„Nichts."

Sie seufzte, aber fragte nicht weiter. Sie fragte nicht, was im Wald tatsächlich geschehen war. Wahrscheinlich glaubte sie nicht mehr daran, dass er ihr jemals ehrlich antworten würde. Er hatte ihr nichts von dem zweiten Auto erzählt, nichts von Rie und nichts über die wahre Herkunft der Platzwunde auf der Stirn seines Vaters.

Seine Erklärung umfasste die geheime Fahrt im Kombi, das Hinausschleichen, nachdem sein Vater bereits außer Sichtweite gewesen war, und ein paar Stunden im Wald, in denen er den Weg zurück zum Lager fand, zwischendurch aber große Angst hatte, sich verlaufen zu haben.

Er hatte seine Mutter noch nie angelogen und er fühlte sich schrecklich dabei. Und er hasste Rie dafür, dass er seine Mutter ihretwegen anlügen musste. Nach und nach wurde das verzweifelte, schmutzige Gesicht durch die Bilder verdrängt, die er vor dem Sturz seines Vaters gesehen hatte. Wie er ihr durch die Locken gewuschelt hatte. Wie sie ihre Arme um seinen Hals geschlungen und er sie an sich gezogen hatte. Bei ihr war sein Vater gewesen, wenn er eines seiner Fußballspiele verpasst hatte, oder wenn er krank im Bett lag, und seine Mutter sich allein um ihn kümmern musste. Er hatte Rie einen Gute-Nacht-Kuss gegeben, während Mika wach im Bett gelegen und sich gefragt hatte, warum er den versprochenen Anruf wieder einmal vergessen hatte.

Seinen Vater dafür zu hassen, gelang ihm nicht. Denn jetzt war er da. Jeden Tag. Es gab keine plötzlichen Termine mehr. Keine Wochenenden, an denen er mit irgendeinem angeblichen Geschäftspartner Pläne durchsprechen musste. Keine wochenlangen Reisen, um wichtige Dinge zu klären, von denen Mika keine Ahnung hatte.

Auf einmal war er einfach da. Er brachte ihn morgens zur Schule, obwohl Mika die kurze Strecke seit zwei Jahren allein mit dem Fahrrad fuhr. Er spielte nachmittags mit ihm im Park Fußball und er ging mit seiner Mutter essen, während Mika bei Vin übernachtete. Er mietete mit ihnen ein Boot und erklärte ihnen, wie ein Kompass funktionierte, wie man ein Segel setzte und versuchte, ihnen den Unterschied zwischen einem Knoten und einem Stundenkilometer begreiflich zu machen.

Und der einzige Grund, warum Mika in den letzten Jahren auf all das hatte verzichten müssen, war dieses Mädchen gewesen. Er ignorierte den Gedanken, dass sie vermutlich nichts von ihm wusste. Dass sie es war, die ihren Vater verloren hatte, damit er ihn ganz für sich haben konnte. Dass es sein Vater gewesen war, der durch seine Lügen all das ausgelöst hatte. Dass Rie nicht älter als sechs Jahre gewesen sein konnte. Er ignorierte das Gefühl, das ihn im Wald fast dazu getrieben hätte, zu ihr zu rennen. Das Gefühl, eine Schwester zu haben.

Kapitel 30

TAG 27

Die Luft war stickig. Die Klimaanlage funktionierte nicht und die Hotelleitung hatte uns davon abgeraten, die Fenster offen zu halten. Es hatte wohl einige Überfälle gegeben in letzter Zeit. Nach fünfundzwanzig Tagen unter freiem Himmel fühlte ich mich beengt und eingeschlossen in dem kleinen Raum. Es fiel mir schwer zu atmen und ich dachte nicht einmal daran, zu schlafen. Leise stieg ich aus dem Doppelbett, das ich mir mit meiner Mutter teilte. Ich trug ein ärmelloses Top und Baumwollshorts. Beides von ihr. Beides eine Nummer zu groß. Und das, obwohl wir normalerweise dieselbe Konfektionsgröße hatten.

Barfuß schlich ich zur Zimmertür, griff eine der Wasserflaschen, die wir dort deponiert hatten, und verließ das Zimmer. Auch hier war die Luft so dick wie ein schweres Stück Stoff. Ich drückte mich dagegen und versuchte, mich in dem dunklen Flur zu orientieren, lief erst in die falsche Richtung und fand schließlich nach ein paar Minuten den Ausgang. Milde Nachtluft strömte mir entgegen und umhüllte mich. Ich blieb stehen, schloss die Augen und atmete.

Als ich sie wieder öffnete, wäre ich fast wieder umgekehrt. Aber er hatte mich bereits gesehen und schaute erwartungsvoll zu mir. Unschlüssig blieb ich stehen und starrte erst auf meine nackten Füße und dann an ihm vorbei. Der Poolbereich war groß genug für uns beide. Ich würde mich einfach auf eine andere Liege legen. Aber dazu musste ich an ihm vorbei und gerade, als ich seine Liege passierte, stand er auf und verstellte mir den Weg.

„Lass mich durch." Ich sah an ihm vorbei.

„Marie, bitte."

„Was?"

Er hob die Hand und ließ sie wieder sinken. Mein Blick blieb an seinem Gesicht hängen. Er hatte sich rasiert und sah wieder mehr aus, wie der Mann, den ich vor vier Wochen am Flughafen kennengelernt hatte. Aber der Blick in seinen Augen war verändert und seine Haut war gebräunt. Etwas weniger an den Stellen, an denen bis vor ein paar Stunden der dichte Haarflaum gewachsen war. Auf seiner Wange prangte eine feine Narbe. Ich hinderte meine Finger daran, über sie zu streichen.

„Lass mich vorbei. Ich brauche einfach nur frische Luft."

„Trink etwas mit mir."

Ich hielt demonstrativ die Flasche in die Luft. „Kein Bedarf."

„Ich meinte etwas anderes."

Ich sah an mir hinunter. „Ernsthaft? Ich trage einen Schlafanzug, der bei jeder unbedachten Bewegung mehr freilegt, als Madonna je gezeigt hat." Was redete ich nur?

Er lächelte. Ich wusste, dass er es tun würde, bevor ich zu Ende gesprochen hatte. Ich senkte den Blick, um es nicht sehen zu müssen. Mich nicht in seinem Lächeln zu verlieren.

„Ich hole uns etwas von der Bar. Cocktail, Bier oder Wein?"

Ich zuckte mit den Schultern, unfähig sein Angebot abzulehnen. Ich könnte tatsächlich etwas Alkohol vertragen.

„Wein?“

Ich nickte und er verschwand. Es wäre die ideale Gelegenheit gewesen, um zu flüchten, aber ich ließ sie ungenutzt und legte mich stattdessen auf die Liege, die neben Vins stand. Das harte Holz war unbequem und ich setzte mich in den Schneidersitz. In diesem Moment kam Vin mit einer Flasche, zwei Gläsern und einem Bademantel über dem Arm zurück. Er stellte die Gläser auf den Steinboden zwischen den Liegen und hielt mir den weißen Frotteemantel hin.

„Danke.“ Ich ergriff ihn und schlüpfte hinein, während er die Gläser füllte und mir dann eins davon reichte. Es war zu warm für den dicken Baumwollstoff, aber ich fühlte mich dadurch weniger nackt.

Mein Blick schweifte über den Pool. Über das blaue Wasser, das hier aus einem anderen Grund blau schimmerte als im See oder dem Meer. Fast vier Wochen ohne Reizüberflutung hatten meine Sinne geschärft und sensibilisiert. Jedes zweite Detail erschien mir überflüssig, überforderte meine Nerven. Die laute Stimme des Mitarbeiters an der Rezeption, die Leuchtreklame über dem Eingang, die Musik, die aus der Bar zu uns herüberschallte. Ich würde mich wieder daran gewöhnen, aber noch war es zu viel.

Ich trank einen großen Schluck, ohne mit Vin anzustoßen. Er tat es mir gleich und wir schwiegen. Der Wein schmeckte nicht und ich hatte Mühe, ihn hinunterzuschlucken.

Irgendwann setzte Vin an: „Marie …“

„Ich … ich will nicht reden. Nicht über dich oder uns oder … oder über ihn.“

„Okay.“ Es klang, als würde er ein ‚aber‘ folgen lassen, doch er schwieg wieder.

Vin leerte das erste Glas, während mein Körper gegen den nächsten Schluck protestierte. Die folgenden Minuten verbrachten wir, ohne ein weiteres Wort zu sagen. Ich gewöhnte mich an die Musik, die aus der Bar heraus über den Pool und die Liegestühle hinweg zu uns drang. Auch das Rauschen der Filteranlage bildete bald ein Hintergrundgeräusch und ich hätte mich entspannen können, wenn mein Herz mich nicht mit jedem Schlag daran erinnert hätte, wer da neben mir saß. Ich hätte ins Bett gehen sollen, doch der Gedanke daran, den Rest der Nacht mit offenen Augen und wachen Gedanken in dem stickigen Hotelzimmer zu liegen, schaffte es nicht, mich zu überzeugen.

„Möchtest du noch?“

„Hm?“

Vin hielt die Flasche schräg in die Luft und ich schüttelte den Kopf. Er atmete tief durch und stellte sie zusammen mit seinem Glas auf den Boden. Ich nahm die Bewegung nur aus dem Augenwinkel wahr, während ich den Rand meines Glases mit meinen zerschrammten Fingern nachfuhr. Die abgebrochenen Fingernägel und die unzähligen kleinen Wunden erinnerten mich an die Äste, die ich durch den Sand geschleift hatte und an die Felskanten, an denen ich mich hochgezogen hatte. Meine Mutter hatte sie verarzten wollen. Aber ich hatte sie davon abgehalten.

„Woran denkst du?“ Vins Stimme drang in meine Gedanken und ich blickte von meinem Glas zu ihm auf. Sein Blick traf mich unerwartet und durchdrang mich wie ein Pfeil, hinterließ ein Loch in meiner Brust, das nur er füllen konnte. Wenn ich ihn ließ.

„Hm?“

Er lächelte und das Loch wurde größer. „Du lächelst."

„Hm?", machte ich wieder, aber da bemerkte ich es selbst. Es war kein breites Grinsen, das auf meinem Gesicht lag, aber meine Mundwinkel hatten sich gehoben. Wann hatten sie das zuletzt getan?

„Ach … ach nichts."

Er sagte nichts, aber das Lächeln verschwand und sein Blick versteinerte sich.

Ich stellte mein Glas zu seinem. Ein kratzendes Geräusch entstand, als es leicht über den rauen Steinboden schabte. „Wir sollten schlafen gehen."

„Ja. Ja, vielleicht sollten wir das tun."

Aber wir blieben sitzen und starrten dem anderen in die Augen.

„Marie, ich …"

Ohne nachzudenken, legte ich ihm zwei Finger auf die Lippen. Ich wollte nicht, dass er weitersprach, aber ich wollte ihn auch nicht mit Worten daran hindern.

Er stöhnte leise auf und schloss die Augen. Das Gewicht seines Kopfes, das gegen meine Finger drückte, wurde schwerer, und ich spürte seinen Atem auf meiner Haut, als sich sein Mund leicht öffnete. Das Loch in meiner Brust begann, sich zu schließen, und ich spürte dem Gefühl nach, das unsere Berührung auslöste.

Ich hatte kaum Wein getrunken, und doch fühlte ich den Alkohol in meinen Adern. Vielleicht war es auch die Nacht, die mein Handeln beeinflusste, mich entspannte und die Dinge, die nüchtern betrachtet unüberwindbar waren, weniger dramatisch erscheinen ließ. Vin zu berühren, fühlte sich in diesem Moment so richtig an. Es fühlte sich wie das an, was ich brauchte. Was mich erden würde. Und was mich andererseits zurück auf die Wolke bringen würde, auf der das Leben leicht war. Wenn auch nur bis zum nächsten Morgen. Vielleicht nicht einmal bis dahin.

Meine Finger strichen wie von selbst über die glatte Haut an seiner unverletzten Wange, unter seinem Ohr entlang und gruben sich in seine Haare. Seine Augen öffneten sich und neben der Überraschung in seinem Blick sah ich dasselbe Verlangen wie vor ein paar Wochen, als wir gemeinsam im Wasser standen und der Schock darüber, dass ich ein Tier getötet hatte, übertönt wurde von den Gefühlen, die genau dieser Blick in mir auslöste.

Er hob die Hand und seine Finger strichen über meine Haut zu meinem Handgelenk. Sie schoben sich in den Ärmel meines Bademantels und lösten eine Gänsehaut auf meinem Arm aus. Ich atmete schwer aus und versuchte, einen Gedanken zu fassen. Aber jeder einzelne entglitt mir. Ich sah nur Vins Sehnsucht, spürte dieselbe tief in mir. Und dann umfasste er meinen Ellenbogen und zog mich zu sich. Ich verlor das Gleichgewicht, als mein Po sich aus dem Schneidersitz hob, aber seine andere Hand fing mich auf und fixierte meine Schulter.

Unsere Blicke hatten sich nicht voneinander gelöst, und sie taten es auch nicht, als seine Lippen die meinen berührten. Der Unglaube in seinen Augen wurde von Entschlossenheit abgelöst, als er meinen Mund mit seinem öffnete. Ich zog seinen Kopf näher zu meinem und erwiderte den Kuss. Sein Atem wurde schwerer. Und als er mich auf sich zog, meinen Bademantel öffnete und mich fest an sich presste, konnte ich sein rasendes Herz spüren. Es schlug den gleichen Takt wie meins. Ich schlang die Beine um seine Hüften, glitt mit den Händen unter sein Shirt und spürte seinen Lippen nach, die meinen Hals hinunter wanderten.

Und dann hörte ich ein leises Klacken. Zwei Perlen schlugen in meinem Kopf gegeneinander und die Fragen schafften es, das Rauschen meiner Gefühle zu übertönen. Wie sollte das weitergehen? Und wie sollte ich ihm jemals wieder vertrauen können? Alle Kraft sank aus meinem Körper. Meine Hände, die verschränkt in seinem Nacken lagen, lösten sich und ich drückte ihn schwach von mir. Vin hob fragend den Blick, aber als er mein Gesicht streifte, verschwand der verwirrte Ausdruck. Er presste die Lippen aufeinander und durch den Schleier in meinen Augen konnte ich sehen, wie er die Hoffnung verlor.

Ich stand hektisch auf und stieß dabei die Gläser um. Sie zerbrachen beide in tausend Scherben, und während ich zurück zum Hoteleingang rannte, fragte ich mich, wem sie wohl Glück bringen würden.

Kapitel 31

TAG 32

Die Sonne stieg über dem Horizont auf, der kein richtiger Horizont war, weil er nicht die Erde vom Himmel trennte, sondern die Grenze zwischen einer dichten Wolkendecke und der dunkelblauen Weite bildete, in die ich gern eingetaucht, untergetaucht wäre. Wie sollte ich mein bisheriges Leben weiterführen? Wie sollte ich weiterhin die Marie sein, die ich die letzten zwanzig Jahre gedacht hatte zu sein. Mein gesamtes Leben baute darauf auf, dass ich meinen Vater verloren hatte. Mein Verhältnis zu Männern, das ich jedes Mal nach wenigen Wochen löste. Meine Entscheidung, keine Kinder zu haben, um sie nicht in die gleiche Gefahr zu bringen, ein Elternteil zu verlieren.

Eine Hand streichelte über die aufgeplatzten Stellen, die ich an meinen Knöcheln vom Schlag gegen meinen Vater zurückbehalten hatte. Dunkler Schorf hatte sich darüber gebildet und ich spürte die Berührung nur auf der Haut dazwischen. Er hatte mehrfach das Gespräch mit mir gesucht, aber ich hatte ihn abgewiesen. Ich wollte seine Worte nicht hören. Noch nicht. Vielleicht nie. Was würde es schon ändern?

„Möchtest du reden?"

Ich schüttelte den Kopf und sah zu meiner Mutter. Sie hatte tiefe Ringe unter den geröteten Augen.

„Du?“

Ihr Kehlkopf hob und senkte sich und Tränen traten in ihre Augen. Sie schluckte noch einmal.

„Mama, du musst nicht stark für mich sein.“ Ich biss mir auf die Unterlippe und ließ sie wieder los. „Das hast du lange genug getan.“

Sie schloss die Augen, presste die Lippen aufeinander und sah mich mit einem entschlossenen Blick an. „Ich hatte immer das Gefühl, dass er mir etwas verheimlicht.“

Dies war eine der Fragen, die ich mir gestellt hatte. Und nun wurde sie zu einer der wenigen Perlen, die ich würde auffädeln können.

„Hast du ihn denn nie gefragt?“

Sie stülpte die Unterlippe über die Oberlippe, wie sie es immer tat, wenn sie unsicher war. „Doch, sicher. Unzählige Male habe ich ihn danach gefragt.“

„Und?“

„Er hat es auf die Arbeit geschoben. Jedes Mal hat er mir geantwortet, es sei einfach schwierig. Die Probleme seiner Kunden würden spontan auftreten und manchmal würde es eben länger dauern, sie zu lösen. Warum er deswegen abends oft nicht anrufen konnte, hat er mir nicht erklärt. Warum unter seiner Wäsche oft Unterwäsche war, die ich noch nie gesehen hatte, die aber alles andere als neu aussah, auch nicht.“ Sie sah mich an und Stärke trat in ihren Blick. „Wie konnte ich nur so dumm sein, Rie?“

Meine Augen weiteten sich. „Du warst doch nicht dumm.“

„Nein, vielleicht nicht. Aber ich habe die Augen verschlossen. Anfangs dachte ich, er hätte eine unbedeutende Affäre. Vielleicht sogar mit einem anderen Mann.“

„Wegen der fremden Unterwäsche?“

Sie lachte auf und nickte. „Und dann noch eine Affäre und noch eine."

„Und du hast dich trotzdem nicht von ihm getrennt." Es stand mir nicht zu, ihr daraus einen Vorwurf zu machen. Dennoch verstand ich nicht, dass sie bei ihm geblieben war.

„Ich war mir nicht sicher. Und ich wollte es mir nicht eingestehen. Und niemals hätte ich geglaubt, dass er über Jahre hinweg … Und jedes Mal, wenn ich ihn danach gefragt habe, hat er mich ausgelacht, mir gesagt, wie sehr er uns liebt, und dass er es selbst hassen würde, so oft von uns getrennt zu sein." Sie schwieg für einen Moment und sagte dann: „Das stimmte vermutlich sogar."

Ich runzelte die Stirn. „Warum hast du davon nie etwas erzählt?"

Sie verzerrte das Gesicht, ihre Augen verengten sich und wurden zu schmalen Schlitzen. „Ich dachte nicht, dass er zu so etwas fähig wäre."

Ich schüttelte den Kopf und lehnte ihn gegen das Polster meiner Rückenlehne. Mit geschlossenen Augen fragte ich: „Wie geht es denn jetzt weiter?"

Ich hörte, wie sie tief durchatmete, und als ich meine Augen wieder öffnete, sah ich sie lächeln. Dieses starke Lächeln, das mich daran erinnerte, dass meine Mutter immer einen Weg fand, das Positive in einer Situation zu finden. „Du hast jetzt einen Bruder."

Die Schlinge um meine Brust wurde etwas lockerer. Mika. Wir waren uns bereits so nah, wie ich es über kaum einen anderen Menschen sagen konnte. Er hatte mir versprochen, sich nach einer Wohnung in meiner Stadt umzusehen. Wir würden uns richtig kennenlernen. Ich würde tatsächlich einen Bruder haben.

„Ja", sagte ich und erwiderte ihr Lächeln.

„Er war nur ein Junge, Rie." Ich hatte ihr die gesamte Geschichte erzählt, aber einen Teil davon wusste sie bereits zuvor. Mein Vater hatte ihr gesagt, dass Mika mich wahrscheinlich gesucht hatte. Dass er am Fluss alles mit angesehen hatte.

„Ja, ich weiß."

„Er hätte nichts tun können." Sie sagte es mehr zu sich selbst als zu mir. Und ich erkannte, dass sie die Zeit trotzdem gern zurückdrehen und Mika den Mut geben würde, mich anzusprechen oder alles zu einem späteren Zeitpunkt aufzudecken.

Bevor wir weiter zu Lydia gefahren waren, hatte er mich um einen Spaziergang gebeten. Er erzählte davon, wie er unseren Vater zur Rede gestellt hatte und von den vielen Nächten, in denen er wach gelegen und der Hass auf mich gegen den Wunsch gekämpft hatte, mich kennenzulernen und mir die Wahrheit zu erzählen.

Weder Vin noch meinem Vater hatte ich dagegen die Möglichkeit gegeben, mir ihr Verhalten zu erklären. Es gab noch immer viele Fragen. Aber für den Moment reichte es mir, zu wissen, was ich auf der Insel erfahren hatte. Zumindest war dieses Wissen ausreichend, um mein Leben auf den Kopf zu stellen, es von rechts auf links zu drehen und mich in einem Zustand zurückzulassen, von dem ich nicht wusste, wie ich ihn wieder verlassen könnte. Ich wollte zuerst wieder klar denken, bevor ich zuließ, dass mein Vater versuchte, sich und die Situation und sein Verhalten mit Ausflüchten zu erklären. Mikas Mutter, die am nächsten Tag eingetroffen war, hatte ihn dazu gebracht, nach Hause zu fliegen. Sie, Mika und Vin waren ihm gefolgt, nachdem Vin die Asche seiner Mutter verstreut hatte. Ich schluckte bei dem Gedanken daran und ein Teil von mir wäre gern an Vins Seite gewesen, als er es getan hatte.

„Was denkst du?“

„Ach, nichts.“

Wir saßen nicht am Flügel. Das erste Mal in meinem Leben saß ich in der letzten Reihe und bewunderte die Farben, die der aufsteigende Feuerball auf die Wolken malte. Ich hatte schon oft gehört, dass den Menschen ihre Probleme in zehntausend Kilometern Höhe kleiner vorkamen, teilweise sogar lächerlich. Meine Probleme schienen mit jeder Meile, die ich mich von ihnen entfernte, an Masse zu gewinnen.

Wir waren nicht sofort zurückgeflogen. Mein Gepäck lagerte zum Zeitpunkt unserer Rettung noch immer an dem Flughafen unseres eigentlichen Reiseziels und es dauerte eine Weile, bis sie es mir aushändigten. Da mein eigentliches Rückflugsdatum nur noch wenige Tage entfernt lag, entschieden wir uns dazu, zu bleiben und die Zeit bei Lydia zu verbringen.

Meine Mutter hatte sie nach drei Wochen angerufen. Lydia hatte sofort Nachforschungen angestellt. Sie hatte einen Freund, der am Flughafen arbeitete und der hatte sich daran erinnert, dass ein Flugzeug Schwierigkeiten während seinem Anflug hatte, zwischenlanden musste und mit drei Passagieren weniger an Bord weitergeflogen war. Er hatte auch von unseren Gepäckstücken gewusst und er hatte am Flughafen unseres ungeplanten Zwischenstopps angerufen.

Dort hatte er jedoch keine Auskunft über unseren Verbleib erhalten und weitere Nachforschungen kamen zu keinem Ergebnis. Meine Mutter gab daraufhin sofort eine Vermisstenanzeige auf und buchte einen Flug. Doch als sie in Punta Cana landete, traf sie auf eine weitere Person, die ein Kind vermisste. Zwei Kinder vermisste. Kinder, die dieser Bezeichnung längst nicht mehr gerecht wurden.

„Wie war das, ihn …?“ Ich stockte und bereute es, die Frage begonnen zu haben.

Sie schwieg. Sie wusste genau, was ich meinte. Wir hatten bisher nicht darüber gesprochen. Vielleicht wollte ich ihr Zeit geben, diesen Moment und alle darauf folgenden zu verarbeiten. Oder es zumindest zu versuchen. Vielleicht wollte ich auch einfach nichts darüber hören, weil kein Platz dafür in meinen Gedanken und in meiner Gefühlswelt war. Vielleicht waren die anderen Dinge, über die wir bisher gesprochen hatten, auch einfach wichtiger gewesen.

„Du musst dazu nichts sagen.“

„Ich weiß.“ Wieder schwieg sie. Ihre Stirn legte sich in Falten und sie schloss für einen Moment die Augen. Dann hob und senkte sich ihre Brust und sie sah mit deutlich glatterer Stirn zu mir. „Aber ich muss darüber reden, sonst werde ich wahnsinnig.“ Ein paar Falten waren geblieben und ich fragte mich, wann die Haut meiner Mutter aufgehört hatte, so elastisch zu sein, dass ein Stirnrunzeln nicht noch Minuten später sichtbar war.

„Okay.“

„Er stand am Schalter der Airline. Ich erkannte ihn sofort. Keine Sekunde zweifelte ich daran, dass er es wirklich war. Von einem Moment auf den anderen war die Gewissheit, dass er tot war, aus meinem Bewusstsein verschwunden. Ich kann das gar nicht beschreiben. Vielleicht hatte ein Teil von mir immer gezweifelt, sich nie damit abgefunden, dass es keine Leiche gab.“

„Und dann?“

Sie lächelte und ich hob die linke Augenbraue.

„Und dann hätte die Frau hinter dem Schalter fast den Sicherheitsdienst gerufen.“

Meine rechte Augenbraue gesellte sich zur linken.

„Ich bin auf ihn losgestürmt, habe einen einzigen Blick in seine Augen geworfen und ihn dann so fest gestoßen, wie ich konnte und …“, sie warf einen Blick auf meine Finger, „leider hatte ich nicht deinen Mut. Ich habe ihm nur eine geknallt und es kam mir der Situation unwürdig vor. Eine Ohnmacht wäre sicher passender gewesen, aber die Wut war stärker als der Schock.“

Ich wollte lächeln, aber meine Mundwinkel rührten sich nicht.

„Er brauchte einen Moment, um mich zu erkennen. Und als sein Gehirn mein Gesicht schließlich eingeordnet hatte, beschwichtigte er die Mitarbeiterin und fing an, auf mich einzureden.“

„Was hat er gesagt?“

Sie zuckte mit den Schultern. „Das meiste habe ich vergessen. Es war unwichtiges Zeug. Man sollte meinen, dass jemand in so einem Moment sprachlos wäre. Aber er nicht. Er verfiel sofort in denselben Modus, in dem er sich immer befunden hatte, wenn er mir erklärte, woher der fremde Waschmittelgeruch kam. Ich habe ihn irgendwann unterbrochen, ihm gesagt, dass ich dafür keine Zeit hätte, weil ich nach dir suchen würde.“

„Wolltest du denn gar nicht wissen, wo er gewesen war? Es hätte doch auch sein können, dass er das Gedächtnis verloren hatte oder so.“

Sie strich mir über die Wange. „Nein, Rie. Tief in mir habe ich immer gewusst, dass da etwas nicht hatte stimmen können. Und als ich den Blick sah, mit dem er mich erkannte, war auch der letzte Zweifel verschwunden. Er hat gewusst, wer ich bin, und zwar nicht deshalb, weil seine Amnesie plötzlich eine Spontanheilung erfahren hatte.“

Ich sah aus dem Fenster und ein flaues Gefühl machte sich in meinem Magen breit.

„Vielleicht hätte ich zu einem anderen Zeitpunkt emotionaler auf die Begegnung reagiert und vielleicht kommt der große Schock auch noch. Und ja, auch durch meinen Kopf geistern viele Fragen, auf die ich eines Tages Antworten haben möchte. Aber in diesem Moment war das alles nicht wichtig. Ich wollte nur dich finden. Und er war auf der Suche nach Mika und Vincent."

Sie wollte weitersprechen, aber ich stoppte sie. Das flaue Gefühl stieg aus meinem Magen in meinen Kopf und ich konnte kein weiteres Wort mehr hören.

„Rie, was ist los?"

Ich schloss die Augen und versuchte, gegen die Übelkeit anzuatmen, aber es wurde eher schlimmer als besser. „Ich glaube, ich muss ..." Bevor ich den Gedanken aussprechen und mich an ihr vorbei zur Toilette schieben konnte, nahm sie eine der weißen Tüten aus dem Elastiknetz, das unter dem Tablett auf der Rückseite des Sitzes angebracht war. Sie öffnete sie und hielt sie mir unters Kinn. Ich konnte nicht darüber nachdenken, wie wenig ich mich in diesem Moment und an diesem Ort übergeben wollte. Ich tat es einfach.

Meine Mutter half mir aufzustehen und brachte mich in das kleine Bad, wo ich mich zwei weitere Male übergab. Mein Körper reagierte endlich auf den vergangenen Monat. Die Grenze war erreicht und ich wünschte, ich würde auf diese Art nicht nur mein Frühstück loswerden, sondern auch die gegeneinander kämpfenden Gefühle, die herrenlosen Perlen, durch deren Löcher mein Faden nicht passte, und einen Teil des Wissens, das ich in den letzten Wochen gesammelt hatte. Aber nichts davon war verschwunden, als ich wieder in meinem Sitz saß und den Kaugummi kaute, den mir eine Stewardess mit einem mitfühlenden Lächeln gegeben hatte. Für den

Moment hatte mich die Übelkeit jedoch ausreichend geschwächt und mein Körper stellte meinem Gehirn nicht mehr ausreichend Energie zur Verfügung, um das Gedankenkarussell am Laufen zu halten. Ich schloss die Augen und konnte endlich schlafen.

Kapitel 32

TAG 48

Die Übelkeit verflog, aber sie hinterließ ein Gefühl der Schwäche und ich verbrachte die folgenden zwei Wochen im Bett. Ich sagte die drei Fototermine ab, die ich für die zwei Wochen nach meiner Rückkehr vereinbart hatte, und vermied jeden Kontakt zur Außenwelt. Mein Körper rebellierte gegen jede Form von Zivilisation. Essen, Straßenlärm, selbst Internet und Fernsehen hinterließen Schwindel in meinem Kopf und ein flaues Gefühl in meinem Magen. Meine Mutter versuchte, mich mit Suppen und meinen Lieblingsgerichten zum Essen zu bringen, aber ich rührte kaum etwas an. Nach zwei Wochen hatte ich drei weitere Kilogramm verloren und mir wurde schwarz vor Augen, sobald ich auch nur aufstand.

Sie war inzwischen bei mir eingezogen und ließ mich nicht mehr aus den Augen. Ich war ihr dankbar dafür, auch wenn ich ihre Anwesenheit die meiste Zeit kaum bemerkte. Ich schlief fast den gesamten Tag und lag in der Nacht wach. Ich hatte gehofft, dass sich der Gedankennebel in meinem Kopf mit den Wochen klären würde, aber stattdessen wurde er dichter.

Sechzehn Tage nachdem wir wieder zuhause angekommen waren, hörte ich Stimmen aus dem Eingangsbereich. Das war ungewöhnlich, aber manchmal brachte der Postbote meine Briefe direkt zur Wohnungstür, weil zum Beispiel ein Einschreiben dabei war. Deshalb schloss ich meine Augen wieder und drehte mich auf die Seite. Aber dann öffnete jemand die Tür zu meinem Schlafzimmer und Schritte durchquerten den Raum, die unmöglich meiner Mutter gehören konnten. Sie waren schwerer und die alten Dielen knarrten lauter, als sie es taten, wenn meine Mutter auf die Stellen trat, die unter ihrem Gewicht nachgaben. Bevor ich mich umdrehen konnte, um meinen unerwarteten Besucher zu betrachten, legte sich eine schwere Hand auf meine Schulter und die Matratze gab unter dem Gewicht eines Körpers nach, der zu dieser Hand und den schweren Schritten passte.

„Hey." Mikas Stimme drang sanft in mein Ohr und ich wandte mich zu ihm, setzte mich langsam auf und fiel in seine Arme. Er strich mir über den Rücken, während ich die Tränen weinte, die ich vor meiner Mutter nicht zeigen wollte. Irgendwann schob er mich von sich und sah mich ernst an.

„Du siehst scheiße aus."

Ich versuchte ein Lächeln. „Danke."

Er reichte mir ein Taschentuch und ich wischte mir die Tränen von den Wangen. „Ich meine das ernst. Wenn du nicht bald wieder was isst, werden wir dich ins Krankenhaus bringen."

Ich runzelte die Stirn. „Du telefonierst ziemlich viel mit meiner Mutter, oder?"

Er sagte nichts, er lächelte nicht.

„Hey." Ich drückte seine Schulter. „Es ist schön, dass du hier bist."

Jetzt lächelte er doch. „Ich dachte, du zeigst mir die Stadt und wir machen einen drauf zur Feier meines Umzugs."

Nur das letzte Wort drang zu mir durch. „Deines was? Aber, wann, wo?“

„Nun, das liegt ganz bei dir.“

„Bei mir?“

„Ja.“ Er zögerte und hob abwehrend die Hände. „Es war nicht meine Idee.“

„Was war nicht deine Idee?“

Seine Hände sanken zurück auf seine Beine. „Du kannst Nein sagen.“

„Wozu denn?“ Die Neugier weckte meine Lebensgeister und ich spürte, wie mein Körper das Blut kräftiger durch meine Adern pumpte.

„Ich habe mir einige Wohnungen und WG-Zimmer rausgesucht, die ich mir anschauen will. Es sei denn … Also, deine Mum meinte, ich …“

„Ich finde, er sollte zu dir ziehen.“ Meine Mutter kam in den Raum, verschränkte die Arme vor der Brust und lehnte sich in den Türrahmen. „Du brauchst jemanden zum Reden und vor mir versteckst du dich bloß. Du brauchst jemanden, der dir die Antworten geben kann, die ich nicht habe.“

Ich sah zu Mika. „Du willst wirklich bei mir einziehen.“

„Na ja, wir müssten da noch ein paar Sachen klären.“

„Ach ja, was denn?“ Ich lächelte wieder und diesmal erreichte es mein Herz.

„Putzpläne, Duschzeiten, Couchkommandos, Zeiten, in denen offiziell Trübsal geblasen werden darf … sowas.“

Ich griff nach einem Kissen, um damit nach ihm zu schlagen. Aber ich war zu schwach und es traf ihn so sanft, als hätte ich es ihm zum Kuscheln an die Brust gelegt.

Er griff das Kissen und meine Hand und sein Blick war ernst. „Du musst unbedingt essen, Rie."

Ich mochte es noch immer, dass er mich so nannte. Selbst jetzt, da ich den Grund dafür kannte. In dieser Umgebung klang es unwirklich aus seinem Mund und auf der anderen Seite richtiger und vertrauter als der Großteil der Dinge, die mir in den letzten Wochen begegnet waren.

„Ja, ich weiß. Aber ich bekomme einfach nichts runter."

„Warst du denn mal beim Arzt?"

Ich schüttelte den Kopf. „Ich bin doch nicht krank. Es war einfach zu viel. Mein Körper braucht etwas Zeit, um das alles zu verarbeiten."

„Das schafft er aber nicht im Bett." Meine Mutter sagte diese Worte nicht das erste Mal zu mir, aber an diesem Tag erreichten sie mich und ich nickte.

„Du hast recht. Ich werde aufstehen." Ich schwang die Beine über die Bettkante und stellte die Füße auf den Boden. Ich wartete den Moment ab, in dem sich die Drehungen in meinem Kopf nicht mehr so anfühlten, als hätte ich gerade eine dreistündige Achterbahnfahrt beendet, und stand vorsichtig auf. Mika stützte mich und gemeinsam gingen wir an meiner Mutter vorbei. Ich würde all die Dinge angehen, von denen ich in den vergangenen Wochen gehofft hatte, sie würden mich in Ruhe lassen, wenn auch ich sie in Ruhe ließ. Sie hatten es nicht getan und warteten nun mit noch größerem Eifer darauf, meine Gedankenwelt zu beherrschen, mir unlösbare Aufgaben zu stellen und mich bei jedem meiner Schritte zu begleiten. Aber jetzt hatte ich Mika an meiner Seite. Mit ihm würde ich mich ihnen entgegenstellen.

Kapitel 33

TAG 76

Wann bist du zurück?"

Ich schulterte meine Kameratasche und nahm das Stativ in die Hand. Das restliche Equipment war bereits im Auto. Ich sah auf die Uhr an meinem Handgelenk. Es war 05:23 Uhr. Mika saß in Boxershorts und T-Shirt am Küchentisch und trank einen Kaffee.

„Keine Ahnung. Solche Shootings können ewig dauern."

Er nickte und grinste wie ein kleiner Junge. „Wenn du einen Assistenten brauchst, ruf an."

„Ich habe eine Assistentin."

„Ich weiß, aber vielleicht brauchst du ja noch einen." Er grinste breiter und deutete mit dem Daumen auf sich.

„Du willst die Leute nur ausfragen, ob sie schon immer davon geträumt haben, Ende Oktober in einer Sandgrube zu stehen und böse zu gucken oder Rouge zu verteilen oder Klamotten so zu drappieren, dass man auf den Bildern nicht mehr sieht, dass das Model eigentlich viel zu dünn für sie ist."

„Quatsch, das habe ich doch schon hundertmal getan." Er runzelte die Stirn und das Grinsen verschwand aus seinem Gesicht. „Du klingst auf jeden Fall nicht, als wäre das dein Traum."

Ich zuckte mit den Schultern. „Früher war es das mal.“

„Und jetzt?“

„Jetzt muss ich los.“ Ich legte die Hand auf den Türgriff. „Du kannst mich gern abholen, vielleicht gehen wir noch etwas zusammen essen.“

„Ja, sag Bescheid, wenn du fertig bist.“ Er sprang von seinem Stuhl auf und kam zur Tür. „Viel Spaß, kleine Schwester.“

Ich küsste ihn auf die Wange und er drückte mich an sich. Ich schloss die Augen und genoss diesen Moment, von dem ich bis vor wenigen Monaten nicht einmal geahnt hatte, dass ich ihn jemals erleben würde. Und dann ging ich ins dunkle Treppenhaus und stieg die Stufen hinab.

Mika wohnte seit vier Wochen in dem Zimmer, in dem ich mein Foto-Equipment aufbewahrte. Ich hatte sofort gespürt, dass es das Richtige für uns, für mich, sein würde, wenn er bei mir einzog. Und so war es auch. Wir funktionierten zusammen, weil wir es beide wollten. Ganz so, als hofften wir, die vergangenen zweieinhalb Jahrzehnte aufholen zu können. Wir verbrachten jede freie Minute miteinander und ich wusste inzwischen nicht nur, dass er die vierte Klasse beinahe wiederholen musste, weil er nach unserer Beinah-Begegnung kaum noch schlief und in der Schule nicht mehr mitkam, sondern auch, dass er als kleiner Junge seinen eigenen Laden eröffnen wollte, um dort alle möglichen Dinge zu verkaufen, die seiner Mutter den Alltag erleichtern würden: Putzroboter, Einkauf-Heimträger, Wäschesortier- und Zusammenlegmaschinen und allen voran einen Apparat, mit dem man den Tag um zwölf Stunden verlängern konnte, weil sie immer sagte, er hätte zu wenige Stunden, um all die Dinge zu tun, die sie gern tun wollte.

Meine Waage zeigte inzwischen wieder dasselbe Gewicht an wie vor der Reise. Und einige weitere Fragenperlen hatte ich auffädeln können. Zum Beispiel, dass Mikas Mutter nichts von mir gewusst hatte. Unser Vater hatte ihr erzählt, dass er die Abteilung wechseln konnte und dadurch keine auswärtigen Termine mehr wahrnehmen müsste. Sie hatte keine andere Erklärung glauben wollen und war froh darüber gewesen, dass Mika seinen Vater wieder hatte. Trotzdem hatte sie sich vor ein paar Jahren von ihm getrennt, nachdem sie ihn mit einer Nachbarin dabei erwischt hatte, wie er, statt den Rasen zu mähen, nackt auf deren Küchenstuhl saß und Kaffee aus einer Tasse mit der Aufschrift ‚Bester Liebhaber der Stadt' trank. Sie hatte mir selbst davon erzählt, als sie uns vor zwei Wochen besucht und ein paar Tage auf unserer Couch geschlafen hatte. Wir saßen gemeinsam mit meiner Mutter beim Frühstück und sie hatte auch darüber gesprochen, wie sie selbst immer wieder Zweifel überfallen hatten, die sie nicht einordnen konnte. Als sie nun die gesamte Geschichte erfuhr, fügten sich die Puzzle-Teile aneinander. Und jetzt gehörten wir irgendwie einfach zusammen.

Ich stieg ins Auto und machte mich auf den Weg in das Fotostudio, das ich mir mit ein paar anderen Fotografen teilte. Die Visagistin und der Hairstylist waren sicher schon damit beschäftigt, das markante Aussehen der Models weiter zu unterstreichen, und Max, der Stylist, sortierte wahrscheinlich gerade mit dem Designer die Outfits und komplettierte sie durch ein paar Accessoires. Ich hatte mir abgewöhnt, von Anfang an mit dabei zu sein. Die meisten Details hatten wir bereits im Vorfeld geklärt. Ich hatte die Location erst gestern ein letztes Mal gemeinsam mit Mika, Max und dem Designer besichtigt und Haare und Make-up würden nicht vor sieben Uhr fertig sein. Denn auch bei Männern dauerte diese Prozedur mitunter Stunden. Ich würde ausreichend Zeit haben, um mit dem Designer auf dem Tablet die einzelnen Spots nochmals durchzugehen und mit ihm die endgültige Entscheidung darüber zu treffen, wo wir welches Outfit fotografieren würden.

Während der zehnminütigen Autofahrt ging ich gedanklich meine Ausrüstung durch, um sicherzustellen, dass ich nichts vergessen hatte. Aber ich war inzwischen routiniert genug. Vor fünf Jahren hatte ich angefangen, Mode zu fotografieren. Erst waren es kleine Strecken für unbekannte Online-Magazine gewesen. Mit neuen Gesichtern aus kleinen Modelagenturen, Visagisten, die noch in der Ausbildung steckten, und einer Klamottenmischung aus Semesterarbeiten von Modestudenten, geliehenen Vintage-Stücken und Teilen von großen und günstigen Modeläden. Nach etwa einem Jahr baten die mittlerweile absolvierten Studenten mich dann, ihre Kollektionen zu fotografieren, und ich bekam mehr und mehr Aufträge in der Branche.

Die Arbeit machte mir Spaß, auch wenn die Ansprüche mancher Designer an die Konfektionsgrößen der Models mitunter nicht den anatomischen Möglichkeiten des menschlichen Körpers entsprachen. Oft erhielt ich bearbeitete Fotos mit der Bitte zurück, ein Bein noch schmaler zu machen oder ein nicht vorhandenes Fettpolster am Oberarm per Bildbearbeitung zu entfernen. Da ich so einem Wunsch nie nachkam, erhielt ich von diesen Kunden in der Regel keinen weiteren Auftrag. Aber das kam mir entgegen. Ich wollte meinen Namen nicht hinter einer Kampagne stehen sehen, die Mädchen ein Frauenbild vermittelte, das sie in Konkurrenz zu Zauberstäben mit Phönixhaar-Kernen setzte.

Auch wenn es viele Designer gab, die anders dachten, fotografierte ich inzwischen nur noch wenige Mode-Shootings im Jahr. Stattdessen verbrachte ich das Frühjahr als Tour-Fotografin im Reisebus der Rockband ‚Give a Fxxk' und in der restlichen Zeit begleitete ich eine Journalistin bei ihren Reportagen durch die verschiedensten Länder der Welt und fotografierte die Ursachen und Auswirkungen von Umweltverschmutzung. Und zwischendurch nahm ich kleinere Aufträge von Magazinen, Privatpersonen und Organisationen an, die Fotos ihrer Mitarbeiter benötigten. Es gab nur eine Sache, die ich immer wieder ablehnte. Ich fotografierte keine Hochzeiten.

Das Shooting an diesem Tag war der dritte Auftrag seit meiner Rückkehr und so langsam gewöhnte ich mich wieder an mein altes Leben. An Mikas Seite hatte ich es geschafft, mich aus meiner Lethargie zu befreien. Er war zu einer festen Konstante in meinem Alltag geworden und ich hatte längst vergessen, wie das Leben ohne einen großen Bruder war. Zumindest ignorierte ich die Erinnerung daran. Und auch das Gefühl, das mich manchmal befiel, wenn ich daran dachte, was wir alles verpasst hatten.

Als ich das Studio erreichte, empfingen Max und Edi, meine Assistentin, mich bereits am Eingang. Edis sonst immer fröhliche Mimik war angespannt und verhieß Probleme.

„Was ist los?" Ich öffnete den Kofferraum, um meine Kameratasche herauszuholen.

„Die Männer, also die Models sind los. Oder waren los. Nein, sie sind los." Sie schüttelte den Kopf und jetzt legte sich doch ein schiefes Grinsen auf ihren Mund.

Ich seufzte. „Was ist mit den beiden?" In Gedanken wettete ich mit mir selbst. Krank, betrunken, spontane Entscheidung zur Kurzhaarfrisur oder in diesem Fall zur Glatze. Eine ehemalige Geliebte des Designers kam dieses Mal nicht in Frage. Designer waren nämlich, entgegen der allgemeinen Meinung, nicht alle an Männern interessiert. Ich tippte auf den Alkohol. An einem Sonntagmorgen war das häufig ein Problem. Allerdings war es ungewöhnlich, dass beide …

„Sie haben sich gegenseitig blaue Augen gehauen. Offenbar haben sie gestern Abend herausgefunden, dass sie mit der gleichen Frau ins Bett gehen." Sie zuckte mit den Schultern. „Selbst Gloria kann da nichts machen." Gloria war die Visagistin und wir hatten schon zusammen gearbeitet, als sie auf der Make-up-Artist Schule ihre Ausbildung begonnen hatte.

Ich starrte Edi an, die Kameratasche nur zentimeterweit aus dem Kofferraum gehoben.

„Ich habe bereits mit der Agentur telefoniert, aber so früh erreichen die niemanden. Bisher gibt es keinen Ersatz."

„Warum habt ihr mich denn nicht angerufen?"

„Haben wir." Max schlang die Arme um seinen Körper. Es war noch zu kalt, um länger als eine halbe Minute in Hemdsärmeln draußen zu stehen. „Dein Handy liegt allerdings auf deinem Küchentisch. Ach ja, liebe Grüße von Mika. Er hat irgendetwas davon erzählt, dass du wohl doch noch einen weiteren Assistenten bräuchtest."

Ich tastete meine Taschen ab. „Mist." Und dann sagte ich: „Ich will sie selbst sehen."

„Sie sind schon weg." Edi zuckte entschuldigend mit den Schultern.

„Sie sind schon weg?"

Max presste die Lippen aufeinander. „Ja, Seba ist völlig ausgerastet. Er hat sie sofort wieder nach Hause geschickt." Seba war der Designer und hieß eigentlich Sören Ebanik. Er designte unter dem Label ‚S.Eba:' extravagante Sportbekleidung für Männer. Als wir uns kennenlernten, begrüßte er mich mit den Worten: „Ich bin Sören, aber bitte nenn mich nicht so. Diese Identität habe ich vor Jahren abgestreift. Heute bin ich S.Eba:. Mein Label und ich, wir sind eins." Ich hatte mich, aber nicht ihn, gefragt, wie man einen Namen abgestreift haben konnte, wenn man sich mit diesem zuerst vorstellte, aber wahrscheinlich hatte er sich inzwischen so sehr an diese Begrüßung gewöhnt, dass es ihm gar nicht mehr auffiel.

Ich atmete tief durch und ließ die Tasche los. Sie fiel mit einem leisen Knall zurück in den Kofferraum. Ich sah auf die Uhr. Es war kurz vor sechs. „Die Agentur wird uns vor acht keinen Ersatz schicken können. Dadurch verlieren wir drei Stunden."

Edi hielt mir ihr Smartphone hin. „Ja, und heute Nachmittag soll es regnen."

„Verdammt."

Max räusperte sich.

„Du hast eine Idee?"

„Ich bin nicht sicher, ob sie dir gefällt."

„Das lass mal mich entscheiden. Schieß los."

„Dein Bruder."

„Was ist denn mit meinem Bruder?"

„Na ja, Seba meinte gestern, dass Mika eigentlich viel besser in seine Kampagne passen würde."

Ich starrte ihn an. „Wirklich?"

„Ja. Hat er sowas schon mal gemacht?"

Ich nickte nur und versuchte, mir darüber klar zu werden, ob ich Mika um seine Hilfe bitten wollte. „Aber dann fehlt uns noch das zweite Model."

„Kennt er denn nicht jemanden?", schaltete Edi sich ein.

„Ich glaube nicht. Er ist noch nicht so lange hier in der Stadt und bei einer Agentur hat er sich bisher nicht vorgestellt, soweit ich weiß."

„Frag ihn." Seba trat aus der gläsernen Eingangstür und zündete sich eine Zigarette an.

„Guten Morgen", sagte ich und tastete meine Jackentaschen wieder nach meinem Telefon ab.

„Noch ist er das nicht." Er behielt den Rauch für einen Moment in der Lunge und blies ihn dann durch spitze Lippen aus. Die kalte Luft erhöhte das Volumen der Rauchwolke und hüllte ihn ein.

Max reichte mir kommentarlos sein Handy. Ich sah auf das Display. Das Gerät wählte meine Nummer. Ich wartete darauf, dass mein eigenes Telefon klingelte, und ich es so finden würde, aber irgendwann wurde mir bewusst, dass die Strecke bis zu meinem Küchentisch zu weit für den Ton war. Er würde nicht bis hierher dringen können. Ich nahm Max' Smartphone ans Ohr und hörte nach einem weiteren Signal Mikas Stimme, die sagte: „Persönliches Büro von Marie …"

Ich unterbrach ihn. „Sehr witzig."

„Oh, Rie. Hey, was ist los?"

„Wann hast du das letzte Mal deine Bauchmuskeln trainiert?"

„Warum?" Im Hintergrund hörte ich eine Sirene. Oder waren es zwei? Als es wieder ruhig wurde, klangen Schritte zu mir durch.

„Wo bist du? Ich meine, hast du zufällig Lust, ein paar Stunden durch eine Sandgrube zu rennen und dich dabei fotografieren zu lassen?"

„Also, weißt du …" Plötzlich hörte ich seine Stimme doppelt und die Gesichtszüge von Max und Seba entspannten sich im selben Moment. Edi lächelte.

„Klar." Die zweite Stimme war lauter geworden und klang jetzt so nah wie die von Max oder Edi. Ich schnellte herum und da stand tatsächlich Mika. Grinsend.

„Na, das ging ja schnell." Ich sprach noch immer ins Smartphone.

„Ich dachte, ich bringe dir das hier vorbei." Er wedelte mit meinem Handy vor meinem Kopf herum. „Und ich wollte fragen, ob ich helfen kann."

Seine Stirn legte sich in Falten und ich folgte seinem Blick. Er schaute zu Seba, der ihn mit offenem Mund anstarrte, als sähe er ihn zum ersten Mal. Ich wartete darauf, dass seine Mundwinkel feucht wurden, aber bevor er seinen Wunsch, Mika in seinen Sachen zu sehen, auf diese Weise zur Schau stellte, schloss er den Mund wieder und sagte: „Oh ja, das kannst du." Seba trat seine Zigarette auf dem Boden aus, stellte sich zu uns und hakte sich bei Mika unter. Als er ihn zum Studio-Eingang zog, fragte er: „Du kennst nicht zufällig jemanden, der …" Die letzten Worte verschwanden mit ihnen hinter der Glastür.

„Was war das denn?" Ich sah von Max zu Edi.

Max zuckte mit den Schultern. „Sieht aus, als hätte Seba gerade sein neues Model gefunden. Ich geh mal zu ihnen und schaue, ob ich bei den Klamotten etwas ändern muss. Brauchst du Hilfe?" Er deutete auf den Kofferraum.

Ich schüttelte den Kopf. „Nein, ich nehme nur die Kamera mit. Geht schon rein. Ich komme gleich nach."

Die beiden verschwanden durch die Glastür und ich entriegelte mein Telefon, um Isy von der Modelagentur eine E-Mail zu schreiben. Als ich ihre E-Mail-Adresse gefunden hatte, fuhr ein Taxi auf den Parkplatz neben meinem Auto. Ich erwartete, dass einer der beiden Preisboxer ausstieg, um sich zu entschuldigen, aber als sich die Tür auf der Beifahrerseite öffnete, setzte mein Herz drei Schläge aus und mein Telefon glitt mir aus der Hand. Es schlug mit einem scheppernden Geräusch auf dem Asphaltboden auf.

Die Narbe auf seiner Wange war kaum noch zu sehen. Er trug eine dunkelgraue gestrickte Mütze auf dem Kopf, unter der kurze blonde Strähnen hervorblitzten. Ich hatte ihn seit anderthalb Monaten nicht gesehen, nicht gesprochen und nichts von ihm gehört.

Vin trat zu mir und bückte sich nach dem Handy. Er besah das Display und schaute mich dann entschuldigend an. „Tut mir leid", sagte er und reichte mir das demolierte Gerät.

„Was machst du hier?" Ich flüsterte, unfähig, mich zu bewegen. Mein Puls raste durch die Hauptschlagader in meinem Hals und ich hatte plötzlich das Gefühl, den Schal zu fest gebunden zu haben.

„Ähm, Mika hat mich doch für dich angerufen." Er runzelte die Stirn. „Er meinte, ihr braucht noch Hilfe."

„Er hat was?" Meine Stimme wurde fester und ich griff nach meinem Telefon. Das Display leuchtete und hinter dem zerbrochenen Glas erkannte ich gerade noch die Farben meines E-Mail-Programms.

„Ich lasse es reparieren."

„Vergiss das Handy. Wann hat er dich um Hilfe gebeten?"

„Vor zwanzig Minuten. Er meinte, deine Models seien ausgefallen und du bräuchtest uns.“ Er schloss die Augen und atmete tief durch. „Du wusstest nichts davon?“

Oh, nein. Das hatte er nicht getan. „Nein.“

„Soll ich wieder gehen?“

Ich überlegte, doch bevor ich antworten konnte, öffnete sich die Glastür hinter mir wieder und Seba trat an meine Seite. Er streckte Vin die Hand entgegen, der sie zögernd ergriff. „Du bist bestimmt Vincent. Mika hat mir gerade schon ein paar Bilder von dir gezeigt. Ihr beide seid der perfekte Gegensatz. Komm rein. Danke, dass du so schnell und so früh kommen konntest.“

Vin sah mich fragend an und dann spürte ich, wie mein Kopf sich hob und senkte, ohne dass ich ihm den Auftrag dazu gegeben hatte. Ein Teil von mir wollte diesen Tag mit Vin verbringen und dieser Teil hatte gerade die Kontrolle über meinen Körper übernommen. Er war wirklich morgens um sechs Uhr hierhergekommen, um mir zu helfen. Wie war das überhaupt möglich? Was tat er in meiner Stadt? Wie hatte er innerhalb so kurzer Zeit hier auftauchen können? Mika hatte unser stummes Abkommen darüber, Vins Namen nicht zu erwähnen, eingehalten. Jetzt bereute ich diese Vereinbarung. Ich wollte zumindest solch essentielle Informationen wie seinen Wohnort kennen.

Es dauerte eine Stunde, bis Mika und Vin geschminkt und ihre Haare so frisiert worden waren, dass sie aussahen, als hätten sie sich nach dem Aufstehen dreimal mit den Händen über den Kopf gestrichen.

„Du siehst genauso aus wie heute Morgen." Ich setzte mich zu Mika, der den letzten Schluck aus einer Wasserflasche trank. Dieses Bild erinnerte mich an unsere Zeit auf der Insel und ich seufzte leise.

„Was ist?"

„Ach nichts, manchmal wünsche ich uns auf die Insel zurück."

Er hob die Augenbrauen und ich sah Puder auf den dunklen Härchen. Ich würde Gloria darauf hinweisen müssen, um später nicht Stunden damit zu verbringen, es mit dem Pinsel meines Bildbearbeitungsprogrammes selbst zu entfernen.

„Ist das wirklich dein Ernst?"

„Ja."

„Fertig. Wir können los." Seba rief durch das Studio und winkte uns zu.

„Na dann." Mika wollte aufstehen und zum Ausgang gehen, doch ich hielt sein Handgelenk fest.

„Wir haben da noch etwas zu besprechen."

„Jetzt?" Er tat nicht einmal so, als wüsste er nicht, wovon ich sprach.

„Nein, wenn wir hier fertig sind."

„Rie, du brauchtest doch noch jemanden."

„Später." Ich löste den Griff um seinen Arm und ging zur Garderobe, um meine Jacke zu holen. Er folgte mir. Der Bruch an seinem Unterschenkel war verheilt und er hatte nach ein paar Wochen Reha wieder begonnen, Sport zu treiben. Seine improvisierte Schiene hatte sein Bein ausreichend gestützt, auch wenn der Arzt, der ihn nach unserer Rettung behandelt hatte, dies nur kopfschüttelnd und ungläubig zur Kenntnis nahm. Als wir an der Glastür ankamen, warf ich einen letzten Blick durch das Studio, löschte das Licht und folgte den anderen zu den Autos.

Die Kiesgrube lag noch im Schatten, aber die ersten Sonnenstrahlen traten bereits über die Baumspitzen des dahintergelegenen Waldes. Eigentlich war der Oktober in der Regel zu kalt für ein Auswärtsshooting, aber in den letzten Tagen hatte es das Thermometer tagsüber über die Zwanzig-Grad-Marke geschafft und auch für heute hatte der Wetterdienst viel Sonne und spätsommerliche Temperaturen angekündigt. Bis zum Nachmittag.

Wir fuhren die Autos zu einer Stelle, von der aus wir die meisten Spots gut erreichen konnten. Max holte Klapptische und eine rollbare Kleiderstange aus dem Laderaum seines Transporters, hängte die Kleidung auf und ordnete die Accessoires auf den Tischen an. Auch Gloria postierte ihr Equipment auf einem der Tische.

Ich sah mich um und überprüfte, ob sich seit dem Vortag etwas verändert hatte. So eine Sandgrube konnte von einem Tag auf den anderen ihr Erscheinungsbild komplett verändern. Aber wir hatten Glück. Es war Sonntag und samstags wurde hier nicht gearbeitet.

„Marie, können wir doch mit der blauen Hose anfangen."

Ich drehte mich zu den anderen, um zu sehen, welche blaue Hose Max meinte, und bereute es sofort. Vor der Kleiderstange standen Vin und Mika. Beide in Unterhosen. Keiner von ihnen ließ sich anmerken, dass er fror, aber noch lag die Temperatur im unteren einstelligen Bereich.

„Marie?"

Vins Anblick hatte meine Gedanken verlangsamt und ich hatte vergessen, zu antworten.

„Ja, sicher. Kein Problem." Ich löste meinen Blick von den zwei kleinen Leberflecken oberhalb von Vins linker Brustwarze, atmete tief durch, um meinen Herzschlag zu beruhigen, und holte die Liste aus meiner Tasche, auf der ich mir notiert hatte, wo wir welche Outfits fotografieren würden. Es dauerte eine Minute, bis ich mich ausreichend auf die Buchstaben konzentrieren konnte, und schließlich die Wörter ‚blaue Hose' fand. Wie sollte ich es nur schaffen, auch nur den Auslöser zu drücken?

Aber entgegen meiner Befürchtungen klappte es. Sobald ich das Band meiner Kamera um den Nacken legte und mit der rechten Hand den Kameragriff umfasste, stellte sich dieselbe Professionalität ein, die ich auch am Bühnenrand oder an den vermüllten Stränden von Ko Samui in Thailand verspürte.

Außerdem sah Vin ohne Brille nur auf den zweiten Blick aus wie der Mann, an den ich fast mein Herz verloren hätte. Sein Gesicht wirkte seltsam leer, auch wenn ich ihn natürlich bereits so gesehen hatte. Aber vertraut waren mir seine Augen, wenn ich sie durch die Gläser der Brille mit den schwarzen Rändern sah. Ja, sein Anblick war mir vertraut, auch wenn es nur ein paar Wochen gewesen waren, die wir zusammen verbracht hatten, und ich diese Tatsache gern abgestritten hätte. Aber Vertrautheit hatte nicht dieselbe Bedeutung wie Vertrauen und so sehr ich mich auch an seinen Anblick gewöhnt hatte, stemmte sich alles in mir dagegen, ihm den gleichen Glauben zu schenken, wie noch vor zweieinhalb Monaten.

Als wir um die Mittagszeit herum das sechste Outfit fotografierten, brannte die Sonne heiß auf uns herab. Gloria musste im Fünf-Minuten-Takt die Schweißperlen in den Gesichtern von Mika und Vin abpudern und ich konnte mich immer weniger auf die Suche nach dem interessantesten Bildausschnitt konzentrieren. Irgendwann verschwammen die Bilder auf dem Weg vom Okular zu meinen Augen und ich musste mir eingestehen, dass ich eine Pause brauchte.

„Lasst uns etwas essen", rief ich deshalb den anderen zu, als ich zumindest ein paar halbwegs brauchbare Fotos von jedem der aktuellen Outfits gemacht hatte. Ich war mir nicht sicher, ob die Bilder ausreichen würden, aber ich hätte die Kamera kein weiteres Mal vors Gesicht halten können.

„Hey, ist alles okay?" Mika kam zu mir gerannt und legte seinen Arm um meine Schultern. Vin lief neben ihm und sein Blick streifte mich.

Ich nickte und lehnte mich für einen Moment gegen Mikas Schulter. „Ja, klar. Ich denke nur, wir könnten alle eine Pause gebrauchen."

„Okay."

„Marie, es sind nur noch zwei Outfits." Seba sah zum Himmel, an dem sich die ersten weißen Wölkchen sammelten. „Und ich weiß nicht, wie viel Zeit wir noch haben."

Ich wollte etwas erwidern, aber Mika kam mir zuvor: „Ich brauche auch eine Pause."

„Ja, und mein Magen schreit schon seit drei Stunden nach Nahrung." Vin nahm seine Brille von Glorias Tisch und setzte sie auf.

Ich griff mir eine der Wasserflaschen, leerte sie in einem Zug und sank dann zwischen die geöffneten Türen von Max' Transporter. Ich setzte mich auf die Ladefläche. Mein Kopf fiel gegen das kühle Metall und ich schloss die Augen.

Nach ein paar Minuten senkte sich die Ladefläche ein paar Zentimeter und der Geruch von geräucherter Putenbrust stieg mir in die Nase. Mein Magen zog sich zusammen und gab ein Brummen von sich.

„Rie, wann hast du zuletzt etwas gegessen?"

Ich drehte den Kopf und öffnete langsam die Augen. Nur ein paar Millimeter weit. Mika hatte die goldfarbenen Laufsachen ausgezogen und saß in Boxershorts und T-Shirt neben mir.

Ich rieb mir über die Stirn und setzte mich auf. „Keine Ahnung."

Er hielt mir das Sandwich hin. Ich griff danach und biss hinein.

„Ist alles okay?"

„Ja, sicher", sagte ich kauend. „Ich stehe seit heute Morgen in der Sonne und habe nur ein paar Stunden geschlafen."

„Ja, so wie jede Nacht."

Er hatte recht. Während ich meinem Körper in den ersten Wochen nach meiner Rückkehr zumindest tagsüber den Schlaf gegeben hatte, den er brauchte, brachte ich es momentan nur auf maximal vier schlafende neben zwanzig wachen Stunden pro Tag.

„Das wird schon wieder."

Er seufzte. „Aber nicht von allein. Heute Abend reden wir über einen Teil der Dinge, die dich vom Schlafen abhalten. Und das wiederholen wir so lange, bis du es wieder kannst."

„Ich weiß nicht, ob ich das will."

„Wir werden es zumindest versuchen. Du kannst dich nicht ewig davor verstecken. Das macht dich doch ganz krank. Und ich würde gern das unbeschwerte Mädchen kennenlernen, das mir für wenige Stunden auf der Antoinette begegnet ist."

„Ich bin kein Mädchen mehr. Und war es auch auf dem Boot nicht."

„Ich weiß. Also, wirst du heute Abend mit mir reden?"

„Okay." Das war es nicht, aber ich hatte nicht die Kraft, um weiter darüber zu diskutieren.

„Und dann reden wir auch über Vi."

„Mika." Ich biss noch einmal in das Sandwich.

„Okay." Mika streckte die Hand aus, aber ich zog das Sandwich an mich und grinste ihn mit geschlossenem Mund an.

„Hey! Ich dachte, wir teilen geschwisterlich."

„Ooh nein." Fast hätte ich darauf hingewiesen, dass ich ein Einzelkind war, und vom Teilen keine Ahnung hatte, aber mein Kopf schaltete sich rechtzeitig ein und ich verzichtete auf den Kommentar. Er lachte kurz und stand auf, um sich ein neues Sandwich zu holen.

Als ich das letzte Mal auf den Auslöser drückte, fielen die ersten Regentropfen auf die teuren Stoffe und Seba scheuchte Vin und Mika in den Laderaum des Transporters. Der Regen war schneller gekommen, als wir es erwartet hatten. Dennoch gab es von jedem Outfit Bilder, die Sebas Ansprüchen gerecht wurden. Und meinen. Als die Sonne hinter den Wolken verschwunden war, half ich Edi dabei, die Reflektoren zusammenzufalten und sie im Transporter zu verstauen. Der Regen wurde mit jeder Minute stärker und bevor wir uns richtig verabschiedet hatten, gruben dicke Tropfen Krater in den Sand, der so anders war als jener auf unserer Insel.

Vin und ich warteten auf Mika, der seine Sonnenbrille im Sand suchte, während der Transporter mit Max, Seba und Edi und hinter ihnen Glorias Zweisitzer mit ihr und dem Hairstylisten den Sandweg in Richtung Ausfahrt entlangfuhren. Vin hatte die Brille abgenommen und hielt den Kopf in den Regen. Ich tat es ihm gleich und die Tropfen kühlten meine Haut, drangen durch meine Sachen, durchnässten meine Haare. Und alles, woran ich denken konnte, waren jene Tropfen, die ihren Weg durch unser Palmendach fanden. Und an den Wasserfall, der Regenwasser mit lautem Tosen in den See schwemmte.

„Seid ihr irre?" Mika rannte an uns vorbei, die Sonnenbrille in die Locken gesteckt, und öffnete die Autotür.

Widerwillig schlug ich die Augen auf und kam sofort wieder in der Realität an, als ich sah, dass er auf der Fahrerseite eingestiegen war. Vin ging zur Tür dahinter und stieg ohne einen Kommentar ins Auto.

„Ich kann auch fahren." Ich ließ mich in den Beifahrersitz fallen und merkte im selben Moment, dass ich mir darüber alles andere als sicher war.

„Mir wäre es lieber, wenn du versuchst zu schlafen."

Ich sah zu Mika, aber meinen Kopf erreichten nicht seine erhobenen Augenbrauen, sondern Vins zusammengezogene. Er starrte mich an und ich ließ meine Augen seinen Blick nur für den Bruchteil einer Sekunde kreuzen, bevor ich den Kopf wieder nach vorn drehte und das Radio einschaltete.

Mika reichte mir meine Jacke. „Vielleicht ziehst du die besser an."

Ich sah an mir hinab. Mein T-Shirt war nass und kalt. Ich seufzte, zog es, so schnell ich konnte, über den Kopf und schlüpfte in meine Jacke. In diesem Moment vibrierte mein Telefon in der Jackentasche. Das defekte Display verdeckte fast komplett den Namen des Anrufers. Ich konnte gerade noch ein ‚L' und ein ‚y' erkennen. Lydia rief an. Ich drückte den Anruf weg. Ich würde morgen mit ihr sprechen.

Anderthalb Stunden später drangen leise Stimmen durch den Schlaf, der es tatsächlich geschafft hatte, mich aus der wachen Welt abzuholen. Vermutlich unterhielten sich die Stimmen schon etwas länger, aber jetzt fehlte dieses andere Geräusch, das sie bisher übertönt hatte. Der Motor war aus. Ich öffnete langsam und blinzelnd die Augen. Mika hatte den Kopf zu Vin gedreht. Und dieser hielt das Telefon ans Ohr.

„Nur die Mailbox. Er sitzt bestimmt schon im Flieger." Er tippte auf das Display und beendete den Anruf.

Ich gähnte mit einer Hand vor dem Mund und streckte mich, soweit es ging. Danach lehnte ich meine Schläfe an die Kopfstütze und sah von Mika zu Vin.

Mika lächelte mich an. „Du hast geschlafen."

Ich erwiderte sein Lächeln und nickte. Als sich mein Mund für ein weiteres Gähnen öffnen wollte, presste ich für einen Moment die Lippen aufeinander und lachte dann. „Also, worauf warten wir hier."

„Auf nichts. Ich steig dann mal aus." Vin löste den Gurt und seine Hand fasste an den Türgriff. Regentropfen prasselten auf das Dach und ich spürte die klamme Kleidung an meinem Körper. Ich brauchte dringend eine heiße Dusche.

„Danke, dass du eingesprungen bist, Vin. Das war nicht selbstverständlich."

„Doch, das war es." Er lächelte. Aber es war ein trauriges Lächeln und ich wich seinem Blick aus, um es nicht zu sehen.

„So ein Quatsch. Wir lassen dich doch jetzt nicht hier im Regen stehen."

„Wieso im Regen stehen lassen?" Ich blickte zu Mika.

Vin atmete tief durch. „Ich habe heute Morgen meinen Schlüssel zuhause liegenlassen. Und mein Mitbewohner ist vor zwei Stunden für einen dreitägigen Kurztrip nach Spanien geflogen."

„Und so lange kommst du jetzt nicht in deine Wohnung?"

Er nickte langsam.

„Genau, und deshalb kommt er jetzt entweder mit zu uns, oder du leihst uns dein Auto, damit ich ihn zu seiner Tante fahren kann."

Mir war durchaus bewusst, dass es noch andere Möglichkeiten gab, einen Schlafplatz zu finden. Ein Hostel zum Beispiel. Aber ich wollte die beiden nach dem langen Tag weder dreihundert Kilometer durch die verregnete Dunkelheit fahren lassen, noch wollte ich einen von ihnen in ein schäbiges Sechs-Bett-Zimmer abschieben.

„Okay." Als das Wort meinen Mund verlassen hatte, erschrak ich dennoch und wünschte mir, dass es eine andere Lösung geben würde.

Auch Mika und Vin wirkten überrascht.

„Wirklich?", fragte Mika und Vin sagte: „Marie, das ist nicht notwendig. Ich finde einen anderen Schlafplatz."

Ich könnte zu meiner Mutter fahren und bei ihr übernachten, aber sie würde nur besorgt meine Augenringe betrachten und sich so aufopfernd um mich kümmern, wie ich es gerade nicht verkraften konnte. Außerdem …

„Nein, wir werden das schon irgendwie hinbekommen. Es sind ja nur ein paar Tage."

Ich ignorierte die Hüpfer, die ein Teil meines Herzens bei dem Gedanken machte, Vin noch etwas länger um mich zu haben.

„Aber nur unter einer Bedingung."

„Jede." Sie sprachen gleichzeitig und grinsten sich danach an. Ich ließ diese Vertrautheit einen Moment die Schmetterlinge in meinem Bauch aufwirbeln und sagte dann: „In Zukunft gibt es keine Spielchen mehr. Und ich will wissen, seit wann du hier lebst und warum ihr schon wieder Geheimnisse vor mir habt."

Sie nickten beide.

„Gut. Können wir jetzt bitte losfahren? Ich brauche unbedingt eine heiße Dusche."

Ich hörte, wie Vin den Gurt zurück in die Verankerung steckte. Mika startete den Motor und wir fuhren gemeinsam zu meiner Wohnung. Ich würde zehn Minuten Zeit haben, den Wirbelsturm in meinem Inneren in eine leichte Brise zu verwandeln, und die weiche Masse in meinen Knien in funktionierende Gelenke, um die Treppen ohne größere Stolpermomente erklimmen zu können.

Kapitel 34

TAG 76

Rie, warum hast du eigentlich keinen Alkohol in deiner Wohnung?" Mika öffnete einen Schrank nach dem anderen.

Ich strich mir die nassen Haare hinter die Ohren. Die heiße Dusche hatte gut getan. „Weil ich zuhause keinen Alkohol trinke."

„Nie?"

„Na ja, nur wenn ich mal eine Freundin zu Besuch habe."

Er seufzte. „Na gut, dann halt nicht."

„Wonach riecht es denn hier?" Ich trat zu ihm in die Küche und hob den Deckel von einer der Pfannen, die auf dem Herd standen. Garnelen in Butter und Knoblauch.

„Eine Mischung der Dinge, die wir in unseren gekühlten und ungekühlten Vorratsschränken gefunden haben."

„Wir haben da so leckere Sachen drin?" Ich hob den nächsten Deckel. Pilze, Paprika und Zucchini.

„Ja, haben wir."

„Und du kannst die dazu bringen, so lecker zu duften?"

„Nein, das war Vi."

„Oh." Ich ließ den dritten Deckel wieder los, bevor ich ihn angehoben hatte.

„Rie."

„Ja? Mi?"

Er grinste, weil ich ihn nur dann so nannte, wenn ich ihn ärgern wollte.

„Wo ist er?"

„In meinem Zimmer Er sucht sich ein paar trockene Sachen zusammen." Ich mochte, dass er ‚mein Zimmer' sagte.

„Warum hast du mir nicht gesagt, dass er auch hier wohnt?"

Er atmete tief durch. „Ich wusste nicht, wann. Als ich hier ankam, hatte ich einfach nur Angst um dich. Ich wollte dir nicht noch einen weiteren Grund geben zu grübeln oder dich mies zu fühlen. Und so lange bist du noch nicht über diesen Berg."

Ein Räuspern unterbrach ihn. Vin stand auf der anderen Seite der Arbeitsfläche, die den Wohnbereich von der Küche trennte, und die zugleich als Küchentisch diente.

„Marie, wenn ich wieder gehen soll, dann werde ich woanders unterkommen."

„Ich komme schon damit klar." Das war gelogen. In mir tobte derselbe Sturm wie am Abend auf der Terrasse des kleinen Hotels. Aber er war Mikas bester Freund und ich würde ihm nicht aus dem Weg gehen können.

„Sicher?"

„Hmhm. Können wir jetzt diese leckeren Sachen hier essen?" Ich deutete auf die Pfannen.

Er sah mich noch einen Moment lang an und ich konnte seinen Blick nicht deuten. Schließlich nickte er und kam zu uns an den Herd.

„Ihr könnt ja schon mal den Tisch decken, während ich hier weitermache."

„Ist euch eigentlich aufgefallen, dass Gloria sich vehement geweigert hat, Seba bei seinem Künstlernamen zu nennen?" Mika strich sich durch die Locken und grinste.

„Ja, und jedes Mal, wenn sie ihn ‚Sören' genannt hat, ist er zusammengezuckt." Vin lächelte und ich sah wieder zu Mika, um dem leisen Gefühl in meinem Bauch keine Chance zu geben, lauter zu werden.

„Aber er hat nichts gesagt. Er hat es still ertragen." Mika lachte und Vin und ich stimmten ein.

„Es erfordert aber auch eine Menge Mut, ihr Widerworte zu geben."

Die beiden nickten zustimmend.

„Und diese Edi hat sich in deine Stimme verliebt, Vi."

Ich sah fragend zu Mika.

„Hast du das denn nicht mitbekommen, Riechen?"

Ich schüttelte den Kopf. „Wann hast du denn gesungen?"

Vin zuckte mit den Schultern. „Nur kurz beim Schminken, aber Gloria hat es mir verboten."

Mika lachte leise auf. „Aber Edi hat es gehört. Hat sie dir nicht sogar ihre Nummer gegeben?"

Ich sah auf und wartete auf Vins Reaktion. Er nickte und ich schluckte das beißende Gefühl hinunter, das sich seinen Weg an die Oberfläche bahnte.

„Hast du eigentlich mal versucht, mit deiner Stimme Geld zu verdienen? Ich kenne ein paar Leute, die in ein paar Stunden Straßenmusik genug Münzen in ihrem Hut sammeln, um davon leben zu können."

„Oh, Vi würde seine Stimme nie verkaufen. Glaub mir, ich habe ihm diesen Vorschlag schon hundert Mal gemacht."

Ich sah zu Mika und dann zu Vin.

Dieser zuckte mit den Schultern. „Ich mache das nur für mich." Sein Blick streifte mich. „Zumindest meistens."

Mein Herz schlug schneller. Ich wandte den Blick wieder ab und wir schwiegen.

Mikas Seufzen unterbrach die Stille und er sagte: „Okay, Leute. So kann das echt nicht weitergehen. Ihr müsst das klären!"

„Was meinst du? Wir haben doch gerade …"

„Rie, ihr schafft es nicht, euch länger als eine halbe Sekunde in die Augen zu sehen." Er hatte recht.

Vin stöhnte auf. „Das braucht einfach Zeit. Du kannst Marie nicht dazu zwingen, dass …"

Er beendete den Satz nicht. Wozu konnte Mika mich nicht zwingen? Ihm zuzuhören? Ihm zu verzeihen? Zu vergessen, was geschehen war? Ich sah ihn mit gerunzelter Stirn an, aber Vin wechselte das Thema: „Außerdem habt ihr beide auch eine Menge zu bereden." Vin lehnte sich in seinem Sessel zurück und verschränkte die Arme vor der Brust.

Wieder schwiegen wir und wieder war es Mika, der der Stille etwas entgegensetzte: „Ach, das habe ich euch ja noch gar nicht erzählt. Dieser Typ vom Flughafen hat angerufen, als ich vorhin einen Parkplatz gesucht habe." Vin und ich waren vor der Haustür ausgestiegen, um aus den nassen Sachen rauszukommen.

„Welcher Typ?" Ich war dankbar für den Themenwechsel und stieg auf Mikas Worte ein.

„Na, der Bekannte von deiner Freundin."

„Lydia?"

„Ja, genau."

Hatte sie deshalb versucht, mich anzurufen? „Und was wollte er?“ Vin löste die Verschränkung seiner Arme und tippte ungeduldig mit den Fingern auf die Sessellehne.

„Dieser Fischer. Wie hieß er nochmal?“

„Kingston“, sagte ich.

„Richtig. Er hat niemandem gesagt, dass unser Boot verschwunden war.“

Vin und ich richteten uns auf, beide unfähig, etwas zu erwidern.

„Offenbar hatte er die Antoinette nicht bei einem Pokerspiel gewonnen, sondern“, er machte eine bedeutungsschwere Pause, „geklaut.“

Vin schnaubte kopfschüttelnd auf und ich zog die Beine auf die Couch und verschränkte sie im Schneidersitz. „Und natürlich hatte er keine Lust, den Schaden auszugleichen.“

„Genau.“

„Vielleicht dachte er aber auch, wir hätten uns mit dem Boot aus dem Staub gemacht.“

Mika seufzte. „Dieser Typ wollte einfach nur seinen eigenen Arsch retten, egal, ob wir dabei draufgehen oder nicht.“

„Aber wer verleiht denn ein geklautes Boot?“ Ich löste ein Bein aus der Verschränkung und zog das Knie zur Brust.

„Er hat das Geld gerochen und es dann eingesackt“, sagte Mika und auf seine Worte folgte wieder Schweigen.

Vin durchbrach es: „Und hatte er auch eine Idee, warum die gute Antoinette wie eine Hexe verbrannte?“

Mika schmunzelte. „Nein. Offenbar hatte er dazu keine Meinung.“

„Ein standesgemäßes Ende war das ja nicht gerade.“

„Hättest du lieber die Schärfe einer Guillotinen-Klinge geprüft?“

Die beiden lachten und als sie aufhörten, sagte ich: „Wir hätten schon viel früher gefunden werden können.“ Ich sprach die Worte vor mich hin, ohne eine Antwort darauf zu erwarten. Aber ich spürte Vins Blick und die Fragen, die vielleicht auch seine Gedanken bestimmten: Hätte ich das gewollt? Wäre ich ihm lieber nicht so nah gekommen? Ich dachte daran, wie seine Arme mich festgehalten hatten, als wir in der Bucht die Hoffnung kaum noch greifen konnten. Ich dachte an seine Küsse und an die Hütte, die er mir gebaut hatte.

Nein, so tief der Schmerz darüber, dass er mich angelogen hatte, noch immer war, diese Erinnerungen wollte ich behalten. An keinem anderen Tag meines Lebens hatte ich mich so lebendig gefühlt wie in diesen wenigen Wochen. Nie hatte ich einen Mann so nah an mich herangelassen, ihm mein Herz so weit geöffnet. Nie hatte ich so sehr nur für diesen einen Moment, nur für das Jetzt gelebt. Bisher hatte der Schmerz meine Erinnerungen getrübt und die meisten schönen Momente in den Hintergrund gedrängt. Aber an diesem Abend schaffte ich es zum ersten Mal, mit positiven Gefühlen zurückzublicken und nicht nur den Schatten zu sehen, den Vins Vertrauensbruch und die Gedanken an meinen Vater auf den sonnigen Strand warfen.

Ich lehnte mich zurück, schloss die Augen und spürte wieder den Sand zwischen den nackten Zehen.

„Es ist spät, wir sollten schlafen gehen.“ Vin erhob sich. „Marie?“

Ich öffnete die Augen und sah zu ihm, ohne den Kopf zu heben.

„Du hast nicht zufällig noch eine Zahnbürste?“

„Klar, hat sie die. Ich zeig sie dir.“ Mika erhob sich ebenfalls.

„Und ist es okay, wenn ich noch dusche?“

Jetzt hob ich doch den Kopf und starrte ihn an. Die Frage war absurd, auch wenn ich wusste, dass sie nur Ausdruck seiner eigenen Unsicherheit war. Und dann grinste ich. Und als Vin mein Grinsen mit erhobenen Augenbrauen und einem „Was ist?“ beantwortete, warf ich den Kopf wieder nach hinten und lachte. Mika stimmte sofort ein und Sekunden später hörte ich auch Vins tiefes Lachen. Als wir uns wieder beruhigt hatten, fühlte ich mich befreit. Ich konnte wieder etwas gelöster atmen und war sicher, die nächsten drei Tage durchstehen zu können.

Mika ging mit Vin ins Bad, zeigte ihm, wo er fand, was er brauchte, und kam dann lächelnd zu mir zurück. Er stupste mich mit dem Ellenbogen an, damit ich ihm Platz auf dem Sofa machte.

„Danke, dass du ihn hier schlafen lässt.“

„Ich fühle mich nicht gut dabei.“

„Ich weiß. Deswegen bin ich dir auch ganz besonders dankbar.“

„Aber es ist nicht so schwer, wie ich erwartet habe.“ Ich lehnte den Kopf gegen seine Schulter.

Er zögerte. „Erzählst du mir irgendwann, was zwischen euch passiert ist?“

„Hat er das noch nicht getan?“

„Nein. Er sagt, wenn du möchtest, dass ich es weiß, musst du es mir erzählen.“

„Okay.“

„Okay, aber nicht jetzt?“

Ich blickte zur Badezimmertür. Ganz sicher würde ich nicht jetzt über Vin reden.

„Weißt du, was ich nicht verstehe?“

Er schüttelte den Kopf.

„Warum hat man ihn nicht gefunden?"

Mika sah mich verwirrt an. „Gefunden? Wen?"

Ich ließ seine Frage unbeantwortet. „Wir haben sofort die Polizei gerufen. Sie haben alles im Umkreis von dreihundert Kilometern abgesucht. Sie haben an jeder Tankstelle, in jedem Restaurant nachgefragt, ob ihn jemand gesehen hatte. Aber niemand konnte sich an ihn erinnern. Irgendjemand muss ihn doch bemerkt haben."

Mika hatte das Thema inzwischen mitgewechselt: „Er hat uns beim Krankenhaus abgesetzt und ist zurück zu unserem Zelt gefahren, um alles abzubauen. Als mein Bein behandelt war, stand sein Kombi schon wieder auf dem Krankenhaus-Parkplatz, aber deine Mutter war noch immer nicht da. Ich vermute, wir hatten den Radius, in dem die Polizei ihn vermutete, verlassen, bevor die Vermisstenanzeige überhaupt aufgenommen worden war. Wir kamen nicht aus der Gegend. Und in der Zeitung stand, dass die Polizei nicht davon ausging, dass er es ans Ufer geschafft haben könnte. In diesem Fluss ertrinken immer wieder Leute und tauchen nicht wieder auf."

Ich nickte nur und fädelte eine weitere Perle auf. Mika und seine verschmutzte Kleidung waren mir nur am Rande aufgefallen, weil ich ihn nicht kannte. Weil ich nur meine innere Welt wahrgenommen hatte, die äußere erst dann wieder zu mir durchdrang, als meine Mutter ihre Arme um mich legte, und versuchte, die Worte aus mir herauszubekommen, die ihr erklärten, was mit ihrem Mann geschehen war.

Kapitel 35

TAG 79

Die drei Tage mit Vin waren wie der Sturz von einer Klippe, bei dem man nicht weiß, ob man am Ende des Flugs auf einer Betonfläche oder in zwanzig Milliarden weichen Gänsefedern landet. Mein Körper schwankte zwischen Glück und Panik und mein Herz pumpte das Blut unter Hochdruck durch meine Adern. Ich wusste, dass es kein gutes Ende nehmen konnte, denn er würde wieder gehen, und das Loch, das er dieses Mal hinterlassen würde, wäre größer als beim ersten Mal. Und trotzdem gab es immer wieder Momente, in denen ich genoss, dass er da war. Ich erlaubte mir jedoch nie, dieser Empfindung länger als ein paar Sekunden nachzuspüren. Danach überließ ich meinem Kopf wieder die Kontrolle. Und der forderte Abstand und Emotionslosigkeit gegenüber Vin.

Ich verbrachte die meiste Zeit damit, die Bilder von unserem Shooting auszuwählen und zu bearbeiten. Ich war nicht zufrieden und hatte das Gefühl, man würde den Fotos meinen Schwächeanfall ansehen, aber Seba war begeistert. Mika und Vin passten perfekt in seine Kampagne und er hatte sie bereits für weitere Bilder verpflichtet. Mika war froh über den Job. Und auch Vin, der bisher nur Vorstellungsgespräche in zwei Kletterhallen angeboten bekommen hatte, konnte das Geld gut gebrauchen.

Seinen Auszug verpasste ich mit Absicht. Ich saß zu dieser Zeit mit meiner Mutter in einem Café in ihrer Straße und versuchte, mir nicht anmerken zu lassen, wie sehr mich sein Gehen bewegte.

„Und, wie ist es, mit Mika zusammenzuwohnen?"

„Das fragst du mich jede Woche, Mama." Ich trank einen Schluck von meinem Cappuccino, aber irgendwie schmeckte er anders als vor drei Monaten, als ich das letzte Mal hier gewesen war.

„Es könnte ja sein, dass sich etwas verändert hat."

„Ja, das hat es auch." Ich lächelte. „Es wird jeden Tag besser." Ich sah auf die Uhr meines Handys, das neben meiner Tasse lag, und strich über das glatte Display. Vin hatte es einen Tag nach unserem Shooting reparieren lassen.

Sie erwiderte mein Lächeln und drückte meine Hand. „Es ist schön, dass ihr euch so nah sein könnt."

„Ja, das ist es. Diese Verbindung ist … Nein!" Ich sprang auf und stütze die Hände auf das lange Fensterbrett, das als Tisch diente.

„Was ist?" Meine Mutter folgte meinem Blick, der die andere Straßenseite fixierte. Die Straßenseite, auf der ihre Wohnung lag.

Als sie ihn selbst entdeckte, stemmte auch sie sich auf das Fensterbrett. In dieser Position beobachteten wir beide, wie mein Vater im Eingang ihres Hauses stand und immer wieder den gleichen Knopf auf dem Klingelbrett drückte.

„Was will er hier?"

Ohne mir zu antworten, stieß sie sich vom Fensterbrett weg, verließ in ihrer dünnen Bluse das Café und rannte auf die Straße. Er sah sie, bevor sie ihn erreicht hatte, und lief ihr langsam entgegen. Die Hände wie am Steg vor ein paar Wochen in den Hosentaschen vergraben, den Kopf gesenkt. Ich beobachtete die beiden, unfähig mich zu rühren. Er wirkte ruhig, aber sie redete aufgeregt auf ihn ein. Die vorbeigehenden Passanten warfen ihnen neugierige Blicke zu und ich sah ein junges Pärchen tuscheln, nachdem es die beiden passiert hatte.

Meine Mutter beruhigte sich und schlang die Arme um ihren Körper. Die Temperatur war in den letzten Tagen gefallen und hatte nun fast das für Ende Oktober übliche Level erreicht. Er legte die Hand an seinen Reißverschluss, öffnete ihn und wollte die Jacke ausziehen, wahrscheinlich, um sie ihr zu geben. Ich hatte ihn nie so gesehen. So unsicher. In meiner Erinnerung war er stark und mutig und selbstbewusst. Er hatte immer alles im Griff, verlor nie die Kontrolle. Auch die Wahrheit hatte an diesem Bild nichts geändert.

Plötzlich riss meine Mutter ihre Arme nach unten, ballte die Hände zu Fäusten und drehte sich zur Straße. Ich konnte mich endlich aus meiner eigenen Starre befreien, legte Geld auf unseren Tisch, griff nach unseren Jacken und Taschen und verließ das Café ebenfalls. Als ich die Tür öffnete, konnte ich sie schreien hören: „Fass mich nicht an."

„Betty …"

„Und nenn mich nicht so." Niemand nannte sie bei diesem Namen. Zumindest nicht mehr.

„Ich möchte mit dir reden und …"

In diesem Moment trat ich zwischen zwei parkenden Autos hervor auf den Gehweg. Ich wich seinem Blick aus, legte meiner Mutter erst die Jacke und dann den Arm um die Schultern und drehte sie in Richtung ihrer Haustür.

„Rie." Ich hörte den überraschten und traurigen Klang in seiner Stimme, aber ich setzte weiter einen Schritt vor den anderen, obwohl ich meinen Beinen nicht zutraute, dass sie es bis zur Haustür schaffen würden. Als wir die fünf Stufen hinaufstiegen und meine Mutter in ihrer Tasche nach dem Schlüssel wühlte, hörte ich seine Schritte auf dem unebenen Kopfsteinpflaster. Er folgte uns.

„Ich habe dich nicht allein gelassen." Er stand nur zwei Stufen hinter mir und seine leise Stimme erreichte mich trotz des Lärms der vorbeifahrenden Autos. Ich reagierte nicht und beobachtete meine Mutter dabei, wie sie ihren Schlüssel suchte. Doch ihre Hand war in der Bewegung erstarrt.

„Ich bin bei dir geblieben."

Ich schüttelte den Kopf.

Er legte seine Hand auf meine Schulter und ich konnte sie nicht wegschieben. Die Gefühle eines sechsjährigen Mädchens, das allein durch den Wald rannte, übermannten mich und hinderten mich daran, mich gegen seine Berührung zu wehren.

„Ich bin nach vierzig Metern aus dem Fluss geklettert und sofort zurückgelaufen. Und ich bin so lange in deiner Nähe geblieben, bis diese Frau dich auf ihren Beifahrersitz gesetzt hatte." Er redete schnell, so als hätte er Angst, nicht genug Zeit zu haben, und wiederholte dann noch einmal: „Ich habe dich nicht allein gelassen."

Meine Mutter fuhr herum. „Du hast sie nicht allein gelassen?“ Sie sagte es laut, aber sie behielt ihre Fassung. „Verschwinde, Henrik. Du bist seit zwanzig Jahren tot für uns. Du hast diese Familie verlassen. Daran hat sich nichts geändert.“

Sie drehte sich wieder zur Tür, fand den Schlüssel, steckte ihn mit zitternden Fingern ins Schloss und wir verschwanden im warmen Hausflur.

An die Stelle der einen Frage, die die Nervenbahnen in meinem Kopf gerade aufgefädelt hatte, waren drei neue getreten: Wie hatte ich ihn nicht bemerken können? Wie hatte er meine Angst so lange mit ansehen können? Warum hatte Mika ihn nicht bemerkt?

Ich verließ die Wohnung meiner Mutter schon nach dreißig Minuten wieder. Sie wollte noch ein paar Besorgungen machen und ich zuhause ein paar E-Mails beantworten. Die Haustür fiel hinter mir zu und ich schloss den Reißverschluss meiner Jacke. Das Auto hatte ich zuhause stehen lassen, wie ich es meistens tat, wenn ich meine Mutter besuchte. Dunkle Wolken hingen am Himmel und die Dämmerung dämpfte das Licht zusätzlich.

Als ich auf die Ecke zusteuerte, an der ich abbiegen musste, um den Weg zu meiner Wohnung einzuschlagen, erklangen Schritte hinter mir, die sich mir schnell näherten. Ich wartete darauf, dass die Person mich überholte, aber stattdessen verlangsamte sie ihren Schritt, sobald sie mich eingeholt hatte. Ich spürte, wer es war, noch bevor ich ihm den Blick zuwandte.

„Was willst du noch hier?“ Vielleicht hätte ich einfach weitergehen, ihn stehen lassen sollen. Aber ich wollte nicht, dass er uns ein weiteres Mal auflauerte. Ich wollte ihm keine Gelegenheit geben, sich zu erklären. Ich wollte ihm deutlich machen, dass wir seine Erklärungen nicht hören wollten.

Er zögerte, wahrscheinlich überrascht davon, dass ich ihn nicht sofort davonjagte. Aber dann räusperte er sich und sagte: „Eine Chance."

Ein Lachen stieg in mir auf. Ich schluckte es hinunter. „Die wirst du nicht bekommen."

„Rie, bitte."

„Nein."

„Ich hatte keine Wahl."

Seine Worte provozierten mich und ich konnte meine eigenen nicht zurückhalten: „Du hattest keine Wahl?"

„Mikas Mutter war krank."

Etwas hinderte meine Füße daran, die nächsten Schritte zu gehen, und ich blieb stehen. Er reagierte verzögert und stoppte erst einen Meter nach mir. Als er sich zu mir umwandte, wirkte sein Blick so offen, dass ein winziger Teil von mir ihm glauben wollte. Ich schob ihn unter einen der Steine, die Vins Schmetterlinge festhielten, und verengte meinen Blick. Ich sagte nichts. Aber ich ging auch nicht weiter.

„Lass uns einen Kaffee trinken gehen. Bitte, Rie."

Ich schüttelte langsam den Kopf.

Er seufzte. „Also gut, dann hier. Gehen wir weiter?"

Ich nickte, weil ich befürchtete, meine Mutter könnte jeden Moment auf die Straße treten. Ich wollte es ihr ersparen, ihn ein weiteres Mal zu sehen.

„Sie hatte Krebs. Mika wusste nichts davon. Die Ärzte sagten, sie würde die Krankheit nicht überleben."

„Soweit ich weiß, geht es ihr ziemlich gut", unterbrach ich ihn.

„Ja, das tut es. Sie war eine von den zehn Prozent, bei denen die Behandlung angeschlagen hat."

„Warum sollte ich dir das glauben? Mika hat nie etwas davon erzählt."

„Weil er es bis heute nicht weiß."

Ich schnaubte. Nicht einmal das hatten sie ihm gesagt.

„Du hättest uns auch auf andere Weise verlassen können."

„Mikas Mutter wusste nichts von euch. Ich wollte nicht, dass sie es in ihrem Zustand erfährt. Es hätte sie zusätzlich geschwächt."

„Und was hättest du getan, wenn sie gestorben wäre? Wärst du dann ganz plötzlich wieder bei uns aufgetaucht? Zusammen mit Mika?" Ich biss mir auf die Unterlippe. Es war Mikas Mutter, über die ich hier sprach, und meine Worte taten mir leid.

„Rie …"

„Nein, nenn mich nicht so. Dazu hast du kein Recht mehr." Ich zitterte. Mein gesamter Körper bebte und ließ meine Stimme vibrieren. Ich klang wie ein kleines Kind und fühlte mich auch so.

„Du kannst dir nicht vorstellen, wie weh es mir selbst tat, dir das antun zu müssen." Er griff nach meinem Arm, aber ich schleuderte ihn mit der Kraft, die ich jahrelang zweimal in der Woche beim Taekwondo trainiert hatte, von mir. Ich wollte wegrennen, doch meine Beine beschleunigten ihre Schritte nicht.

„Ich habe jeden Tag an dich gedacht."

Ich wandte mich zu ihm, legte die Hände auf seine Brust und stieß ihn hart von mir. „Du hast an mich gedacht? Es tut dir leid? Nein. Nein. Nein. Nein! Ich will das nicht hören. Du hast mich allein gelassen. Du hast mir den Vater genommen. Du hast mir meinen Bruder vorenthalten. Du hast unser Leben zerstört. Und jetzt tust du es wieder. Verschwinde! Verschwinde aus meinem Leben! Lass mich endlich in Ruhe!" Bei diesen

Worten verstanden meine Beine das Signal, das mein Gehirn ihnen über mein Rückenmark zusandte, und rannten los. Ich drehte mich nicht um, ich achtete kaum auf die Passanten, die mir entgegenkamen. Ein Auto bremste mit quietschenden Reifen, um mich nicht zu überfahren, nachdem ich eine rote Ampel übersehen hatte. Ich registrierte es kaum.

Irgendwann erreichte ich meine Haustür und zog gerade den Schlüssel aus meiner Jackentasche, als die Tür von innen geöffnet wurde. Ich hielt den Kopf gesenkt, um mein tränenüberströmtes Gesicht vor meinen Nachbarn zu verstecken, aber als ich mich an der Person vorbeischieben wollte, nahm ich den vertrauten Geruch wahr und sie hielt mein Handgelenk fest. Die kleinen Verletzungen auf seiner Haut waren wie meine inzwischen verheilt.

„Rie, was ist los?" Es war das erste Mal, dass er mich so nannte und er durchbrach damit eine Mauer, die ich über die letzten Wochen hinweg so mühsam aufgebaut und wann immer es notwendig gewesen war, ausgebessert hatte. Ich schüttelte den Kopf, presste die Lippen aufeinander und schluckte immer wieder die Tränen hinunter, die unaufhörlich meinen Hals hinaufstiegen. Vin zog mich in seine Arme, drückte meinen Kopf an seine Brust und strich mir über den Rücken und die Haare.

„Ich bringe dich nach oben."

Ich ließ mich von ihm die Treppe hinaufführen. Er nahm mir den Schlüssel aus der Hand und öffnete die Tür, öffnete meinen Reißverschluss, half mir aus den Schuhen und zog sich danach selbst Jacke und Sneaker aus. Es waren andere Sneaker. Ich sah mich um, hoffte darauf, dass Mika aus einem der Räume auftauchen würde.

„Er ist nicht hier. Soll ich ihn anrufen?“

Ich schüttelte den Kopf. Er hatte einen Termin bei einem bekannten lokalen Blog, der Reporter suchte. Ich würde ein paar Stunden allein klarkommen.

„Dann bleibe ich.“

Ich schüttelte wieder den Kopf, aber Vin ignorierte es, schob mich zum Sofa, breitete eine Decke über meinen Beinen aus und setzte sich nach kurzem Zögern neben mich. Er legte mir den Arm um die Schultern und ich ließ einen Teil der Anspannung los und meinen Kopf auf seine Brust sinken. Mein Atem beruhigte sich, aber mein Herz raste weiter, als verfolgte es ein weit entferntes Ziel.

„Was ist passiert?“

Ich schüttelte wieder den Kopf.

„Rie, du musst darüber reden.“ Er zögerte. „Versuch nicht immer, alles mit dir selbst auszumachen.“

Ich hob den Kopf, um ihn anzusehen.

„Mika hat mir erzählt … er sagte, es ging dir sehr schlecht, als er hier eingezogen ist.“

„Bist du deswegen hierhergezogen?“

Er zuckte mit den Schultern und schüttelte dann den Kopf. „Mika ist wie ein Bruder für mich. Es hat sich falsch angefühlt, nicht bei ihm zu sein. Für ihn ist das auch nicht leicht. Für keinen von uns.“

Ich runzelte die Stirn. War Mika der einzige Grund? Ich lehnte meinen Kopf zurück an seine Brust und schloss die Augen. Der vertraute Rhythmus seines Herzens beruhigte auch mein eigenes.

„Erzählst du mir, was passiert ist?“

„Henrik." Mika und ich hatten aufgehört, ihn ‚er' zu nennen und uns darauf geeinigt seinen Vornamen zu benutzen. Wir wollten ihm einen Teil der Macht nehmen, mit der er unser Leben durcheinanderbrachte, es bestimmte und uns Teile davon vorenthielt.

Vin stöhnte auf. „Was hat er getan?"

Ich schwieg.

„Rie."

„Wieso hast du mich früher nie so genannt?"

Jetzt war er es, der schwieg.

„Vin?"

„Es erschien mir nicht richtig. Dieser Name gehörte dem Mädchen, über das Mika immer gesprochen hatte. Aber du … als ich dich kennenlernte, warst du für mich nicht mehr dieses Mädchen. Ich wollte dich selbst kennenlernen. Den Menschen, der du jetzt bist. Nicht Mikas Schwester, über die ich mir jahrzehntelang immer wieder den Kopf zerbrochen habe."

Ich atmete tief durch, inhalierte seine Worte und versuchte, sie zu verstehen. „Aber jetzt bin ich es?"

„Nein." Er seufzte. „Doch. Auch."

Ein Lächeln legte sich auf meine Lippen. Es erstarb, als ich zu reden begann. „Er hat meiner Mutter vor ihrer Haustür aufgelauert. Und nachdem ich sie in ihre Wohnung gebracht hatte, ist er mir gefolgt und wollte mit mir reden."

„Hast du ihn gelassen?"

Ich zögerte. „Ein wenig."

„Was hat er gesagt?"

Ich zögerte wieder. Ich wollte zuerst mit Mika darüber sprechen. Vin legte zwei Finger unter mein Kinn und hob meinen Kopf an, damit ich ihn ansah. Warum zögerte ich eigentlich? Er würde es ohnehin erfahren. Ich hatte keine Lust mehr auf diese Geheimniskrämerei.

Ich richtete mich auf. „Er hat etwas über Alicia gesagt."

Er runzelte die Stirn. „Was hat er über sie gesagt?"

„Er sagte, sie war krank." Ich flüsterte.

Vins Arm drückte mich fester an sich.

„Er sagte, sie dachten, sie würde sterben."

„Glaubst du ihm?"

„Wie könnte ich ihm noch ein einziges Wort glauben?"

„Tust du es?"

Ich nickte. „Aber es ändert nichts."

„Nein?"

„Nein."

Wieder schwiegen wir.

„Er sagte, er hätte keine Wahl gehabt."

„Man hat immer eine Wahl." Seine Stimme war leise. Seine Hand wanderte über meinen Oberarm, strich über meine Schulter, meinen Hals, empor zu meinen Haaren und nahm den gleichen Weg zurück. Wärme erfüllte die Leere, die die schwindende Wut hinterlassen hatte, und ich fühlte, wie mein Kopf schwerer auf seine Brust sank, legte meine Hand auf seinen Bauch und hielt die Augen geschlossen, um den Moment so zu spüren, wie ich es mir noch vor ein paar Stunden nicht erlaubt hätte.

Seine Finger griffen nach meiner Hand und er drückte sie sanft. „Ich weiß, dass er eine Wahl hatte, denn ich hatte sie auch."

Ich wollte nicht, dass er weitersprach. Ich wollte nicht, dass die Erinnerung mich aus diesem Moment riss. Also hob ich den Kopf und schüttelte ihn, als sich unsere Blicke trafen. Aber ich hatte nicht darüber nachgedacht, mit welcher Intensität es mich treffen würde, ihm in die Augen zu sehen. Ich starrte ihn an, versuchte, meinen Herzschlag wieder zu beruhigen, meinen Atem flach zu halten. Es klappte nicht und er bemerkte meine Erregung, löste die Finger von meiner Hand und legte sie auf meine Wange. Sein Bauch hob und senkte sich so schnell wie mein eigener.

Ich schmiegte mein Gesicht in seine Hand und er legte die Stirn gegen meine. Ich spürte seinen Atem auf meiner Hand, der wärmer wurde, je näher sich unsere Gesichter kamen. Als unsere Lippen nur noch etwa einen Zentimeter voneinander entfernt waren, entstanden leichte Falten auf seiner Stirn und ein fragender Ausdruck in seinen Augen. Anstatt zu antworten, legte ich meine Lippen auf seine und küsste ihn.

Er atmete tief ein und schob mich ein Stück von sich. „Wir können das nicht machen. Ich kann das nicht machen."

Ich runzelte die Stirn und die Wärme in meiner Brust wurde durch einen kalten Windstoß auseinandergeblasen.

„Du bist aufgewühlt. Ich werde das nicht ausnutzen."

Ich lächelte und küsste ihn wieder.

„Rie."

„Ich will das."

„Sicher?"

Nein, ich war mir nicht sicher. Aber jetzt gerade fühlte es sich gut an, ihm so nah zu sein. Meine Gedanken waren mit Fragen beschäftigt, die sich nicht um ihn drehten und mein Körper sehnte sich nach seiner Berührung. Ich löste die Hand von seinem Bauch, schlug das Bein über seinen Schoß und setzte mich auf ihn.

„Du kannst mir nicht erzählen, dass du das hier nicht willst."

Er lehnte seine Stirn gegen meine und lächelte. Und zum ersten Mal seit fast zwei Monaten erlaubte ich den Schmetterlingen, die diesem Lächeln folgen wollten, unter dem Stein hervor zu krabbeln und sich in meinem Körper zu verteilen.

„Es ist nicht richtig“, sagte er, umfasste trotzdem mein Becken und drückte es gegen seine Hüften. Meine Hände fuhren unter sein Shirt, fühlten seine weiche Haut und schoben den Stoff hoch über seine Brust, die Schultern und seinen Kopf. Er löste die Hände von meinen Hüften, legte sie auf die Knöpfe meiner Bluse. Er öffnete einen nach dem anderen und als er den dritten erreicht hatte, zog ich mir die Bluse selbst über den Kopf. Er grinste.

„Was ist?“

„Nichts.“ Seine Arme umschlossen meinen Rücken und er zog mich an sich. „Lass uns in dein Zimmer gehen.“

Ich glitt von seinem Schoß und griff nach seiner Hand. Aber er führte sie an seinen Nacken, griff um meinen Po und hob mich hoch. Ich schlang die Beine um seine Hüften, umfasste sein Gesicht mit den Händen und küsste ihn, während er mich durch das Wohnzimmer zu meiner Zimmertür trug. Dort löste ich meine Beine von seinem Körper, öffnete meinen BH und den Knopf meiner Hose und zog ihn zum Bett. Seine Hände glitten unter den Bund meiner Jeans und schoben sie mir über die Hüften und die Beine. Seine Fingerspitzen lösten ein Kribbeln an den Stellen aus, die sie berührten, das sich ausbreitete, bis es zu meiner Brust und meinem Hals gelangte und dort ein leises Stöhnen auslöste.

Vin reagierte darauf, indem er seine Lippen seinen Fingerspitzen folgen ließ. Das Kribbeln verstärkte sich, mein Stöhnen wurde lauter und ich zog ihn zu mir, drehte mich auf ihn, um ihm die Hose auszuziehen. Aber er kam mir zuvor, ließ sie zusammen mit seiner Boxershorts neben das Bett auf den Boden fallen und griff dann noch einmal danach, während ich meinen Slip auszog. Er richtete sich wieder auf, rollte sich auf mich und ich hörte ein Knistern. Er zog ein Kondom über. Für einen Moment schoss mir der Gedanke durch den Kopf, dass wir das erste Mal ein Kondom benutzten, aber als er in mich drang, verflog er und ich fühlte nur noch. Seine Küsse auf meinen Lippen, seine Haut auf meiner und die Härte, mit der er mich ausfüllte.

Ich klammerte mich an ihn, verschränkte die Beine hinter seinem Becken und die Hände in seinem Nacken. Ich zog ihn an mich, wollte den Moment in die Länge ziehen und ihn gleichzeitig so intensiv spüren, wie möglich.

Wir kamen gleichzeitig, schwer atmend und den Blick auf den anderen geheftet. Als die letzte Welle verebbt war, verschwand die Spannung aus Vins Körper und auch meine Beine lösten sich von seinem Becken. Er sank auf mich, rollte sich auf die Seite und zog mich an sich. Für einen Moment genossen wir die Gedankenlosigkeit des Moments, aber dann stand er auf, um ins Bad zu gehen.

Als er zurückkehrte, hob er seine Hose vom Boden auf, doch ich griff nach seiner Hand und zog ihn zurück ins Bett, schmiegte mich wieder an ihn, legte die Decke über uns beide und schloss die Augen, bereit einzuschlafen. Ich lauschte seinem Atem, der seine Brust noch immer unruhig hob und senkte, und als sich ein Schleier über meine Gedanken legte, hörte ich seine Stimme wie aus weiter Ferne.

„Wirst du mir jemals verzeihen, Rie?“

„Das habe ich schon lange getan.“

Er schwieg und ich gab mich wieder der Ruhe hin, die sich in meinem Körper ausgebreitet hatte.

„Wirst du mir jemals wieder vertrauen?“

Der Schleier lichtete sich und zu der erfüllenden Wärme und der erschöpften Leichtigkeit gesellten sich Zweifel.

Ich zögerte lange. Ich wollte ihn nicht verletzen, aber noch weniger wollte ich ihn belügen. „Ich weiß es nicht.“

Er machte Anstalten, aufzustehen, doch ich drückte ihn zurück in die Laken und hob den Kopf, um ihn anzusehen. „Können wir nicht einfach den Moment genießen?“

Er lächelte. Vielleicht weil ihm bewusst war, dass ich seine Worte verwendete, und ein Teil der Zweifel verschwand aus meinen Gedanken. „Ja. Ja, das können wir.“ Seine Worte drangen leise in mein Ohr und ich schmiegte mich wieder an ihn und ließ mich in den Moment fallen, auch oder vielleicht noch mehr, weil ich wusste, dass dieser bei Sonnenaufgang vorbei sein würde. „Singst du für mich?“

Er antwortete nicht, aber nach ein paar Sekunden stimmte er den alten Chaplin-Song an und bevor er die zweite Strophe begann, fielen meine Augen zu und ich schlief ein.

Kapitel 36

TAG 93

„Meinst du, ich sollte mit ihm reden?“ Ich leckte den Schaum von dem langen Metalllöffel ab und steckte ihn sofort wieder in das hohe Glas.

„Mit wem?“

„Mit Henrik.“

Mika atmete tief durch und ließ sich gegen die Holzlehne seines Stuhls fallen. Dieser kippte leicht nach hinten, aber Mika griff die Unterkante des Tisches und verhinderte so einen Sturz auf den Dielenboden des Cafés.

„Willst du das denn?“

„Nein.“ Meine Antwort kam zu schnell, denn eigentlich war ich mir darüber gar nicht so sicher. Ich hatte Mika einen Tag nach der Begegnung mit Henrik von dessen Behauptungen erzählt. Die Sache mit Vin hatte er selbst herausgefunden, als er am Abend nach Hause gekommen war und unsere Oberteile auf dem Sofa gefunden hatte.

„Und du?“ Auch Mika hatte den Kontakt zu Henrik abgebrochen. Nach all den Jahren hatte er endlich die Kraft gefunden, sich ihm entgegenzustellen. Aber er hatte seine Mutter gefragt, ob sein Vater, unser Vater, die Wahrheit gesagt hatte, und sie hatte seine Worte bestätigt.

Er schüttelte den Kopf. „Und was ist mit Vi?“

Ich zuckte mit den Schultern. Als ich an jenem Morgen aufgewacht war, hatte er die Wohnung bereits verlassen. Auf meinem Nachttisch lag ein Zettel mit den Worten ‚Danke für diesen Moment. V.‘. Er lag noch immer dort. Wir hatten uns seither zweimal gesehen. Einmal hatte er gemeinsam mit Mika ein paar Kartons aus einem Möbelgeschäft in unsere Wohnung getragen. Sie hatten den Tisch und den Schrank danach zusammen aufgebaut und er war zum Essen geblieben. Und es hatte funktioniert. Ich hatte ihm verziehen und vielleicht würden wir einen Platz im Leben des anderen finden.

Beim zweiten Mal hatte Seba uns zu einer Modenschau seiner Kollektion eingeladen. Eigentlich sollten Mika und Vin die Designs vorführen, aber Seba war unzufrieden mit ihrem Laufstil, ihrer Haltung und den Albernheiten, die sie sich beim Fitting erlaubten, und er buchte andere Models. Trotzdem durften sie als Gäste an dem Event teilnehmen. Ich selbst sah von den beiden nur wenig. Während der Show fotografierte ich Backstage, wie Gloria und Seba die Models herausputzten, und danach unterhielt ich mich mit anderen Designern, die mich auf die Bilder ansprachen, die Seba in der kurzen Zeit auf großformatige Leinwände hatte drucken und aufstellen lassen.

„Rie?“

„Er nennt mich jetzt auch so.“

„Ja, ich weiß.“

„Wie lange wusste er von mir?“

Er seufzte und zögerte. „Schon immer. Ich habe es ihm sofort erzählt.“

Ich hatte keine andere Antwort erwartet, dennoch musste ich darüber nachdenken. „Hat er je versucht … ich meine, was hat er gesagt? Fand er es okay, dass du niemandem etwas erzählt hast?"

Mika lachte kurz auf und schüttelte den Kopf.

Ich wartete darauf, dass er etwas dazu sagte, aber er tat es nicht. „Ich will es nur wissen, Mi." Während der drei Tage, die Vin bei uns gelebt hatte, war mir dieser Spitzname so vertraut geworden, dass ich ihn seitdem selbst benutzte.

Er sog die Luft ein und biss sich auf die Unterlippe. „Er hat immer wieder versucht, mich davon zu überzeugen, dass all das nicht deine Schuld gewesen sei. Je mehr er mich gedrängt hat, zur Polizei zu gehen, desto mehr habe ich mich von ihm zurückgezogen. Irgendwann hat er mir gedroht, es selbst zu tun."

„Zur Polizei zu gehen?" Ich erstarrte und für einen kurzen Moment flimmerten Ausschnitte eines Lebens durch meinen Kopf, in dem ich einen dreizehnjährigen Bruder hatte und meine Mutter endlich aufhörte, einem Untoten hinterherzutrauern. „Warum hat er es nicht getan?"

„Ich habe ihm gedroht, dass unsere Freundschaft dann für immer vorbei wäre."

„Und sein bester Freund war ihm natürlich wichtiger als ein unbekanntes Mädchen aus dem Wald." Ich sagte es ohne Gram, aber Mika fing nur die Worte auf.

„Rie. Er kannte dich doch gar nicht."

„Ich weiß. Es ist okay. Er hat es für eure Freundschaft getan. Ihr wart Kinder und keiner von euch konnte wirklich erkennen, was all das bedeutete."

Er nickte, aber seine Worte passten nicht zu dieser Geste. „Er hätte es trotzdem tun sollen. Ich hätte ihm schon irgendwann verziehen. Spätestens nachdem ich gemerkt hätte, wie toll es ist, eine kleine Schwester zu haben." Er drückte meine Hand. „Na ja, jedenfalls habe ich danach aufgehört, mit ihm darüber zu reden. Bis vor drei Monaten hat keiner von uns dem anderen gegenüber deinen Namen oder die zweite Identität von Henrik erwähnt."

„Und dann schmeißt du ihn einfach so in diese Situation?"

Mika nickte und presste die Lippen aufeinander, bis sie an Farbe verloren.

„Kein Wunder, dass er sauer war."

Er nickte wieder. „Ich sagte dir ja, er hat nichts falsch gemacht. Ich war der Idiot. Ich hätte all das schon vor Jahren auflösen können. Stattdessen war ich sogar zu feige, ihn in diese ganze Aktion einzuweihen, als er noch Gelegenheit gehabt hätte, Nein zu sagen."

Eine Kellnerin lief an unserem Tisch vorbei und fragte, ob wir noch etwas bestellen wollten. Wir verneinten und sie ging weiter.

„Warum verzeihst du ihm nicht, Rie?"

„Das habe ich doch schon."

Er hob die Augenbrauen und kippelte wieder mit dem Stuhl nach hinten. Ich grinste.

„Was ist?"

„Das hast du bestimmt in der Schule auch immer gemacht, oder?"

„Du lenkst vom Thema ab." Er versuchte, streng zu klingen, aber seine Lippen formten ebenfalls ein Grinsen.

„Ja, ich weiß." Ich seufzte. „Ich habe ihm verziehen. Ich weiß, dass er es für dich getan hat. Wahrscheinlich hätte ich sogar genauso gehandelt."

„Aber?"

„Aber er hat mich wochenlang angelogen. Wir haben miteinander geschlafen, weißt du?“

„Ja, das weiß ich. Und es wäre nett, wenn du mich nicht daran erinnerst.“

Ich warf eine Serviette nach ihm. Aber sie war zu leicht, flog nicht weit und landete auf meinem Glas.

„Ich habe ihn so oft um dich weinen sehen und er hat so getan, als hätte er einfach Schuldgefühle. Zumindest war es das, was ich geglaubt habe.“

„Die hatte er auch.“

„Ja, das glaube ich. Es war sicher schwer für ihn, nicht schon im Wasser nach dir zu suchen.“

Er nickte. „Ja, das war es. Aber dieses Mal wollte er dich retten.“

„Eigentlich war ich es, die ihn gerettet hat.“

„Du weißt, was ich meine.“

„Ja.“ Ich zögerte. „Aber das war ja nicht alles. Er hat all das vor mir versteckt. Ich habe ihm von meinem toten Vater erzählt. Ich habe ihn nach dem Foto gefragt und er hat einfach nichts gesagt.“

„Aber das habe ich doch auch nicht. Mir hast du doch auch von ihm erzählt. Warum vertraust du mir, ihm aber nicht?“

„Das war doch etwas ganz anderes.“

„Warum?“

„Wir hatten viel weniger Zeit zusammen. Und da hatten wir gerade einen Beinahe-Absturz hinter uns und schipperten ein paar Stunden in einem rostigen Kahn.“

„Rie.“

„Nein. Vin hatte hunderte Gelegenheiten, mir die Wahrheit zu sagen. Und wenn er es nicht hätte tun wollen, dann hätte er den Abstand zwischen uns wahren müssen.“

„Ja, aber …“

Ich wartete darauf, dass er den Satz beendete, aber er tat es nicht. Ich hob die Augenbrauen und sah ihn auffordernd an. Er schwieg weiter.

„Mi! Was aber?"

Er atmete tief durch. „Du hast recht. Er hätte den Abstand wahren müssen. Aber das konnte er nicht."

„Ja, offensichtlich."

„Rie."

„Was?"

„Mach die Augen auf?"

„Sie sind auf."

Er grinste. „Du weißt, was ich meine."

„Nein, das weiß ich nicht. Was meinst du?"

Er antwortete nicht. Stattdessen veränderten sich seine Gesichtszüge, er ließ sich in seinen Stuhl zurückfallen und seufzte. „Du hast das mieseste Timing der Welt, Mann."

„Mann? Was?"

Und da kam Vin hinter mir um den Tisch und setzte sich auf den freien Stuhl. Er fixierte mich und Mika machte Anstalten aufzustehen, aber ich war schneller, nahm meine Jacke von der Stuhllehne und murmelte etwas von einer Verabredung, die ich vergessen hatte. Mir war klar, dass ich die beiden nicht täuschen konnte, aber es war mir egal. Ich wollte nicht mit Vin allein sein. Und Mika wäre in wenigen Sekunden auf und davon gewesen.

Ich erreichte den Eingangsbereich, der durch eine Doppeltür vom Café abgetrennt war, und legte gerade eine Hand auf die Türklinke, um die Tür nach draußen zu öffnen, als ich hörte, wie jemand hinter mir schnellen Schrittes durch das Café lief. Ich drückte die Klinke nach unten, doch Vin erreichte mich, bevor ich sie öffnen konnte, und schlug seine Hand auf den Holzrahmen. Er hielt die Tür so fest, dass ich sie nicht aufziehen konnte. Gab es nicht irgendeine Bestimmung, dass Türen von Restaurants sich nicht nach innen öffnen durften?

Ich sah zu ihm auf und für einen Moment erwiderte er meinen Blick. Er schien unschlüssig, was er sagen sollte und ich hoffte, er würde mich einfach gehen lassen. Aber dann begann er zu sprechen: „Was soll das?"

Ich hätte fragen können, was er meinte, aber natürlich wusste ich es. Antworten wollte ich aber auch nicht. Also blieb ich still und Vin wiederholte seine Frage. Lauter, mit mehr Nachdruck dieses Mal: „Rie, was soll das?"

Ich senkte den Kopf und er griff mein Kinn, zog es nach oben, sodass ich ihn ansehen musste. Er tat es nicht grob, aber es war auch keine liebevolle Berührung.

„Ich kann das nicht mehr, verdammt." Er löste die Hand wieder von meinem Kinn, aber sein Blick fixierte meinen und ich war unfähig, ihn wieder zu senken.

Ich schluckte. Hart. „Was kannst du nicht mehr?"

„Das alles." Er zögerte. „Ich verstehe, dass du dich hintergangen fühlst. Und ich hätte es auch verstanden, wenn du mich nie wieder hättest sehen wollen."

Das war der Plan.

„Aber … aber stattdessen gibst du mir an dem einen Tag das Gefühl, dass wir Freunde werden könnten, dann weichst du mir wieder vollkommen aus und ein paar Stunden später schläfst du mit mir."

„Ich habe dir gesagt, dass es nur …"

Seine Stimme wurde lauter. „Ja, dass es nur der Moment war. Ich weiß, aber …"

„Es ist nicht meine Schuld, wenn dir das nicht reicht." Auch ich wurde lauter. Und gemein. Warum warf ich ihm so etwas an den Kopf? Ich spürte die Wut der vielen ungesagten Worte und unverarbeiteten Gefühle in mir aufsteigen, und presste die Kiefer aufeinander, um nicht alles auf einmal herauszuschreien.

Er sog die Luft zischend ein. „Nein, natürlich ist es nicht deine Schuld."

„Ich kann das nicht einfach vergessen. Ich verstehe, dass du Mika schützen wolltest. Dass du ihn nicht verraten wolltest. Dass du dir nicht eingestehen wolltest, dass er tatsächlich tot sein könnte. Aber du hast mich belogen, mir etwas vorgemacht. Du hast dir meine Geschichten angehört und mich in all diesem Schmerz gelassen, dabei hättest du so viel davon auflösen können."

„Um dich noch tiefer zu verletzen."

Ich schüttelte den Kopf. Das wollte ich nicht hören. „Du kannst nicht von mir erwarten, dass ich das einfach so hinter mir lasse. Ich wusste nicht, wer du bist. Ich habe dir einfach so vertraut. Und das hat sich als falsch herausgestellt. Aber das hätte ich natürlich vorher wissen müssen." Ich fühlte mich nicht besser nach diesen Worten. Es kam mir vor, als hätten sie die Kraft aus meinem Körper mit sich genommen und in mir blieb wieder dieses mir so wohlbekannte Gefühl der Leere zurück.

Er presste die Lippen aufeinander und ich sah ihm an, dass er zwischen Enttäuschung und Wut mit dem Wunsch kämpfte, mir klarzumachen, dass er die Dinge ganz anders sah. „Ich habe dich nicht benutzt. Ich habe das alles nicht geplant und ich hätte auch niemals gedacht, dass ich mich … Du kannst dir nicht vorstellen, wie oft ich dir die Wahrheit sagen wollte." Seine Stimme wurde bei den letzten Worten sanfter, aber ich wollte diese Sanftheit nicht hören.

„Doch. Weißt du was, das kann ich mir vorstellen. Und du hast dich jedes Mal dagegen entschieden.“ Ich riss an der Türklinke, aber er drückte noch immer fest gegen den Rahmen.

„Oh warte, richtig. Nach über zwei Wochen und nachdem du mich endlich rumgekriegt hattest, hast du endlich den Mund aufgemacht.“

„Das ist nicht wahr.“ Er wurde wieder lauter und ich fragte mich, wann uns jemand bitten würde, den Eingangsbereich zu verlassen. Ich schwieg und wartete darauf, dass alle Worte, die er mit mir teilen wollte, seinen Mund verlassen hatten, damit ich dieser Situation endlich entfliehen konnte, aber er sagte nur: „Du weißt, wie leid mir all das tut.“

„Ja, das weiß ich. Und ich weiß auch, dass du es immer wieder tun würdest.“

Er sagte nichts.

„Und genau deshalb hat dieses Gespräch keinen Sinn. Lass mich jetzt endlich gehen.“

Aber er löste die Hand noch immer nicht von der Tür. „Nein. Ich will, dass wir das jetzt klären. Du hast mir nicht ein einziges Mal die Gelegenheit gegeben, dir zu sagen, warum ich so gehandelt habe.“

Das stimmte, aber ich konnte es mir denken und Mika hatte mir ausreichend Hinweise gegeben, damit ich es verstand. Aber eigentlich wollte ich das gar nicht. Es war leichter, die Schmetterlinge mit dem Felsbrocken zu fixieren, wenn das Verständnis für Vins Verhalten sein Gewicht nicht verringerte.

„Stattdessen unterstellst du mir Dinge, die nicht wahr sind, und dann gibst du mir immer wieder das Gefühl, dass wir vielleicht doch eine Chance haben, nur um mich im nächsten Moment wieder abblitzen zu lassen.“

Jetzt schaffte ich es doch, den Blick zu senken.

„Weißt du, was ich nicht verstehe?“ Er wartete einen Moment und sprach dann weiter: „Ich weiß, dass er dein Bruder ist. Aber Mika hat dich genauso angelogen wie ich. Vielleicht noch mehr. Außerdem hat er dir hinterherspioniert. Aber ihn hast du sofort in dein Leben gelassen.“

Ich antwortete nicht. Lydia hatte gemutmaßt, dass ich in Mika den Vater erkannte, den ich mit sechs Jahren verloren hatte, und ich mich deshalb an ihn klammerte. Und dass Vin nur ein weiterer Mann war, dem ich mich nicht öffnen konnte und bei dem ich nach jedem Grund griff, um ihn von mir wegstoßen zu können. Vielleicht hatte sie recht. Aber vielleicht war sie auch auf dem Holzweg. So oder so fühlte ich mich nicht dazu imstande, ihm den Platz in meinem Leben einzuräumen, den er offensichtlich wollte.

„Ich habe dich sehr gern. Zumindest das ist dir hoffentlich bewusst. Aber ich kann das nicht länger. Ich weiß, dass ich dir sehr wehgetan habe, Rie. Aber jetzt bist du es, die mit meinen Gefühlen spielt. Jetzt bist du es, die mich verletzt.“ Ich hörte noch immer die Wut, aber seine Stimme verlor sich in den letzten Worten und ich konnte den Schmerz dahinter deutlich spüren. Dennoch schwieg ich und atmete tief durch. Ich spielte nicht mit seinen Gefühlen. Es waren meine eigenen Gefühle, die mit mir spielten, und mich nicht geradeaus gehen ließen. Aber ich wollte nicht mit ihm darüber sprechen.

Seine Stimme war gefasst, als er weitersprach, und dennoch zerrissen seine Worte mein Herz. „Ich werde die Stadt verlassen. Es war falsch, herzukommen. Mika und du, ihr braucht Zeit für euch.“ Er wartete einen weiteren Augenblick, gab die Tür schließlich frei, und bevor er noch mehr sagen konnte, oder meine Tränen es schafften, ihm zu zeigen, dass es womöglich doch eine Chance gab, eilte ich nach draußen, ohne ihn ein letztes Mal anzusehen.

Kapitel 37

TAG 100

Ich hatte Vin nicht mehr gesehen, wusste nicht, ob er die Stadt in der vergangenen Woche verlassen hatte oder noch immer in der Nähe war. Und ich wagte es nicht, Mika danach zu fragen. Der kleine Zettel war von der Oberfläche meines Nachttischs in dessen Schublade gewandert und ich übertönte jeden Gedanken an den Mann, der mich berührt hatte wie kein anderer zuvor, mit Aktivitäten und Plänen für die kommenden Monate. Ich bestätigte meine Verfügbarkeit für die Frühjahrstour von ‚Give a Fxxk', sagte einigen Shooting-Anfragen zu und schleppte Mika jeden Abend zu einer Ausstellung, einem Essen mit Freunden oder zum Einkaufen. Er ließ sich kommentarlos darauf ein.

Wir verbrachten viel Zeit zusammen. Auch meine Mutter kam uns regelmäßig besuchen. Dann aßen wir gemeinsam, tranken Tee oder zeigten Mika unsere Lieblingsplätze in der Stadt. Von Henrik hatten weder meine Mutter oder ich noch Mika etwas gehört. Ich fragte mich, ob er so leicht aufgegeben hatte, und konnte es mir nicht vorstellen. Wahrscheinlich überlegte er lediglich, wie er es doch noch schaffen könnte, mich umzustimmen, und verfeinerte seinen Plan. Aber kein Plan würde raffiniert genug sein, um meine Erinnerungen auszulöschen.

Heute waren wir auf dem Weg zu meinem Taekwondo-Verein. Die Halle, in der wir trainierten, lag in einem anderen Stadtbezirk und wir nahmen das Auto, um dort hinzugelangen. Ich hatte seit Monaten nicht trainiert, die paar Einheiten am Strand ausgenommen, und ich freute mich auf Dannys hartes Aufwärmtraining. Es war die beste Methode, um dem Gedankenkarussell so viel Schwung zu geben, dass es einen Kurzschluss erlitt, und sich für ein paar Stunden nicht mehr drehen konnte.

Als wir mein Auto in einer Nebenstraße abgestellt hatten und zu der alten Turnhalle gingen, deren zugehörige Schule vor Jahren abgerissen worden war, erklang hinter uns plötzlich eine Stimme: „Marie! Marie, bist du das?“

Ich drehte mich um und lächelte. „Danny, hey. Ja, das bin ich.“

Er schloss zu uns auf und umarmte mich so stürmisch, dass ich das Gleichgewicht verlor, aber er hielt mich lachend aufrecht. „Und ich dachte schon, du hast uns vergessen.“

„Nein, ähm … nein, ich war mit anderen Dingen beschäftigt.“

Er musterte Mika. „Ich nehme an, du bist eins dieser Dinge.“ Dann wandte er sich wieder an mich. „Wie war die Reise? Ich hoffe, du hast uns etwas mitgebracht.“

Mika schnaubte.

„Was ist so lustig?“ Im Schein der gelben Straßenlaterne sah ich, wie sich Dannys Augen verdunkelten.

Aber Mika legte ihm freundschaftlich die Hand auf die Schulter. „Na, sie hat mich mitgebracht.“

Ich rollte mit den Augen. Seit wann tat ich das? „Danny, darf ich vorstellen? Das ist Mika, mein Bruder.“

„Du hast einen Bruder? Davon wusste ich nichts, oder?“

Ich schüttelte den Kopf. „Nein.“

Ein weiterer Schüler kam an uns vorbei und unterbrach das Gespräch. Gemeinsam gingen wir in die Halle und verteilten uns auf die Umkleiden. Ich schlüpfte in meinen Anzug, legte den blauen Gürtel um und band meine Haare zu einem Zopf. Ich schob den kleinen silbernen Ring, den mir meine Mutter geschenkt hatte, in das Innenfach meiner Handtasche und verließ die Umkleide.

Als ich den Trainingsraum betrat, rief Danny die anderen bereits zur Aufstellung zusammen. Ich reihte mich in die vordere Reihe ein und wir begrüßten uns mit der üblichen Verbeugung. Danach rannten wir ein paar Runden durch die Halle. Danny unterbrach das Laufen jede Minute und ließ uns Liegestütze oder Sit-ups machen oder die Laufart wechseln. Wir rannten rückwärts, seitwärts, hüpften einbeinig im Kreis und hoben die Knie beim Laufen, so hoch wir konnten.

Ich fühlte die Energie durch meine Adern pulsieren und erhöhte mein Tempo in jeder Runde, bis ich kaum noch Luft bekam. Dennoch lächelte ich und freute mich auf die Erschöpfung, die dem Training folgen würde. „Marie, du gibst aber Gas heute.“ Danny trat zu mir, als ich nach der Erwärmung meine Wasserflasche mit einem Zug zur Hälfte leerte.

Ich atmete ein paar Mal tief durch, um die Sauerstoffbalance in meinem Körper wieder auszugleichen, und grinste ihn an. „Na, ich habe doch einiges aufzuholen. Dein Training hat mir gefehlt.“

Er grinste zurück und klopfte mir auf den Rücken. Ich fragte mich nicht zum ersten Mal, warum es ihn nicht störte, verschwitzte Menschen zu berühren.

Danny rief uns zur Dehnung und zwischen Vorbeugen und Spagat normalisierte sich mein Herzschlag etwas und ich beobachtete Mika, der sich schwerer tat, als ich es erwartet hatte. Danach übte ich mit ihm gemeinsam Tritte und wenn wir zwischendurch zu Atem kamen, planten wir den Abend und ich erklärte ihm, wie er die Stellung seiner Beine verändern musste, um sein Gewicht besser auszubalancieren.

Plötzlich schallte die Melodie eines alten Hiphop-Songs durch die Halle. Mikas Telefon klingelte. Danny brüllte: „Hey, wessen Telefon ist das. Ihr kennt die Regeln."

Mika lief zu den Bänken, auf denen wir unsere Wasserflaschen und Wertsachen deponiert hatten und rief Danny zu: „Entschuldige. Ich erwarte die Rückmeldung von ein paar lokalen Magazinen, bei denen ich mich für einen Job beworben habe."

Er nickte. „Okay. Kein Problem. Dieses Mal. Sonst machst du für jedes Geräusch, das dein Smartphone von sich gibt, zwanzig Liegestütze."

Mika lachte, beantwortete den Anruf und schwieg dann, um zu hören, was die Person am anderen Ende der Leitung zu sagen hatte. Ich trat zu ihm und setzte mich, um etwas zu trinken und zu hören, ob er einen der Jobs bekommen hatte. Ich lehnte den Oberkörper gegen die kühle Wand und schloss die Augen.

„Ja, der bin ich." Pause. „Ja, das ist er." Seine Stimme veränderte sich. Er sprach angespannt. Die Bank bewegte sich und Mikas Worte erklangen klarer in meinem Kopf. Ich öffnete die Augen, als er seine Hand auf meine Schulter legte. Er stand nun direkt vor mir. Seine Augen verdunkelten sich.

„Was ist passiert?“, fragte er, schwieg wieder und wartete auf die Antwort. Er ließ seine Hand von meiner Schulter zu meiner Hand sinken, ergriff sie und zog mich hoch. Ich wartete darauf, dass Mika das Telefonat beendete oder etwas sagte, das mir mehr Informationen verschaffte. Seine Gesichtszüge waren angespannt, sein Kiefer bewegte sich, als würde er mit den Zähnen knirschen, und er nickte hin und wieder.

„Wie schlimm ist es?“

Ich drückte seine Hand fester, damit er mir einen Hinweis gab. Was war schlimm? Mit wem? Ich griff in meine eigene Handtasche, zog mein Handy heraus und wollte Vin anrufen, als mir bewusst wurde, dass ich nicht einmal seine Nummer hatte.

„Danke, wir kommen sofort.“

Er beendete das Telefonat und sah mich endlich an.

„Was ist passiert?“ Danny und ich formulierten die Frage gleichzeitig, ich deutlich panischer als er.

„Henrik. Er hatte einen Herzinfarkt.“

Mein Herzschlag beruhigte sich für einen Moment und begann dann wieder zu rasen. Mika wirkte wie betäubt und ich schlang die Arme um ihn, damit er wieder zu sich kam.

„Welches Krankenhaus?“

Er sagte es mir und ich griff nach unseren Sachen, schob ihn zum Ausgang des Trainingsraumes und in die Umkleidekabine.

„Wir treffen uns in einer Minute am Ausgang.“

Er nickte und verschwand hinter der Tür. Ich ging in die Damenumkleide, öffnete den Gürtel und streifte den Anzug ab, unfähig einen einzigen Gedanken zu fassen. Sie strebten durch meinen Kopf und schoben sich nur bruchstückhaft in mein Bewusstsein: Herzinfarkt. Chancen. Rotes Wasser, das in Bruchteilen einer Sekunde davongetrieben wird. Der Blick aus den Augen meines Vaters, als ich ihn auf der Straße von mir gestoßen hatte. Und die Panik in Mikas Augen, die denen unseres Vaters so ähnlich waren. Meine Emotionen konnten den Gedankenscherben nicht folgen und ich fühlte mich leer.

Ich wählte die Nummer meiner Mutter, aber sie hob nicht ab. Irgendwo hinter den Fetzen in meinem Kopf erinnerte ich mich daran, dass sie heute mit einer Freundin ins Kino wollte. Ich beendete den Anruf, zog mich an, stopfte meinen Anzug in die Tasche und verließ den Umkleideraum. Mika wartete bereits im Eingangsbereich auf mich und auf der Straße in zweiter Spur stand ein Taxi. Meinen fragenden Blick beantwortete er mit hochgezogenen Augenbrauen und wir stiegen hinten ein. Mika musste dem Fahrer unser Ziel bereits am Telefon mitgeteilt haben, denn dieser fuhr ohne danach zu fragen los.

„Ich hätte auch fahren können."

Er griff nach meiner Hand und schwieg. Sein Blick war starr auf die Lichter der Stadt gerichtet, die sich in den Tropfen auf der Scheibe und den Pfützen auf dem Asphalt spiegelten. Es hatte geregnet und noch immer liefen vereinzelt Menschen mit Regenschirmen in der Hand durch die Straßen. Obwohl ich den Weg kannte, nahm ich kaum wahr, wo wir uns befanden. Meine Aufmerksamkeit galt allein Mika und seinem Schweigen. Dieser Angst, die ich selbst einmal gespürt hatte. Der Verzweiflung, an die ich mich so gut erinnern konnte, dass sie nun auch in mir wieder aufzusteigen drohte. Aber ich schluckte sie gemeinsam mit den anderen Gefühlen, für die es jetzt keinen Raum gab, hinunter und verschränkte unsere Finger, löste meinen Gurt und rutschte zu ihm.

„Hey, anschnallen.“ Die Stimme des Fahrers schnitt durch unser Schweigen wie eine Axt. Ich griff nach dem Gurt, der für den Passagier auf dem mittleren Sitz vorgesehen war, und folgte seinem Befehl. Dann legte ich den Kopf auf Mikas Oberarm und sah zu ihm auf. Auf seiner linken Wange glänzten Tränen. Ich wollte sie wegwischen, aber als ich die Hand hob, stoppte das Auto und der Fahrer brüllte: „Wir sind da.“ Er nannte uns den Preis und Mika gab ihm den doppelten Betrag, weil er nicht auf das Wechselgeld warten wollte.

Es fühlte sich an, als verbrächten wir Stunden damit, die Notaufnahme nach jemandem zu durchsuchen, der uns sagen konnte, wo Henrik lag. In Wirklichkeit waren es wahrscheinlich nicht einmal zwei Minuten. Eine Schwester bat uns, im Wartebereich Platz zu nehmen, und folgte uns dorthin.

„Sind Sie verwandt mit dem Patienten?“

„Ja.“ Wir antworteten beide und sie blickte von Mika zu mir und wieder zurück.

„Beide?“

Ich nickte und sagte: „Er ist unser Vater.“

Sie seufzte und setzte sich auf einen Stuhl neben uns. „Ihr Vater hatte einen Herzinfarkt. Im Moment wird er operiert.“ Ihre Stimme war sanft und sie erinnerte mich an die Krankenschwester, die mir beruhigende Worte zugeflüstert hatte, als ich mit sechs Jahren in einem anderen Krankenhaus auf meine Mutter gewartet hatte. „Ich kann Ihnen nichts Genaues sagen. Das wird der behandelnde Arzt tun, sobald die Operation beendet ist.“

„Wird er überleben?“ Es waren die ersten Worte, die Mika in meiner Gegenwart sprach, seitdem er das Telefonat mit dem Krankenhaus beendet hatte.

Die Krankenschwester atmete schnell und tief ein. „Es war ein schwerer Herzinfarkt, aber er hatte Glück. Ein Arzt war in der Nähe und hat ihn sofort reanimiert."

Reanimiert. Das Wort hallte durch meinen Kopf, stieß sich an den Innenwänden meines Schädels ab und rührte den gleichen Schmerz auf, den ich schon vor zwanzig Jahren gespürt hatte. Aber ich fühlte noch etwas anderes. Mikas Hand griff wieder nach meiner und drückte sie so fest, dass es für einen Moment mehr wehtat als die Erinnerung. Ich blickte zu ihm. Für ihn war dieser Schmerz neu. Er hatte seinen Vater noch nicht verloren.

Auf dem Flur der Notaufnahme brach hektisches Treiben aus und die Krankenschwester wandte sich in die Richtung, aus der uns die Geräusche von drängenden Stimmen und Metallrollen auf Linoleumboden erreichten. „Es tut mir leid. Ich muss sehen, was da los ist." Ohne ein weiteres Wort stand sie auf und verschwand mit dem neuen Patienten um eine Ecke. Außer den Antworten auf unsere nicht gestellten Fragen nahm sie noch etwas anderes mit. Ohne sie gab es keinen Puffer mehr zwischen Mika und mir. Niemanden, der eine Brücke zwischen unseren Gefühlen bauen konnte, die einander so ähnelten und doch so verschieden waren.

Mika liebte unseren Vater. Trotz allem. Oder vielleicht auch ein bisschen wegen dem, was er getan hatte. Er hatte sich für ihn und seine kranke Mutter entschieden. Seit diesem Tag war er ihm ein Vater gewesen, der seinen Geburtstag mit ihm gefeiert hatte und mit ihm aufs Meer hinausfuhr. Auch wenn er den Kontakt in den letzten Wochen gemieden hatte, wusste ich, dass er nicht vorhatte, ihn dauerhaft aus seinem Leben auszuschließen.

Ich konnte seine Gefühle verstehen, aber natürlich waren es nicht dieselben Emotionen, die mich erfüllten. Für mich war er bereits einmal gestorben und ein kleiner Teil von mir wünschte sich, dass er es damals wirklich getan hätte. Und dieser Teil wollte auch heute nicht, dass er weiterlebte. Dieser Teil wollte das Bild von dem großen Mann zurück, der alles für seine Tochter getan hätte. Der sie niemals durch diese Hölle geschickt hatte.

Aber dann war da dieser viel größere Teil, der nicht wollte, dass Mika denselben Schmerz durchleben musste. Der noch immer hoffte, dass es eine Erklärung für all das gab. Eine, die leichter zu ertragen wäre. Auch wenn ich die Wahrheit inzwischen gut genug kannte, um zu wissen, dass so eine Erklärung nicht existierte. Und dennoch wünschte ich mir eine Chance, dieser Geschichte ein anderes Ende zu geben.

Mika stützte die Ellenbogen auf die Oberschenkel und den Kopf in die Hände. Als ich meine Hand auf seinen Rücken legte und darüber streichen wollte, stand er auf und lief zum Fenster, das auf den Krankenhausparkplatz zeigte. Er verschränkte die Hände hinter dem Kopf und wurde für einen Moment von blauem, flackerndem Licht erleuchtet, als ein Krankenwagen in die Einfahrt der Notaufnahme fuhr. Ich konnte ihm nicht helfen. Die alten Schuldgefühle hinderten ihn daran, sich in diesem Moment von mir stützen zu lassen.

Ich atmete tief durch und ließ mich gegen die Lehne des Warteraumstuhls fallen. Ob er Vin benachrichtigt hatte? Ich griff in seine Jackentasche und zog sein Telefon heraus. Es gab drei Anrufe in Abwesenheit. Zwei stammten von einer unbekannten Nummer. Der dritte war von Vin. Hoffentlich war er noch in der Stadt. Froh darüber, etwas anderes tun zu können, entriegelte ich sein Telefon, den Code hatte er mir vor ein paar Wochen verraten, und rief sein Nachrichten-Programm auf.

Auch hier gab es verpasste Mitteilungen. Eine stammte von derselben unbekannten Nummer. Die ersten Worte wurden in der Vorschau angezeigt: ‚Hallo Mika, wir fanden dich super'. Ich öffnete die Nachricht und las weiter: ‚Und wir würden uns freuen, wenn es dir genauso ging. Melde dich bis morgen, wenn du den Job möchtest.' Ich überlegte, ob ich ihm die Nachricht zeigen sollte, entschied mich dann aber dagegen. Stattdessen antwortete ich: ‚Hallo, hier schreibt Marie, Mikas Schwester. Sein Vater liegt im Krankenhaus und er meldet sich bei euch, sobald wir wissen, wie es weitergeht.' Ich zögerte, atmete tief durch und ersetzte ‚Sein Vater' durch ‚Unser Vater', bevor ich die Nachricht abschickte. Die Antwort erfolgte wenige Sekunden später: ‚Danke, Marie. Wir denken an euch und warten solange, wie es notwendig ist. Fühlt euch umarmt. Liebe Grüße, Lara.' Ich schrieb: ‚Danke' und öffnete nun, da ich es nicht länger hinauszögern konnte, den anderen Nachrichtenverlauf.

Ich schrieb: ‚Vin, hier ist Rie. Henrik hatte einen Herzinfarkt. Kannst du herkommen?' Ich fügte der Nachricht den Standort des Krankenhauses hinzu und wollte es gerade zurück in Mikas Jacke stecken, als es in meiner Hand vibrierte. Zwei Nachrichten waren eingetroffen. Lara hatte ein Herz geschickt und Vin schrieb: ‚Ich bin in zehn Minuten da.'.

Ich antwortete: ‚Danke. Bis gleich.'

Vin: ‚Wie geht es euch?'

Ich: ‚Komm einfach her.' Ich zögerte und fügte hinzu: ‚Wir brauchen dich.'

Vin: ‚Okay.'

Kapitel 38

TAG 100

Eine Hand legte sich auf meine Schulter und der Geruch von kaltem Nylon erfüllte die Luft. Ich hob den Blick und sah in Vins Augen. Aber nur für einen Augenblick. Dann lief er weiter zu Mika, klopfte ihm auf die Schulter und zog ihn an sich. Mika erwiderte die Umarmung und drückte Vin fest. Ich war froh, dass er von Vin den Halt bekam, den ich ihm nicht geben konnte. Dass sie einander diesen Halt gaben. Es dauerte ein paar Minuten, bis sie sich wieder voneinander lösten. Sie sprachen ein paar Worte, Vin nickte, klopfte ihm noch einmal auf die Schulter und kam dann zu mir.

„Hey." Er streifte die Jacke von den Schultern, setzte sich neben mich und sah mich erst jetzt an. Seine Stirn legte sich in Falten, er atmete aus, entspannte seine Gesichtszüge und zog mich an sich. Erst als meine Wange seinen Pullover berührte und den Stoff nässte, erkannte ich, dass ich weinte.

Ich atmete tief durch, wollte ihn wegschieben, doch er drückte mich fester an sich. „Nur für diesen Augenblick, Rie." Seine Worte umschlossen mich wie eine Mauer, die mich vor der Welt um sie herum beschützen wollte.

Ich schluchzte auf und spürte, wie seine Tränen auf meinen Hals fielen. Ich schob ihn wieder ein Stück von mir, strich über die nasse Haut in seinem Gesicht und hielt seinen Blick mit dem meinen fest. „Er war nicht nur für Mika da, richtig?"

Er schüttelte den Kopf, wich meinem Blick aus und presste die Lippen aufeinander. Ganz so, als könnte er dadurch die Gefühle in sich behalten, die ihn innerlich so sehr aufwühlen mussten.

„Es ist okay."

Wieder schüttelte er den Kopf.

„Doch, das ist es." Dieses Mal zog ich ihn an mich. „Die Beziehung, die ihr zu ihm habt, hat nichts mit mir zu tun."

Er setzte an, um etwas zu erwidern, aber in diesem Moment näherten sich Schritte und wir lösten uns aus der Umarmung. Die Krankenschwester stoppte vor unseren Plätzen und als sie die Tränen auf unseren Gesichtern sah, zog sie eine Packung Taschentücher aus ihrer Tasche. Wir nahmen sie dankend entgegen, trockneten unsere Wangen und warteten auf die Worte, die sie uns mitteilen wollte.

„Die Operation ist beendet. Ihr Vater wurde auf die Intensivstation verlegt."

Mika löste sich aus seiner Starre und trat mit schnellen Schritten zu uns. „Kann ich ihn sehen?" Er fragte nicht, ob *wir* ihn sehen konnten, und ein feiner Stich bohrte sich mitten in mein Herz. Nicht, weil er mich ausschloss, sondern weil ich selbst nicht den Wunsch hatte, ihn zu sehen.

Die Krankenschwester sah zwischen uns hin und her. Ich nickte.

„Einer von Ihnen kann zu ihm. Aber nur für ein paar Minuten."

Mika sah nicht zu mir. Die Krankenschwester erklärte ihm den Weg zur Station und er eilte ohne uns in die genannte Richtung. Vin und ich sammelten die Jacken ein und folgten ihm.

„Das ist nicht leicht für ihn.“ Vin lehnte sich gegen die schmutzig-gelbe Wand des Krankenhaus-Flurs und sah zu mir. Ich zupfte an den Blättern einer Pflanze herum, um herauszufinden, ob sie echt oder nur ein Staubfänger aus Plastik war, der den Eindruck von Leben zwischen diesen sterilen Wänden erzeugen sollte.

„Hm?“

„Mika. Er weiß gerade nicht, wie er sich dir gegenüber verhalten soll.“

„Ja, ich weiß.“ Ich hatte es geschafft, eines der tränenförmigen Blätter abzureißen, und hielt es mir unter die Nase. Es roch nach nichts. Ich rieb es zwischen den Fingern und es zerknitterte etwas, aber die Oberfläche blieb unbeschadet und meine Haut färbte sich weder grün noch wurde sie feucht.

„Wie geht es dir mit …“ Er stieß sich von der Wand ab, und lief ein paar Schritte, ganz so, als würde er die Worte an einer anderen Stelle des Korridors finden.

„Das werde ich wohl rausfinden, wenn wir wissen, ob Henrik das Ganze überlebt.“ Meine Stimme klang abgeklärt und ich hätte nicht sagen können, ob ich tatsächlich nichts fühlte oder die Leere in meinem Körper daher kam, dass ich jedes einzelne Gefühl unterdrückte. Nicht nur die Emotionen, die ich hätte fühlen müssen, weil Henrik möglicherweise in dieser Nacht sterben würde. Sondern auch jene gegenüber Mika. Ich mied Vins Blick, damit der warme Ausdruck in seinen Augen den Damm nicht brechen ließ.

„Rie.“ Er lief die Schritte zurück zu mir.

Ich lächelte, weil ich mochte, wenn er mich so nannte. Weil es sich vertraut anfühlte, aber mit dem Vertrauen, das er enttäuscht hatte, nichts zu tun hatte. „Was ist?"

„Ich … ach nichts."

„Und dir? Wie geht es dir?"

In diesem Moment öffnete sich die Tür, hinter der mein Vater an verschiedene Schläuche und Kabel angeschlossen in einem Bett mit Metallgestell lag, und um sein Leben kämpfte. Mika trat aus dem Zimmer, mied meinen Blick und lief geradewegs bis zur nächsten Wand. Er schlug mit der Faust auf den gelb gestrichenen Beton und als er sich auf den Linoleumboden sinken ließ, hasteten Vin und ich zeitgleich zu ihm und umarmten ihn. Ich nahm die Hand, die gerade versucht hatte, ein Loch durch die Wand zu schlagen, und strich über die gerötete Haut.

Und so saßen wir. Von Zeit zu Zeit lief ein Pfleger an uns vorbei, öffnete Türen und schloss sie wieder. Die Zeit verstrich und irgendwann sank mein Kopf auf Mikas Schulter und mein Gehirn schaltete in den Ruhemodus. Die kleinen Gedankenperlen hatten sich den gesamten Abend über ruhig verhalten und ich wartete darauf, dass sich eine von ihnen in den Vordergrund drängte. Aber etwas schützte mich vor dem üblichen Fragenstrom und ich sank in den Schlaf.

Kapitel 39

20 JAHRE ZUVOR

Papa, wer war das Mädchen?"

„Welches Mädchen?" Mikas Vater schlug den zweiten Nagel in die Rückseite von Mikas neuem Regal, um die dünne Spanplatte zu fixieren.

Er hatte all seinen Mut zusammennehmen müssen, um ihm diese Frage zu stellen, und er hatte wochenlang auf den richtigen Zeitpunkt gewartet. Seine Mutter sollte nicht zuhause sein. Er müsste alle seine Aufgaben erledigt haben und sein Vater dürfte nicht zu müde von der Arbeit sein. Und jetzt, wo er es endlich gewagt hatte, bereute er es. Er wollte nicht, dass sich die Situation wieder änderte. Er wollte, dass sein Vater bei ihm blieb. Er wollte ihn für sich allein haben. Als er ihm antwortete, zitterte seine Stimme deshalb genauso stark, wie seine Hände es tun würden, wenn er sich nicht auf sie gesetzt hätte, um sie daran zu hindern. „Das Mädchen am Fluss."

Der nächste Schlag ging daneben und verfehlte nur knapp den linken Daumen seines Vaters.

„Welcher Fluss?"

Mika presste die Lippen aufeinander und senkte den Blick. Er streifte seinen rechten Unterschenkel. Den Verband trug er seit ein paar Wochen nicht mehr, aber noch immer war die Haut rund um die Schnittstelle verfärbt.

„Ich hab euch gesehen.“ Er flüsterte und sein Vater beobachtete ihn aufmerksam.

„Was hast du gesehen?“

„Alles.“ Mit jeder Antwort schlug sein Herz ein bisschen schneller und er wünschte sich mehr und mehr, das Gespräch nicht begonnen zu haben.

Sein Vater legte ihm die Hand auf die Schulter und drückte sie sanft. „Was hast du gesehen, Junge?“

„Das Mädchen. Und dich.“ Er atmete tief durch. „Sie hat dich ‚Papa‘ genannt.“

Er lachte, doch es klang hervorgepresst. „Bist du sicher, dass du dir nicht den Kopf gestoßen hast, als du da durch den Wald gerannt bist?“

„Ich weiß, was ich gesehen habe.“ Das Zittern in seiner Stimme wurde durch die aufkommende Wut verstärkt.

„Und ich weiß nicht, wovon du redest.“ Sein Vater wandte sich wieder dem Nagel zu und versenkte ihn mit einem Schlag in der Rückwand.

„Warum bist du plötzlich nicht mehr unterwegs?“

„Das habe ich euch doch erklärt.“ Er seufzte. „Ich habe die Abteilung gewechselt, damit ich mehr Zeit mit euch verbringen kann.“

Mika wollte dieser Erklärung Glauben schenken. Er wollte daran glauben, dass der Mann, dem er dabei zugesehen hatte, wie er seiner Tochter seinen Tod vorspielte, nicht sein Vater war. Dass es jemand anderes gewesen war. Dass seine Augen ihm einen Streich gespielt hatten. Aber er tat es nicht.

„Aber ich habe dich doch gesehen.“ Tränen verschleierten seinen Blick und er ballte die Hände zu Fäusten.

„Das reicht jetzt, Mika. Vergiss, was du geglaubt hast zu sehen, und erzähl deiner Mutter nichts von diesem Mist.“ Er schlug einen weiteren Nagel in die dünne Holzplatte. Und dann noch einen.

Mika wollte etwas erwidern, aber er wusste nicht, was. Er wollte mit den Fäusten auf seinen Vater einschlagen, aber die Angst, ihn wieder zu verlieren, war zu groß. Und so projizierte er jeden Funken, den die Wut in seinem Inneren versprühte, auf Rie. Der Hass schwoll an und spülte hohe Wellen durch seinen Kopf, die jeden Wunsch danach, die Wahrheit zu erfahren, übertönten und mit sich forttrugen.

Kapitel 40

TAG 100

Er langgezogener Piepton riss mich aus dem leichten Schlaf. Ihm folgten hektische Schritte, eine Tür wurde geöffnet und als ich endlich die Augen öffnete, sprangen Mika und Vin neben mir auf. Ich blieb sitzen und das Geschehen zog mich in seinen Bann. Zwei Schwestern rannten durch den Korridor. Eine von ihnen schob einen Metallwagen vor sich her, auf dem ein Defibrillator stand. Ich hatte immer gedacht, so ein Gerät befände sich in jedem Zimmer auf einer Intensivstation.

Meine Beine drückten meinen Körper nach oben und ich kam zum Stehen, ohne mir sicher zu sein, dass ich diese Position würde halten können. Meine Finger griffen nach Mikas Hand und gemeinsam starrten wir in den Raum, in dem jemand die Brust unseres Vaters freilegte, und eine andere Person die Handteile des Defibrillators darauf setzte.

Eine der Schwestern wandte den Blick zu uns, kam dann mit einem entschuldigenden Blick in unsere Richtung und schloss die Tür. Mikas Hand löste sich aus meiner. Ich dachte, er würde losrennen und gegen den Kunstharz-Belag hämmern oder einfach in den Raum laufen. Aber er tat nichts. Wie Vin und ich lauschte er den Geräuschen, die durch die geschlossene Tür zu uns drangen. Der lang gezogene Piepton wurde immer wieder unterbrochen, nur um dann wieder durchdringend und alle Hoffnungen nehmend zu erklingen.

Ich musste mich immer wieder daran erinnern, zu atmen. Meine Wahrnehmung vermischte sich mit der Erinnerung und für einen Moment stand ich wieder am Fluss und sah den davontreibenden Körper meines Vaters. Mein Herz raste, aber ich spürte keine Emotionen. Die Leere machte ihnen noch immer keinen Platz.

Und dann, ganz plötzlich, als der Piepton durch einen weiteren Stromstoß unterbrochen wurde, glich der Takt des darauf folgenden Geräusches mehr dem Ticken einer Uhr als dem Klang einer Hupe, auf die der Kopf eines Autofahrers gesunken war. Aus dem Augenwinkel sah ich, wie Mikas Körper sich noch mehr anspannte und jetzt war er es, der nach meiner Hand griff. Ich verschränkte unsere Finger und gemeinsam warteten wir darauf, dass sich das Geräusch stabilisierte. Oder es nicht tat.

Nach ein paar Minuten öffnete sich die Tür und die Krankenschwester, die diese in einem anderen Leben geschlossen hatte, lächelte uns erschöpft aber glücklich an. „Der Herzschlag Ihres Vaters hat sich stabilisiert." Sie strich das Lächeln aus ihrem Gesicht. „Zumindest für den Moment. Wir müssen sehen, wie er die Nacht übersteht." Sie sagte nicht ‚ob', aber ich sah das Wort in ihren Augen. „Er braucht jetzt vor allem Ruhe. Wenn Sie nicht nach Hause gehen möchten, empfehle ich Ihnen unsere Cafeteria." Sie schüttelte den Kopf. „Also nicht, dass ich den Kaffee oder irgendetwas anderes aus dem Angebot empfehlen könnte, aber es ist angenehmer, dort zu warten, als auf diesem Boden hier." Sie deutete mit dem Kopf auf die Stelle, an der wir noch vor kurzem gesessen hatten. Und dann verschwand sie.

Ein Arzt trat zu uns, stellte sich vor und erklärte noch einmal, was gerade geschehen war. Er versicherte uns, dass sie alles tun würden, um das Leben unseres Vaters zu retten. Und dann verschwand auch er und wir waren wieder allein. Wir gehen zum Ausgang der Station und als wir dort ankamen, sagte Vin: „Ich geh mal kurz ein paar Schritte. Ihr solltet dringend miteinander reden.“ Ohne unsere Reaktion abzuwarten, verschwand Vin um die nächste Ecke.

„Wir müssen nicht reden.“ Ich hielt noch immer Mikas Hand und ich wollte meine Finger nicht aus seinen lösen.

„Doch, er hat recht.“ Er wandte sich zu mir und ein verzerrtes Lächeln legte sich auf seine Lippen. „Ich kann damit nicht umgehen.“

„Das ist okay.“

„Nein, nein, du verstehst nicht. Zum ersten Mal habe ich wirklich verstanden, wie du dich gefühlt haben musst.“

Ich nickte und wollte etwas sagen, wusste nicht was und er sprach weiter: „Wie konnte er dir das nur antun?“ Seine Stimme brach, aber er sprach weiter. „Du warst so verdammt klein. Und du hast ihn so sehr geliebt. Wenn er diesen Scheiß überlebt, wird er dafür bezahlen.“

Ich legte meine Hände auf seine Schultern und zwang ihn, mich anzusehen. Seine Augen waren gerötet und er kämpfte gegen die Tränen, so wie ich. „Das Einzige, was ich will, ist, diesen tollen Bruder noch besser kennenzulernen. Und zwar den fröhlichen Mika, der mit mir auf einsamen Inseln einen Spaziergang durch den tropischen Regen macht und in der großen Stadt Taekwondo-Tritte übt.“

Er lächelte, legte die Arme um meine Taille und seine Hände auf meinen Rücken. Und dann zog er mich an sich und ich spürte wieder diese Wärme und die Nähe, die mir ein Gefühl von Zuhause gab, wie ich es nie zuvor gespürt hatte.

„Sehr gut. Und ich dachte schon, ich müsste euch an unser Abenteuer auf Crazy Island erinnern, damit ihr wieder zueinanderfindet.“ Vin trat zu uns und klopfte Mika auf den Rücken.

Mika löste sich von mir. „Ihr solltet nach Hause fahren.“

„Was? Nein. Wir bleiben bei dir.“

„Rie hat recht. Wir bleiben solange, bis klar ist …“ Er beendete den Satz nicht.

„Nein.“ Er warf mir einen kurzen Blick zu und sah dann zu Vin. „Ich will, dass du sie nach Hause bringst.“

Vin runzelte die Stirn und sah mich fragend an.

„Nein, ich will bei dir bleiben“, protestierte ich, aber im selben Moment spürte ich die Erschöpfung der vergangenen Stunden und Tage. Ich gähnte und Mika und Vin grinsten gemeinsam. Vin griff nach meinem Arm und Wärme breitete sich von dieser Stelle aus über meine Haut aus. Ich spürte der Berührung auch dann noch nach, als er seine Hand erschrocken zurückzog.

Ich schüttelte den Kopf und nickte dann. Tränen stiegen mir in die Augen, als ich Vins Blick mit ihnen auffing. „Du musst das nicht tun.“ Meine Stimme war nicht mehr als ein Flüstern.

„Ich weiß.“ Vin legte wieder eine Hand auf meinen Arm, aber dieses Mal zog er sie nicht zurück.

„Nun geht schon nach Hause.“

Ich atmete resigniert aus. „Okay. Nein, wartet. Mein Auto.“

Vin hob die rechte Augenbraue. „Was ist denn mit deinem Auto?“

„Es steht noch vor der Halle.“

„Welche Halle?“

„Die Sporthalle.“

Er hob eine Augenbraue und Mika sagte: „Rie hat mich heute mit zum Taekwondo genommen. Sie findet, ich sollte lernen, mich gegen Felswände zu verteidigen.“ Er zwinkerte mir zu.

Vin lachte kurz auf. „Dann nehmen wir zuerst ein Taxi dorthin.“

Ich seufzte und Vin sagte an Mika gewandt: „Wir kommen morgen früh zurück, bringen dir frische Sachen und dann sehen wir weiter.“

Mika nickte. Dann umarmte er jeden von uns und gemeinsam gingen wir den Korridor entlang, dessen Gelb sich in der letzten Stunde aufgehellt zu haben schien.

Kapitel 41

TAG 101

Regen prasselte auf die Karosserie meines Autos. Die Tropfen schlugen so laut auf das Metalldach, dass auch der Motor sie nicht übertönte. Vin steuerte den Wagen. Es war das erste Mal, dass ich neben ihm auf dem Beifahrersitz saß. Normalerweise tat ich mich schwer damit, eine andere Person das Steuer übernehmen zu lassen. Aber bei ihm fiel es mir leicht. Ich erinnerte mich an unser Gespräch vor drei Wochen. Er hatte mich gefragt, ob ich ihm je wieder vertrauen könnte, und ich hatte ihm geantwortet, dass ich es nicht wüsste. Und nun saß ich hier und tat es. War dies eine andere Art von Vertrauen? Gab es verschiedene Wege, einem Menschen zu vertrauen? Was bedeutete es überhaupt, zu vertrauen? Daran zu glauben, dass der andere mich nie verletzen würde? Jedes Wort als wahr anzunehmen?

In diesem Moment vertraute ich ihm mein Leben an. Ich hatte ihm nach dem Streit mit meinem Vater vertraut, mich ihm anvertraut und mit ihm geschlafen. Ich hatte darauf vertraut, dass er Mika beistehen würde.

„Rie?"

Der Wagen hatte gestoppt, ohne dass ich es merkte.

„Hm?" Ich wandte ihm den Blick zu. Er wirkte müde und das nicht nur wegen der vergangenen schlaflosen Stunden.

„Geh nach oben. Ich parke noch das Auto und laufe nach Hause."

Ich deutete zum Autodach. „Hörst du das?"

Er nickte.

„Das ist kein tropischer Sommerregen."

Ein Lächeln erschien in seinem rechten Mundwinkel und die Schmetterlinge erwachten wieder.

„Dann nehme ich ein Taxi."

Ich schüttelte den Kopf.

„Dann leihst du mir dein Auto?" Seine Stimme war kaum mehr als ein Flüstern und es war schwer, die Worte durch das Klopfen des Regens zu verstehen.

Ich schüttelte wieder den Kopf. Langsamer.

„Was dann?" Seine Finger wanderten über die Mittelkonsole zu meinen, die auf meinem Bein lagen, aber bevor sie sie erreichten, zog er seine Hand wieder zurück. Ich senkte den Blick und beobachtete, wie er sie wieder aufs Lenkrad legte und wie einsam meine eigene Hand nun wirkte.

Ich atmete tief durch und sah wieder zu ihm. „Park das Auto."

„Das hatte ich vor."

Ich schloss die Augen fest und schlug sie wieder auf. „Und dann komm mit hoch."

Er zögerte, legte seine Stirn in Falten und schien darauf zu warten, dass ich noch etwas hinzufügte. Aber ich tat es nicht. Und so schwiegen wir. Die Luft im Auto kühlte sich mit jeder Minute weiter ab und ich fröstelte unter der November-Kälte, meiner Müdigkeit und den Spuren, die die letzten Stunden in meinem Körper hinterlassen hatten. Vin sah es und startete endlich den Motor.

Er fand einen Parkplatz in der nächsten Seitenstraße, stellte den Wagen dort ab und schaltete den Motor aus. „Hast du einen Schirm im Auto?“

Ich verzog den Mund und schüttelte den Kopf.

„Meinst du, es regnet noch lange?“

„Soll ich nachsehen?“ Er griff in die Jackentasche, um sein Smartphone herauszuziehen.

Aber ich schüttelte wieder den Kopf. „Warten wir einfach einen Moment.“

Er hob die Augenbrauen. „Gerade hast du aber ausgesehen, als ob du eine heiße Dusche gebrauchen könntest.“

Ich grinste, was vollkommen unangebracht war, aber ich konnte es nicht unterdrücken.

„Was?“

„Heiße Dusche?“

Er runzelte die Stirn und grinste dann selbst.

„Dachtest du, ich würde dich deshalb mit hochnehmen wollen?“

Er lachte unsicher auf und stupste mir gegen den Arm und ich hätte seine Hand gern festgehalten, genau an dieser Stelle gehalten, aber er zog sie so schnell zurück wie wenige Minuten zuvor.

Ich zwang mich, selbst zu lachen. Es war befangener als seines, aber nach ein paar Sekunden erreichte es die widerstrebenden Gefühle in meinem Bauch und ich lachte weiter, weil es sich gut anfühlte. Und dann griff ich nach seiner Hand. Sie versteifte sich unter der Berührung, aber ich hielt sie fest, ließ sie gemeinsam mit meinem ausklingenden Lachen erbeben und genoss das Gefühl, das seine Haut auf meiner auslöste. Meine Finger suchten nach den Schrammen, die das Tragen der

Äste, das Klettern ohne Handschuhe und das Flechten mit scharfkantigen Palmenblättern auf seiner Haut hinterlassen hatten. Aber sie waren längst verheilt.

Vin drehte seine Hand so, dass unsere Handflächen aufeinanderlagen. Ich strich mit dem Daumen über die Linien, die ich ertastete und lehnte den Kopf gegen die Stütze an meinem Sitz. Das Klopfen des Regens beruhigte sich. Aber auf der Scheibe bildeten sich große und kleine Rinnsale, die das Wasser vom Dach hinab transportierten. Ich beobachtete die kleinen Flüsse. Vins Fingerspitzen strichen über diese eine Stelle unter meinem Handgelenk, elektrisierten die Haut, die sich darüber spannte. Seine Augen strahlten diese Wärme aus, die es wie nichts anderes schaffte, mir ein Gefühl von Geborgenheit und Sicherheit zu geben.

Wie bei unserem Streit dachte ich darüber nach, warum ich so heftig auf sein Geständnis auf der Insel reagiert hatte. Vielleicht hatte Lydia recht. In allen Beziehungen, die ich bis jetzt geführt hatte, war ich nie über den Punkt hinausgegangen, an dem ich wirkliches Vertrauen zu dem Menschen an meiner Seite entwickelt hatte. Mit Vin hatte ich mich sofort verbunden gefühlt. Vielleicht, weil wir uns in dieser Ausnahmesituation kennengelernt hatten. Vielleicht, weil ich in seiner Gegenwart eine Stärke und Selbstsicherheit und Lebensfreude entwickeln konnte, die ich nicht von mir kannte, die ich mir nicht zugetraut hatte. Vielleicht, weil ich dieses Vertrauen nicht nur ihm, sondern auch mir selbst gegenüber spürte und dieses Gefühl neu für mich gewesen war.

Hatte ich sein Geständnis nur als Vorwand genutzt, um mich von ihm lösen zu können? Um nicht noch einen Schritt weiter mit ihm gemeinsam gehen zu müssen? Um mich nicht noch tiefer in ihm zu verlieren? Und damit Gefahr zu laufen, ihn irgendwann zu verlieren?

„Du wirkst, als wären die Gedanken in deinem Kopf ziemlich schwer. Und ziemlich laut."

Ich schüttelte den Kopf. „Nein, nicht schwer."

„Was sind sie dann?" Seine Finger strichen noch immer über meine Haut.

„Sie zerstören etwas."

Er stieß die Luft durch die Nase aus. Es klang wie ein Lachen.

„Was ist denn daran lustig?"

„Überhaupt nichts." Er schüttelte den Kopf. „Du schaffst es nur immer wieder, die Bilder in meinen Gedanken auf den Kopf zu stellen."

Er wartete meine Antwort nicht ab und sagte: „Der Regen hat nachgelassen. Aber ich würde nicht darauf wetten, dass es so bleibt. Wir sollten gehen."

Ich war nicht sicher, ob es nun er war, der der Situation entfloh, aber ich war dankbar für die Unterbrechung und öffnete die Tür. Vin schulterte meine Sporttasche und ich hakte mich an seinem freien Arm unter, überrascht, wie einfach mir die Berührung plötzlich fiel. Auch er schien erstaunt zu sein, denn er schaute ungläubig zu mir hinunter.

„Was ist?"

Er schüttelte den Kopf. „Nichts." Und dann löste er seinen Arm aus meinem, legte ihn mir um die Schultern und wir liefen den nassen Weg entlang zu meiner Haustür. Und durch meinen Kopf klangen seine Worte: ‚Das ist dein Leben. Unser Leben. Dieser eine Moment. Dieser Moment ist alles, was wir haben.'

Kapitel 42

TAG 101

Habt ihr das Licht angelassen?"

„Hm?" Auf den wenigen Metern in Vins Arm hatte ich von der Außenwelt nichts wahrgenommen, außer dem eisigen Wind, der mir die kalten Regentropfen ins Gesicht schlug.

Er zog mich etwas näher zu sich und ich hörte das Lächeln in seiner Stimme, als er den anderen Arm hob, nach oben zeigte und weitersprach: „In der Küche brennt Licht."

Ich folgte seinem Blick und runzelte die Stirn. Er hatte recht. Aber dann zuckte ich die Schultern. Es war nicht das erste Mal, dass ich vergessen hatte, in einem der Räume die Lampen auszuschalten. Vins Hand rutschte von meiner Schulter über meinen Rücken zu meiner Hand und er hielt sie, als wir die Treppen ins Dachgeschoss hinaufstiegen. Ich kramte meinen Schlüssel hervor, aber als ich die Tür aufschließen wollte, bewegte der Schlüssel das Innere des Zylinderkerns nicht wie üblich um zwei volle Drehungen, sondern stoppte nach der ersten Hälfte. Die Tür schnappte auf und Wärme und Licht strömten uns entgegen. Und Stimmen. Zwei weibliche Stimmen, von denen ich eine schon sehr lange und die andere seit Kurzem kannte.

„Mama? Alicia?“ Ich rief in die Wohnung, löste meine Hand aus Vins und öffnete den Reißverschluss meiner Jacke.

„Wie spät ist es? Was machen sie hier?“ Ich flüsterte.

Wir hörten, wie vier Füße das Wohnzimmer durchquerten, und dann tauchten die müden Augen meiner und von Mikas Mutter im Eingangsbereich auf. Ich umarmte beide und Vin tat es mir gleich. Meine Mutter strich ihm über den Rücken und sagte etwas zu ihm, das ich nicht verstand.

„Wir wollten sehen, wie es euch geht. Wo ist Mika?“

„Ihr wolltet wissen, wie es uns geht, und deswegen haltet ihr hier die ganze Nacht Wache?“ Vielleicht war es zu spät, oder zu früh, aber mein Gehirn schaffte es nicht, die Verbindung herzustellen. Mikas Mutter wohnte dreihundert Kilometer entfernt und meine eigene würde in ein paar Stunden aufstehen und zur Arbeit gehen müssen.

„Ich habe sie angerufen.“

Ich drehte mich zu Vin und runzelte die Stirn, aber dann nickte ich.

„Also, Mika bleibt erstmal im Krankenhaus.“

„Wie geht es ihm?“ Alicia nahm mir die Jacke aus der Hand, die ich noch immer festhielt, und hängte sie an einen Haken an der Garderobe.

„Mika?“

Sie nickte.

„Können wir erstmal reinkommen?“ Vin hängte seine Jacke zu meiner, schlüpfte aus den Schuhen und ging in die Küche, um sich die Hände zu waschen. Ich folgte ihm.

„Wann hast du sie denn angerufen?“

„Auf dem Weg zum Krankenhaus. Ich dachte, sie sollten es wissen.“

Ich nickte. Natürlich sollten sie das.

„Und was hat meine Mutter gerade zu dir gesagt?"

„Ich habe ihm dafür gedankt, dass er uns Bescheid gegeben und dich nach Hause gebracht hat." Ich zuckte zusammen und meine Mutter strich mir über die Haare. „Entschuldige, habe ich dich erschreckt?"

Ich nickte wieder, während sie einen Schrank öffnete und zwei Weingläser herausnahm. Ich sah auf die kleine Uhr an meinem Herd. Es war 03:34 Uhr. Ich konnte kaum glauben, dass Mika und ich noch vor sieben Stunden über einen polierten Holzboden gerannt waren.

„Erzählt ihr uns, was passiert ist?" Sie ging mit den Gläsern zurück in den Wohnbereich, stellte sie auf den Tisch und füllte sie, ohne dass ich etwas einwenden konnte. Ich schnappte mir eine Wasserflasche, folgte Vin zu der Sitzgruppe und ließ mich in den freien Sessel fallen. Vin griff nach einem der Gläser und sah mich fragend an. Ich schüttelte den Kopf und er setzte sich auf das Sofa zu Mikas Mutter. Für einen Moment erfüllte Schweigen die Runde.

Ich sah zu Alicia. „Du wolltest nicht ins Krankenhaus kommen?"

Sie schloss für einen Moment die Augen. „Wir standen schon davor. Aber für Mika hätte es die Situation nicht besser gemacht. Ich hätte ihm nicht helfen können."

Ich runzelte die Stirn und überlegte, ob es mir geholfen hätte, meine Mutter dort zu sehen. „Ich denke, er hätte dich gebraucht."

Sie schüttelte den Kopf. „Nein, Marie. Er hat euch beide gebraucht. Ich werde morgen zu ihm fahren. Also, was ist passiert?"

Ich versuchte, zu erkennen, ob Alicia die Wahrheit sagte, oder ob sie vor allem deshalb nicht im Krankenhaus gewesen war, weil sie selbst nicht wusste, wie sie mit der Situation umgehen sollte. Ich würde es verstehen. Aber vielleicht hatte sie auch recht. Vielleicht wäre es für Mika noch schwerer gewesen, eine weitere Person um sich zu haben, der gegenüber er sich schuldig fühlte.

„Henrik war in einem Supermarkt und ist wohl zusammengebrochen. Er hatte Glück, ein Arzt stand direkt neben ihm und erkannte die Anzeichen des Infarktes sofort. Er hat ihm vermutlich das Leben gerettet."

Ich sah zu meiner Mutter und erwartete einen verbissenen Gesichtsausdruck. Aber der Wein und die vergangenen Stunden mit Mikas Mutter hatten sie offenbar über dieses Stadium hinwegbewegt.

„Wie geht es ihm jetzt?" Ihre Stimme klang gefasst, frei von Ärger und Gram.

Ich räusperte mich, aber Vin setzte an, um zu antworten. Er sah entschuldigend zu mir, aber ich nickte ihm zu. Ich musste diese Worte nicht formulieren.

„Er wurde mehrere Stunden lang operiert. Dann haben sie ihn auf die Intensivstation verlegt und …" Er sah jeden von uns einen Moment lang an, bevor er entschied, wie schonungslos er die folgenden Worte sagen konnte.

Ich beendete den Satz für ihn: „Und dort blieb sein Herz stehen. Er wurde reanimiert und die Schwester meint, wir müssten warten, wie er die Nacht übersteht." Alle Augen waren auf mich gerichtet und ich sah in jedem Paar die gleiche Frage.

Meine Mutter sprach sie aus: „Wie geht es dir, Schatz?"

Ich schluckte. Und dann zuckte ich mit den Schultern und sagte: „Das habe ich noch nicht entschieden."

Sie nickte und wollte sich erheben, aber ich schüttelte den Kopf und sie sank zurück in den Sessel.

„Und wie geht es Mika?"

„Er ist sich noch nicht sicher, welchen Teil seiner Gefühle er wirklich durchlassen soll."

Wieder blickten alle zu mir und Alicia sagte: „Er fühlt sich noch immer schuldig, oder?"

Ich nickte und sah zu Vin: „Was ist mit dir? Wie geht es dir?" Zwischen all meinen eigenen Gefühlen hatte ich fast vergessen, dass es noch jemanden gab, dem Henrik etwas bedeutete.

Vin zuckte mit den Schultern. „Ich versuche, nicht darüber nachzudenken."

Wir ließen seine Worte im Raum stehen und schwiegen wieder. Nach ein paar Minuten durchbrach Vin die Stille: „Nehmt es mir nicht übel, aber ich gehe jetzt schlafen." Er sah zu mir und ich nickte.

„Ja, ich muss auch ins Bett." Ich war mir zwar sicher, dass Schlaf heute Nacht nicht mein Begleiter sein würde, aber ich wollte nicht noch länger hier unter diesen Blicken sitzen müssen. Also stand ich auf und ging ins Bad, um mich fertigzumachen. Vin folgte mir und gemeinsam standen wir am Waschbecken und putzten unsere Zähne. Ich beobachtete ihn im Spiegel. Er hatte die Brille abgenommen und weißer Schaum lag auf seinen Lippen. Dieser Moment fühlte sich so normal und gleichzeitig so unwirklich an, dass ich grinsen musste.

Vin spuckte ins Waschbecken und sah mich fragend an. „Was ist so lustig?"

Ich spuckte selbst aus. „Nichts. Ach, keine Ahnung. Diese Situation … Irgendwie habe ich beim Aufwachen nicht erwartet, heute Nacht um halb fünf mit dir gemeinsam Zähne zu putzen."

Er lächelte und strich mir eine Strähne hinters Ohr. Aber dann schüttelte er den Kopf und putzte weiter seine Zähne.

„Willst du noch duschen? Soll ich dir ein frisches T-Shirt und ähm, Unterwäsche von Mika holen?" Als ich die Frage formulierte und die Wärme wieder aus meinem Gesicht wich, wurde mir bewusst, dass ich nach dem Training noch nicht geduscht hatte. „Oder magst du das selbst machen, dann gehe ich schnell duschen."

Er nickte und ging zur Badezimmertür, aber ich rief ihn zurück: „Vin?"

Er drehte sich zu mir. Ich zögerte und er trat einen Schritt näher. Seine Finger griffen wieder nach meiner Hand und ich hielt sie fest, bevor er sie zurückziehen konnte.

„Schläfst du heute Nacht bei mir?"

Seine Augen weiteten sich, als die Überraschung sie erreichte. „Nur für den Moment?"

Ich zuckte die Schultern und schüttelte den Kopf. „Nein."

Er lächelte und meine Lippen erwiderten es. „Gern." Er drückte meine Hand ein letztes Mal, löste sie und verließ dann das Badezimmer.

Kapitel 43

TAG 101

Vin roch nach sanften Wellen. Nach heißen Sonnenstrahlen. Nach frisch zerschnittenen Palmenblättern und nach den Spritzern, die ein tosender Wasserfall auf meinem Gesicht versprühte. Er roch nach Leben. Nach einem Leben, das nur ein paar Wochen gewährt hatte und doch noch immer in mir tobte. Mich vereinnahmte und nach dem ich mich sehnte. Aber ich sehnte mich nicht nach dem klaren Wasser des Sees oder dem feinen, weißen Sand, den ich auch heute noch in den Fächern meines Rucksacks fand.

Ich sehnte mich nach dem Mann, auf dessen Brust mein Kopf in diesem Moment ruhte. Dessen Herz sanft und gleichmäßig unter meiner Wange schlug. Dessen Hand auf meiner Schulter dieses sanfte Kribbeln auslöste und dessen Arm mich so fest hielt, als würde er mich auch im Schlaf vor all dem beschützen wollen, was mir Schmerz zufügen könnte. Mit der anderen Hand umfasste er meine Finger und ich betrachtete die feinen, weißen Narben, die auch meine Haut zierten. Ich fragte mich, wie lange sie mich an unsere gemeinsame Zeit erinnern würden.

Der Himmel hinter meinen Vorhängen war blau. Ein kleiner Spalt gab den Blick nach draußen frei und ließ das Sonnenlicht hinein. Ich wusste nicht, wie spät es war und ich wagte nicht, mich zu regen, um es herauszufinden. Ich wollte nicht, dass dieser Moment endete, den ich schon seit Stunden genoss.

Ich hatte kaum geschlafen. Nachdem wir unter den Blicken meiner Mutter und Alicias in mein Schlafzimmer gegangen waren, war ich ins Bett gefallen. Vin hatte sich zu mir gelegt und ich hatte mich an ihn gekuschelt. Er hatte mich an sich gezogen, meinen Arm gestreichelt und ich hatte die Augen geschlossen. Der Schlaf kam schnell und ebenso schnell erwachte ich wieder. Es war noch dunkel, als ich die Augen wieder aufschlug, und durch den kleinen Spalt hatte ich beobachtet, wie der dunkle Himmel sich zunächst dunkelblau verfärbte und dann von pinkfarbenen, orangenen und schließlich weißen Wolken bemalt wurde.

Vins Herzschlag beschleunigte sich, seine Hand löste sich von meinen Fingern und begann, mich zu streicheln. Ich reagierte darauf, indem ich nach ihr griff und unsere Finger verflocht. Er löste die Verschränkung nach wenigen Sekunden und strich über meinen nackten Arm, hoch zu meinem Ellenbogen und unter den Stoff meines Ärmels. Ein Ziehen durchzog meinen Bauch und ich drängte mich gegen ihn. Er löste die Hände von mir, legte sie an meine Hüften und schob mich auf sich. Und erst jetzt hob ich den Kopf und sah in sein verschlafenes Gesicht. Er lächelte und das Ziehen verstärkte sich. Ich griff nach dem Wasser auf meinem Nachttisch und sein Lächeln wurde breiter.

Ich wollte das Glas zurückstellen, doch er stützte sich auf die Ellenbogen und nahm es mir aus der Hand, trank und stellte es selbst wieder auf den kleinen Schrank. Und dann legte er sich zurück in die Kissen und griff nach meinem Gesicht. Seine Lippen waren feucht und kühl, aber mit jeder Sekunde, die er mich küsste, wurden sie weicher und wärmer. Er hielt meinen Kopf und mein Becken und rollte sich auf mich, ohne unseren Kuss zu unterbrechen. Seine Zunge spielte mit meiner und ich versank in den Gefühlen, die seine Berührung erzeugte.

Seine Hand löste sich von meinem Kopf, glitt über meine Brust, hinunter zu meinem Bauch und unter mein T-Shirt. Er fuhr in dem Moment mit den Fingern unter meinen Slip, als ich ihm seine Boxershorts über den Po streifte. Und dann lag er wieder auf mir und sah mich an. Sein Atem ging schwer und ich spürte sein Herz durch den Stoff unserer T-Shirts rasen.

Plötzlich verfinsterte sich sein Blick. „Mist."

„Was ist?"

„Meine Hose. Sie hängt im Bad."

Meine Gedanken konnten seinen nicht folgen. „Und das ist ein Problem, weil …"

Er hob eine Augenbraue und ich verstand.

„Du hast nicht zufällig?" Er ließ seine Stirn auf meine sinken und küsste mich.

Hatte ich, aber als ich die Schublade öffnete, drang ein Lachen durch die Zimmertür zu uns.

Vin löste die Lippen von meinen. „Vielleicht ist es sowieso besser", er küsste mich wieder, „wenn wir das jetzt nicht tun."

Ich nickte, auch wenn ich anderer Meinung war, und er strich mir über die Wange. Seine Lippen öffneten sich, aber er sagte die Worte nicht, die sie dazu gebracht hatten. Stattdessen rollte er sich von mir, presste die Hände aufs Gesicht und stöhnte auf.

Ich wuschelte ihm durch die Haare, suchte meinen Slip und zog mich an. „Du brauchst eine kalte Dusche." Ich überlegte. „Genau wie ich."

Er nahm die Hände vom Gesicht und sah mich hoffnungsvoll an. „Duschen wir zusammen?"

Ich wollte etwas antworten, als wieder das Lachen aus dem Wohnzimmer erklang, gefolgt von einem Telefonklingeln, und schüttelte den Kopf. „Ich glaube fast, die machen das extra."

Vin grinste, nahm seine Brille vom Nachttisch, hob die Shorts vom Boden und stellte sich so dicht vor mich, dass ich seinen Atem im Gesicht spürte. Das Ziehen kehrte zurück in meinen Bauch.

Er küsste mich, legte wieder seine Stirn gegen meine und flüsterte: „Was ist das hier?"

Ich erwiderte seinen Kuss und lächelte. „Eine lange Geschichte."

Er lächelte nicht, aber er küsste mich noch einmal. „Hat sie ein gutes Ende?"

Ich hoffte es, aber ich kam nicht mehr dazu, die Frage zu beantworten, denn meine Mutter klopfte an die Tür und riss uns mit den Worten „Mika hat angerufen, Henrik ist aufgewacht" aus unserer Welt, in der ich lieber noch eine Weile geblieben wäre, anstatt mich einem wachen Vater zu stellen, der noch vor ein paar Stunden um sein Leben gekämpft hatte.

Kapitel 44

TAG 101

Er möchte dich gern sehen." Stoppeln verdunkelten Mikas Gesicht fast genauso stark wie die Schatten um seine Augen.

Ich rührte in meinem Tee und verfolgte den Strudel, den die Drehung meines Löffels in der bernsteinfarbenen Flüssigkeit erzeugte.

„Rie."

„Ich will nicht."

„Was machst du dann hier?"

Ich hob den Blick. „Ich bin wegen dir hier."

„Ist das wirklich alles?"

Ich überlegte und schüttelte den Kopf. Fast mein gesamtes Leben hatte ich davon geträumt, dass es so gekommen wäre. Dass man ihn lebend gefunden und ins Krankenhaus gebracht hätte. Dass ich nicht auf meine Mutter, sondern den Moment gewartet hätte, in dem er aufwachte. In dem ich zu ihm gehen konnte, er mich anlächelte und wir unser Leben weiterlebten. Ein Teil von mir wünschte sich, dass es auch heute noch so einfach wäre. Aber es war nur ein kleiner Teil.

„Was sollte das bringen? Was könnte er denn sagen, um all das auch nur ansatzweise besser zu machen?"

„Nichts. Aber vielleicht könnte es diese große Wolke vertreiben, die seit fast drei Monaten über deinem Kopf schwebt. Vielleicht würde es dir helfen, dem Ganzen die Macht zu nehmen, die es über dich hat."

Seine Worte wiederholten, was Lydia in unserem letzten Telefonat zu mir gesagt hatte. „Du hörst dich an wie Lydia."

„Weil wir recht haben." Er lächelte nicht. „Sag du doch auch mal was dazu." Sein Blick schwenkte zu Vin, der neben mir auf einer Bank saß und unser Gespräch aufmerksam verfolgte.

Er atmete tief durch. „Glaubst du wirklich, dass das der richtige Moment ist?"

„Genau. Und außerdem habe ich schon mit ihm gesprochen", stimmte ich Vin zu.

Mika schnaubte. „Das war kein Gespräch. Das war alternatives Boxtraining. Du hast deine Aggressionen rausgelassen." Er hob die Hand, als ich etwas einwenden wollte. „Was gut war. Aber du solltest wirklich hören, was er zu sagen hat. Was du dann damit machst, ist deine Sache. Ich erwarte nicht von dir, dass du ihm verzeihst und wir danach jeden Sonntag gemeinsam Bowlen gehen." Er beugte sich ein Stück weiter zu mir. „Ich will nicht, dass du das für ihn tust, sondern für dich. Und solange er dort liegt, wirst du ihm hoffentlich keine reinhauen oder ihn anschreien. Wenn es dir zu viel wird, kannst du einfach aufstehen und den Raum verlassen."

„Ich will mich nicht setzen."

Ein Grinsen stahl sich in Mikas Mundwinkel und ich hörte Vin leise lachen.

„Dann bist du sogar noch schneller wieder draußen." Mika griff nach meiner Hand. „Du brauchst das, Rie. Er wird ein paar der Fragen auflösen können, die da Achterbahn in deinem Kopf fahren. Und er wird dir die Wahrheit sagen. Das hat er mir versprochen."

„Und du glaubst ihm das?" Es war Vin, der meine Frage stellte. Ich sah zu ihm und sein Blick traf mich. Er lächelte, streckte seinen Arm hinter meinen Schultern aus und zog mich an sich. Ich schloss die Augen, um Mikas Blick nicht beantworten zu müssen.

„Ja … ja, ich glaube ihm."

„Ich will nicht." Meine Stimme war schwach, konnte sich kaum gegen den Druck auflehnen, der sich in mir aufbaute. Ich wollte die Wahrheit wissen. Ich wollte aus seinem Mund hören, wie es für ihn war, mich allein zu lassen. Ich wollte, dass er mir in die Augen schaute und mir erklärte, warum er sich für Mika entschieden hatte.

„Sicher?" Vin griff nach meiner Hand und ich drückte sie fest.

Mein Kopf bewegte sich von links nach rechts und ich spürte, wie Tränen in mir aufstiegen. Aber dann schluckte ich sie hinunter. Das musste aufhören. Mika und Lydia hatten recht. Ich musste mich dem Ganzen stellen. Ich musste mich meinem Vater und seiner Geschichte stellen. Unserer Geschichte.

Ich richtete mich auf, griff nach meiner Tasse und trank den Tee in einem Schluck aus. „Okay. Ich gehe zu ihm."

Vin nahm mir die Tasse aus der Hand und hielt sie unter seine Nase.

„Was tust du?" Ich nahm ihm die Tasse wieder weg und stellte sie zurück auf den Tisch.

„Ich wollte nur wissen, was du da trinkst. Vielleicht hast du uns ja einen silbernen Flachmann vorenthalten, der in deiner Handtasche steckt."

Ich streckte ihm die Zunge entgegen und er erwiderte die Geste. Und dann lachten wir und ich fühlte mich etwas leichter.

„Erklärt ihr mir noch, was das hier zu bedeuten hat?" Mika unterbrach unser Lachen, lehnte sich zurück und zeigte mit dem Finger zwischen Vin und mir hin und her.

„Sobald wir das selbst wissen." Ich sah dankbar zu Vin.

„Das ist aber nicht sehr befriedigend."

Vin lachte. „Du bist ja auch nicht derjenige, der hier befriedigt werden soll."

Ich stimmte in sein Lachen ein. Mika versuchte, ihn böse anzusehen, schaffte es aber nicht und lachte selbst.

„Bist du sicher, dass das jetzt das Richtige für sein Herz ist? Ich meine, ist das nicht zu aufregend für ihn?"

„Machst du jetzt doch noch einen Rückzieher?" Mika schob mich zu Henriks Krankenzimmertür.

„Nein, ich meine ja nur."

„Für ihn ist es eine viel größere Belastung, nicht mit dir reden zu können. Und sein Arzt hat dem Gespräch zugestimmt."

„Und willst du ihn nicht darauf vorbereiten, dass ich komme. Ich meine, wenn ich da jetzt so reinplatze …"

„Du platzt nicht rein. Du klopfst höflich an und wartest darauf, dass er dich hineinbittet."

Ich öffnete den Mund, um ein weiteres Argument anzuführen, aber Mika schüttelte den Kopf und klopfte für mich gegen die weiße Tür. Und dann verschwand er. Nach wenigen Sekunden erklang ein schwaches und leises „Herein“ und mein Herz setzte zwei Schläge aus. Ich atmete tief durch. Mika hatte recht, ich musste mich dem stellen. Wäre er letzte Nacht gestorben, hätten mich die Fragen für den Rest meines Lebens unbeantwortet verfolgt. Wenn ich ihn reden ließ, erhielt ich zumindest ein paar Informationen. Ob sie die Perlen auffädeln konnten, würde sich zeigen.

Ich legte die Hand auf die Klinke, drückte sie hinunter und schob die Tür sehr langsam auf. Das Zimmer lag auf der Westseite und wurde von den letzten Strahlen der Sonne durchflutet. Man hatte meinen Vater vor wenigen Stunden von der Intensiv- auf die kardiologische Station verlegt. Sein Zustand hatte sich stabilisiert und ein anderer Patient benötigte die Rundumüberwachung mehr als er.

Als er mich erkannte, wollte er sich aufrichten, aber es gelang ihm nicht. Er sagte nichts und ich blieb in der Tür stehen. Meine Füße warteten unschlüssig auf den endgültigen Befehl meines Gehirns, doch ich konnte mich nicht dazu durchringen, die Tür zu schließen und zu ihm zu gehen. Stattdessen starrte ich ihn an. Seine Haut war blass, aber in seinen Augen blitzten verschiedene Emotionen auf, die ich nicht einzeln fassen konnte.

Ein Pfleger lief mit einem Klemmbrett über den Flur und stoppte vor der Tür, die ich noch immer festhielt. Er grüßte, schob sich an mir vorbei durch den Türrahmen und warf einen Blick in Henriks Mülleimer. Er fragte ihn, ob er etwas bräuchte, und verschwand dann wieder.

Ich atmete tief durch, schloss die Tür und ging zum Bett meines Vaters. Zwischen den dunklen Locken zeigten sich noch mehr graue Strähnen als auf Mikas Foto. Er hatte es mir inzwischen auf seinem Computer gezeigt.

Die Aufnahme war drei Jahre alt und als ich ihm gesagt hatte, dass es vor allem deshalb meine Aufmerksamkeit auf sich gezogen hatte, weil er dieselben Turnschuhe trug, hatte er nur genickt.

Henrik fragte mich nicht, ob ich mich setzen wollte. Er kommentierte nicht das goldene Herbstwetter und versuchte auch nicht auf andere Weise, das Gespräch künstlich einzuleiten. Er lag nur da, gebettet auf ein weißes Kissen, das viel zu weich sein musste, um bequem darauf schlafen zu können.

Ich stand am Fußende des Bettes, die Hände auf das schmale Brett gestützt, das das Bett zu dieser Seite hin abgrenzte. In Gedanken hatte ich mir die Worte bereits vor Stunden zurechtgelegt. In meinem Kopf existierte eine Liste mit Fragen, die ich eine nach der anderen hatte durchgehen wollen. Aber nun stand ich hier und brachte es nicht fertig, auch nur ein einziges Wort zu sagen. Ein Teil von mir wünschte sich, mich auf seine Brust fallen zu lassen und den Trost zu bekommen, den ich vor zwanzig Jahren so sehr gebraucht hatte. Den ich vielleicht noch immer brauchte.

Und ein anderer Teil wollte wegrennen, weil er Angst davor hatte, die Antworten könnten darauf hinauslaufen, dass ich etwas hätte tun können. Dass es an mir gelegen hatte, dass er sich für Mika und nicht für mich entschied.

Und dann war da der Teil, der ihn hasste. Ich hätte nicht sagen können, ob es der größte war. Aber er schrie am lautesten und ich folgte ihm, weil es leichter war als sich mit den anderen Gefühlen auseinanderzusetzen. Ich hasste ihn für das, was er meiner Mutter und mir angetan hatte. Aber nicht nur deshalb.

„Wie konntest du nur versuchen, Mika einzureden, er hätte sich all das bloß eingebildet?“

Überraschung trat in sein Gesicht und mit ihr auch ein wenig Leben. Und dann begann er zu reden. Seine Stimme war schwach, aber mit der Schwäche schwang auch etwas anderes mit. Er hatte lange darauf gewartet, mir meine Fragen zu beantworten, und schien froh darüber zu sein, es nun endlich tun zu können.

„Ich habe mich versteckt. Nicht nur vor euch, sondern auch vor Mika, vor Alicia und vor mir selbst. Ich wusste selbst, was für ein feiges Arschloch ich war. Aber ich habe es mir nicht eingestanden. Stattdessen habe ich mir jeden Tag aufs Neue eingeredet, die beste Entscheidung für alle getroffen zu haben. Dieses Kartenhaus war aber so fragil, dass jeder Einwand von außen es sofort zerstört hätte. Doch das durfte ich nicht zulassen. Damals redete ich mir ein, dass ich Alicia schützen wollte. Und zu einem Teil war das sicher auch der Fall. Aber eigentlich hatte ich nur Angst davor, dass jemand erkennen könnte, was für eine Memme ich war. Dass ich mich vor euch würde rechtfertigen müssen. Vor euch allen." Er schwieg, legte den Kopf zurück und schloss die Augen. Ich wartete.

Als er weitersprach, war seine Stimme fester und er griff zu einer kleinen Fernbedienung, mit der er das Kopfteil des Bettes aufrichtete. „Mika das Gefühl zu geben, ich würde ihn für zu dumm halten, um mich zu durchschauen, ist eine der Sachen, die ich am meisten bereue. Ich hatte Angst, er würde alles aufdecken, und als er es nicht tat, fühlte ich mich noch erbärmlicher."

Mein Magen zog sich zusammen und ich schwieg.

„Als ich deine Mutter kennenlernte, hatte sich Alicia gerade von mir getrennt. Ich wusste nicht, dass sie zu diesem Zeitpunkt schwanger war. Erst nachdem Betty und ich geheiratet hatten, erzählte Alicia mir in einem Brief von Mika. Da war deine Mutter bereits mit dir schwanger. Ich reagierte lange nicht auf den Brief und deiner Mutter erzählte ich nichts davon. Erst als du auf die Welt kamst, wurde mir bewusst, dass ich Mika kennenlernen wollte. Ihn kennenlernen musste.“

Ich hatte weder Mika noch Alicia je danach gefragt. Bisher war ich davon ausgegangen, dass er auch vor meiner Geburt mit Mikas und meiner Mutter eine Beziehung geführt hatte.

„Kurz vor deinem ersten Geburtstag meldete ich mich bei ihr. Ich wollte ihr zumindest finanziell helfen. Aber …“ Er sah aus dem Fenster, auf die kahlen Bäume, hinter denen die Sonne den Himmel in ein dunkles Pink färbte. „Aber als er mir eines seiner Autos in die Hand drückte und mich dazu aufforderte, mit ihm zu spielen, wusste ich, dass ich diesen kleinen Kerl kennenlernen musste.“

Ich stellte mir den vierjährigen Mika vor. Wilde Locken, die sein Gesicht umspielten, ein marmeladenverschmierter Mund und ein kleines Auto in der Hand. Die großen braunen Augen hoffnungsvoll auf den Mann gerichtet, von dem er noch nicht wusste, dass er sein Vater war.

„Also besuchte ich sie hin und wieder. Ich zahlte Unterhalt, rief regelmäßig an, um mit ihm zu sprechen, und verbrachte immer mehr Zeit mit ihm. Und mit Alicia. Als ich das erste Mal dort war, trug ich meinen Ehering nicht. Er war beim Goldschmied, um poliert zu werden. Und ich beließ es dabei, ihn abzulegen, wenn ich sie besuchte.“

Ich wusste nicht, wie viel mehr ich würde ertragen können, und stützte mich fester auf das Fußende.

„Willst du dich nicht setzen, Rie?“

Er sprach meinen Namen vorsichtig aus. Die gesamte Frage klang anders als seine Erzählung zuvor. Ganz so, als fühlte er sich unsicherer dabei, mich direkt anzusprechen, als dabei, die Wahrheit mit mir zu teilen. Und so offen, wie er sich bisher mitgeteilt hatte, zweifelte ich nicht daran, dass er ehrlich zu mir war. Leichter machte es all das jedoch nicht und ich nickte und nahm sein Angebot an.

„Möchtest du etwas trinken?"

Ich schüttelte den Kopf, obwohl mein Mund trocken war und mein Kopf zu schmerzen begann.

„Okay." Er atmete hörbar aus und richtete sich noch etwas mehr auf. Das Reden schien ihm Kraft zu verleihen. „Nach etwa einem Jahr küsste sie mich. Es war am Ende eines Besuches von mir, zumindest hatte ich in diesem Moment fahren wollen. Ich tat es nicht und es war das erste Mal, dass ich deiner Mutter erzählte, ich müsste beruflich über Nacht wegbleiben, weil ein Projekt nicht abgeschlossen wäre. Aus diesem einen Mal wurde eine Regelmäßigkeit, die ich kaum noch unter Kontrolle hatte. Aber ich konnte mich nicht von ihr und Mika lösen und auch nicht von dir. Nach zwei Jahren bat sie mich, bei ihr und Mika einzuziehen. Es dauerte ein weiteres Jahr, bis ich schließlich zustimmte. Du warst damals fast vier Jahre alt und Mika war …"

„Sieben." Ich flüsterte.

Er nickte. „Ja, genau. Er kam in diesem Jahr in die Schule und ich wollte … ich wollte nicht noch mehr von seinem Leben verpassen. Anderthalb Jahre lang versuchte ich, zwei Leben gleichzeitig zu führen. Alicia und Betty schöpften immer wieder Verdacht, aber ich erfand Ausreden, Erklärungen und ich denke, sie wollten mir glauben. Als Alicia und ich uns getrennt hatten, hatte sie mir das Herz gebrochen. Sie war meine große Liebe. Sie verließ mich, weil ich nicht der Mann war, den sie verdient hatte. Ich hatte sie ein einziges Mal betrogen und sie fand es heraus, warf mich aus unserer gemeinsamen Wohnung und aus ihrem Leben."

„Du hast nie aufgehört, sie zu lieben."

Er schüttelte den Kopf. „Nein."

„Und Mama hatte nie eine Chance, an diese Liebe heranzukommen."

Wieder schüttelte er den Kopf. „Natürlich habe ich sie geliebt, aber es war nie so …" Er beendete den Satz nicht und ich war ihm dankbar, dass er den Vergleich nicht aussprach.

„Als Alicia krank wurde, war für mich klar, dass ich ihr beistehen würde. Die Krankheit schritt jedoch so schnell voran, dass ich fürchtete, ein Geständnis von meiner Seite würde ihr die notwendige Kraft nehmen, um wieder gesund zu werden, und dass sie mich dann nicht mehr an ihrer Seite würde haben wollen."

„Du hättest Mama trotzdem verlassen können."

Er schloss die Augen und nickte. Im Zimmer war es inzwischen so dunkel, dass ich seine Gesichtszüge nur erahnen konnte. „Ja, aber ich hatte Angst, sie würde mich suchen und Alicia würde auf diese Weise alles erfahren. Und natürlich war ich zu feige. Ich wollte nicht, dass alles rauskommt."

Ich spürte, wie Hitze in mein Gesicht stieg. Er hatte nur an sich gedacht. Vielleicht noch ein bisschen an Alicia, aber dass er Mika und mir nicht einmal die Chance gegeben hatte, einander kennenzulernen, wog die Sorge um Mikas Mutter nicht auf. Oder doch? Was, wenn Alicia diese Nachricht tatsächlich nicht überlebt hätte? Hätte es Mika getröstet, eine Schwester zu haben, dafür aber die Mutter zu verlieren?

„Ich habe lange gezögert, diesen Schritt zu gehen. Irgendwann hatte ich mich aber so in meine Überlegungen verrannt, dass ich keinen anderen Weg mehr sah."

„Du hast keine andere Möglichkeit gesehen, als mich durch diese Hölle gehen zu lassen?" Ich schaltete die Lampe über seinem Bett ein, um seine Reaktion auf meine Worte zu sehen, und hätte es am liebsten sofort wieder gelöscht. Seine Augen waren gerötet und Tränen glitzerten auf seinen Wangen. Ich konnte den Schmerz in jeder Faser seines Gesichts erkennen.

„Sie fanden Metastasen in Alicias Lunge. Sie flehte mich an, bei ihr zu bleiben, den nächsten Job nicht anzunehmen. Zu kündigen. Ich war in Panik, hatte Angst um ihr Leben. Ich hatte Angst davor, was passieren würde, wenn Mika zuerst die Mutter verlor und dann herausfände, dass sein Vater eine zweite Familie hat. Also überredete ich Alicia zu diesem Zeltausflug und Betty erklärte ich, ich wolle Zeit mit dir allein verbringen, weil wir uns so selten sahen. Ich schob alle Emotionen beiseite, plante akribisch jeden Schritt und folgte dann diesem Plan, ohne darüber nachzudenken, was ich dir damit antat."

Er hob die Hand und strich mir über die Wange. Sie war so feucht wie seine und ich war unfähig, mich gegen seine Berührung zu wehren. Wut brodelte in meinem Bauch und kämpfte gegen das Verständnis, das sich an einer anderen Stelle in mir aufbaute. Seine Ehrlichkeit und die Offenheit, mit der er mich in all das einweihte, waren schwerer zu ertragen als jede Ausrede und ich versuchte, mich zu verschließen. Egal, wie rührselig seine Geschichte war, ich würde ihm nicht verzeihen.

„Warum konnten Alicia und Mika denn nicht zuhause bleiben?"

Er zog die Hand zurück. „Ja, vielleicht wäre das besser gewesen. Aber ich wollte sie nicht noch länger allein lassen. Der Fluss lag mehrere hundert Kilometer von unserem Zuhause entfernt. In diesem Moment erschien es mir am einfachsten, die Tour mit ihnen gemeinsam zu unternehmen."

Ich ließ die Sachlichkeit, die in seinen Worten lag, an mir abprallen und schwieg.

Er sprach weiter: „Es gab unzählige Momente, in denen ich die ganze Aktion abbrechen wollte. Aber ich erinnerte mich immer wieder an Alicias Gesichtsausdruck, als ich ihr eröffnet hatte, ich müsste für ein paar Stunden weg. Eigentlich hätte sie zuhause bleiben sollen, sich ausruhen, aber ich hatte ihr versprochen, die frische Luft würde ihr guttun, und dass wir eine schöne Zeit haben würden." Er räusperte sich und sah wieder nach draußen. Die Sonne war untergegangen und am Horizont wies nur noch ein heller Schleier darauf hin, dass der Tag gerade erst dem Abend zuging. „Also zog ich meinen Plan durch. Als ich dir durch den Wald folgte, hätte ich fast einen Rückzieher gemacht. Ich habe die gesamte Umgebung nach möglichen Gefahren abgesucht und Mika trotzdem erst sehr spät entdeckt. Euch beide so zu sehen … Ich habe gewartet, bis diese Frau dich in ihr Auto gesetzt hatte, und lief dann zurück zum Parkplatz, um zu Alicia zu fahren."

„Und du hast Mika allein im Wald zurückgelassen."

Er nickte und neue Tränen traten aus seinen Augen. Er wischte sie weg und sah mich an. „Ich konnte nicht mehr klar denken. Und noch weniger fühlte ich mich in der Lage dazu, mich Mikas Fragen zu stellen. Ich wusste, er würde den Weg finden."

Alle Stärke schwand aus seiner Stimme und er schloss die Augen und lehnte sich erschöpft zurück in die Kissen. Eine Weile schwiegen wir und ich reihte eine Perle nach der anderen auf den Faden in meinem Kopf auf. Es waren nicht mehr viele übrig.

„Wie konntest du das alles verbergen? Was war mit deinem Namen? Deiner Versicherung?" Es kam mir seltsam vor, die Emotionen durch solch sachliche Fragen zu unterbrechen, aber ich musste es wissen.

Er öffnete die Augen und sah mich müde an. „Ich hatte mir schon Wochen zuvor eine gefälschte Geburtsurkunde und einen gefälschten vorläufigen Ausweis besorgt. Wir heirateten noch in derselben Woche in einem kleinen Dorf, in dem ich den Beamten bestechen konnte, meine Papiere nicht ganz so genau zu begutachten. Ich erzählte ihm, dass wir schnell heiraten wollten, weil Alicia krank sei und wir einen Sohn hätten, auf dessen Geburtsurkunde mein Name nicht vermerkt war. Er trug uns ins Melderegister ein, ich nahm Alicias Nachnamen an und blieb unversichert. Ich suchte mir Jobs, bei denen ich das Geld auf die Hand bekam, gab bei Ärzten vor, meine Karte vergessen zu haben, und zahlte bar. Es funktionierte. Irgendwie."

War das möglich? Konnte es wirklich sein, dass das niemandem aufgefallen war? Ich überlegte, wie er wohl diese Krankenhaus-Rechnung bezahlen würde, aber dann verschwand der Gedanke. Mein Kopf war leer vor lauter Informationen und ich nahm das Gesagte unverarbeitet auf. Damit würde ich die nächsten Wochen, Monate und Jahre beschäftigt sein. In diesem Moment war es jedoch zu viel. Eine letzte Frage brannte dennoch in mir. „Hast du …"

Ich kam nicht dazu, sie zu Ende zu formulieren, denn es klopfte an der Tür und einen Moment später trat eine Krankenschwester in das Zimmer. Sie schaltete die Deckenbeleuchtung ein und mit dem Zwielicht verschwand mein Gedanke.

„Sie müssen jetzt leider gehen. Die Besuchszeit ist vorbei." Mit diesen Worten verließ sie das Zimmer, ließ die Tür jedoch offenstehen.

Ich nickte und wollte mich erheben, aber mein Vater griff nach meinem Handgelenk und hielt mich fest. Die Berührung war liebevoll. „Ich habe jeden einzelnen Tag an dich gedacht, Rie. So oft es ging, habe ich versucht, dich zu sehen. Ich habe deine Schritte verfolgt und, auch wenn ich dazu nie ein Recht dazu hatte, war ich stolz auf dich. Ich war froh darüber, dass du glücklich bist, wie du deinen Weg gehst und …"

Er hatte versucht, mich zu sehen? Ich riss mich von ihm los. „Glücklich? Glaubst du das wirklich?" Meine Stimme war laut, ich schrie fast, bis mir bewusst wurde, wo ich mich befand, und leiser weitersprach: „Mein ganzes Leben lang habe ich mir Vorwürfe gemacht, weil ich nicht stark genug war, um dir zu helfen. Das Bild von deinem von Fischen zerfressenen Körper hat sich tief in meine Seele eingebrannt. Zusammen mit Mamas Tränen und ihrer Verzweiflung darüber, dass sie ihren Mann verloren hatte und ihre Tochter allein durch den Wald irren musste. Ich war nicht glücklich. Wegen dir habe ich mich mit acht Jahren dagegen entschieden, Kinder zu bekommen. Ich wollte sie nicht der Gefahr aussetzen, so zu leiden, wie ich es getan hatte. Ich habe bis heute keine einzige richtige Beziehung geführt, weil ich noch immer Angst habe, zu verlieren, was ich liebe. Du hast mein Leben zerstört an diesem Tag. Und der einzige Grund, aus dem ich froh bin, dass du die letzte Nacht überlebt hast, ist der, dass du auch Mikas Vater bist."

Plötzlich fiel es mir schwer, zu atmen. Die kahle Umgebung verschwamm vor meinen Augen und ich hörte die Stimme meines Vaters, der meinen Namen rief, kaum. Ich sank zu Boden. Sein ausgestreckter Arm konnte mich nicht halten. Ich hörte ihn wieder rufen. Es war diesmal nicht mein Name. Er schrie das Wort ‚Hilfe'. Kurz darauf hörte ich, wie sich schnelle Schritte näherten, und dann packten mich zwei starke Arme und zogen mich an sich. Kein Kribbeln. Mika.

Kapitel 45

17 JAHRE ZUVOR

Ich kann keine Schere finden, Mama."

„Schau mal in Papas Schreibtisch, Mi."

Mika zögerte. Sein Vater hatte ihm verboten, die Schubladen seines Sekretärs zu öffnen. Mehr als einmal.

„Und? Beeil dich, ich kann hier nicht ewig rumstehen." Mikas Mutter stand im Flur auf einer Leiter und versuchte, die Reste einer Geburtstagsgirlande von einer Gardinenstange zu entfernen. Aber der Knoten war zu fest.

Mika gab sich einen Ruck, ging in das Arbeitszimmer seines Vaters und suchte die Oberfläche des Schreibtisches ab. Außer einem Notebook, ein paar Stiften, einem Brieföffner und Zetteln fand er nichts. Er atmete tief durch und öffnete zaghaft eines der Schubfächer. Neue Briefumschläge. Im nächsten Schubfach befanden sich weitere Stifte und Lineale und ein kleiner Schlüssel. In einem weiteren lagen leere Seiten Papier. Er setzte sich auf den Hocker, auf dem sein Vater immer saß, wenn er Briefe schrieb, und versuchte, das Schubfach unterhalb der Schreibfläche zu öffnen. Es war verschlossen. Er erinnerte sich an den kleinen Schlüssel, öffnete drei Schubladen, bis er ihn wiedergefunden hatte und steckte ihn in das kleine metallbeschlagene Loch. Er passte.

„Mi?“

„Ja, Moment.“ Seine Stimme zitterte leicht. Er zog das breite Schubfach heraus und scannte den Inhalt. Ein schwarzes Notizbuch, eine Kreditkarte, ein weiterer Schlüssel und ein paar Briefe. Unter den eng beschriebenen Seiten lugten die Schneiden einer großen Schere hervor. Mika musste die Briefe herausnehmen, um die Schere greifen zu können. Sie lag auf dem rauen Holzboden und als Mika sie anhob, klappte auch das dünne Brett nach oben, das das Schubfach nach unten abschloss. Oder abschließen sollte. Denn als Mika panisch versuchte, den Boden wieder hinunterzudrücken, bemerkte er die Ecke eines weiteren Briefes, der unter dem Brett zu liegen schien. Er griff von unten an das Schubfach, um zu ertasten, ob ein Blatt Papier an der Unterseite klebte. Aber da war nichts und er glitt vom Hocker, um nachzusehen und den Eindruck seiner Hand als falsch zu enttarnen. Aber der Boden war intakt.

„Mika, nun komm schon.“

„Jaha.“ Er stieß sich den Kopf, als er wieder hochschnellte, griff die Briefe und die Schere vom Tisch und legte beides zurück in die Schublade. Das Brett senkte sich und der doppelte Boden war als solcher nicht mehr zu erkennen. Aber als er das Schubfach wieder schließen wollte, verselbstständigten sich seine Hände und er nahm die Sachen wieder heraus, griff den Brieföffner und fuhr damit unter das Brett. Als er es anhob, entdeckte er darunter nicht nur einen weiteren Brief, sondern auch einen Ausweis, einen Führerschein, drei Schlüssel und mehrere große Geldscheine. Aber diese Sachen sah er nur aus dem Augenwinkel. Der Brief war es, der seinen Blick gefangen hielt. Eigentlich war es nur ein einziges Wort, das den nächsten Ruf seiner Mutter übertönte: ‚Rie‘. Er zog den Brief heraus, drückte das Brett zurück, legte die Schere und die restlichen Briefe wieder darauf, verschloss das Schubfach und legte den Schlüssel zurück an seinen Platz. Er warf einen letzten Blick auf den Sekretär, versteckte den Brief in seiner Hosentasche und ging mit klopfendem Herzen zu seiner Mutter.

„Ein Brieföffner?"

Mika zuckte mit den Schultern. „Papa scheint für eine Schere keine Verwendung zu haben." Zumindest keine herkömmliche.

Seine Mutter seufzte, stieg die Leiter hinab und ging ins angrenzende Badezimmer. Nach ein paar Sekunden kehrte sie mit einer Nagelschere zurück und schnitt das Band durch.

„Geht es dir gut?" Sie verstaute die Leiter im Wandschrank und musterte ihn.

Mika nickte. „Ja, sicher. Ich muss noch Hausaufgaben machen." Das stimmte.

„Gut. Ich rufe Papa an. Vielleicht gehen wir heute Abend gemeinsam etwas essen."

Mika schluckte. „Ach wollt ihr das nicht allein machen? Ich muss noch für einen Test lernen." Auch das stimmte.

„Ja, sicher." Sie gab ihm einen Kuss auf die Wange. Inzwischen musste sie sich dafür kaum noch zu ihm hinunterbeugen.

Er hatte nicht gelogen und trotzdem fühlte er sich schlecht. Der Brief in seiner Hosentasche schien so schwer zu wiegen, als wären die Worte nicht auf Papier, sondern auf Blei geschrieben. Er eilte die Treppen in sein Zimmer hinauf und warf sich aufs Bett. Er war immer ehrlich zu seiner Mutter. Er versuchte, die große Lüge, die er seit vier Jahren mit sich herumtrug, auf diese Weise aufzuwiegen. Aber es gelang ihm nicht. Noch heute gab es Momente, in denen er ihr nicht in die Augen sehen konnte, ihr Lächeln nicht erwiderte und in denen ihm die Worte bereits auf der Zunge lagen und er die Lippen fest aufeinanderpressen musste, um sie nicht auszusprechen.

Er schluckte die aufkommenden Tränen hinunter, wie schon so oft, griff in seine Hosentasche und setzte sich auf, um den Brief zu entfalten. Für einen Moment drangen andere, längst vergessene Gefühle durch den Hass, den die drei Buchstaben sonst in seinem Inneren auslösten. Er schluckte auch diese Emotion hinunter, schloss für ein paar Sekunden die Augen und begann, zu lesen.

Rie,

heute ist dein siebter Geburtstag. Der erste Geburtstag, den du ohne mich verbringst. Aber vielleicht bin ich trotzdem dabei. In deinem Herzen. Vielleicht steht mein Bild auf deinem Geburtstagstisch. Vielleicht denkst du an mich. Ich tue es, habe es in den letzten acht Monaten täglich, stündlich getan. Du fehlst mir so sehr. Es fehlt mir, mit dir auf dem Sofa zu liegen und Quatsch zu machen. Schaust du noch immer so gern ‚Nemo'? Ich kann es nicht mehr.

Schon oft hielt ich den Autoschlüssel in der Hand und wollte zu dir fahren. Aber das kann ich nicht. Ich darf es nicht. Du würdest es nicht verstehen. Ich bin sicher, du hast noch immer nicht realisiert, dass ich nie wiederkomme. Noch weniger würdest du begreifen können, warum ich dich absichtlich all diesem Schmerz ausgesetzt habe. Dass ich es für einen anderen Menschen getan habe. Ich verstehe es ja selbst nicht mehr.
Wie gern würde ich dir alles erklären. Wie gern würde ich dir einen Teil des Schmerzes nehmen, aber es ist unmöglich. Ich weiß, eines Tages wirst du damit klarkommen. Eines Tages

wird es sich besser anfühlen, an mich zu denken. Dann wirst du dich an all die Momente erinnern, die wir gemeinsam erlebt haben, bevor ich dich verlassen musste. Es wird sich besser anfühlen als die Wahrheit.

Mich halten diese Erinnerungen aufrecht. Sie bringen mich durch den Tag und mindern den Schmerz darüber, dich verloren zu haben. Dein Lachen nicht mehr hören zu können und nie wieder dieses Funkeln in deinen Augen zu sehen, das sich immer dann zeigte, wenn dir ein neues Abenteuer in den Sinn kam.

Verzeih, dass ich zu schwach war.
Ich hab dich sehr lieb!

Papa

Mika ließ den Brief zum fünften Mal sinken. Tränen strömten über seine heißen Wangen. Er wischte sie mit dem Ärmel weg und zerknüllte den Brief mit der Hand. Warum hatte er ihn genommen? Er wollte diese Worte nicht lesen. Wie viele dieser Briefe gab es noch? Hatte sein Vater inzwischen vielleicht doch versucht, Rie zu erreichen?

Mikas Finger zitterten, als er versuchte, die Seite zu glätten, und ihm klar wurde, dass er sie so unmöglich zurück in die Schublade legen konnte. Er betrachtete das verknitterte Papier und las die Zeilen noch einmal. Es war ein Brief, wie ein Kind ihn sich von seinem toten Vater wünschen würde. Aber nur dann, wenn der Vater auch wirklich tot war. Von einem Vater, der seinen Tod nur vorgespielt hatte … Was wünschte man sich von dem? Mikas Atem stockte, als die Antwort auf diese Frage ihn erreichte. Man wünschte sich, dass er wirklich tot war.

Er zerknüllte den Brief wieder und für einen Moment übertrug sich der Hass auf Rie auf seinen Vater. Aber der Moment verstrich schnell. Zu groß war die Angst, dass er seinen Vater selbst wieder verlor. Er hatte sich für ihn entschieden. Warum es dafür keinen anderen Weg gegeben hatte, verstand er nicht. Und er wollte es auch nicht. Er wollte nicht mehr darüber nachdenken. Nicht länger an das kleine Mädchen mit der Angst und den Tränen im Gesicht denken. Aber die Worte seines Vaters hatten etwas in ihm verändert.

Kapitel 46

TAG 101

Ich verlor das Bewusstsein nicht. Auch wenn das dem Nachmittag den passenden dramatischen Abschluss gegeben hätte. Stattdessen schaffte es Mika, mich aufzurichten.

„Es ist alles okay. Ich hab nur seit dem Frühstück nichts mehr gegessen“

Er sah mich prüfend an. „Bist du sicher.“

Ich nickte. Dennoch setzte er mich in den Rollstuhl, den eine Schwester organisiert hatte. Sie brachten mich in einen Raum, in dem ich mich einen Moment ausruhen konnte. Auf dem Weg dorthin trafen wir auf Vin, der die zwei Kaffeebecher fallen ließ, die er für sich und Mika geholt hatte, als er mich sah.

Und nun lag ich in diesem Raum. Mika war im Flur geblieben, um den Schwestern dabei zu helfen, den Kaffee von Boden und Wänden zu wischen, und Vin saß neben mir, hielt meine Hand und fragte im Minutentakt, ob ich etwas bräuchte.

„Es geht mir gut. Wirklich.“

Er musterte mich. Über uns flackerte eine defekte Neonröhre und ich schloss die Augen.

„Muss ich jetzt jeden Tag aufpassen, dass du ausreichend isst?“

Ich lächelte und dachte an die Fische, die er jeden Morgen für mich gefangen hatte. „Vielleicht ein bisschen."

Er erwiderte mein Lächeln.

„Du musst dir keine Sorgen um mich machen."

„Das tue ich aber." Er stand auf und fuhr sich mit einer Hand durch die Haare. Sein Blick wanderte zur Decke. „Diese Lampe nervt."

Ich suchte den Raum nach einer anderen Lichtquelle ab und entdeckte mehrere Unterbauleuchten, die unter Hängeschränken befestigt waren. Ich deutete darauf. „Mich nervt sie auch."

Vin ging zu den Schränken, schaltete diese Lampen ein und danach die Deckenleuchte aus. Ich richtete mich auf und wartete darauf, dass er wieder zu mir kam. Ich deutete auf den Platz neben mir und er setzte sich, nahm meine Hände und sah mich ernst an. „Es ist nicht nur das Essen. Die letzten Monate haben mich aus der Bahn geworfen, ausgelaugt und es überfordert mich noch immer, über all die Einzelheiten nachzudenken."

„Dann suchen wir uns einen Yoga-Kurs, machen eine Woche Urlaub in einem Wellnesshotel und schalten ein paar Gänge runter …"

„Du würdest mit mir in einen Yoga-Kurs gehen?"

„Ich würde auch mit dir zu den Mönchen nach Tibet fahren, wenn es dir danach besser ginge. Verdammt Rie, ich würde alles für dich tun. Ich liebe dich." Es war das erste Mal, dass er diese Worte aussprach, aber ich hatte sie schon oft gespürt. Er schwieg danach, wirkte unsicher, ob es der richtige Zeitpunkt war, sie mir zu sagen. Als ich nichts erwiderte, sprach er weiter: „Ich weiß, du bist nicht sicher, ob du mir je wieder vertrauen kannst, aber ich werde alles dafür tun, um wieder aufzubauen, was wir noch vor drei Monaten hatten. Alles, was ich dir gesagt habe, war die Wahrheit. Die wenigen Tage, die wir in der Bucht erlebt haben, waren die besten meines Lebens."

Ich schüttelte den Kopf und ein Funken Mutlosigkeit trat in seinen Blick. Aber nur für einen Moment, dann sprach er weiter: „Das ist ein blöder Moment. Du hattest gerade dieses Gespräch mit Henrik. Aber ich konnte nicht länger warten."

Ich schüttelte wieder den Kopf und seine Stirn legte sich in Falten.

„Sag mir, was ich tun kann, Rie! Bitte! Ich weiß, ich habe …"

Ich schüttelte noch einmal den Kopf und unterbrach ihn: „Ich liebe dich auch, Vin." Auch wenn ich es sehr lange geschafft hatte, dieses Gefühl von mir wegzuschieben.

Er stockte, atmete dann aber erleichtert aus, legte seine Stirn auf meine und sah mich an. „Wirklich?"

Ich nickte. „Und ich vertraue dir."

Jetzt nahm er den Kopf wieder zurück. In seinem Blick wechselten sich Hoffnung und Angst ab, aber sein Mund blieb verschlossen.

Ich nickte noch einmal und lächelte ihn an. „Ich glaube, es gab nie einen Zeitpunkt, an dem ich es nicht getan habe. Ich war enttäuscht, ja. Und wütend. Aber vor allem hatte ich einen Grund gefunden, dich nicht länger so nah an mich heranzulassen."

Er hielt meine Hände fester.

„Ich hatte noch nie eine richtige Beziehung. Alle Männer, die mir zu nahe kamen, habe ich weggestoßen. Aber sie alle hatten nicht das ausgelöst, was ich fühle, wenn wir zusammen sind."

„Nachdem du Henrik verloren hast, hast du geglaubt, du würdest jeden Mann verlieren, der dir wichtig ist." Vielleicht hatte er selbst schon darüber nachgedacht.

Ich nickte und schluckte die Tränen hinunter, die meinen Hals emporkletterten.

„Und glaubst du das noch immer?"

„Ich habe noch immer Angst."

„Das verstehe ich."

„Ja?"

„Ja." Seine Unterlippe glitt meinen Finger hinab und er schüttelte langsam den Kopf. Aber bevor er noch etwas sagen konnte, klopfte jemand an die Tür und im nächsten Augenblick öffnete sie sich und Mika trat beladen mit einem Tablett mit Essen, einer Flasche Wasser und drei Gläsern ins Zimmer. Als er den Blick hob und erkannte, in welch intimen Moment er gerade hineinplatzte, stellte er das Tablett auf einem Tisch ab und wandte sich zurück zur Tür. Aber dann drehte er sich noch einmal um und fragte: „Wisst ihr jetzt, was das zwischen euch ist?"

Vin und ich antworteten im gleichen Moment: „Verschwinde, Mi."

Und als er die Tür hinter sich geschlossen hatte, drückte Vin mich auf die Liege, legte sich neben mich und schloss mich in die Arme. Und dann sang er die vertrauten Worte, die jetzt uns gehörten, und die Wärme, die ich vor drei Monaten in den grauen Flugzeugsitzen nur hatte erahnen können, erfüllte jeden Winkel meines Körpers, während seine Arme wieder diese Mauer um mich herum bauten, mich vor der Welt beschützten, die doch so beängstigend gar nicht sein konnte, wenn er ein Teil davon war.

Epilog

DREi MONATE SPÄTER

Vier Tage nachdem Henrik mir all die Einzelheiten über sein Verschwinden erzählt hatte, verstarb er an einem zweiten Infarkt. Ich hatte ihn zuvor noch zwei weitere Male besucht, um die restlichen Perlen aufzufädeln. Ein paar waren noch immer übrig, aber ich konnte mit ihnen leben. Ich würde gern behaupten, dass ich meinen Frieden mit ihm gemacht hatte, bevor er starb, aber dafür hatten wir nicht ausreichend Zeit und womöglich hätte ich es auch Monate oder Jahre später nicht gekonnt.

Trotzdem war ich dankbar für die wenigen Tage, in denen ich endlich verstand, dass ich keine Schuld an seinem Verschwinden trug. Ich hätte ihn nicht retten können, selbst wenn ich stark genug gewesen wäre. Und er hatte sich nicht gegen mich und für ein anderes Kind entschieden, sondern die Liebe seines Lebens gewählt. Er hatte ihr in ihren letzten Wochen beistehen wollen. Ich war weit davon entfernt, Verständnis für sein Verhalten aufbringen zu können. Aber ich war befreit von den Schuldgefühlen, die mich mein Leben lang begleitet hatten, und der Angst, etwas falsch gemacht zu haben, die mich seit den letzten Tagen auf der Insel verfolgte.

Mika traf der Tod seines Vaters schwer. Er hatte sich nicht mit ihm ausgesöhnt, obwohl er fast die gesamte Zeit an seinem Bett verbrachte. Sie schwiegen sich an und erst ein paar Stunden, bevor er starb, konnte er Henrik wirklich ansehen und hörte seine Worte der Entschuldigung an. Aber er verzieh ihm nicht. Und er hatte es bis heute nicht getan.

„Rie, wo soll das hin?“ Mika trug zwei schwere Stative durch die Wohnungstür.

Ich schmunzelte. „Das weißt du sehr genau.“

Er grinste. „Ich hatte gehofft, du hättest endlich einen anderen Ort für diesen Kram gefunden als mein Zimmer.“

„Dieser Kram wohnt schon viel länger in dem Zimmer als du. Und außerdem ist es gar kein Kram.“

„Irgendwann müssen die Sachen und ich sowieso ein neues Zuhause finden.“

Ich runzelte die Stirn. „Warum das denn?“

„Ach, komm schon. Mir ist klar, dass meine Tage hier gezählt sind.“

„Und wie kommst du bitteschön darauf?“

„Ich störe doch nur euer junges Glück. Bald werdet ihr hier keinen Platz mehr für mich haben. Vielleicht wollt ihr ja das Zimmer auch hellblau oder rosagrün streichen.“

Ich verzog das Gesicht. „Hellblau? Rosagrün? Ganz sicher nicht. Warum sollten wir das tun?“

Vin trat hinter Mika durch die Tür, über einer Schulter eine große Tasche, in der ich meine Studioblitze aufbewahrte, und über der anderen einen Beutel voll mit den dazugehörigen Kabeln. „Was geht nur in deinem Kopf vor?“ Er stellte die Taschen auf den Boden und klopfte Mika auf die Schulter.

Mika lachte. „Eine Menge. Ich dachte tatsächlich, dass wir die Insel mit einem weiteren Familienmitglied verlassen hätten.“

Dieser Gedanke war auch durch meinen Kopf gegeistert. „Haben wir aber nicht. Und wir haben auch nichts in diese Richtung geplant."

„Ihr wollt also tatsächlich, dass ich hier wohnen bleibe?" Er wirkte überrascht und das wiederum überraschte mich.

Wir nickten und Vin sagte: „Du gehörst doch quasi zur Familie."

„Sehr witzig." Er grinste, aber dahinter konnte er nicht verstecken, wie sehr er sich darüber freute.

„Also? Bleibst du?", fragte ich.

Mika nickte und umarmte erst Vin und dann mich. Ohne ein weiteres Wort trug er die Stative in sein Zimmer und verschwand danach wieder im Hausflur, um den Hintergrundkarton und die restlichen Sachen aus meinem Auto zu holen.

Vin sah ihm hinterher und als seine Schritte verhallten, trat er zu mir. „Hey."

Ich schlang meine Arme um seinen Hals und stellte mich auf die Zehenspitzen, um ihn zu küssen. „Hey."

„Das war ein gutes Shooting."

Ich nickte. „Ich glaube, Seba gewöhnt sich langsam daran, dass Gloria sich nicht an seine Namensanweisung hält."

Er runzelte die Stirn und schüttelte den Kopf. „Nein. Er ist jedes Mal zusammengezuckt, als hätte sie mit ihren Nägeln über eine Tafel gekratzt."

Ich lachte. „Stimmt."

„Rie?"

„Hmhm."

Anstatt weiterzusprechen, küsste er mich.

„Wolltest du nicht etwas sagen?" Ich lächelte und spürte, wie sich auch seine Mundwinkel hoben, aber dann atmete er tief ein.

„Ich habe dich damals nicht nur deshalb angesprochen, weil ich sauer auf Mika war."

Mein Lächeln erlosch. Darüber hatten wir bisher nicht gesprochen.

„Wie kommst du denn jetzt darauf?"

„Das will ich dir schon sehr lange sagen."

„Okay. Und warum hast du mich dann angesprochen?"

„Im ersten Moment wollte ich Mika zeigen, dass er so nicht mit mir umgehen kann, ja. Aber als wir die ersten paar Sätze gewechselt hatten, wollte ich dich einfach nur kennenlernen. Ich wollte wissen, wer du bist. Ich hätte dir von Anfang an die Wahrheit sagen sollen, aber ich habe dir auch nichts vorgemacht."

Er schwieg und wartete, ob ich etwas einwenden würde, aber ich sagte nichts. Auf diese Worte hatte ich lange gewartet. Ich würde ihn nicht unterbrechen.

„Ich habe tatsächlich geglaubt, wir würden abstürzen. Meine Angst war echt. Und als du mich geküsst hast …" Seine Mundwinkel zogen etwas nach oben. „Als du mich geküsst hast, wusste ich … ich habe gespürt, dass da etwas zwischen uns ist, das ich noch nie erlebt hatte. In diesem Moment habe ich sogar Mika vergessen."

Eine Perle rollte geräuschvoll durch meinen Kopf und ich sprach ihre Frage laut aus: „Aber wie konntest du ihn in dieser Situation überhaupt so lange ignorieren?"

„Das habe ich nicht."

„Nicht?"

„Nein. Wir kennen uns schon so lange. Da braucht es keine Worte. Uns war beiden klar, dass wir dich nicht in so einer Situation mit der Wahrheit überrennen konnten." Er zögerte. „Zumindest wollten wir es nicht. Aber vielleicht wäre es besser gewesen."

Ich schüttelte den Kopf. „Ich wäre wahrscheinlich durchgedreht."

Er nickte.

„Also hattet ihr euren Streit schon im Flugzeug beendet?"

„Ja, hatten wir." Mikas Stimme erklang von der Wohnungstür. Er lehnte die Hintergrundrolle und die kleineren Stative gegen die Wand und schloss die Tür mit dem Fuß. „Aber dann habe ich Idiot nach unserer Landung von Vin verlangt, noch länger zu warten, es dir noch nicht zu sagen und er wurde wieder sauer."

Ich löste mich von Vin und ging zum Sofa.

Er folgte mir. „Ich hätte es dir trotzdem sagen sollen."

Ich schüttelte den Kopf. „Warum wolltest du noch warten, Mi?"

Er hockte sich vor den Sofatisch und stützte die Ellenbogen darauf. „Ich wollte einfach wissen, was du für ein Mensch bist." Seine Worte klangen nicht echt. Unvollständig.

„Und das war der einzige Grund?"

Er schüttelte den Kopf. „Und ich hatte Schiss." Auch diese Worte erreichten mich nicht.

„Und was noch?"

Er sah mich einen Moment lang an, bevor er weitersprach: „Wir würden jetzt nicht hier sitzen, wenn ich es getan hätte."

Meine Stirn legte sich in Falten. „Du hast das für uns getan?"

Er nahm die Arme vom Tisch und zuckte mit den Schultern.

„Als Nächstes erzählst du uns, du hättest dich absichtlich vor uns versteckt und deinen einsamen Offroad-Weg zur Insel eingeschlagen." Vin ließ sich gegen die Rückenlehne des Sofas fallen und verschränkte die Arme vor der Brust.

Mika lachte und hob die Augenbrauen. „Klar. Und ich habe auch das Boot in Brand gesteckt, nur, um euch ein paar Tage Zweisamkeit zu bieten."

Ich stand auf, ging um den Tisch herum und kniete mich zu Mika. „Danke." Ich küsste ihn auf die Wange.

„Immer wieder." Sein rechter Mundwinkel hob sich und dann öffneten sich seine Lippen und er lachte. Vom Sofa her hörte ich Vin in sein Lachen einstimmen und schließlich lachte auch ich. Ich genoss es, wie die Luft dabei durch meine Lungen strömte. Frei und voll und ohne von der Schlinge beengt zu werden, die sich in den vergangenen zwanzig Jahren um meine Brust gelegt hatte.

ENDE ?

Abonniere meinen Newsletter & lies einen Teil der Geschichte aus **Vins Perspektive**.

Kennst du das? Das Buch ist zu Ende und obwohl du diesem Moment über Stunden hinweg entgegen gefiebert hast, fühlt es sich jetzt falsch an, schon die letzten Worte zu lesen und das Buch gleich zuklappen zu müssen. Eigentlich möchtest du gern noch etwas Zeit mit den Charakteren verbringen. Vielleicht hast du noch

Fragen oder willst einfach noch etwas länger Teil der Welt sein, in der du über hunderte von Seiten Gast sein durftest.

Ging es dir mit diesem Buch auch so?

Dann bin ich glücklich. Sehr. Denn das bedeutet, dass ich dich berührt habe. Dass meine Worte etwas in dir erschaffen haben. Ein Gefühl, eine andere Welt. Ich selbst liebe dieses Gefühl. Und wenn ich es einem anderen Menschen geben darf, dann ist das unbeschreiblich toll! Und weil ich weiß, wie es sich anfühlt, noch nicht loslassen zu wollen, gibt es zu diesem Buch weitere Kurzgeschichten, die du erhältst, wenn du meinen Newsletter abonnierst.

Du erfährst, warum Vin Mika so feindselig gegenüber trat, als die drei das erste Mal aufeinander trafen. Oder wie es sich für ihn anfühlte, als Mika ihm gestand, dass Rie der Grund für die Reise ist. Oder was in ihm während der Wochen nach ihrer Rettung vorgegangen ist.

www.adwilk.de/newsletter

Außerdem bekommst du dann meinen zweiwöchigen Newsletter. Dabei sind auch immer wieder Kurzgeschichten, XXL-Leseproben zu neuen Büchern, Ankündigungen und Rabattaktionen, von denen alle anderen erst später erfahren. Außerdem bekommst du einen Insider-Blick in meinen Schreiballtag und einiges mehr. Probiere es aus.

Wenn du meinen Newsletter bereits abonniert hast, schreibe mir eine E-Mail und ich füge dich der Gruppe hinzu, in der du die Geschichten zu „Nur für diesen Moment“ erhältst.

Du findest mich außerdem hier:

Auf Instagram: www.instagram.com/adwilk_autorin
Auf meiner Website: www.adwilk.de
Bei Pinterest: www.pinterest.de/adwilk_pins

★★★★★

Teile deine Meinung mit mir & der Welt!

Hat dir das Buch gefallen? Wenn ja, würde ich mich sehr freuen, wenn du auf Amazon oder auf deinem Lieblingsportal eine Rezension hinterlässt.

Das hilft mir als Autorin unbeschreiblich stark dabei, weitere Leser für mein Buch zu finden und zu begeistern und dadurch mehr Zeit zur Verfügung zu haben, um weitere Geschichten zu schreiben.

Ich danke dir sehr für dein Feedback und deine Unterstützung!

ÜBER DIE AUTORiN.

Ich bin Andrea, 35 Jahre alt und Mutter eines wunderbaren Jungen. Wir leben zusammen mit meinem Mann in Berlin, einer Stadt, die so viele Geschichten bereit hält, dass ich oft voller Ehrfurcht mit dem Notizbuch durch die Straßen laufe, um meine Beobachtungen festzuhalten.

Ich schreibe, seit ich das kann und ein Großteil meines Lebens ist und war geprägt von dieser Leidenschaft, sowohl privat als auch beruflich. Beim Schreiben fühle ich mich zuhause. Das Schreiben *ist* mein Zuhause. Mit meinem ersten Buch habe ich mir einen Traum erfüllt. Und mit diesem Roman darf meine Reiseweitergehen. Danke, dass du ein paar Schritte mit mir gehst!

deine Andrea

WEiTERE BÜCHER.

Würdest du der Vergangenheit eine zweite Chance geben, wenn du dadurch die Gegenwart verlierst?

„Hast du nie an mich gedacht?“
„Nein.“
„Nein?“
„Nein. Es hätte mich umgebracht.“

Fast vier Jahre ist es her, seit Lucy das letzte Mal den Sand zwischen den Zehen spürte und Tapas im Strandkorb auf der Terrasse des kleinen Spaniers aß. Nun kehrt sie zurück, um einem alten Freund einen Gefallen zu tun. Dabei ist Niklas nicht einmal mehr das, ein Freund.

Aber warum reißt sein Anblick dann alte Wunden auf und wirft ihre Gefühlswelt aus der Bahn? Sie hatte geglaubt, all das hinter sich gelassen zu haben. Die Trauer, den Schmerz, die Hilflosigkeit. Und die Liebe. Doch je mehr Zeit sie in der fremden Vertrautheit verbringt, umso klarer wird ihr, dass sie sich etwas vorgemacht hat. Und dann ist da noch Ben …

Wenn du wieder gehst.
#1 Bestseller auf Amazon.de & Bild.de
Als Taschenbuch, Hardcover und eBook.

„Weißt du eigentlich, wie sehr ich dich liebe?“ „Ja, ich denke, das kann ich mir vorstellen.“

Lucy, Louise und Niklas leben seit anderthalb Jahren gemeinsam mit Oliver am Meer. Das zweite Weihnachtsfest der kleinen Eli steht bevor und während sie von ihrer großen Schwester Louise lernt, dass auch Wellen zu Eis erstarren können, wird das Leben der Familie durch erwartete und überraschend auftauchende Gäste durcheinander gewirbelt.
Sprungturmhelden ist ein tiefgründiger Liebesroman über Freundschaft, Liebe und Mut bis hin zum Leben im Ausnahmezustand.

Der erste Fortsetzungs-Kurzroman zu Wenn du wieder gehst.

Lu & Nik. Dezember. Ein Jahr später.
#1 Bestseller auf Amazon.de
Als Taschenbuch und eBook.

iMPRESSUM.

Nur für diesen Moment

1. Auflage

ISBN-Taschenbuch:
978-3-96443-632-0

Andrea Kuhn
Vopeliuspfad 9
14169 Berlin

Herstellung:
Druckerei Bookpress, ul. Lubelska 37c, 10-408 Olsztyn

Bestellung und Vertrieb:
Nova MD GmbH, Vachendorf

Per E-Mail. andrea@adwilk.de
Auf meiner Website. www.adwilk.de
Auf Instagram. instagram.com/adwilk_autorin

Lektorat. Jona Gellert
Korrektorat. Jona Gellert
Covergestaltung. Andrea Kuhn

Bibliografische Information der Deutschen Nationalbibliothek:
Die Deutsche Nationalbibliothek verzeichnet diese Publikation in der Deutschen Nationalbibliografie; detaillierte bibliografische Daten sind im Internet über http://dnb.d-nb.de abrufbar.